LAURA LIPPMAN

DER GELIEBTE DER VERLOBTEN

DER ERSTE FALL FÜR
TESS MONAGHAN

Aus dem amerikanischen Englisch von
Gerhard Falkner und Nora Matocza

K
A
M
P
A

Die amerikanische Originalausgabe erschien 1997 unter dem Titel *Baltimore Blues* im Verlag Avon Books, New York.
Die deutsche Erstausgabe erschien 2003 unter demselben Titel im Rotbuch Verlag, Hamburg.

KAMPA POCKET
DIE ERSTE KLIMANEUTRALE TASCHENBUCHREIHE
Gedruckt auf säurefreiem und chlorfrei gebleichtem Papier aus verantwortungsvollen Quellen, zertifiziert durch das Forest Stewardship Council. Der Umschlag enthält kein Plastik. Kampa Pockets werden klimaneutral gedruckt, kampaverlag.ch/nachhaltig informiert über das unterstützte CO_2-Kompensationsprojekt.

Veröffentlicht im September 2020 als Kampa Pocket

www.kampaverlag.ch
Covergestaltung: Herr K | Jan Kermes, Leipzig
Coverabbildung: Mathilde Crétier © Kampa Verlag
Satz: Tristan Walkhoefer, Leipzig
Gesetzt aus der Stempel Garamond LT / 200125
Druck und Bindung: GGP Media GmbH, Pößneck
Auch als E-Book erhältlich
ISBN 978 3 311 15505 8

www.kampaverlag.ch

Meinen Eltern

Von allen Fluchtreaktionen ist Tod die wirkungsvollste.

H. L. MENCKEN, »Ein Buch der Burlesken«

Obwohl ich die gute alte Stadt Baltimore sehr liebe, und viele ihrer Bewohner noch mehr, lehrt mich die Vergangenheit, dass sie, was ihre kollektiven oder öffentlichen Fähigkeiten angeht, eine Ansammlung der dümmsten, gedankenlosesten, unentschlossensten, unpraktischsten und krankhaftesten Zweibeiner ist, die es je unter der Sonne gegeben hat. In ihrer Einbildung, auf die sie stolz sind, ertragen sie keinerlei Rat, sei er auch noch so überlegt und ausgereift, von keinem Menschen, und lassen sich stets von ihren eigenen primitiven und unüberlegten Vorurteilen leiten und nicht von dem, was der gesunde Menschenverstand nahelegen würde, der doch nur aus dem geduldigen Ausüben von Urteilskraft, Beobachtung und Nachdenken erwachsen kann.

DR. THOMAS HEPBURN BUCKLER aus Baltimore, in einem Brief aus seinem selbst gewählten Exil in Paris, erschienen in: »Baltimore: Seine Interessen – Vergangenheit, Gegenwart, und Zukunft« (1873)

Im schönsten Dreck lag ich und lachte
vor Glück, doch als ich dann erwachte
sah ich des Himmels Morgenröte schon
o Mann, dann war dies alles nur der Lüge Lohn
die Welt war immer noch die alte
ich war noch ich, nur die Klamotten nass und kalte
und mir blieb weiter nichts zu spinnen
als mit dem gleichen Spiel von vorne zu beginnen

ALFRED EDWARD HOUSMAN,
»Terence, Das ist dummes Zeug«

1

Am letzten Abend im August ging Tess Monaghan in einen Drugstore und kaufte sich ein Schreibheft – eins mit einem schwarz-weiß marmorierten Umschlag. Das tat sie jedes Jahr im Herbst, schon seit sie sechs Jahre alt war, und sie sah auch keinen Grund, daran etwas zu ändern, obwohl inzwischen 23 Jahre vergangen waren. Ungeachtet dessen, dass sie einen Computer mit großem Speicher besaß, dem sie absolut alles hätte anvertrauen können, was sie aufzeichnen wollte, legte sie diese Gewohnheit nicht ab. Ungeachtet auch dessen, dass sie bis zum Rite Aid gehen musste, weil »Weinstein Drugs« von ihrem Großvater schon lange in den Ruin geführt worden war. Und schließlich auch ungeachtet dessen, dass sie nicht mehr zur Schule ging, keinen Job mehr hatte und das Ende des Sommers für sie wenig Bedeutung besaß. Doch Tess glaubte an Routine und Rituale. Also kaufte sie ein Schreibheft für einen Dollar neunundsechzig, nahm es mit nach Hause, schlug die erste Seite auf und schrieb:

Ziele im Herbst:
1. 60 Kilo Bankdrücken.
2. 1000 Meter in viereinhalb Minuten laufen.
3. Don Quijote lesen.
4. Einen Job finden, usw.

Sie saß an ihrem Schreibtisch und las noch einmal, was sie eben geschrieben hatte. Die ersten beiden Punkte waren machbar, wenn auch mit Anstrengung: Sie konnte die fünfzig Kilo bis zu zehnmal heben und brauchte fünf Minuten für tausend Meter. Der *Don Quijote* hatte sie zwar beim ersten Mal noch besiegt, aber diesen Herbst fühlte sie sich ihm gewachsen.

Punkt 4 war da schon problematischer. Vor allem würde sie sich vorher überlegen müssen, was für einen Job sie überhaupt wollte, ein Dilemma, das sie bereits seit zwei Jahren lähmte, seit nämlich Baltimores vorletzte Zeitung, der *Star*, eingegangen war und die nunmehr letzte Zeitung, der *Beacon*, sie nicht hatte anstellen wollen.

Tess schlug das Heft zu, steckte es ins Regal neben die 22 anderen – alle leer bis auf die erste Seite –, stellte den Wecker und war binnen fünf Minuten eingeschlafen. Es war der Abend vor dem ersten Schultag und die Stadt begann, die Schläfrigkeit des Augusts abzuschütteln und frisch in den Herbst einzusteigen. Vielleicht würde das ja auch Tess mitreißen.

Der Wecker klingelte sieben Stunden später, um Viertel nach fünf. Sie zog sich schnell an und lief zu ihrem Auto, wobei sie in die Luft schnüffelte, um herauszufinden, ob der Herbst in diesem Jahr zeitig einsetzen würde. Die Luft aber war bedrückend dick und zäh und scherte sich keinen Deut um Tess' Erwartungen. Ihr elf Jahre alter Toyota, das Zuverlässigste in ihrem Leben, sprang sofort an. »Danke, mein Schatz«, sagte sie, tätschelte das Armaturenbrett und lenkte den Wagen durch die verlassenen Straßen der Innenstadt.

Auf der anderen Seite des Hafens lag das Bootshaus noch im Dunkeln. Das war morgens um halb sechs oft so, denn für den Hausmeister stellte sein mickriger Lohn keinen besonders großen Anreiz dar, das Bett zu verlassen und noch vor Tagesanbruch in Cherry Hill einzutreffen. Aus diesem Viertel waren die Obstbäume, die ihm einst den Namen gegeben hatten, längst verschwunden, und es galt inzwischen als eine zu jeder Tages- und Nachtzeit üble Gegend. Und obwohl seine sanften Abhänge einen herrlichen Blick auf Hafen und Skyline von Baltimore boten, kam doch niemand wegen der Aussicht nach Cherry Hill.

Zum Glück hatte Tess einen eigenen Schlüssel zum Bootshaus, so wie die meisten Unentwegten unter den Ruderern. Sie sperrte auf, verstaute ihren Schlüsselbund in einem Schließfach im Umkleideraum, rannte die Treppe hinunter und packte ihre Ruder, weil sie unbedingt noch vor den Collegestudenten auf dem Wasser sein wollte. Sie mochte nicht in einen Topf geworfen werden mit Leuten, die sie bei sich die J.-Crew-Meute nannte, diese grünen Jungs mit ihrem ewigen Gequassel von den Prüfungen, die sie so blendend bestanden, und den Bierfässern, von denen sie so viele angestochen hatten. Aber ebenso deplatziert fühlte sie sich unter den erwachsenen Mitgliedern des Baltimore Ruderclubs, diesen tüchtigen Berufstätigen, die nach dem Morgentraining zur Arbeit davoneilten, und zwar zu einer richtigen, im Krankenhaus und im wissenschaftlichen Labor, in der Anwaltskanzlei und an der Börse.

»Pass auf meine Schnur auf, Mädel«, rief ein Krebsfischer, dessen Stimme von der feuchten Morgenluft ganz belegt klang.

»Seh ich schon«, sagte sie, während sie ihren Alden Ocean Shell über dem Kopf balancierte und das Dock hinunterging, vorbei an dem ganzen Durcheinander der Krebsfischer, das aus Leinen, Hühnerhälsen und 35-Liter-Eimern bestand. Die Krebsfischer – Leute aus Baltimore, die ihre Sozialhilfe durch die Gaben des Patapsco River aufbesserten – hatten heute Morgen Glück, auch wenn der größte Teil ihres Fangs illegal war: eiertragende Weibchen oder Krebse, die insgesamt weniger als zwölf Zentimeter lang waren. Tess würde sie nicht verpfeifen. Ihr war das egal. Sie aß grundsätzlich nichts aus den heimischen Gewässern.

Zumindest ließ sich der Alden, der städtisches Eigentum war, leicht im Wasser aufsetzen. Die Sonne lugte gerade erst hinter der Francis Scott Key Bridge hervor, als Tess in dem kabbeligen Wasser losruderte und Kurs Richtung Fort McHenry nahm. Fast automatisch summte sie »Star-Spangled Banner«. *Oh say can you see?* Immer wieder ertappte sie sich dabei, hörte zu singen auf, fing dann aber ganz automatisch wieder an; schließlich ruderte sie ja auch auf die Geburtsstätte dieser Hymne zu. *And the rockets' red glare, the bombs bursting in air …*

Das Wasser war an diesem Morgen sehr wellig, und das machte Tess nervös. Ein Alden kenterte zwar nur schwer, aber unmöglich war es nicht, und sie wollte unter keinen Umständen mit der trüben Brühe hier im mittleren

Arm des Patapsco Bekanntschaft machen. Einmal hatte sie ein paar Spritzer Flusswasser in eine Wunde an ihrer Hand bekommen, und die war dann drei Monate lang nicht mehr zugeheilt. Am besten erst mal langsam rangehen, sich aufwärmen und die morgensteifen Muskeln entspannen und dehnen. Auf dem Rückweg konnte sie sich dann ja richtig reinlegen und wie in einem Rennen rudern.

Das war Tess' Routine, ihre einzige, seit der *Star* eingestellt worden war. Sechs Tage die Woche ruderte sie morgens und lief abends. Dreimal die Woche ging sie zum Krafttraining in eine altmodische Boxschule in Ost-Baltimore. Am siebten Tag ruhte sie, weichte ihren langen Körper in einer heißen Wanne ein und träumte von einem Mann, der ihr gleichzeitig die Füße und den Nacken massieren konnte.

Auf dem College war Tess eine mittelmäßige Skullerin gewesen, die zu einem mittelmäßigen Team gekommen war, weil sie kräftig war und muskulöse Beine sowie die breiten Schultern einer Schwimmerin hatte. Der Übergang vom Skullen zum Rudern hatte ihren Stil nicht verbessert. Tess wusste, oder glaubte zu wissen, wie hässlich es aussah, wenn sie über das Wasser kroch. Wie ein Käfer in der Kloschüssel, nichts als Zuckungen und Krämpfe. Sogar jetzt, wo sie langsam hinausfuhr, runzelte sie die Stirn und biss sich auf die Zunge, so sehr musste sie sich konzentrieren. Nein, nichts an Tess sah beim Rudern natürlich aus. Sie war einfach nicht gut. Sie wollte auch gar keine Rennen gewinnen. Und doch ließ sie an fast keinem Tag das Training aus. Ihre Freunde sagten immer, es gebe einfach kein einziges eingefahrenes Gleis, das Tess nicht liebe. Das verletzte sie nicht. Es stimmte nämlich. Und ihre Liebe zur Routine hatte ihr auch geholfen, die Monate ohne Arbeit zu überstehen.

Aber an diesem Morgen, während sie versuchte, ihre Riemen flach zu halten, in einer Luft, die zum Schneiden dick war, kam ihr das alles plötzlich fadenscheinig vor. Der erste Tag im September sollte kühl sein, dachte sie, oder zumindest kühler als heute. Sie sollte in diesem Sport inzwischen gut sein, oder zumindest besser, als sie war. Ganz abrupt holte sie die Riemen ein und ließ das Boot treiben. Sie suchte den Himmel nach Regen ab, damit sie eine Ausrede hatte, aufzuhören. Dicker Nebel hing über der Skyline, aber keine Wolken. Von diesem Blickpunkt aus wirkte Baltimore einfach nur schmutzig und mutlos.

»Willkommen in Charm City«, sagte sie zu einer Möwe, die nach toten Fischen tauchte. »Willkommen in Baltimore, Süße.«

Weder Tess noch ihre Heimatstadt hatten ein gutes Jahr. Sie hatte keine Arbeit und bekam keine Arbeitslosenunterstützung. Baltimore war dabei, eine noch nie da gewesene Mordrate zu erreichen und den bisher für unschlagbar gehaltenen Rekord von 1993 zu brechen, der seinerseits einen damals für unschlagbar gehaltenen Rekord gebrochen hatte. Jeden Tag gab es einen kleinen Todesfall, die Art von Mord, die höchstens vier Absätzchen ganz weit hinten im *Beacon* füllte. Doch kaum jemand schien das zur Kenntnis zu nehmen oder sich gar darum zu kümmern – außer denen, die bei der Wette um die Mordziffer des Jahres mitspielten. Der Bürgermeister nannte Baltimore noch immer »Die Stadt, die liest«, aber ansonsten hatte man dieses Motto schon längst umgemodelt.

»Die Stadt, die schießt, Süße«, rief Tess der unbeeindruckten Möwe zu. Die Stadt, die verdrießt. Die Stadt, die niemand genießt. Die Stadt, die man vergisst. Nur konnte Tess das nicht, sie konnte ebenso wenig von hier weggehen, wie sie mit einem Anker um den Hals vom Grund der Chesapeake Bay hätte auftauchen können.

Während sich ihr Blick in der Ferne verlor, tauchte ein weiterer Ruderer aus dem Schatten unter der Hanover Street Bridge auf und bewegte sich so leicht und elegant auf sie zu, als wäre das Wasser eingefettetes Glas. Seine Technik war perfekt, sein Rücken breit, sein weißes T-Shirt bereits grau vor Schweiß. Sein Bild war so plötzlich aus dem Nichts hervorgeschossen wie in einem 3D-Film.

In Sekundenschnelle hatte er die Distanz zwischen ihnen verkürzt und hielt direkt auf Tess zu.

»Hinter Ihnen«, rief sie, in der Gewissheit, dass ein so sicherer Ruderer keine Schwierigkeiten haben würde, den Kurs zu ändern. Ihre Stimme trug in der Morgenstille gut, doch der Ruderer achtete nicht darauf.

»Hinter Ihnen!«, rief Tess noch einmal deutlicher, während das Boot direkt auf sie zuschoss. Ein Zusammenprall schien unvermeidlich. Aus diesem Blickwinkel hatte sie noch nie jemanden rudern sehen, hatte noch nie bemerkt, wie schnell so ein Boot sich bewegte, wenn man ihm im Weg war. Nervös begann sie mit ihren

Riemen kleine nutzlose Bewegungen zu machen, um den Alden zu drehen und dem herannahenden Boot aus dem Weg zu gehen. Ihr einziger Gedanke war, den Schaden an dem fremden Boot möglichst gering zu halten, denn es sah zerbrechlich und folglich teuer aus.

Der Alden, dieses bewunderungswürdige Boot, das speziell für Anfänger entwickelt worden war, bewegte sich unter Tess so leicht und behänd wie eine große Kuh. Trotz aller Eile, mit der sie das Boot in hastigen, stümperhaften Bewegungen durch das raue Wasser zu bewegen versuchte, schien sie überhaupt nicht von der Stelle zu kommen. Verzweifelt rutschte Tess mit ihrem Sitz nach vorn und zog die Riemen so heftig durch, wie sie konnte, wobei sie die ganze Kraft ihrer Beine einsetzte. Ihr Boot schoss übers Wasser und dem herankommenden Boot aus dem Weg. Da presste der andere Ruderer die Riemen gegen den Körper und inszenierte einen perfekten Nothalt wenige Zentimeter vor der Stelle, an der sie sich eben noch befunden hatte.

Er hatte die ganze Zeit gewusst, dass sie da war.

»Das kriegst du dafür«, schrie eine vertraute Stimme, »wenn du so lasch ruderst.«

»Vielen Dank, Rock«, schrie Tess zurück. »Vielen Dank, dass du mich zu Tode erschreckt hast. Ich dachte schon, du wärest so ein Kamikaze-Ruderer, der mich versenken will.«

»Nö. Nur dein Privattrainer, der dich dazu bringen will, dass du wirklich jeden Tag vollen Einsatz bringst. Wozu kommst du denn überhaupt hier raus, wenn du dich überhaupt nicht forderst?«

»Wozu komme ich überhaupt hier raus? Darüber hab ich gerade nachgedacht, bis ich dann wegen dir diese Überdosis Adrenalin ausschütten musste.«

Rock jedoch sah das Rudern als seine eigentliche Berufung an. An den Wochentagen beugte sich Rock, der dann Darryl Paxton hieß, von acht bis siebzehn Uhr in seiner Funktion als Forscher über eines der 20 000 Mikroskope in der Johns Hopkins Medical School. Tess wusste nicht so genau, worüber er forschte, denn Rock gehörte zu den seltenen Menschen, die nie über ihre Arbeit sprachen. Rock arbeitete nur, um rudern zu können und so viel Geld wie möglich für seine einzige Leidenschaft beiseitezulegen. Er aß auch nur, um rudern zu können, schlief nur, um rudern zu können, hielt sich nur fit, um rudern zu können. Bis er sich in diesem Frühling verlobte, hatte Tess geargwöhnt, dass er überhaupt keine für das Rudern unwesentlichen Dinge tat. Es würde interessant sein, zu beobachten, wie seine Verlobte auf die Herbsttermine der wichtigsten Rennen reagierte, die Rock bis Thanksgiving zweimal täglich aufs Wasser rufen würden. Wenn die Verlobung diese Saison überlebte, dachte Tess, dann würde sie mit Freuden auf der Hochzeit im nächsten März tanzen. Vielleicht würde sie sogar *mit* der Braut tanzen. Schließlich sollte sie ja Brautführer sein.

Komisch, dabei hatte Tess sich zunächst von Rock ganz eingeschüchtert gefühlt. Er sah so aus, wie sich Tess einen Massenmörder vorstellte: stämmig und breit gebaut und so voller Muskeln, dass seine Haut darüber spannte. Hie und da machte sich denn auch ein Muskel selbstständig und zuckte an einer unerwarteten Stelle.

Die Adern an seinen Armen waren dick und blau, als hätte er Kugelschreiber unter der Haut, und seine starken, gedrungenen Waden waren so überentwickelt, dass es aussah, als hätte er Baseball-Bälle unter die Knie implantiert bekommen. Ein angehender Arzt an der Johns Hopkins hatte einmal die Theorie aufgestellt, dass Rock aufgrund seiner Mitochondrien überhaupt keinen Schmerz empfinden könne. Tess aber wusste, dass er im Gegenteil alles nur zu tief empfand. Das sah man schon an seinem Gesicht – einem Kindergesicht, rein, arglos, mit runden braunen Augen wie eine Zeichentrickfigur.

»Du siehst ja wie Dondi aus!«, war sie vor fünf Jahren eines Morgens herausgeplatzt, als er nach einem harten Training am Dock anlegte, die blauschwarzen Haare vor Schweiß an den Kopf geklebt. Sie kannte ihn bis dahin nur vom Sehen, als einen der wenigen Einzelruderer in einem Club, der von Vierern und Achtern beherrscht wurde.

Zu ihrer Überraschung hatte das wilde Gesicht gelächelt. »Also, *das* war doch wirklich ein guter Comic. Wie konnte der *Beacon* den nur fallenlassen. Und genauso Tweedy. Ich kann immer noch nicht glauben, dass es Tweedy nicht mehr gibt.«

»Tweedy? Ach, ihr armen, benachteiligten *Beacon*-Leser, mit was für jämmerlichen Sachen ihr leben müsst. Der *Star* hat die ganzen guten Comics.«

Also waren sie zusammen frühstücken gegangen und hatten sich die Cartoons der drei Baltimorer Zeitungen angeschaut. Das war vor fünf Jahren und vor dem Aus von zwei Zeitungen gewesen. Tess war genauso wie

Tweedy aus dem Zeitungswesen der Stadt verschwunden. Der *Beacon,* der die *Light* geschluckt und den *Star* erledigt hatte, besaß jetzt hervorragende Witzseiten, drei insgesamt, die übliche Ausbeute nach einem Zeitungskrieg. Doch Rock war noch immer ihr Freund, und ihre Beziehung lag fest verankert in der von Tess geliebten Routine – rudern, dann ein gemeinsames Frühstück in ihrem Viertel. Andere Ruderer ließen manchmal das Training ausfallen oder verschliefen oder benutzten das Wetter als Ausrede. Doch Rock, für die Nationalmannschaft nominiert, und Tess, ständig arbeitslos, blieben dem Ruderclub und einander treu.

Eingehend betrachtete sie ihren Freund, der die letzten zwei Wochen Urlaub genommen hatte, um zu rudern. Unter seiner sommerlichen Bräune sah er fahl aus, und seine Augenringe hatten sich vertieft.

»Hast du dich denn in New York nicht ein bisschen erholt? Ich dachte, das wäre der Sinn eines Urlaubs.«

Rock schüttelte den Kopf. »Diese ewigen Grillen. Und je mehr ich trainiert habe, desto schlechter konnte ich schlafen. Aber trotzdem geht es mir ganz gut.«

»Mir geht es auch ganz gut.« Das war nur eine halbe Lüge. Körperlich ging es ihr nämlich prächtig.

»Na, wenn du so gut in Form bist, wollen wir doch mal auf dem Rückweg ein Rennen machen, wer als Erster an der Glasfabrik ist. Verlierer zahlt das Frühstück.«

»Mach keine Witze. Ich würde wahnsinnig viel Vorsprung brauchen, damit es überhaupt ein Rennen wird. Wir können ja ein Autorennen auf der Hanover Street Bridge machen, wenn du unbedingt so was brauchst.«

»Ich geb dir fünfhundert Meter Vorsprung.«

»Das genügt auf dieser Strecke nicht. Du würdest mich auf halbem Weg überholen.«

»Also gut, tausend.«

»Um das Frühstück? Aber du lädst mich doch sowieso immer zum Frühstück ein.«

»Heute lade ich dich nicht ein, wenn du es nicht wenigstens versuchst.«

»Oh.« Mag ja sein, dass Armut manche Menschen adelt. Zu denen gehörte Tess jedenfalls nicht. Sie überlebte nur dank eines ausgeklügelten Systems von Nettigkeiten und Einladungen, wodurch sie knauserig und ein bisschen verwöhnt war. »Na gut, du kriegst dein Rennen.«

»Fahr, als wäre es ein wirklich wichtiges Rennen. Ich fahre nicht eher los, als bis ich dich unter der Brücke verschwinden sehe.«

Tess brachte ihr Boot in Stellung und rutschte mit ihrem Sitz nach vorn. Sie fuhr keine Rennen mehr, außer gegen sich selbst, aber die Routine war ihr zur zweiten Natur geworden.

»Leg los«, rief Rock. »Versuch, einen vollen Zehnerschlag aufzubauen.«

Das Wasser war ruhiger geworden, und so fand Tess schnell ihren Rhythmus. Sie ruderte so, wie sie es in alten Zeiten in ihrem Achter getan hatte, und folgte den Befehlen einer nicht vorhandenen Steuerfrau. Zehn Schläge lang volle Kraft, alles, was sie aufbieten konnte, dann zehn Schläge nur mit den Beinen. Sie durchfuhr den Schatten unter der Hanover Street Bridge und kam wieder ans Licht, und jetzt fühlte sie sich zuversichtlich und locker.

Da sah sie plötzlich Rock näher kommen. Sie hatte gedacht, er würde vielleicht ein wenig trödeln und ihr einen kleinen Vorteil lassen, aber Rock konnte nicht anders, als alles zu geben. Eine Art von Zuverlässigkeit, die sie nicht nachvollziehen konnte. Er durchfuhr das Wasser mit erstaunlicher Geschwindigkeit und einer so perfekten Technik, dass Tess am liebsten angehalten und ihm zugesehen hätte. Aber sie musste weitermachen. Es ging um Blaubeerpfannkuchen oder vielleicht sogar um ein Western Omelett.

Auf Höhe des Bootshauses schoss Rock an ihr vorbei. In einem Rennen zieht normalerweise ein Boot Stück für Stück an einem anderen vorbei, und der Steuermann schreit den Ruderern, die überholt werden, Beleidigungen zu. Rock dagegen schien an Tess mit einem einzigen Schlag vorbeizufliegen. Sie konnte einen kurzen Blick auf sein Gesicht werfen, das grimmig und fast grausam aussah, während ihm der Schweiß über die Stirn lief.

Verbissen ruderte sie weiter. Hinter sich hörte sie den Lärm der Glasfabrik, einer übel aussehenden Stätte, die Schwaden von heißer Luft über den Fluss schickte. Dort schienen immer Dutzende von Feuern zu brennen, egal, zu welcher Tageszeit man vorbeiruderte, und doch war nie ein menschliches Wesen zu sehen. Tess ruderte auf diese Feuerwand zu und legte alle Kraft in die letzten dreißig Schläge. In den Armen fühlte sie ein Stechen von der vielen Milchsäure, die sich dort in ihren Muskeln bildete, und es kam ihr so vor, als müsse jeder Schlag ihr letzter sein. Rock hatte natürlich gewonnen, aber sie musste das Rennen zu Ende bringen. Gerade als sie dachte, sie könne keine einzige Bewegung mehr machen, glitt sie an seinem wartenden Boot vorbei.

Als sie aufsah, hatte Rock sich vorgebeugt, und seine Schultern zuckten. Er verausgabte sich oft so sehr, dass er sich erbrechen musste, und Tess war daran gewöhnt, ihren Freund mit ein wenig Speichel auf dem Kinn zu sehen. Ihr selbst war auch etwas übel. Sobald sie sich wieder bewegen konnte, paddelte sie nach vorn, wobei sie sich freute, dass sie ihm so viel abverlangt hatte.

Aber Rock übergab sich gar nicht, er weinte. Vornübergebeugt, das Gesicht auf den riesigen Schenkeln, bebte er am ganzen Körper in heftigen, stillen Schluchzern. Von hinten hatte er auf Tess gewirkt wie jeder Ruderer nach einem harten Training. Aus irgendeinem Grund musste sie an Moses und den brennenden Dornbusch denken. Es war faszinierend und bizarr. Sie streckte die Hand über das Wasser und versuchte, ihn beruhigend zu tätscheln. Ihre Hand rutschte an seinem Trizeps ab, als hätte sie versucht, einen Baum oder eben einen Felsen zu streicheln, wie Rocks Name schon sagte.

»Entschuldige«, sagte er.

Tess machte sich an ihren Ruderdollen zu schaffen, verlegen und unbeholfen.

»Ava«, sagte er knapp.

Ava. Seine Verlobte. Tess hatte sie vergangenes Frühjahr bei den Rennen kennengelernt. Wenn sie dabei war, schien Rock nie gut abzuschneiden. Vielleicht war das gar nicht Avas Schuld, aber trotzdem wäre sie nicht die Frau gewesen, die Tess für ihn ausgesucht hätte. Auch nicht die Frau, die seine Mutter für ihn ausgesucht hätte, oder seine Kollegen, oder sonst jemand, dem an seinem Glück lag, da war sich Tess sicher. Ava war Rechtsanwältin, gut aussehend, tüchtig – und eine richtige Zicke, auf eine Art, die nur eine andere Frau wirklich begreifen kann. Obwohl sie sich schon dreimal gesehen hatten, konnte sie sich nie an Tess' Namen erinnern.

Aber Tess sagte nur: »Ava?«

»Ich glaube, sie hat ...« Er suchte nach dem richtigen Wort. »Schwierigkeiten.«

»Was für welche denn?«

»Irgendwelche, über die sie nicht reden kann. Wenn ich sie spätabends anrufe, ist sie nicht zu Hause, aber auch nicht im Büro. Sie hätte in der zweiten Woche in die Adirondacks nachkommen sollen, aber sie rief in letzter Minute an und sagte, es gebe bei ihrer Arbeit einen Notfall. Ihr Chef, dieser Abramowitz, zwingt sie, sich zu Tode zu schuften wegen dieser Asbestfälle.«

Tess konnte sich noch gut erinnern, wie stolz er gewesen war, als Ava den Job bei O'Neal, O'Connor & O'Neill bekommen hatte, und wie stolz er war, dass der extravagante neue Partner Michael Abramowitz sie zur Assistentin haben wollte.

»Aber das ist doch klar, oder? Das ›Tri O‹ ist 'ne ziemlich hoch aufgehängte Anwaltskanzlei, und diese Fälle mit dem Asbest reißen einfach nicht ab.«

»Ja, vor allem, wenn einer der wichtigsten Klienten Sims-Kever ist, der lieber eine Million Dollar Anwaltskosten zahlen würde, als auch nur einen einzigen müden Dollar Schadenersatz an so einen alten Typ, der keine Luft mehr kriegt.«

Rock zupfte an einer seiner Schwielen herum. »Die Sache ist nur, Ava war vorige Woche gar nicht bei der Arbeit. Ich habe angerufen, und die Sekretärin sagte mir, dass sie Urlaub habe. Ich bin mir aber sicher, dass es trotzdem eine ganz einfache Erklärung dafür gibt.«

»Warum fragst du sie dann nicht einfach?«

»In dieser Hinsicht ist Ava ein bisschen komisch. Wenn ich sie fragen würde, würde sie das so verletzen, dass …« Er schüttelte den Kopf, als könne Tess sich gar nicht vorstellen, wie Ava war, wenn sie sich verletzt fühlte, wie aberwitzig einschüchternd und anbetungswürdig. »Sie ist sehr empfindlich.«

Sie trieben in der leichten Strömung. Hier, in einer kleinen Bucht in der Nähe des Jachthafens, war das Wasser glatt. Tess suchte nach etwas, was sie sagen konnte, etwas, was diesem Gespräch ein Ende setzen und sie näher an ihre Blaubeerpfannkuchen bringen konnte. Avas Verhalten legte alle möglichen Vermutungen nahe, die aber alle wenig schmackhaft für Rock wären.

»Ich bin überzeugt, dass sie einen guten Grund hat«, sagte sie schließlich.

»Aber es gibt nur eine Möglichkeit, es wirklich herauszufinden.«

»Sie zu fragen? Du hast doch gerade gesagt, dass du mit ihr nicht darüber reden kannst.«

»Nein, sie zu beschatten.«

»Würde sie es nicht merken, wenn du ihr folgst?«

»Doch, natürlich«, sagte Rock. »Aber ich habe mir gedacht, sie würde es nicht merken, wenn du ihr folgst.«

»Wie könnte ich ihr folgen? Ich meine, woher soll ich die Zeit dazu nehmen? Ich weiß, ich kann mir meine Zeit einteilen, aber ich sitze trotzdem nicht den ganzen Tag in meiner Wohnung herum und sehe fern.« Das war ein wunder Punkt bei Tess. Viele Leute schienen zu glauben, arbeitslos zu sein sei einfach nur ein Spaß. Aber sie musste zwei Jobs machen, nur um über die Runden zu kommen.

»Ich würde dich bezahlen. Dreißig Dollar Stundenlohn, wie es bei Privatdetektiven üblich ist. Du wirst sicher jemanden finden, der dich für die paar Tage in der Buchhandlung vertritt.«

»Aber ich bin keine Privatdetektivin«, wandte sie ein.

»Nein, aber du warst lange Zeit Reporterin. Hast du mir nicht erzählt, wie du einmal irgend so ein großes Tier aus der Stadt beschattet hast? Und du schreibst Berichte für deinen Onkel. Das könnte so etwas wie ein Bericht sein.« Er tat so, als würde er diktieren. »›Neunzehn Uhr dreißig; sah Ava in die Hemispheris-Klinik an der Johns Hopkins gehen. Empfangsdame bestätigt, dass sie Thrombozyten für jungen Krebskranken spendet.‹ Verstehst du?«

Mein Gott, dachte sie, ihm fällt nicht einmal eine gute Geschichte ein. Es war viel wahrscheinlicher, dass Ava in die Abteilung für Geschlechtsumwandlung an der Johns Hopkins Klinik ging und Rock erst wiedersehen wollte, wenn sie ihre neue Ausstattung hatte.

Trotzdem, dreißig Dollar Stundenlohn, wenn auch

vielleicht nur für fünf oder sechs Stunden, das war eine schrecklich verlockende Aussicht. Leichtes Geld. Wenn Ava nichts anstellte, würde Tess einen Freund glücklich machen. Wenn Ava Böses im Schilde führte, würde sie dafür bezahlt, einen Freund vor einem verheerenden Fehler zu bewahren.

»Einen besseren Computer«, säuselte Rock. »Autoreparaturen. Eine erste Rücklage für ein eigenes Boot, damit du nicht immer auf diese Scheißteile hier angewiesen bist.«

Tess stellte bei sich eine andere Liste zusammen: ein Paar Ohrringe, die ausnahmsweise einmal nicht aus dem Dritte-Welt-Laden kamen. Lederstiefel, samt Sohlen. Studiengebühren. Aber sie schob diese Gedanken wieder beiseite und versuchte, den Haken an der Sache zu finden.

»Warum nimmst du dir nicht einen richtigen Privatdetektiv, wenn du schon so einen Preis bezahlen willst?«

Rock blickte über den Fluss, als sei er plötzlich von den drei kleinen Kindern völlig in Anspruch genommen, die am nördlichen Ufer herumwateten.

»Ein richtiger Privatdetektiv wäre schäbig«, sagte er langsam, als müsse er sich die Antwort erst selbst noch zurechtlegen. »Es geht hier um einen Gefallen unter Freunden. Ich biete dir deshalb an, dich zu bezahlen, weil ich weiß, dass deine Zeit wertvoll ist. Und weil ich weiß, dass du nie genug Kohle hast.«

Als Freiberuflerin setzte Tess ihren Stundenlohn bei 20 Dollar an, arbeitete aber oft auch für weniger. Als Staatsangestellte mit Vertrag verdiente sie zehn Dollar pro Stunde. Ihre Tante versorgte sie mit Essen, zahlte ihre Krankenkasse und gab ihr sechs Dollar die Stunde für die Arbeit im Buchladen. Noch nie hatte jemand den Wert ihrer Arbeit auf dreißig Dollar pro Stunde geschätzt.

»Wo arbeitet Ava denn?«, fragte sie.

Er lächelte. Er sah wirklich wie Dondi aus, nur hatte er keinen so leeren Blick.

»Das erzähl ich dir alles bei Jimmy's.«

2

Tess aß dann doch keine Blaubeerpfannkuchen. Sie hätte zwar gerne, doch in dem Augenblick, wo sie Jimmy's in Fells Point betrat, warf der Koch zwei Bagels zum Toasten auf den Grill und schenkte frischen Orangensaft in einen roten Plastikbecher. Ihr übliches Frühstück: zwei Bagels, einer mit Frischkäse, einer ohne. Dieses Frühstück aß sie jetzt schon seit zwei Jahren bei Jimmy's, mindestens fünfmal pro Woche.

Immer schon hatte sie sich gewünscht, dass sie ein Lokal betreten und jemand fragen würde: »Das Übliche?« Natürlich hatte dieses Lokal in ihrer Phantasie ursprünglich eine lange Bartheke in Mahagoni, die Männer dort trugen Anzüge und die Damen Hüte, und sie selbst würde sich einen Martini bestellen, einen Martini pur. Ohne Olive, bitte.

Rock entschied sich nach einem kurzen Blick auf die Speisekarte, die auf dem Platzdeckchen aufgedruckt war, für das »Carbohydrat Spezial«, ein Frühstück, das er selbst kreiert hatte: Toast, Pfannkuchen, Orangensaft, einen Früchtebecher und Müsli mit fettarmer Milch.

»Keinen Sirup, keine Butter«, sagte er zu der Bedienung. »Nur jede Menge Marmelade extra.«

»Sonst noch etwas?«

»Haben Sie vielleicht auch Reis? Oder Buschbohnen?«

Die Kellnerin stolzierte davon, sie fand das gar nicht lustig. Rock war ein leidenschaftlicher Anhänger der These, dass die Ernährung die sportliche Leistung steigere, auch wenn sich die Regeln für eine solche Ernährung immer wieder änderten. Zurzeit mied er Fett und das meiste Fleisch. Wenn man aber bedachte, wie sehr er sich verausgabte, musste er ungeheure Mengen essen und Proteinersatzstoffe trinken, um sein Gewicht zu halten. Er aß nie, um zu genießen, und er trank keinen Alkohol. Sein einziges Laster war Koffein, das, wie er behauptete, seine Leistung steigerte. Die Küche in seiner kleinen Wohnung in Charles Village war ein Kaffeetempel. Rock besaß keinen Videorekorder, keinen CD-Player und keine Mikrowelle, aber eine französische Druckfilterkanne, eine Cappuccino- und eine Espressomaschine sowie einen Tiefkühlschrank, der mit nichts als Eiswürfelschalen und Tüten voller Kaffeebohnen gefüllt war, alle beschriftet und datiert. Seine ständige Schlaflosigkeit überraschte niemanden außer ihn selbst.

Das Frühstück kam in Minutenschnelle, und sie aßen beide hingebungsvoll und schnell, als gehöre auch das noch mit zum Rennen. Für Tess war Essen der Höhepunkt des Tages, und das machte sie nur noch hungriger. Rock dagegen wollte einfach nur die gewaltige Maschinerie seines Körpers auftanken und dann das Ganze hinter sich haben. Tess war noch an ihrem zweiten Bagel, als Rock schon mit dem letzten Stück Pfannkuchen den letzten Rest Marmelade vom Teller wischte.

»Also«, fing er an und durchwühlte seine Brieftasche. Er schob Tess einen Umschlag über die Tischplatte, den sie freudig in Empfang nahm. Ein Scheck, dachte sie. Ein Vorschuss. Doch sie fand nur ein kleines Foto von Ava darin und zwei Blätter mit Telefonnummern und Adressen. Rock hatte auch ein ungefähres Schema von Avas Tagesablauf beigelegt: wann sie zur Arbeit ging, wann sie heimkam – und was sie sonst noch gerne frequentierte. So jedenfalls nannte er es auf seiner Liste. Sie *frequentierte* ein Fitnessstudio in Federal Hill, eine Bar in der Nähe ihres Büros und ein italienisches Restaurant, das hauptsächlich für seine atemberaubende Aussicht und das ungenießbare Essen bekannt war.

»Komisch«, sagte Tess, während sie den Inhalt des Umschlags durchsah.

»Was?«

»Du hattest das alles schon fertig bei dir. Bist du davon ausgegangen, dass ich sowieso Ja sagen würde?«

Rock wurde rot. »Ich weiß einfach, dass du ein bisschen zusätzliches Geld gut brauchen kannst.«

»Na ja, es ist aber nicht so, dass ich für Geld grundsätzlich *alles* tun würde. Ich habe schon PR-Jobs abgelehnt.« Pleite zu sein war bei Tess ein bisschen zu einer Masche geworden.

Er lächelte nicht.

Sie verabschiedeten sich auf der Kopfsteinpflasterstraße vor Jimmy's und waren plötzlich beide etwas verlegen. Tess hatte schon für viele Verwandte gearbeitet, aber noch nie für einen Freund. Rock schien sich mit dieser neuen Art der Beziehung genauso unwohl zu fühlen. Er knuffte ihr immer wieder in die Schulter, mit für ihn ganz zarten Berührungen, die aber bei ihr kleine blaue Flecken hinterließen. Schließlich nahm er sein zehngängiges Rennrad aus Tess' Kofferraum und fuhr den Broadway hoch, den sich lang hinziehenden Berg hinauf zum Johns Hopkins Hospital, und zu seinem Leben als Darryl Paxton.

Tess fuhr über den weiten Platz am Broadway und hinüber in die Shakespeare Street, wo sie hie und da einen Blick in ein unverhülltes Fenster werfen konnte. Es war erst acht Uhr morgens, und die anderen Leute, die normalen Leute, wie Tess sie bei sich nannte, saßen noch am Frühstückstisch oder traten im Bademantel vor die Tür, um den *Beacon* reinzuholen. So eine Existenz hatte sie sich früher auch für sich vorgestellt, und zwar tatsächlich bis in diese prosaischen Einzelheiten. Ein Gatte, ein Baby, ein Esszimmertisch. Manchmal legten ihre Tante und deren jeweiliger Liebhaber ein Gedeck für sie am Frühstückstisch mit auf, aber dieser Versuch, es ihr häuslich zu machen, verstärkte nur Tess' Gefühl von Fremdheit. Es kam ihr seltsam vor, sich zusammen mit ihrer Tante und ihrem »Mann des Monats«, beide gewöhnlich im Bademantel und noch etwas gerötet, zu heiterem Geplauder und Blaubeermarmelade hinzusetzen.

Die Shakespeare Street mündete in die Bond Street, in der Tess wohnte. Sie hielt an und blickte auf das Haus, das sie Zuhause nannte, ein klobiges Lagerhaus aus granatroten Ziegeln, die Türen und Fenster weiß umrandet und alles von der liebevollen Fürsorge ihrer Tante bestens instand gehalten. Die Fenster glänzten im Morgenlicht, und die Bücher im Inneren – in feinen Nuancen von Rot, Grün und Elfenbein – leuchteten wie

Edelsteine in einer Schatulle. Über der Tür strahlten die scharlachroten Buchstaben so stark, dass sie förmlich aus der Wand sprangen: *FRAUEN UND KINDER ZUERST*. Und in kleinerer Schrift darunter, für den einen oder anderen Ungebildeten, der etwa dachte, es sei ein Geschäft für Rettungsboote: *DIE GANZ BESONDERE BUCHHANDLUNG*.

Nicht jeder hätte viel Umsatz von einem Laden erwartet, der nur Frauenliteratur und Kinderbücher verkaufte. Aber Tess' Tante, Katherine »Kitty« Monaghan, war eben nicht wie jeder. Sie war überhaupt nicht wie irgendjemand anders. Nach fast zwanzig Jahren als Bibliothekarin in städtischen Schulen war sie in Frührente gegangen, nachdem sich eine Mutter beschwert hatte, dass Märchen gottlos seien und den Glauben an Satan und den Okkultismus förderten.

Das war jedenfalls die offizielle Version. Die ausführlichere Version umfasste den Super Fresh Markt, einen Kohlkopf und eine Gelbe Rübe. Kitty war entlassen worden, nachdem sie eine Mutter verziert hatte, die sie in der Gemüseabteilung angesprochen und sich über »Hans und die Bohnenranke« beschwert hatte. Dieses Märchen fördere unsoziales Verhalten, hatte sich die Mutter beschwert. Es glorifiziere das Räubertum. Kitty verpasste ihr ein blaues Auge. Die Stadtverwaltung entließ sie. Es gab offenbar Vorbehalte dagegen, Eltern anzugreifen. Kitty strengte eine Klage wegen unrechtmäßiger Entlassung an und verwies darauf, dass die Frau sie im Super Fresh angepöbelt habe, wo sie eindeutig als Privatperson unterwegs gewesen sei, und ihr einen Kohlkopf an den Kopf geworfen habe, als Kitty ihr nicht zustimmte. Das war der Punkt, der Kitty so wütend gemacht hatte – nicht, dass sie einen Kohlkopf an den Kopf bekommen hatte, sondern dass jemand es wagte, sie ausgerechnet dann auf die Schule anzusprechen, wenn sie sich in der Gemüseabteilung aufhielt, an einem Ort also, den sie auch unter den günstigsten Umständen schon ziemlich anstrengend fand. Sie warf eine Gelbe Rübe zurück, und sie zielte besser.

»Es war schlicht und einfach Selbstverteidigung«, sagte sie gerne über den Vorfall. Zum Glück stimmte der gewerkschaftliche Schlichter dem zu. Die Schulverwaltung von Baltimore willigte ein, eine beträchtliche Summe zu zahlen, und daraufhin kaufte Tante Kitty diesen alten Drugstore von der Familie von Tess' Mutter, den Weinsteins, nachdem diese den Bankrott erklärt hatten.

Sie verwandelte das dreistöckige Gebäude in einen Laden und eine Wohnung, mit einer zusätzlichen Einliegerwohnung im obersten Geschoss, um ein paar weitere Einnahmen zu haben. Mehr aus Faulheit denn aus innenarchitektonischen Bedürfnissen behielt sie die alte Theke, die die vordere Abteilung, nämlich die für Kinderbücher, von der dahinter liegenden trennte – der für feministische Traktate, Erotika, alles, was von Frauen und manchmal auch über Frauen geschrieben worden war. So konnte man beispielsweise auch Bücher von Philip Roth und John Updike in FRAUEN UND KINDER ZUERST kaufen.

FUKZ war ein gemütlicher Laden, mit Lehnstühlen, zwei funktionierenden Kaminen, abgetretenen Teppichen und der alten Zimmerdecke aus Zinn. Man kam, um zu kaufen, blieb, um ein bisschen zu schmökern, und ging schließlich, mit mehr Büchern als geplant. Der Profit war zwar bescheiden, aber doch weitaus höher, als Kitty sich je hätte träumen lassen. Vom Kapitalismus hingerissen, sprach sie ständig vom Expandieren. Vielleicht würde sie an der alten Theke auch noch Espresso anbieten, oder Fünfuhrtee. Oder das nebenstehende Gebäude kaufen und eine Pension einrichten. Oder vielleicht eine Buchhandlung nur für Männer? Als Neuling im Rennen hatte ihr das Anfängerglück gefährlich den Kopf verdreht. Tess hätte sich nicht gewundert, wenn sie ihr ganzes Geld genauso schnell wieder verlieren würde, wie sie es gewonnen hatte.

»TOTE WEISSE MÄNNER, wie findest du das als Namen, Tesser?«, fragte Kitty, als Tess zur Tür hereinkam. Kitty saß auf der alten Theke, in einem Seidenkimono mit Kirschblüten, und nippte an einer Tasse Kaffee. »Was wir da verkaufen könnten – also, ich glaube, da könnten wir einfach *alles* verkaufen, die ganzen Klassiker. Das wäre eben genau der Witz daran. Es wäre eine ganz normale Buchhandlung, aber die Leute würden glauben, es sei etwas Besonderes. Und mit den beiden Läden hätte ich dann praktisch alles abgedeckt. Schließlich stirbt ja jeder irgendwann einmal. Sogar Norman Mailer.«

»Find ich gut«, sagte Tess. »Andererseits, wenn man bedenkt, dass die hiesige Bevölkerung gegen Ironie völlig immun ist, sehe ich schon vor mir, wie eine Männergruppe und die NAACP draußen vor dem Laden Mahnwachen aufstellen und den Eingang blockieren, weil sie der Ansicht sind, dass du den Geschlechtermord verherrlichst und Farbige diskriminierst. Und diese ›Mütter gegen Gewalt‹ – du weißt schon, die MÜGG – würden es als etwas pro Gewalt auffassen.«

»MÜGG! Die gibt es doch gar nicht, nicht einmal hier in Baltimore.«

»Liest du denn keine Zeitung? Sie haben einen ständigen Blockadeposten vor dem Multiplex in Towson aufgestellt. Das ist sehr praktisch fürs Einkaufen. Sie marschieren eine Stunde lang auf und ab, dann machen sie eine Pause und gehen im Nordstrom shoppen.«

Kitty lachte, ein überraschend lautes, wunderbares Lachen. Die meisten Monaghans waren etwas mürrisch, auch Tess, und deshalb wirkte Kitty ein bisschen wie ein Wechselbalg. Sie war der glücklichste Mensch, den Tess kannte, mit einer schier unbegrenzten Begeisterungsfähigkeit. Sie wollte nur, dass das Leben greifbar sei, voller Dinge, die man anfassen und festhalten, riechen und schmecken konnte. Weiche Stoffe, neue Bücher, vollmundige Weine, gut geschneiderte Kleider, ausgeprägte Waden. Sie war zwölf Jahre älter als Tess und über zwanzig Zentimeter kleiner, mit flammend roten Locken und den einzigen grünen Augen innerhalb von drei Generationen. Ihr letzter Beau war einer der neuen städtischen »Polizisten zu Rad«, der in den Laden gelockt worden war, nachdem Kitty seine Beine hatte vorüberfliegen sehen. Thaddeus Freudenberg. Er war vierundzwanzig, so groß und knuddelig wie ein Labrador und mit einem nur geringfügig niedrigeren IQ als ein solcher. Tess nahm an, dass er deshalb bei der Fahrradstreife war, weil er die Führerscheinprüfung nicht geschafft hatte.

Thaddeus war an diesem Morgen nirgends zu sehen.

Tess lehnte sich gegen die Theke. »Ich habe ein interessantes Angebot bekommen«, fing sie an und unterrichtete Kitty über Rocks Vorschlag. Sie dachte, ihre Tante würde beeindruckt sein, vor allem, da Tess oft kaum die Miete bezahlen konnte.

Aber Kitty hatte ihre Zweifel. »Das klingt, als müsstest du dich für Lohn in anderer Leute Privatsachen einmischen. Hast du denn keine moralischen Bedenken?«

»Moral kann ich mir nicht leisten. Der Sommer war lahm, und ich brauche dringend ein bisschen Bargeld.«

»Ja, wahrscheinlich hast du recht.« Sie sah Tess von oben herab an, was ihr nur deshalb gelang, weil sie oben auf der alten Theke saß und Tess daran lehnte. »Aber du magst diese Frau doch eigentlich nicht. Wie kannst du da objektiv sein? Wenn du etwas siehst, worüber du dir unklar bist, könntest du falsche Schlüsse ziehen, nur weil du sie ertappen willst. Und das merkst du dann wahrscheinlich nicht einmal.«

»Zum Beispiel?«

»Na ja, zum Beispiel siehst du sie jemanden auf der Straße küssen, und du denkst natürlich, das ist ihr Liebhaber. Es könnte aber auch ihr Bruder sein, oder einfach ein Freund.«

»Ich glaube, den Unterschied zwischen einem Liebhaber und einem Bruder kann ich schon noch erkennen.«

»Ich weiß nicht, Tesser. Es ist schon eine Weile her, seit ich außer dir noch jemand anderen die Treppe in den zweiten Stock habe hinaufsteigen hören.« Kitty lächelte und zog sich den rutschenden Kimono wieder über die linke Schulter hoch.

»Sei bloß nicht so süffisant, nur weil du jeden Abend von deinem Leutnant Strahlemann in den Arm genommen wirst. Manche Leute schlafen eben auch gern allein, verstehst du?«

»Vielleicht taucht ja Jonathan bald mal wieder auf. Ist schon 'ne Weile her, oder?«

»Ich habe auf Jonathan seit Beginn der Fastenzeit verzichtet.«

»Und an Yom Kippur wirst du ihm dann wieder verzeihen. Du hast es schon immer geschafft, alles aus deinen beiden Religionen herauszuholen, Tesser, schon als du noch ein kleines Mädchen warst.«

Und damit schwang sich Kitty von der Theke, marschierte in den Wohnbereich hinter dem Laden und überließ Tess sich selbst, sodass sie über Jonathan Ross nachdenken konnte. Sie war gar nicht auf die Idee gekommen, dass er ihr fehlen könnte, bis Kitty ihn jetzt erwähnte. Yom Kippur, der Tag der Buße, war nächsten Monat. Und Jonathan hatte für mehr Buße zu tun als sie, für viel mehr.

Ihre Gedanken wurden zerstreut, als Crow, einer der Angestellten, an der vorderen Eingangstür klopfte.

»Na, heute nur zwei Stunden zu früh«, sagte Tess, als sie ihm aufmachte, und kam sich dabei etwas gemein vor. Crow, der in Kitty verknallt war, tauchte oft schon um sieben Uhr zu seiner Vormittagsschicht auf und blieb bis spät abends, damit beschäftigt, die Lagerbestände zu computerisieren.

»Ja, also, ich dachte, ich könnte vielleicht hier frühstücken.« Er hielt eine etwas fettfleckige Tüte Donuts und eine Flasche Orangensaft in die Höhe. Auf dem Rücken trug er einen ziemlich ramponierten Gitarrenkasten. »Ich mag das Morgenlicht hier drin. Es ist für mich so … inspirierend.«

Tess hatte fast Mitleid mit Crow, denn er war einfach nur der Neueste in einer langen Reihe von Aushilfskräften, die sich in Kitty verliebten. Die Kunststudenten von Marylands Institute of Art schienen besonders anfällig dafür zu sein. Aber ihr Mitleid wurde von einer unbestimmten Verärgerung gedämpft. *Sie* würde er nie so anschauen, mit seinen feuchten braunen Augen und seinem hübschen Mund. Crow schwang sich auf die Theke, als würde er ganz automatisch von dem Platz angezogen, an dem noch vor ein paar Minuten Kittys Kimono verrutscht war. Ohne sich um sein Frühstück zu kümmern, nahm er seine Gitarre heraus und fing an zu spielen. Etwas Selbstkomponiertes, urteilte Tess, oder die besonders schlechte Interpretation von etwas Bekanntem.

»Ich schreibe gerade einen Song«, erzählte er ihr.

»Da bist du nicht der Erste. Aber denk daran – es reimt sich praktisch nichts auf Kitty.«

»Nicht unbedingt.« Er schlug ein paar Töne an und fing an zu singen. Seine Stimme war zwar dünn, aber charmant und echt. »Ach, vor Kurzem traf ich Kitty / Die schönste Frau der ganzen City / Tapocketa. Tapocketa. Tapocketa / Ich bin schon fast ein Held.«

»Wenn du etwas findest, was sich auf Monaghan reimt, bin ich wirklich beeindruckt.«

»Wenn ich etwas finde, dann könnte ich ja auch für

dich einen Song schreiben«, sagte Crow und grinste sie an. »Es gibt so viel, was sich auf Tess reimt.«

»Stress«, sagte sie. »Darauf reimt sich hauptsächlich Stress.«

Damit überließ sie Crow seinen Donuts und seinen Träumen und ging die Hintertreppe zu ihrem Apartment hinauf. Sie war steil, denn die unteren beiden Stockwerke waren ziemlich hoch, und so war es fast, als müsse man vier Stockwerke erklimmen. Als Kitty das Gebäude renovierte, wollte sie das zweite Stockwerk vermieten, um ihre Hypothek leichter abzahlen zu können. Tess als erste und einzige Mieterin zahlte weitaus weniger, als Kitty auf dem freien Wohnungsmarkt hätte verlangen können.

Die Wohnung war klein und bestand praktisch nur aus einem einzigen großen Raum, der durch Bücherregale unterteilt war. Der Wohnbereich war gerade groß genug für einen Schreibtisch, einen Lehnsessel und einen kleinen Tisch im Kolonialstil, den sie zum Essen benutzte. Die Küche bestand nur aus einer Kochnische mit einem winzigen Kühlschrank und einem Herd mit zwei Flammen. Man musste sie durchqueren, um ins Schlafzimmer zu gelangen, den größten Bereich. Auch das war schlicht und bot nur Platz für ein massives Doppelbett, einen kleinen Tisch und eine Spiegelkommode.

Dennoch besaß das Apartment noch etwas ganz Besonderes: eine Terrasse vor dem Schlafzimmer mit einer Leiter aufs Dach. An diesem Morgen stieg Tess sofort hinauf, in der Hoffnung, dass die Aussicht ihren Geist erweitern und klären werde, damit sie sich auf ihren seltsamen neuesten Job konzentrieren konnte.

Sie bevorzugte den Blick nach Osten, auf die Fabrikschornsteine und das neonrote Emblem auf dem Domino-Sugar-Hochhaus, mit dem Rücken zur Altstadt und zu Baltimores berühmter Uferpromenade. Mit diesem Teil von Baltimore, der als Attraktion für die Touristen neu gestaltet worden war, konnte Tess überhaupt nichts anfangen. Ihrer Ansicht nach gab es hier kaum einen Unterschied zu den vorherigen Stripteasebars, die keinen Eintritt verlangten, dafür aber drinnen die Preise für alles umso höher ansetzten. Sie hatte manchmal Albträume, bei denen sie in einen Kopf aus Pappmaschee eingesperrt war und Leute begrüßen musste: »Na, Süßer, wie geht's? Na, Süßer, wie geht's?«

Tess sah noch einmal die Adressen durch, die Rock ihr gegeben hatte. Avas Leben war fein säuberlich unterteilt. Sie wohnte in einer Eigentumswohnanlage auf der einen Seite des Hafens. Sie arbeitete auf der anderen Seite für die angesehene Anwaltskanzlei O'Neal, O'Connor und O'Neill. Sie konnte in weniger als einer Viertelstunde zu Fuß zur Arbeit gehen – falls Ava überhaupt jemals zu Fuß ging.

Das Foto war grob zu einem Oval geschnitten, was die ungeschickte Hand eines Mannes verriet. Wahrscheinlich hatte es in einem Rahmen neben Rocks Bett oder auf seinem Schreibtisch gestanden. Ein Foto von einer Frühlingsregatta, auf dem Ava neben Rock stand. Er trug ein rotes T-Shirt und schwarze kurze Ruderhosen aus Lycra. Sie hatte ein nagelneues T-Shirt mit Marinestreifen an, das aussah, als hätte es mehr gekostet als Tess' bestes Kleid. Ihre Rechte konnte Rocks Handgelenk nicht einmal ganz umspannen, trotzdem schien sie ihn fest in der Hand zu haben. Ihr Haar schwebte wie eine dunkle Wolke um ihr Gesicht, ein Gesicht, das so vollkommen war, dass man leicht verstehen konnte, warum ihre Eltern es gewagt hatten, sie nach einer Göttin der Erotik zu benennen. Ava kam in ihrem Leben dieser Vorgabe nach.

Tess kannte sich mit schönen Frauen aus. Seit sie lebte, war sie von ihnen umgeben – ihre Tante, ihre Zimmergenossin auf dem College, Whitney, sogar ihre Mutter. Einige waren großzügig und erlaubten einem, sich in ihrem Glanz zu sonnen. Andere waren abweisend und erreichten immer, dass man sich neben ihnen dick und ungeschickt vorkam. Ava gehörte zu Letzteren.

Mit neunundzwanzig hatte Tess Frieden mit ihrem Gesicht und ihrem Körper gemacht. Sie war nicht schön, aber ihr Aussehen tat ihr gute Dienste. Sie hielt alles einfach: lange braune Haare, auf dem Rücken zu einem Zopf geflochten, kein Make-up in ihrem blassen Gesicht oder um ihre hellbraunen Augen, Kleidung, die auf Bequemlichkeit und schnelle Bewegung zugeschnitten war. Eins stand jedenfalls fest: Sie besaß die richtige Garderobe für eine Spionin – ganze Schubladen voll alter, ausgebeulter Sachen in dunklen Farben. Sie verstand es, sich unsichtbar zu machen.

3

Ava wohnte in Eden, genauer gesagt, im Eden's Landing, einer Wohnanlage mit nicht allzu vielen Stockwerken, errichtet aus rosa Marmor und Glasbausteinen, in der Nähe des National Aquarium. Unhistorisch und unsymmetrisch, war es der Sonnenpyramide in Tenochtitlán nachempfunden und hätte irgendwo zwischen San Diego und Malibu bestimmt ganz gut ausgesehen. Doch hier in der Hafengegend von Baltimore wirkte das Gebäude, als würde es vor seinen Nachbarn zurückschaudern und seine Terrassen ganz eng an sich ziehen. Eden's Landing schien die Vorstellung, hier in Baltimore gelandet zu sein, als Horror zu empfinden. Was Tess betraf, so beruhte dieser Horror auf Gegenseitigkeit.

Sie hatte an einer Bushaltestelle in der Pratt Street Position bezogen, weil sie dachte, von dort aus könne sie Ava in ihrem Mazda Miata am besten aus der Tiefgarage kommen sehen. Nach Rocks Aufzeichnungen müsste sie um 7:15 Uhr zur Arbeit gehen. Um genau 7:20 Uhr erschien Ava zu Fuß. Gleich die erste Überraschung des Tages, dachte Tess. Tatsächlich erleichterte das die Sache für sie, da sie ihren Toyota auf einem Parkplatz auf der anderen Seite der President Street abgestellt und die Verfolgung mit dem Fahrrad geplant hatte, weil das in der

Innenstadt viel praktischer war. Sie verstaute ihr Fahrrad im Kofferraum und eilte zurück in die Pratt Street.

Zum Glück ging Ava die Pratt Street ganz langsam hinunter. Die Fahrbahn war zwar verstopft, aber zu Fuß ging um diese frühe Stunde noch kaum jemand. Tess blieb kurz stehen, dann ging auch sie die Pratt Street entlang und versuchte, ihren Schritt der gemächlicheren Gangart von Ava anzupassen. Da ihr Haar von einer schnellen Dusche im Ruderklub noch etwas feucht war, kam sie sich auf dem fast leeren Gehsteig äußerst auffällig vor.

Ava war nicht der Typ, der zum figurbetonten kleinen Kostüm Sportschuhe und weiße Söckchen getragen hätte. Sie schlenderte in Wildlederpumps dahin, mit etwa acht Zentimeter hohen Absätzen und Riemchen um die Knöchel, wobei sie geradeaus vor sich hin schaute, ohne auf den klaren Morgen oder den atemberaubenden Blick auf den Hafen zur Linken oder den dunklen Schatten der USS Konstellation zu achten. Tess hätte ihr auf einem Dreirad folgen und dabei mit einem Fahrradglöckchen bimmeln können, und Ava hätte es nicht bemerkt. Das Einzige, was sie sah, waren teure Autos und gut angezogene Männer. Wenn beides zusammentraf, drehte sie sogar den Kopf und gestattete Tess einen Blick auf ein wohlbekanntes Profil. Die Hälfte der Frauen in Baltimore hatte genau dieses Profil, dank eines bestimmten Schönheitschirurgen.

Trotz ihrer vollkommenen Nase sah Ava für Tess nicht wie eine echte Rechtsanwältin aus, sondern eher wie das Bild, das ein Modemagazin von einer Anwältin hatte – was ein großer Unterschied war. Ihr glänzendes schwarzes Haar trug sie gelockt und offen, ohne Haarband oder etwa Schildpattspangen. Ihr perlgrauer Rock war kurz und saß gut, ihre karminrote Bluse war aus Seide und kurz geschnitten. Die Pumps, die farblich zur Bluse passten, hätten sich vier Straßen weiter nördlich bestimmt wie zu Hause gefühlt, auf diesem Straßenabschnitt voller Nacktbars und Pornoläden, der als »der Block« bekannt war. Und Avas Aktentasche aus glänzendem schwarzen Leder, das weicher aussah als Tess' Kopfkissen, schwang ihr viel zu locker in der Hand, als dass mehr darin hätte sein können als Wimperntusche und Lippenstift.

Sehr verdächtig, sagte sich Tess. Als junge Mitarbeiterin bei O'Neal, O'Connor und O'Neill müsste Ava doch mit Arbeit überladen sein, und zwar mit Arbeit, die wenig Ruhm, dafür aber viel Papierkrieg mit sich brachte. Aber wozu auch Ruhm, wenn man mit 80 000 Dollar pro Jahr anfing? Jeder wäre froh um so 'ne Arbeit, summte Tess, als Ava im Lambrecht Building verschwand, dem verspiegelten Wolkenkratzer, der der Sitz des Tri Os war. Die verspiegelte Außenhaut ließ ihr Eintreten ins Gebäude wie einen Zaubertrick erscheinen: Jetzt sah man sie noch, dann nicht mehr. Tess wartete ein paar Sekunden und ging dann um das Gebäude herum, wobei sie den Hintereingang entdeckte, der auf eine kleine Seitenstraße führte. Außerdem gab es noch ein kleines Café mit einem separaten Eingang. Sie fand keinen Punkt, von dem aus sie alle Eingänge klar im Blick behalten konnte. Und wenn Ava das Gebäude mit jemandem im Auto über die Tiefgarage auf der Ostseite verließ, würde Tess überhaupt nichts davon mitkriegen.

Wie ließ sich das ändern? Tess hatte noch nie jemanden beschattet. So eine Reporterin war sie nicht gewesen. Da sie über ganz verschiedene Themen schrieb, war eher sie diejenige gewesen, die von den Leuten verfolgt wurde, so gierig waren die immer auf Publicity. Sie hatte über Straßenprediger geschrieben, über frühreife Jugendliche, die ihren Uniabschluss viel früher machten als üblich, sogar über Lyndon B. Johnsons Facharzt für Fußkrankheiten, der sich jetzt in Arbutus zur Ruhe gesetzt hatte. (»Füße, die viel leisten müssen, die aber zarter aussehen, als man denken sollte«, hatte der Arzt zu ihr gesagt.)

Sie kehrte zurück zur Vorderseite und suchte sich eine Bank, von der aus sie einen ungehinderten Blick auf den Vordereingang und die Kreuzung zwischen Pratt und Howard Street hatte. Eine Obdachlose beäugte sie misstrauisch.

»Kennen Sie die Kraft des Geistes?«, wurde Tess von der zahnlosen Frau gefragt.

»Ja«, antwortete Tess, zog ein abgewetztes Exemplar von *Love's Lonely Counterfeit* aus ihrem ramponierten Rucksack hervor und kramte nach ihrem Walkman.

Die Frau rutschte ein Stückchen näher. Die Temperatur betrug bereits über 25° C, und obwohl sich der Morgennebel nur langsam auflöste, sah Tess voraus, dass es wieder ein schwüler Tag werden würde. Trotzdem trug die Frau eine graue Strickjacke über einem karierten Baumwollkleid, dicke Wollsocken und schwere Wanderschuhe. Sie roch nach Zigaretten, Schweiß und billigem

Fusel. Doch dahinter nahm Tess ganz vage noch einen anderen, vertrauten Geruch wahr. Das Parfum Lily of the Valley. Ihre Großmutter, Momma Weinstein, benutzte es.

»Mache ich Ihnen Angst?«, fragte die alte Frau hoffnungsvoll.

»Nein. Nein, überhaupt nicht.«

»Haben Sie dann vielleicht ein wenig Kleingeld?« Tess griff in ihre Hosentasche und reichte ihr eine verschrumpelte Dollarnote. Sie hatte wenig Mitgefühl für Bettler und gar keins für ihre Großmutter, die bei ihren nächsten Verwandten als alte Vettel galt. Aber für einen Dollar konnte sie sich vielleicht einen ruhigen Vormittag erkaufen. Die Frau versenkte den Geldschein in den üppigen Falten ihres Kleides und schaukelte sich glücklich vor und zurück, wobei sie leise sang. Tess seufzte und schaltete ihren Walkman an. Ella Fitzgerald, *Das Johnny Mercer Songbook.*

So saßen sie und ihre neue Freundin vier Stunden lang nebeneinander auf der Bank, ohne ein weiteres Wort zu wechseln. Johnny Mercer wurde von Jerome Kern abgelöst. »All the things you are«, »You couldn't be cuter« »I'll be hard to handle«. Ein Lied, das auf Ava passte. Tess hatte ihr Buch ausgelesen und fing wieder von vorne an. Für Beschattungen offensichtlich ein zu kurzes Buch.

Sie wollte das Buch gerade zum dritten Mal anfangen, als kurz nach zwölf Ava wiederauftauchte. Sie ging mit frischen Schritten nach Osten, die Aktenmappe in der Hand, jeder Zoll die wichtige Rechtsanwältin auf ihrem Weg zu einer wichtigen Verhandlung. Eine Rechtsanwältin, dachte Tess, die Selbstvertrauen besaß, weil sie heute Morgen das richtige Deodorant benutzt hatte. Ich boshaftes Ding, schalt sie sich selbst. Ich bin doch nur neidisch, weil ihr Kostüm mehr gekostet hat, als ich in einer Woche verdiene. Außerdem saß es auch noch perfekt, wie Tess bemerkte. Tess fand sich selbst schon gut angezogen, wenn ihre Hose nicht rutschte und ihre Bluse nicht aus dem Gürtel hing.

Aber heute hatte sich Tess natürlich so gekleidet, dass sie unsichtbar war. Jeans, ein weißes, weites T-Shirt, Turnschuhe. Sie machte sich keine Sorgen, dass Ava ihr Gesicht wiedererkennen würde, aber ihren Zopf hatte sie trotzdem unter einer schwarzen Perücke versteckt, einer Schöpfung der Geschwister Gabor. Die Perücke gehörte Kitty, die sie an einem erinnerungswürdigen Halloween-Abend getragen hatte, als sie eine vierzigjährige Kleopatra an der Seite eines einundzwanzigjährigen Julius Cäsar spielte, ein Anachronismus, von dem Shakespeare ihrer Meinung nach begeistert gewesen wäre. Tess gefielen diese rabenschwarzen Haarflechten, aber sie war sich nicht sicher, ob sie wirklich so unauffällig aussah, wie sie es beabsichtigte. Sie hatte das Gefühl, dass die miserablen schwarzen Strähnen sie eher wie eine Möchtegern-Rastafari aussehen ließen, oder wie Crow mit seinen grünen und schwarzen Dreadlocks.

Sie hätte angenommen, dass Ava zunächst nach Osten gehen, dann aber in nördliche Richtung abbiegen würde, in die St. Paul Street zum Gerichtsgebäude. Doch Ava ging geradeaus weiter und so zielstrebig wie eine heimkehrende Brieftaube auf die Galerie zu. Die Galerie war ein vierstöckiges Einkaufszentrum, im obersten Stock lag das Renaissance Harborplace Hotel und in den übrigen Stockwerken waren genau die Läden, die man in solchen Einkaufszentren in sämtlichen Städten Amerikas findet. Tess hätte eigentlich gedacht, dass das ein wenig zu gewöhnlich für Ava wäre, doch Ava gurrte geradezu vor Vergnügen, als sie durch die Glastüren ging, und breitete die Arme aus, als wolle sie all die möglichen Einkäufe umarmen, die ihrer harrten.

Tess, die unter ihrer Perücke höllisch schwitzte, schob und quetschte sich durch das überfüllte Einkaufszentrum und versuchte, den richtigen Abstand zwischen sich und Ava zu bewahren. Glücklicherweise hatte Ava nur Augen für die Schaufenster. Sie blieb stehen, um ihr perfektes Spiegelbild zu überprüfen, und ging dann wieder weiter, wobei sie hie und da auf die Uhr sah. Ihrem Einkaufsbummel schien ein Plan zugrunde zu liegen, eine Art Tagesordnung, die Tess jedoch nicht durchschaute.

Amaryllis, ein kleiner Juwelierladen, lockte Ava nach drinnen. Tess sah von außen zu, wie Ava eine Angestellte bat, ihr ein seltsames, auffälliges Halsband zu zeigen, eine Silberkette voller Amulette und Medaillons. An den meisten Menschen hätte es grässlich ausgesehen, aber für Avas weißen Hals und ihre karminrote Bluse war es genau das Richtige. Ava reichte es mit einem hübschen bedauernden Kopfschütteln zurück. Es ist einfach nicht ganz so perfekt wie ich, schien sie zu sagen.

Sie machte weiter mit ihrem Schaufensterbummel; viele Läden betrat sie nur, um die Ware mit Verachtung zu strafen. Immer wieder sah Tess sie etwas hochhalten

– eine Tasche, ein Kleid, ein Tuch, einen Gürtel – und es dann wieder mit demselben bezaubernden Kopfschütteln zurücklegen. Nichts passte ihr. Je teurer der Gegenstand war, desto mehr schien es sie zu betrüben.

Bei Victoria's Secret kam Tess Ava so nahe, wie sie es nur wagen konnte, und versteckte sich hinter einem Regal mit Push-up-BHs. Ava ließ ihre Hand über einen Verkaufstisch mit Unterwäsche gleiten, zog sie dann aber zurück, als habe der Polyesterstoff ihre Haut beleidigt. Und doch streckte sie sie gleich wieder aus und strich womöglich noch leichter über einen Stapel von burgunderroten Höschen. Diesmal fielen zwei Paar davon in ihre offene Aktentasche.

Tess blinzelte vor lauter Schreck mit den Augen. Die warnenden Worte ihrer Tante fielen ihr sofort wieder ein. Die Unterwäsche musste wohl zu Boden gefallen sein. Oder Ava benutzte ihre Aktentasche als Einkaufskorb und hatte vor, am Ende für alles zu bezahlen.

Sie konnte keine Diebin sein.

Ava ging zu einem Tisch voller Hemdchen und wiederholte denselben Trick. Berühren, zurückziehen, einstreichen – in die Aktentasche! Wenn Tess richtig mitgezählt hatte, besaß Ava jetzt zwei Paar Höschen in Burgunderrot und drei smaragdgrüne Unterhemdchen. Eine Verkäuferin näherte sich ihr, als sie die Spitze an einem Nachthemd befühlte, und Ava hob die rechte Hand in einer freundlichen, aber deutlichen Warnung. »Ich schaue mich nur um«, deutete sie mimisch an und verließ schnell den Laden. Niemand hielt sie auf.

Ava, die Ladendiebin. Vielleicht war sie einfach nur

mit den Nerven völlig runter, dachte Tess. Ava, die Kleptomanin. Das könnte ihr seltsames Benehmen Rock gegenüber erklären. Aber war der Ladendiebstahl das Problem selbst oder nur ein Symptom? Und wenn er das Problem war, wie erklärte man damit die Tatsache, dass sie nachts nicht zu Hause war, oder den abgesagten Urlaub? Gehörte sie vielleicht zu irgendeinem seltsamen Verbrecherring, oder war sie einfach nur eine gelangweilte Anwältin, die sich in ihrer Mittagsstunde ein paar Kicks verschaffen wollte?

Rock wäre das egal. Er wäre mit diesem Bisschen Information schon zufrieden, würde sich geradezu darauf stürzen. Tess ging es anders. Instinktiv ahnte sie, dass das nur ein Teilchen aus einem ganzen Puzzle war, ein Schlüssel zu einer Tür, die sie noch nicht gefunden hatte. Eine einzige Tatsache war wie eine unreife Avocado, etwas, das man nicht drängen kann. Man wendete sie in Mehl und wartete ab.

So in Gedanken versunken, bemerkte Tess gar nicht, dass Ava weitergegangen war. Sie sah sie erst wieder, als sie gerade ein Stockwerk weiter unten von der Rolltreppe trat. Tess versuchte ihr schnell zu folgen, aber die Rolltreppe war mit gedankenlosen Touristen vollgestopft, mit der Art von Leuten, die sich nicht rechts in die Reihe stellen, damit andere links vorbeigehen können, sondern davon ausgehen, dass jeder gerade Urlaub hat. Wenn sie jetzt keine Leute durch die Gegend werfen wollte, musste sie einfach abwarten, bis sie an der Reihe war, die drei Meter gerippten Gummi zu überqueren, die Ava bereits überschritten hatte.

Als Tess endlich das Erdgeschoss erreichte, war Ava verschwunden. Tess glaubte noch, sie am Ende des Gebäudes zu erspähen, wo die Läden aufhörten und die Hotellobby begann. Aber nein, da war kein Aufblitzen von Karminrot oder Perlgrau, keine Aktenmappe, die von grünen Hemdchen und burgunderroten Höschen überfloss, keine dunklen Haare.

Ava war verschwunden.

Tess rannte nach draußen, in der Annahme, sie könne sie da doch noch aufspüren. Möglicherweise kehrte sie in ihr Büro zurück, um Todesanzeigen in die Akten der Asbestopfer einzuordnen oder wieder einmal einen unglücklichen Angehörigen abzuwimmeln. Oder sie war vielleicht bei dem kleinen Amphitheater auf der anderen Straßenseite stehen geblieben, wo in den warmen Monaten Jongleure und Feuerschlucker auftraten. Aber als sich Tess einen Weg durch den Halbkreis von glotzenden Touristen gebahnt hatte, gab es da gar keine Darbietung, sondern nur einen alten Mann, der auf dem heißen Gehsteig schlief.

»Ob der tot ist?«, fragte eine Frau unbestimmt in die Runde.

Angewidert riss sich Tess die Gabor-Perücke vom Kopf, sodass ihr verdrücktes, vom Schweiß an den Kopf geklebtes Haar zum Vorschein kam. Drei skandinavische Studenten missverstanden das als Eröffnungsgag einer Straßendarbietung und warfen ihr einen Dollarschein zu, wobei sie wie wild applaudierten.

»Was glaubt ihr denn, was das werden soll, vielleicht der mickrige Abklatsch so einer Pornoshow vom

Block?«, fragte Tess. »Oder eine Kunstperformance, die meine Verehrung für Blaze Starr ausdrücken soll?«

Die Studenten klatschten und schrien etwas, was in ihrer Muttersprache wahrscheinlich »Weitermachen, weitermachen, weitermachen« hieß.

Tess ließ die Perücke in ihrer Hand baumeln und schaute auf den Dollarschein auf dem Pflaster hinunter. Das blonde Trio, mit von Sonnenbrand geröteten Gesichtern, sah sie erwartungsvoll an. Sie wollte den Geldschein schon zurückwerfen, überlegte es sich dann aber anders. Sie hatte der alten Frau auf der Bank ihren letzten Dollar gegeben. Dieser Schein hier würde zusammen mit den Münzen in ihrer Hosentasche für eine Tüte Pommes frites reichen. Tess wirbelte die Perücke herum, steckte das Geld ein, warf ihren skandinavischen Bewunderern eine Kusshand zu und rannte zu den Verkaufsständen. Die Beschattung konnte warten.

Jetzt war erst mal Mittag.

4

Achtzehn Jahre lang hatte Tess' Onkel Donald so etwas wie ein bewegliches Ziel in der Staatsregierung dargestellt und war von einem Nichtstuerjob zum anderen gesprungen, immer um eine Nasenlänge den Gesetzgebern voraus, die ihn in gelegentlichen Anfällen von Verantwortungsgefühl für den Verbleib der Steuergelder einsacken wollten. Sein neuester Ruheplatz war ein kleines Büro ganz oben, zumindest im wörtlichen Sinn, in der Abteilung für Lizenzen und Konzessionen. Sein offizieller Titel: Direktor des Ressorts für Betrug und Verschwendung. Seine Stellvertreterin: Tess.

»Weißt du, das klingt, als würdest du Betrug und Verschwendung betreiben«, sagte Tess, als sie das Büro ihres Onkels betrat. Es war klein, besaß aber ein Fenster auf den St. Paul Place hinaus, mit einem hübschen Blick auf einen langen, schmalen Grünstreifen, der von Unkraut überwuchert und fast erstickt war.

»Sollte ich vielleicht auch«, sagte er liebenswürdig. »Ich hätte nichts dagegen. Zumindest wäre ich dann den Tag über beschäftigt.«

Donald Weinstein, ein kleiner Mann mit rundem Bauch und dünner werdenden braunen Haaren, war in seiner Jugend eine Schönheit gewesen, aber sein gutes Aussehen war gleichzeitig mit seiner Macht geschwunden und hatte nur noch einen vollen Schmollmund und glänzende braune Augen hinterlassen, was gar nicht zu seinem blassen, faltigen Gesicht passte. Er reichte seiner Nichte einen schmalen Ordner, der für ihn die Arbeit einer Woche bedeutete. Tess setzte sich auf den braunen Plastikstuhl vor seinem Schreibtisch und blätterte Notizen und Aufzeichnungen der anderen Abteilungen durch.

»Sehr eindrucksvoll«, sagte sie. »Hier steht, dass im Gesundheitsamt eine niedrigere Wasserrechnung erreicht wurde, indem man einen undichten Hahn reparieren ließ. Das Arbeitsamt hat billigere Donuts für das monatliche Angestelltentreffen gefunden. Und das Umweltministerium hat seine gebührenfreie Rufnummer für Infos über den gezeitenabhängigen Wasserstand in den Feuchtgebieten gekappt, die eh nie jemand benutzte, außer den Angestellten selbst, die angestiefelt kamen und dort ihre Ferngespräche führten. Was wird Maryland denn mit diesem ganzen Haufen zusätzlichem Geld machen?«

Unter Tess' Händen und an ihrem Computer würden sich diese Dinge in Pressemitteilungen verwandeln. *Gesundheitsministerium senkt Kosten und handelt umweltbewusst!* Oder, im Fall der Donuts: *Linda Fair, aufgeweckte Angestellte des Arbeitsamts, fand heraus, dass Neuabschlüsse mit Versorgungsunternehmen zu beträchtlichen Einsparungen führen können.* Sie schrieb immer zwei Ausfertigungen – eine zur Verteilung innerhalb der Ämter, die andere als Pressemitteilung. Die Sache aus dem Umweltamt würde sie auf dem zweiten Blatt weglassen, weil auf der Notiz der Stempel NFMB (nicht für die Medien bestimmt) stand. Es gab keinen Anlass, die Medien auf solche Ferngespräche hinzuweisen. Für diese ganze Arbeit zahlte Donald ihr hundert Dollar, was auf fünfzig Dollar Stundenlohn hinauslief, obwohl es mit zehn Dollar Stundenlohn auf dem amtlichen Abrechnungsblatt aufgeführt wurde, das Tess jede Woche ausfüllte. Das war keine schlechte Art und Weise, sich seinen Lebensunterhalt zu verdienen. Sie hätte nichts gegen sieben weitere solche Jobs gehabt.

»Hast du schon was gegessen?«

»Ja, unten am Hafen.«

»Schade. Ich dachte, wir könnten zu Tio raufgehen.«

»Ich war schon seit Jahren nicht mehr bei Tio Pepe.« Seit Jonathan Ross sie damals eingeladen hatte, als er gerade so gut bei Kasse war, weil er bei einer neuen Zeitung hatte einsteigen können und noch die Abfindung der vorherigen kriegen sollte.

»Wir könnten Sangria trinken. Sehen und gesehen werden. Uns die Dessertkarte bringen lassen und dann doch nichts bestellen. Na ja, vielleicht ein Stückchen Pinienkerntorte. Egal, was die Leute sagen, es ist immer noch das beste Restaurant von ganz Baltimore.«

»Ist ja auch ziemlich teuer. Hast du jetzt ein Spesenkonto? Oder bist du groß bei den Pferdewetten eingestiegen?«

»Ich glaube, man nennt so etwas ein ›Konto für Sonderausgaben‹.« Er zwinkerte ihr zu. »Aus dem bezahle ich dich auch.«

»Also begehst du *tatsächlich* Betrug und Verschwendung.«

Donald lachte. »Wenn es diese Sparmaßnahmen nicht gäbe, Tess, hätte ich für dich bestimmt schon einen Vollzeitjob aufgetan. Dann würdest du fünfhundert Dollar pro Woche und sämtliche Sozialleistungen bekommen, und zwar für dieselbe Arbeit, die du jetzt für hundert Dollar machst. Und ich hätte ein bisschen Gesellschaft.«

»Vielen Dank, Onkel Donald, aber ich glaube, ich wäre keine sehr gute Staatsangestellte. Mir fällt es schon schwer genug, für diese Presseberichte den richtigen Ton zu treffen. Du weißt schon – etwas ›empfangen‹ statt es einfach zu ›kriegen‹. Oder ein Plan zu ›umfassenden Zustelldiensten‹. Ich wäre niemals dieses smarte junge Ding, das herausfindet, wo es die billigsten Donuts gibt.«

Sie küsste ihn schnell auf die Wange. Er roch wie das Wohnzimmer einer alten Dame. Nach Haaröl und muffigen Polstermöbeln, mit einem Anflug von Pfefferminzbonbons. Die Geschwister ihrer Mutter waren alle älter, viel älter als Judith Weinstein, eine Nachzüglerin, die fast zwölf Jahre nach Mickey, dem jüngsten der vier Jungen, auf die Welt gekommen war. Donald musste in den frühen Sechzigern sein, schätzte Tess.

An der Tür drehte sie sich noch einmal um und sah ihn an. Er war einmal ein wichtiger Mann gewesen. Geldeintreiber zwar, aber mit einer großen Zukunft. Wenn sein Chef nicht wegen Postbetrugs verurteilt worden wäre, hätte Donald heute in der Staatsregierung sitzen und dem Gouverneur Informationen zuflüstern können, anstatt hier in seinem leeren Zimmer die Zeit totschlagen zu müssen. Onkel Donald war inzwischen so oft versetzt worden, dass er überhaupt nichts Persönliches mehr mit ins Büro brachte, außer den Formularen für die Pferdewette und einem Kanzleiblock. Papierpferdchen spielen nannte Onkel Donald sein Laster.

»Stehst du gut?«, fragte Tess.

»Aufs ganze Jahr gesehen schon. Trotzdem, es war eine miese Woche. Ich kann diese kalifornischen Pferde nicht leiden. Krieg irgendwie kein Gespür für sie.«

»Du wettest aber doch keine großen Summen?«

»Die echten Summen wette ich an der Börse. Das ist aufregender. Sag mal – willst du wirklich nicht, dass ich mich mal ein bisschen umhöre, ob es hier beim Staat nicht doch etwas für dich gibt? Ich bin eigentlich sicher, dass ich für dich so einen kleinen Job für 30000 Dollar pro Jahr finden könnte, mit guter medizinischer Absicherung.«

Tess schaute sich in dem kahlen Büro um, mit dem einen Fenster und den Wettformularen auf dem Schreibtisch. Sie warf ihrem Onkel eine Kusshand zu und rannte dann die elf Treppen hinunter, als wäre etwas hinter ihr her. Als sie auf der Straße war, ging sie zu einem forschen Schritt über, hielt aber nicht mehr an, bis sie bei ihrer Wohnung war.

Sieben Stunden später, als sie ihre Arbeit für Onkel Donald erledigt und ihre allabendliche Laufrunde hinter sich gebracht hatte, bezog Tess wieder Stellung vor der Tiefgarage des Eden's Landing. Diesmal saß sie allerdings in ihrem Toyota und wartete, ob Ava das Haus verlassen würde. Sie wusste, dass Ava zu Hause war, denn Rock hatte erst vor ein paar Minuten mit ihr am Telefon gesprochen und dann gleich Tess angerufen.

»Sie hat mir gesagt, dass ihr eigentlich nicht danach ist, heute Abend auswärts zu essen«, sagte er. »Hat gesagt, dass sie den ganzen Abend zu Hause bleiben will.« Er hatte Tess nicht gebeten, sie zu beobachten, und Tess hatte ihm nicht gesagt, dass sie es vorhatte. Schließlich bezahlte er Tess dafür, dass sie sich diese unschönen Gedanken an seiner Stelle machte.

Zwanzig Minuten später überkam sie fast so etwas wie Genugtuung, als Ava in ihrem silberfarbenen Miata aus der Tiefgarage des Eden's Landing kam. Tess folgte ihr etwa eineinhalb Kilometer weit, durch die Innenstadt und nach Federal Hill hinein, zu einem Fitnessstudio, einem sehr geräumigen Gebäude, in dem um die Jahrhundertwende drei Frauen bei einem an sich belanglosen Feuer umgekommen waren.

»Warum lügst du ihn denn an, wenn du zum Training gehst?«, fragte Tess Ava in ihrem Auto. »So etwas findet Rock doch immer gut, auch wenn die Geschichte des Studios nicht so ganz politisch korrekt ist.«

Als das Studio eröffnete, wurde das in den Leitartikeln des *Beacon* als sehr unsensibel verurteilt. Männer und Frauen, die behaupteten, Nachkommen der toten Frauen zu sein, bildeten Mahnwachen vor dem Gebäude. Fernsehreporter wuselten überall herum, aber das hübsche Gebäude war so fotogen, dass sich die Leute regelrecht darum rissen, Mitglied zu werden. Schließlich erinnerte sich jemand auch noch, dass alle drei Brandopfer junge Mädchen gewesen waren, unverheiratet und kinderlos, und die Mahnwachen verschwanden. Das Fitnessstudio wurde ein voller Erfolg.

Tess hätte sich, sogar als sie noch einen Beruf hatte, solch ein schickes Studio niemals leisten können, aber sie wusste, wie sie sich Zutritt verschaffen konnte.

»Ich hätte gerne ein paar Infos zur Mitgliedschaft«, sagte sie zu der magersüchtig aussehenden Blondine am Empfangstisch. Die Blonde seufzte und drückte auf einen Knopf hinter dem Tisch. Eine Aufnahme von einem wilden Jubelgeschrei, wie es etwa eine Menschenmenge ausstößt, wenn jemand in der letzten Sekunde vor dem Abpfiff noch ein Tor schießt, schallte durch den ganzen Club. Na, großartig, dachte Tess, hoffentlich wissen jetzt alle, dass ich hier bin.

Da eilte auch schon ein gewisser Dale, wie man auf seinem Namensschildchen lesen konnte, auf sie zu. Klein und muskelbepackt, trug er ein so enges gestricktes Polohemd, dass Tess in der Mitte seiner wohlgeformten Brust jedes einzelne Haar zählen konnte. Sieben waren es im Ganzen. Seine weißen Hosen saßen nur eine Idee weniger eng. Sogar sein straff zurückgekämmter Pferdeschwanz, der nur ein paar Zentimeter lang war, sah fest und biegsam aus und so gewölbt wie ein Bizeps.

»Ich heiße Dale und bin Ihr Botschafter in Sachen Fitness«, sagte er und schüttelte Tess enthusiastisch die Hand. »Interessieren Sie sich für unser Platinprogramm oder für unser Goldprogramm?«

»Wahrscheinlich für das in Zirkonium.«

Er sah sie verständnislos an.

»Kleiner Scherz«, erklärte Tess. »Ich will jedenfalls

die beste Mitgliedschaft, die Sie zu bieten haben. Aber ich möchte erst mal sehen, was es hier so gibt, bevor wir über die Kosten sprechen.«

»Natürlich.« Er legte ihr besitzergreifend die Hand ins Kreuz wie ein Steuerruder. Tess machte sich von dieser Hand frei.

»Ich dachte, ich seh mich hier erst mal allein um. Schau mir die Umkleidekabinen an, verstehen Sie. Ich nehme an, die sind für Frauen und Männer getrennt?«

Dale, der seine Provision schon davonschwimmen sah, behielt dennoch sein breites, forsches Lächeln bei. »Kein Problem! Aber Sie müssen mir nur schnell ein Formular unterschreiben, dass Sie sich hier auf eigene Verantwortung bewegen. Dann haben wir Ihren Namen und Ihre Telefonnummer bei den Akten.«

Tess nahm das Klemmbrett, das er ihr reichte. Da war kein Formular zu sehen, nur ein leeres Stück Papier mit Raum für einen Namen und eine Telefonnummer. Sie hatte eine plötzliche Vision, wie sie nachts mit Anrufen von Dale bedrängt wurde, der sie bat, das Studio doch wenigstens für drei Monate auszuprobieren, oder auch für zwei Monate, oder nur für einen Monat.

Tess Duberville, schrieb sie sorgfältig und fügte die Nummer des Wetteramtes hinzu. Sollten sich doch Thomas Hardy und die Wetterfrösche mit den Beitrittsmodalitäten auseinandersetzen.

Jetzt war Tess frei, ihre eigene Tour durch die alte Fabrik zu machen, und spazierte durch das Studio, wobei sie jedes Gerät inspizierte und nach Ava Ausschau hielt. Ihre Bewunderung für die gepflegten deutschen Geräte brauchte sie nicht zu heucheln. Das Studio war gut geführt und bot überall jene kleinen Aufmerksamkeiten, die Menschen erwarten, wenn sie bis zu zweitausend Dollar Mitgliedsbeitrag pro Jahr zahlen. Flauschige weiße Handtücher, Stapel neuer Zeitschriften neben den Hometrainern, Farbfernseher, die von der Decke herabhingen. Man konnte sich sogar Kopfhörer für die Fernsehgeräte ausleihen, damit man ungestörter zuhören konnte, trotz des Aufknallens der Gewichte und des Surrens von Dutzenden von Maschinen, die alle nirgendwohin fuhren. Für jemanden wie Tess, die bis zu drei Stunden täglich in Schweiß gebadet verbrachte, war dieser Ort die reine Versuchung. Sie hätte sich viel lieber die Geräte angesehen – und in manchen Fällen auch die Männer darauf –, als nach Ava zu suchen.

Wie sich herausstellte, ließ sich beides miteinander verbinden. Der Aerobicraum lag in der Mitte des Studios und hatte eine gläserne Hülle, er sah aus wie ein überlebensgroßer Ameisenhaufen. Und da, ganz vorne in der Mitte einer Gruppe, die Stepp tanzte, arbeitete sich Ava mit solcher Energie durch ihre Pflichtübungen, als wäre sie in einem Wettkampf. Während sie in Straßenkleidung zerbrechlich und sexy wirkte, sah sie hier nicht ganz so hilflos aus, in ihren Fahrradhosen aus weißer Spitze und einem dazu passenden Sportbüstenhalter. Ihre Beinmuskeln waren lang und wohlgeformt wie die einer Tänzerin; der Bizeps und die Bauchmuskeln gut ausgeprägt, wie es zurzeit für Frauen Mode war. Was ihre Brüste betraf – unmöglich groß für eine so kleine Frau und über jegliche Schwerkraft erhaben –, so schienen sie irgendwo außerhalb dieses Studios geformt worden zu sein.

Als die Gruppe zur Entspannungsphase überging, eilte Ava hinaus, während sie sich das Gesicht mit einem der weißen Handtücher des Clubs abtupfte. Nur wenige Minuten später schoss sie aus dem Umkleideraum wieder heraus und sah dabei auf ihre Uhr. Sie hatte bestimmt nicht geduscht, obwohl das Make-up auf ihrem Gesicht aufgefrischt und ihre Haare ordentlich gekämmt waren. Noch immer trug sie das winzige Höschen und den BH, mit einem hauchdünnen Leinenhemd darüber. Das durchsichtige Hemd betonte nur die ganze nackte Haut darunter.

Jetzt schien Ava plötzlich keine Eile mehr zu haben, sondern schlenderte auf den Eingangsbereich zu und blieb am Trinkwasserspender stehen. Obwohl sie den Mund an den Wasserstrahl hielt, schien sie, wie Tess bemerkte, nicht zu schlucken, und ihre Augen schossen unablässig hin und her. Als nun ein weißhaariger Mann, der eindeutig nach Oberschicht aussah, mit einem Squashschläger in der Hand an ihr vorbeiging, richtete sie sich auf wie ein Schachtelteufelchen und begrüßte ihn mit süßer, klarer Stimme.

»So eine Überraschung! Ich hätte nie gedacht, dass ich Sie hier treffen würde.«

Auf der anderen Seite der Eingangshalle heuchelte Tess plötzliches Interesse für ein Poster, das den Blutkreislauf zeigte, von der Unterhaltung der beiden konnte sie aber nur Bruchstücke aufschnappen. Sie schienen sich zu kennen, allerdings nicht besonders gut. Ava war ungewöhnlich ehrerbietig, vielleicht, weil der Mann schon alt war, und hing mit den Blicken an seinem Gesicht, als wäre alles, was er sagte, ungeheuer faszinierend.

»... komme genauso gern wegen der Massagen her«, sagte soeben dieser Mann, der wie ein Patrizier aussah. Tess bemühte sich, Avas Antwort zu hören, doch da bekam sie von einer riesigen Hand einen solchen Schlag zwischen die Schulterblätter gedroschen, dass ihr der Atem stockte.

»Wollen Sie jetzt diese Dets zur Mitgliedschaft?« Dale, der Fitnessbotschafter, hatte sich hinter sie geschlichen, mit einem beunruhigend dicken Ringbuch in Händen.

»Dets?«

»Details.«

»Oh, natürlich. Ich geh nur schnell raus zu meinem Beamer und bring mein Scheckbuch mit rein.«

Scheckbuch, das Zauberwort. Beamer tat auch nicht weh.

Dale strahlte und drosch noch einmal auf Tess ein. Als sie zu ihrem Auto rannte, überlegte sie, ob er wohl alle weiblichen Kunden so behandelte oder nur die, die mindestens dreißig Zentimeter größer waren als er.

Sie wartete im Auto, bis Ava herauskam, und beobachtete sie währenddessen durch die Glasfront des Clubs. Jetzt hatte sie es offensichtlich nicht mehr eilig, so wie sie sich da mit dem Mann mit dem Squashschläger unterhielt. Lebhaft, fast flirtend, beugte sie sich ihm entgegen und berührte ihn häufig in aller Unschuld. Federleichte Berührungen an seiner Schulter, seinem Handgelenk, seiner Hand. Das alles erinnerte Tess sehr an ihre Technik beim Klauen.

Als der Mann dann endlich ging, schien Ava ihr Gesicht abzuschalten. Sie würde keine so finstere Miene machen, dachte Tess, wenn sie wüsste, dass sich dadurch tiefe Falten um den Mund und auf der Stirn bilden. Ava rannte zu ihrem Auto und schoss so schnell aus ihrem Parkplatz heraus, dass Tess sie in den engen Straßen von Federal Hill fast verloren hätte. In der Light Street holte sie sie wieder ein und folgte ihr zurück zum Eden's Landing. Der Toyota, der sich normalerweise so anständig benahm, spuckte und gab Fehlzündungen von sich, als bettele er um Rücksicht. Tess fuhr ihn im zweiten Gang und konnte nur hoffen, dass Ava nichts mitbekam.

Sobald sie in ihrem Apartment war, ging Ava nicht mehr ans Telefon. Tess bemerkte das deshalb, weil sie sie in regelmäßigen Abständen anrief, von dem Münztelefon bei Vaccaro aus, einer Eisdiele in Little Italy, die nur einen Block entfernt lag. Nicht einmal der Anrufbeantworter schaltete sich ein. Wie konnte man es nur ignorieren, wenn das Telefon zehn-, fünfzehnmal klingelte? Ava kam Tess nicht gerade vor wie jemand, der das aushält und ein läutendes Telefon einfach ignoriert. Vielleicht sprach sie auf der anderen Leitung und war so in ihr Gespräch vertieft, dass sie nicht auf das Klicken achten mochte, das anzeigte, dass ein anderes Gespräch hereinkam. Oder sie hatte den Stecker rausgezogen, damit niemand sie erreichen konnte. Damit Rock sie nicht erreichen konnte.

Tess aß ein Pistazieneis und überlegte, was sie bisher

alles herausgefunden hatte. Ava klaute in Läden. Ava trainierte. Ava hatte höchstwahrscheinlich einen Silikonbusen. Und mehr Muskeln, als man denken sollte. Das sah nicht nach sehr viel aus. Es sah auch verdammt langweilig aus. Sie rechnete im Kopf zusammen, wie viele Stunden sie dazu bisher verwendet hatte – von 7:30 bis 12:30 Uhr, dann abends noch einmal zwei Stunden. Machte zusammen 210 Dollar. Langweilig, aber einträglich. Tatsächlich hätte sie gegen ein paar solche langweilige Tage nichts einzuwenden gehabt, obwohl ihr klar war, dass sie damit aufhören sollte, bevor sich ihre Stundenrechnung auf tausend Dollar belief. Sie wollte ja Rock nicht um seine Ersparnisse bringen.

5

Ihre ersten Erfolge hatte sie leicht einfahren können, und so erkannte Tess, dass sich Beschattungsarbeit finanziell lohnte. Am zweiten Tag, dem Freitag vor dem Labor-Day-Wochenende, wartete Tess vor dem Lambrecht Building bis vierzehn Uhr, doch Ava kam erst heraus, als Rock sie zu einem Wochenende an der Ostküste abholen wollte. Tess beobachtete, wie Rock Avas Taschen in sein Auto lud – zwei Taschen, stellte sie fest, für ein Wochenende von drei Tagen. Unvermittelt streckte er die Hand aus und packte Ava am Handgelenk, als hätte er Angst, dass sie davonlaufen könnte. Er zog sie an sich und umarmte sie heftig. Schon vom bloßen Hinsehen taten Tess die Rippen weh. Doch Ava krümmte nur den Rücken und überließ ihren Körper der Umarmung, während sie das Gesicht von Rock abwandte und über seinen Kopf hinweg auf etwas starrte, was Tess nicht sah. Sie fuhren los in Richtung Autobahn, in Rocks selten benutztem Honda mit dem Boot auf dem Dach.

Warum seid ihr beiden bloß miteinander verlobt?, fragte sich Tess, als das Auto verschwand. Sie hatte Rock schon manchmal beim Einkaufen beobachtet, wo er völlig geistesabwesend dastand und für nichts außer seine Kaffeebohnen Interesse aufbringen konnte. »Das

Größte ist immer das Beste, stimmt's? Wenn dieser Reis hier mehr kostet, muss er auch besser sein, stimmt's?« Er war ein paar Jahre älter als sie, und was er da an Leben durch sein Mikroskop beobachtete, das musste, so viel begriff Tess, wohl auch den Betrachter dazu anregen, sich zu vermehren und weiterzuwerkeln.

Und dann war da Ava, schön, tüchtig und heiratswillig. Er fragte sie nie, warum sie ihn heiraten wollte. Er sah das einfach als Zeichen eines außerordentlichen Glücks, als Beweis, dass der teuerste Reis tatsächlich immer der beste war.

Tess verbrachte das Wochenende in der Buchhandlung und versuchte, die Stunden hereinzuholen, die sie Kitty noch schuldete. Nur zu bald war wieder Dienstag und damit Zeit, den inzwischen vertrauten Posten vor Eden's Landing wieder einzunehmen. Dann Mittwoch, Donnerstag. Die Tage verstrichen ohne Ereignis. Ava ging zur Arbeit, ging zum Mittagessen, ging zurück zur Arbeit, ging nach Hause. Am Mittwoch traf sie sich mit Rock zum Abendessen, und Tess nahm sich den Abend frei. Später, als sie noch einmal mit Rock telefonierte, erzählte er ihr, dass Ava noch immer gereizt sei und ihm ausweiche und dass sie den Abend früh habe enden lassen, mit Klagen über viel Arbeit und entsetzliche Kopfschmerzen. Als Tess den Schmerz in seiner Stimme hörte, fragte sie sich kurz, ob sie ihm von den Ladendiebstählen berichten solle. Aber dann wäre alles wieder vorbei, und Tess merkte zu ihrer eigenen Überraschung, dass sie noch nicht so weit war, die Sache aufzugeben.

Am Freitagvormittag saß sie auf ihrer Bank vor Avas

Büro und beobachtete, wie die Polizei Bettler aufscheuchte. Bettler gab es schon immer in der Innenstadt von Baltimore – Tess konnte sich noch gut erinnern, wie ein Mann ohne Beine sie, als sie acht Jahre alt war, am Lexington Markt auf seinem kleinen Rollwagen die ganze Straße hinunter gejagt hatte –, aber jetzt war ihnen der Krieg erklärt worden. Die Stadt hatte »Sicherheitskräfte« eingestellt, die durch die Straßen patrouillierten und sie damit sicherer und netter machten, jedenfalls für diejenigen, die nur nach dem Weg fragen wollten. Die Stadtstreicher nannten diese Sicherheitskräfte die »Roten«, nach deren schicken Mützen. Vielleicht dachten die Stadtoberen, dass sie ihre neue Footballmannschaft wieder verlieren könnten, wenn die National Football League herausfand, dass es in Baltimore Bettler gab. Andererseits wäre das ein großartiger Name für das Team: die Baltimore Beggars. Nein – die Baltimore Hollow Men. Wenn doch nur T. S. Eliot anstelle von Poe hier in Charm City gestorben wäre, dann hätte es statt der Raben die Hohlen Männer geben können.

Die meisten Bettler gingen friedlich davon, einschließlich Tess' Banknachbarin, die ihr jeden Tag einen Dollar abgeluchst hatte, mit immer derselben Tour. Aber die Polizisten oder die Roten fragte sie nicht, ob sie ihnen Angst mache, sie verschwand einfach. »Ich weiß, was ich mache, damit ich nicht eingesperrt werde«, flüsterte sie Tess zu, als sie davoneilte, und zwar überraschend klar im Kopf. »Ich geh zu McDonald's rein.« Erstaunt sah Tess ihr nach. *Sie glaubt, ich sei eine von ihnen.*

Ein paar Meter neben ihr weigerte sich ein Herr in

einem abgewetzten blauen Anzug, seinen Platz aufzugeben. Er war groß und dünn, hatte eine vorzügliche Haltung und wiederholte immer wieder: »Ich bin von der Ostseite mit dem Auto herübergekommen, aber meine Batterie ist leer. Deswegen brauche ich jetzt nur vier Dollar, um mit dem Bus zurückzufahren.«

Tess kannte diese Worte; sie wurden in der Stadt besonders gerne benutzt. Die meisten Bettler probierten es damit und gingen dann wieder. Doch dieser Mann hier wollte nicht aufgeben, egal, wie sehr ihm die Bullen auch schmeichelten oder drohten. Sie ließ sich von diesem Bild so sehr gefangen nehmen, dass sie fast nicht bemerkt hätte, wie Ava aus dem vorderen Eingang kam. Sie wandte sich in Richtung Galerie, die Aktentasche in der Hand. Aber statt eines ihrer perfekten Kostüme – Tess hatte sie bisher in Grau, Schwarz, Rot und einem erstaunlichen Ton von Olivgrün gesehen – trug sie ein pflaumenfarbenes Kleid, ein seltsames Stück mit hochgeschlossenem Kragen und langen Ärmeln. Seltsam deshalb, weil es bei dieser Länge und diesem Schnitt eigentlich streng und konservativ hätte wirken müssen. Aber dieses Kleid strahlte Sex aus. Wie nannte Kitty diesen Stil? Ein Ausziehkleid, wie geschaffen dafür, mit einer einzigen heftigen Bewegung vom Körper gerissen zu werden.

In der Galerie machte sich Ava nach einer kurzen Aufwärmphase an ihr Diebstahlprogramm. Tess sah zu, wie sie wieder bei Amaryllis dasselbe silberne Halsband bewunderte, wie sie bei Ann Taylor einen Kaschmirpullover streichelte, wie sie bei manchen Waren abfällig lächelte oder zurückschauderte, bei Sachen, für die zu bezahlen sie sich niemals herablassen würde, obwohl sie sie eventuell für einen Diebstahl in Betracht ziehen mochte. Sie liebte es, Dinge zu berühren. Die Berührung schien ihr sogar mehr Vergnügen zu bereiten als der eigentliche Moment des Diebstahls; wenn wieder ein kleiner, glanzvoller Gegenstand den Weg in ihre ausgehungerte Aktentasche nahm. Tess war gespannt, was sie heute stehlen würde, aber nach einem kurzen Besuch im Coach, wo sie eine tannengrüne Aktentasche streichelte, die ihrer eigenen glänzendschwarzen aufs Haar glich, sah Ava auf die Uhr, verließ sofort den Laden und ging schnurstracks auf die Lobby des Renaissance Harbourplace Hotels zu, genau wie am ersten Tag.

Im Verlauf der vergangenen Woche hatte Tess im Beschatten von Ava ziemlich viel Übung bekommen. Sie blieb mindestens sechs Meter hinter ihr, den Blick auf einen Punkt etwa ein bis zwei Meter vor ihr gerichtet, die Kleidung dunkel und unauffällig. Um ihre Haare machte sie sich überhaupt keine Sorgen mehr, allerdings trug sie als besondere Vorsichtsmaßnahme eine Sonnenbrille. Hauptsächlich verließ sie sich darauf, dass Ava langsam ging und nie jemanden bemerkte, der nicht für sie von Nutzen war.

Heute aber ging Ava schneller als sonst und gewann einen zu großen Vorsprung. Als Tess die Entfernung wieder einholen wollte, ohne Aufmerksamkeit zu erregen, stieß sie ziemlich heftig mit jemandem zusammen und schaute in das ihr bekannte Gesicht eines Mannes. Schaute auf das Gesicht hinunter, genau genommen, denn der Mann war klein; er reichte ihr nicht einmal bis zum Schlüsselbein. Ärgerlich und verlegen sah Tess in ein Gesicht, dem sie keinen Namen zuordnen konnte, obwohl sie wie wild ihre Vergangenheit durchstöberte. College? Zeitung? Eine unerfreuliche Beziehung?

Obwohl so klein, hatte der Mann doch einen riesigen Kopf, der auf einem dürren Hals saß. Sein Kopf war so groß und sein Hals so dünn, dass der Kopf zu wackeln schien wie bei diesen Spielzeughunden, die sich manche Leute hinten ins Auto setzen. Tess schenkte ihm ihr wärmstes Lächeln und ihr herzlichstes »Hallo!«, in der Hoffnung, seine Antwort werde ihr einen Hinweis auf seine Identität geben, oder zumindest ein wenig Zeit, sich auf seinen Namen zu besinnen. Aber Großkopf glotzte sie an, als habe er sie noch nie gesehen.

So war es auch. Als er sich abwandte, wurde Tess klar, dass sie in eins der bekanntesten Gesichter Baltimores geschaut hatte, ein Gesicht, das man so oft sah, dass man sich unwillkürlich einbildete, man sei mit seinem Besitzer bekannt: Michael Abramowitz. Seine eng stehenden Augen blickten jetzt schon seit fast fünfzehn Jahren von Titelblättern und aus Fernsehbildschirmen. Seinen schlechten Ruf hatte er sich erworben, als er noch Pflichtverteidiger war, ein Schreihals, der die Leute verärgerte, weil er viel zu viel Erfolg verbuchen konnte für die angeklagten Mörder und Vergewaltiger, die er verteidigte. Abramowitz gewann gern, und obwohl er als armer Verwandter aufgewachsen war – ein entfernter Cousin eines innerstädtischen großen Vermögens, das auf Möbelschoner aus Plastik beruhte –, behauptete er immer, dass ihm das miserable Gehalt nichts ausmache.

Doch als er vor einigen Jahren damit aufhörte, war er mit derselben Zielstrebigkeit, die ihn bei der Ausübung des Amts eines Pflichtverteidigers so gut vorangebracht hatte, auf einmal hinter Geld her. Er wurde der Freund von denen, die betrunken Auto fuhren, wurde der König der Versicherungsbetrüger und der Star einer Werbung, die wunderbar im Trend lag und in der vor einem lodernden Kaminfeuer gesagt wurde: »Zwei Fehler addiert ergeben noch nicht ein Richtiges. Sie haben vielleicht einen Fehler gemacht, aber Sie können sich jetzt den richtigen Anwalt nehmen.«

Mit der Zeit wurden seine Werbungen immer seltsamer, was aber nur noch mehr zu seinem Ruhm beitrug. Er trat zusammen mit einem Dalmatiner vor die Kamera und kurze Zeit sogar mit einer vorgetäuschten Familie. Als aber ein Zeitungsartikel berichtete, dass er nie geheiratet oder Kinder bekommen habe, ging er dazu über, Banjo zu spielen, mit einer Reihe von Revuetänzerinnen hinter sich, die alle nach der Melodie von »Sweet Sue« sangen.

»Ev'ry star above / Knows when push comes to shove / You'll sue / Yes, you / Stars up in the sky / Tell you he's your guy / Michael who?/Will sue.« Sein massiges Gesicht und sein schwerer Baltimorer Akzent machten ihn wenigstens dem Namen nach zu einer Berühmtheit. Und das Geschäft machte ihn, wenn auch nicht reich, so doch auf obszöne Weise zufrieden.

Doch dann, als man gerade darüber zu spekulieren begann, ob Abramowitz wohl seine ständige Präsenz dazu benutzen würde, für sich eine erfolgreiche Bewerbung für ein hohes Amt auszuhandeln, warf er wieder alle öffentlichen Erwartungen über den Haufen, indem er O'Neal, O'Connor & O'Neill beitrat, dieser gesetzten Kanzlei der Blaublütigen, die die Öffentlichkeit scheuten, außer ein paar gelegentlichen Schnappschüssen bei einem Sinfoniekonzert oder anlässlich des berühmten Triple-Crown-Pferderennens. Abramowitz hatte den Reportern gegenüber den Akzent der Garbo nachgeahmt und sogar wörtlich den Satz benutzt, den sie in *Grand Hotel* sagte: »Ich möchte einfach nur in Ruhe gelassen werden.«

Vielleicht hatte er ja die Wahrheit gesagt. Heute jedenfalls eilte er schleunigst davon, als Tess so tat, als würde sie ihn wiedererkennen. Sie zuckte die Schultern und drängte in die Hotelhalle, wo sie nach Ava Ausschau hielt.

Kein Glück. Sie überflog die Liste der heutigen Veranstaltungen, ob vielleicht eine Konferenz dabei war, an der Ava teilnehmen wollte. Das aber schien zweifelhaft, außer, wenn Ava sich plötzlich in eine Gerichtsmedizinerin verwandelt hätte, was die einzige Berufsgruppe war, die heute hier tagte. Sie rief von einem Haustelefon aus den Empfangsschalter an und fragte nach der Zimmernummer von Ava Hill. Unter diesem Namen sei niemand eingetragen, sagte ein Mann mit zimperlicher Stimme entschieden. Sie wandte sich hastig vom Haustelefon ab und stieß ein zweites Mal mit Herrn Großkopf Michael Abramowitz zusammen.

Wieder musste Tess sich bremsen, dass sie ihn nicht anlächelte wie einen alten Freund. Es war schon erschreckend, was für eine Intimität das Fernsehen schuf. Diesmal sah Abramowitz sie fest und lange an. Tess fragte sich, ob er sie nicht vielleicht für eine chronisch Prozesssüchtige hielt, die sich gut gekleideten Leuten in den Weg warf und dann auf eine großzügige Abfindung hoffte. Er sagte aber nichts, sondern drehte sich lediglich um und ging zum Aufzug. Es war wirklich absurd, wie klein er aussah, bis auf den riesigen Kopf, und Tess dachte, dass es ihn bestimmt ermüden musste, den immer herumzutragen. Nicht einmal der Körper von Rock könnte einen so gargantuamäßigen Kopf leicht tragen.

Der Gedanke an Rock entzündete in ihrem Kopf eine ganze Reihe von kleinen Explosionen. Abramowitz. Avas Chef. Ava. Hotelhalle. Abramowitz und Ava. Nicht in der Hotelhalle, aber irgendwo dort oben.

»Aber er ist doch so hässlich«, sagte sie laut, wodurch sie sich einen bösen Blick von einer jungen Frau zuzog, die in der Nähe saß und ein kleines Kind auf dem Schoß hielt. Das Kind, ein kleiner Junge in einem Gewand aus weißer Spitze und mit einer ebensolchen Mütze, sah tatsächlich nicht besonders hübsch aus. Tess drehte sich rasch zur Seite, damit die Frau ihr Gesicht nicht sah, das vor lauter Verlegenheit und Lachen ganz rot geworden war. Als sie sich wieder gefasst hatte, ging sie zurück zu der Reihe von Telefonen am Eingang.

Sie bedachte, was sie da gesehen hatte. Ava und Abramowitz. Es war natürlich verlockend, die Schlussfolgerung zu ziehen, dass sie sich hier trafen, um irgendwelchen dunklen Geschäften nachzugehen, aber hatte sie dafür auch nur den geringsten Beweis? Wie sie es einschätzte, trafen sie sich in einer der Suiten dort oben mit einem Klienten, einem Angestellten von Sims-Kever vielleicht, der immer noch stilvoll reiste, auch wenn er seinen Opfern gegenüber auf völlig verarmt machte.

Tess zog die zerknitterten Blätter heraus, die Rock ihr vor einer Woche gegeben hatte, wählte die Nummer von Avas Büro und fragte nach ihrer Sekretärin. Eine Frau mit englischem Akzent kam an den Apparat. Eine interessante Einzelheit bei einer Kanzlei, die von drei Iren gegründet worden war, dachte Tess.

»Miss Hill, bitte.«

»Sie ist nicht da. Kann ich etwas ausrichten?«

Tess begann zu stottern, was nur halb geschauspielert war.

»Ach so, au Scheiße – ich meine, Entschuldigung, aber wissen Sie vielleicht, wo sie ist? Also, das klingt jetzt wahrscheinlich echt komisch, aber ich bin nämlich 'ne alte Freundin von ihr, von der High-School, und wir ham was ausgemacht wegen dem Mittagessen, und jetzt – also sollte man's glauben –, jetzt hab ich vergessen, wo ich mich mit ihr treffen soll. Könnten Sie vielleicht mal in ihren Kalender schaun, ob's da irgendeinen Hinweis drin gibt?«

Die Sekretärin schnaubte missbilligend und schaltete Tess dann auf »Bitte warten«. Ein paar Sekunden später war sie wieder am Apparat.

»Sind Sie sicher, dass das heute war? Ihre Mittagessen sind für den gesamten Monat ausgebucht, von zwölf bis zwei Uhr.«

»Ich muss da *wirklich* was durcheinandergebracht

haben. Hat sie morgen was? Hat sie nichts drinstehen, dass sie sich mittags mit … Becky treffen will?«

»Nein, da steht nichts. Soll ich veranlassen, dass sie Sie zurückruft?«

»Was? Was? Ich kann Sie nicht mehr verstehen. Das Telefon hier muss kaputt sein.«

Tess legte auf und griff nach dem Haustelefon, das daneben hing.

»Hier Rezeption.«

»Hi, ich bin's, aus der Küche.« Sie ging davon aus, dass der Mann an der Rezeption nicht würde zugeben wollen, dass er eine andere Angestellte nicht an der Stimme erkannte. »Mensch, in welchem Zimmer ist denn Mr. Abramowitz diese Woche? Ich kann's auf dem Zettel vom Zimmerservice nicht lesen, und du weißt ja, wie er ist, wenn sein Essen kalt ist. Er droht immer gleich mit einer Klage!«

»Er ist auf Zimmer 410. Und du bringst es besser sofort hinauf. *Du* weißt doch am besten, dass er das Essen spätestens um halb eins will. Er möchte nicht unterbrochen werden.«

Das reicht nicht, dachte Tess. Das reicht nicht an Information, um das Leben deines Freundes zu ruinieren. Sie atmete tief durch und sagte: »Damit er um eins den Nachtisch essen kann, oder?« Sie stieß das in diesem Moment genau passende scheue, verächtliche Lachen aus, das sie gar nicht an sich gekannt hatte.

Der Mann an der Rezeption schnaubte, nahm sich dann aber zusammen. »Bring einfach das Essen rauf. Sie sind beide oben.«

6

An diesem Abend lief Tess ihre anstrengendste Route. Sie rannte die Boston Street hinunter und in die Canton hinein. Vorbei an den teuren Eigentumswohnungen, die man direkt am Wasser hochgezogen hatte, als die Canton Street noch als das heiße Viertel der Zukunft galt. Dazu war es nie so richtig gekommen, und so standen nun lediglich einige hohe Wohnblocks zwischen den Reihenhäusern wie ein paar Gullivers im Lande Lilliput. Es wäre doch reizend, dachte Tess, wenn die Bewohner eines Morgens aufwachen würden und feststellen müssten, dass ihre teuren Behausungen über Nacht am Boden festgepflockt worden waren und dass nun all die um sie herumschwärmten, die bisher in ihrem Schatten gewohnt hatten.

Sie erhöhte ihr Tempo. Obwohl die Sonne schon untergegangen war, herrschte noch Schwüle, und ihr lief der Schweiß herunter. Sie hatte gehofft, dass ein tüchtiger Lauf sie abkühlen und ihre Gedanken klären würde, aber sie fühlte sich immer noch vergammelt und schmutzig, fest im Griff von miesem Essen und miesen Gedanken. Die vielen Pizzastücke und Hotdogs der letzten Woche schwitzten ihr aus den Poren, und in ihrem Kopf drängten sich die unangenehmen Bilder. Sie sah Ava Reizwäsche in ihre Aktentasche schieben, sah den großen Kopf von Michael Abramowitz, der auf seinem winzigen Körper schwankte wie ein unhandlicher Luftballon, als er zu seiner Verabredung mit Ava durch die Lobby des Renaissance Harborplace hüpfte.

Sie hatte mit ihrer instinktiven Abneigung gegen Ava recht gehabt, aber das bereitete ihr wenig Freude. Wie hatte sie nur so dumm sein können, diese Situation nicht vorherzusehen? Denn Kitty hatte das alles ja nur zu deutlich erkannt. Von Anfang an hatte Tess gehofft, dass Ava Übles im Schilde führte, und hatte es genossen, dass sie die Möglichkeit bekam, es zu beweisen, in dem Glauben, es sei eine gute und nützliche Tat, Rocks Verlobung zu lösen. Sie hatte sich zwar vorstellen können, wie es wäre, Ava zu beschatten, und hatte es am Schluss sogar genossen. Sie hatte sich die langen Stunden damit vertrieben, zu überlegen, was sie mit dem Geld anstellen wollte, das Rock ihr gab. Aber sie hatte sich niemals vorgestellt, wie es wäre, Rock darüber Bericht zu erstatten.

Bei dem Gedanken an Rocks Gesicht rannte sie noch schneller.

Sie konnte es nicht, nicht für alles Geld der Welt. Aber auf ihre Bezahlung wollte sie auch nicht verzichten. Und sie wollte auch, dass Rock erfuhr, was sie entdeckt hatte, nur, es ihm zu sagen, diese Verantwortung wollte sie nicht übernehmen.

Es gab nur eine Möglichkeit. Ava musste es gestehen, und Tess würde sie irgendwie dazu manipulieren müssen.

Zu Hause in ihrer Wohnung, frisch geduscht und mit Talkum bepudert, wählte Tess Avas Telefonnummer. Der Anrufbeantworter schaltete sich ein. Sie wollte gerade auflegen, da hatte sie eine plötzliche Inspiration. Sie wusste, was Ava dazu bringen würde, ans Telefon zu gehen, falls sie denn zu Hause war und mithörte.

»Miss Hill?«, fragte sie mit der hellen, fast zu klaren Stimme eines Collegemädchens, mit einer Stimme, die am Ende eines jeden Satzes sogar noch höher wird.

»Hier spricht Denise von Nordstrom? Ich habe Sie bedient, als Sie zum letzten Mal bei uns waren? Also, ich wollte Ihnen nur sagen, dass wir einen ganz besonderen Ausverkauf von Donna-Karan-Artikeln machen, einen Ausverkauf, den wir nur unseren ganz besonderen Kundinnen zwei Tage vorher ankündigen, und ich wollte Sie jetzt nur über die Einzelheiten informieren? Wir geben auf einige Herbstkostüme bis zu 75 Prozent Rabatt?«

Ava nahm ab. »Ja, ich bin da. Haben Sie noch ein paar in Größe vier?«

Völlig überwältigt von dem Erfolg ihres Plans, bemerkte Tess, dass sie sich den nächsten Schritt gar nicht überlegt hatte. Sie kehrte zur Wahrheit zurück.

»Eigentlich bin ich gar keine Verkäuferin bei Nordstrom. Ich bin Privatdetektivin – jedenfalls so etwas Ähnliches, und ich habe Sie beschattet. Ich glaube, es wäre in Ihrem Interesse, wenn Sie sich mit mir treffen würden.«

Ava legte auf. Tess rief wieder an und hatte wieder den Automaten am Apparat, aber sie wusste, dass Ava daneben stand und horchte.

»Ich habe da so ein paar Informationen, Miss Hill«, sagte sie und konnte nur hoffen, dass ihre Stimme kühl und erfahren klang. »Informationen über Ihre … Betätigungen in der Mittagspause. Informationen, die ich meinem Klienten weitergeben werde, wenn Sie sich nicht mit mir treffen.«

Sie spürte, dass Ava dort drüben, nur ein paar Straßen entfernt, wartete und überlegte. Nach einer Woche Beschattung fühlte sich Tess ihrer Beute seltsam nahe. Sie mochte sie zwar trotzdem nicht, aber sie spürte etwas Trauriges und Kaputtes an ihr, wodurch sie schwerer zu hassen war. Sie wollte Avas Version der ganzen Geschichte hören, auch wenn sie bezweifelte, dass sie sie würde glauben können. Aber davon sagte sie ihr nichts, sie sagte überhaupt nichts mehr, während sie darauf wartete, dass die Verbindung mit einem Piepen unterbrochen würde.

Ava nahm ab, unmittelbar bevor das Band des Anrufbeantworters zu Ende war. »Am Sonntag«, sagte sie. »Um acht Uhr abends. Früher kann ich nicht.«

»Gut. Dann treffen wir uns im Point.«

»Im Point?«

»Das ist eine Bar, auch bekannt unter dem Namen Spikes Taverne, draußen an der Franklintown Road, ungefähr dort, wo die Interstate 70 endet.«

»Ich werde es bestimmt finden. Ich bin gespannt darauf, Sie zu sehen. Ich habe noch nie einen weiblichen Schnüffler kennengelernt.« Und sie knallte den Hörer wieder auf.

Soll sie ruhig diese Runde für sich verbuchen, beschloss Tess. Die nächste gewinne ich. Sie setzte sich an ihren Computer und schrieb zwei Theaterstücke, beide mit nur zwei Darstellern. Tess und Rock. Tess und Ava.

Der einzige Trick dabei würde sein, dass man die Darsteller dazu brachte, einem Text zu folgen, von dessen Existenz sie noch gar nichts wussten.

Am nächsten Morgen, einem bewölkten Samstag, nahm sie Rock bei der Hand, als sie zusammen das Jimmy's verließen.

»Komm, gehen wir ein bisschen spazieren«, sagte sie. Sie hatten beim Frühstück nicht über Ava gesprochen. Sie hatten jetzt zehn Tage lang *nicht* über Ava gesprochen, was hieß, dass sie praktisch aufgehört hatten zu reden. Es war einfach das einzige Thema auf der Welt.

»Weißt du etwas?«, fragte er.

»Ja, aber es ist nicht gerade einfach, es dir zu sagen.«

Er schluckte schwer und wurde unter seiner Sonnenbräune ganz blass. Tess führte ihn den Kai hinunter bis zu einer kleinen Bank, von der aus man den ganzen Hafen überblicken konnte.

»Ich habe Ava jetzt fast eine Woche lang praktisch ununterbrochen beobachtet. Ich glaube, ich weiß, was mit ihr los ist.«

Rock ließ keinen Blick von ihr, brachte aber kein Wort heraus. Er erinnerte Tess an einen alten Hund, der darauf vertraut, dass ihn sein geliebtes Herrchen nicht einschläfern lassen wird – bis Herrchen einfach keine andere Wahl mehr hat.

»Sie klaut in Läden. Kleinigkeiten, Sachen, die sie nicht einmal brauchen kann. Ich habe gesehen, wie sie Unterwäsche und Hemdchen eingesteckt hat, und zwar Sachen, die nicht mal ihre Größe hatten.«

Wie erwartet war das für Rock eine Erleichterung. Er seufzte, und die Luft entströmte seiner gewaltigen Lunge, als habe er sie tagelang angehalten. Diese Sache war zwar schlimm, aber doch bei Weitem nicht so schlimm, wie er befürchtet hatte. Er konnte damit umgehen. Er konnte ihr helfen. Er richtete sich auf, um etwas zu unternehmen.

»Ich bin sicher, dass sie droben im Phipps jemanden haben, der sich mit Kleptomanie auskennt«, sagte er und bezog sich damit auf die psychiatrische Abteilung an der Johns Hopkins. Tess wandte den Kopf ab, damit er nicht sah, dass sie lächelte. Er war so vorhersehbar. Natürlich war er sofort zu dem Schluss gekommen, dass Avas Diebstähle eine Krankheit und somit heilbar waren. Auf dieser Reaktion fußte ihr ganzer Plan.

»Ich habe mich schon erkundigt. Dr. Hauer ist der führende Experte für diese Art von Krankheit.« Diese Lüge bedrückte sie nun doch ein wenig, wie sie sie hier so glatt einem vertrauensvollen Freund servierte, aber zumindest der Name stimmte, sie hatte ihn aus einem ärztlichen Ratgeber, den die Johns Hopkins jedes Jahr an die Presse verteilte.

»Ich habe schon von ihm gehört. Er hat einen ausgezeichneten Ruf.«

»Ja, das stimmt. Aber seinen Rat zu befolgen, könnte dir trotzdem schwerfallen. Er sagt, es sei ganz wichtig, sie damit momentan *nicht* zu konfrontieren. Ich habe ihm geschildert, was ich beobachtet habe, und er sagte, seiner Meinung nach sei sie kurz vor der Krise. Wenn du jetzt ein wenig Geduld hast, wird sie sich dir bald anvertrauen.«

»Aber wenn sie geschnappt wird? Das könnte ihre Karriere ruinieren. Sie würde niemals als Rechtsanwältin zugelassen.«

Tess hatte auch diese Frage vorhergesehen. »Ich glaube nicht, dass das passiert. Dass sie geschnappt wird, meine ich. Ich habe sie doch nur deswegen ertappt, weil ich sie schon beobachtet habe, Rock. Die Verkäuferinnen beobachten sie ja nicht. Sie ist gut gekleidet, sie sieht wie eine nette, berufstätige junge Frau aus. Die sind viel zu sehr mit den Kids beschäftigt, die Schule schwänzen, als dass sie jemanden wie Ava beobachten würden. Aber falls sie tatsächlich eingesperrt wird, sagt Dr. Hauer, dann könne er erreichen, dass die Anzeige fallen gelassen wird. Das macht er ständig.«

Eine lächerliche Behauptung. Kein Psychiater, wie hoch angesehen er auch sein mochte, konnte bei der Polizei erreichen, dass eine Anzeige fallen gelassen würde. Aber Tess rechnete mit Rocks Mangel an Erfahrung mit Polizeibeamten und mit Freilassungen auf Kaution.

Trotzdem war er nervös. Sie wusste, dass es Rock schwerfallen würde, nichts zu tun. Dies war der riskanteste Punkt ihres Plans – Rock davon abzuhalten, dass er Ava vor morgen Abend auf diese Sache ansprach.

Sie ergriff seine Linke mit beiden Händen. Die Handfläche war dick mit Hornhaut gepolstert. Die Hand eines Ruderers. Es war, als hätte man einen riesigen Topfreiniger in der Hand.

»Vertrau mir«, sagte sie, in dem Bewusstsein, dass sie sein Vertrauen gar nicht mehr verdiente. »Gib der Sache eine Woche Zeit. Wenn sie bis dahin nicht zu dir gekommen ist und dir alles erzählt hat, dann gehen wir über zu Plan B.«

»Plan B?«

»Eine Intervention, wie sie auch bei Drogenabhängigen üblich ist. Aber erst in einer Woche. Versprochen?«

»Na ja, wenn Dr. Hauer das für das Richtige hält ... ich rede mit ihr nicht darüber, jedenfalls eine Woche lang. Du hast mein Wort.«

Und sein Wort, das wusste Tess, war wirklich etwas wert. Es war genauso verlässlich wie der Scheck, den er ihr in die Hand drückte, über 1080 Dollar. Ihr erster Einakter war ohne Zwischenfall über die Bühne gegangen. Jetzt musste sie nur noch den zweiten in Szene setzen und aufführen. Mit Fortsetzungsgeschichten war das immer so eine Sache.

Tess war schon monatelang nicht mehr im Point gewesen, und Spike erinnerte sie auch sofort daran.

»Hey, Tesser, na, kommst du auch wieder mal deinen alten Onkel Spike besuchen? Magst du immer noch so gerne Mozzarella-Sticks? Ich sag dir was. Extra für dich lasse ich jetzt Tommy frisches Öl nehmen. Und ein Rolling Rock Bier, stimmt's? In der Flasche, ohne Glas. Siehst du, ich weiß noch alles, auch wenn du mich so selten besuchst.«

»Du hast wirklich ein großartiges Gedächtnis, Onkel Spike. Von wem hast du das nur geerbt?«

»Ich hab von niemand nix geerbt, Tesser. Das weißt du doch.« Er drehte dem Spiel der Orioles den Ton ab und verschwand in der Küche, um ihre Mozzarella-Sticks persönlich zu überwachen.

Spike war ein Verwandter, aber niemand wusste, von wem, denn keine der beiden Familien erhob Anspruch auf ihn. Tess' Vater behauptete immer mit Überzeugung, dass er ein Cousin aus einem schwachen Zweig des Weinstein-Stammbaums sei. Ihre Mutter hielt dagegen, dass sie ihm bei ihrer Einheirat in die Familie Monaghan zum ersten Mal begegnet sei. Spike selbst ließ nichts über die verwandtschaftliche Beziehung verlauten, obwohl er dem Aussehen nach am ehesten etwas mit Oma Weinsteins Spaniels zu tun hätte haben können. An Spike, mit seinem blassen Gesicht und seiner erstaunlichen Menge von Leberflecken, war vor allem sein Kahlkopf bemerkenswert, der in einer Spitze endete. Daher der Name seines Lokals, das überall an den Wänden Scherenschnitte seines kahlen Kopfes zeigte, die der Tellerwäscher aus schwarzem Tonpapier ausgeschnitten hatte.

Tess liebte ihn und seine Bar heiß und innig. Als sie fünfzehn war, hatte er ihr eine unbegrenzte Einladung für den Point ausgesprochen, wobei er zu ihr gesagt hatte, dass es wichtig sei, das Trinken unter Leuten zu lernen, denen man vertrauen kann.

»Wenn du hier zu viel trinkst, ist das Schlimmste, was dir passieren kann, dass du auf meinem Sofa aufwachst und ein paar Brösel auf dich gefallen sind«, sagte Spike. »Wenn du aber dort draußen zu viel trinkst ...«, er zeigte mit dem Kinn auf die Welt jenseits der Franklintown Road, ließ sich aber nicht dazu herab zu erklären, was einem betrunkenen jungen Mädchen dort draußen alles passieren konnte. Unfälle jedenfalls, sowohl im Straßen- als auch in anderem Verkehr.

Spikes Plan, so unorthodox er war, funktionierte gut. Als Tess aufs Washington College ging, wusste sie bereits ganz genau, wie viel sie vertrug. Es war erstaunlich viel. Die Männer, mit denen sie ausging, waren weit eher als sie in Gefahr, umzukippen. Manche taten das gelegentlich auch. Als wirkliche Dame nutzte sie solche Situationen natürlich niemals aus.

Für heute Abend hatte sie sich Spikes Taverne ausgesucht, weil sie hoffte, dass dieses Lokal Ava verunsichern würde. Sie war im Begriff, ihr zweites Rolling Rock zu bestellen, als Ava kam, mit zehn Minuten Verspätung und ohne sich dafür zu entschuldigen. Sie stolzierte herein, in einem weißen Body, einem türkisfarbenen Miniröckchen, Wildlederstiefeln und einer Lederjacke. Ihr schwarzes Haar war auf ihrem Kopf zu einem Pferdeschwanz aufgesteckt, der wie ein Geysir in die Höhe stand. Etwas Ähnliches hatte man hier im Point noch nie gesehen. Einer der älteren Männer fiel von seinem Barhocker, als Ava an ihm vorbeiging.

»Darauf brauchen Sie sich nichts einzubilden«, sagte Tess zu ihr und blickte auf George, der auf dem Boden saß. »Das macht der immer.«

»Ich kenne Sie doch«, sagte Ava, aber ihr Blick verriet Tess, dass sie nicht wusste, wo sie sie hintun sollte. Sie hatten sich nur ein paarmal gesehen. Rocks Leben war sehr klar unterteilt, und Ava hatte wenig Interesse am Rudern gezeigt, das rein zufällig der einzige Sinn seines Lebens war.

»Vielleicht glauben Sie, dass Sie mich kennen, weil ich Sie schon so lange beschatte. Wahrscheinlich haben Sie mich mehrmals gesehen, das aber bis jetzt gar nicht registriert. Ich habe nämlich festgestellt, dass Sie auf die Welt um sich herum nicht sehr achtgeben.«

Ava rutschte ihr gegenüber auf die Bank und setzte sich so, dass nur ein winziger Streifen ihres winzigen Hinterns mit dem verschmierten, aufgeplatzten Vinyl in Berührung kam. Sie warf einen Blick auf die Speisekarte, schauderte ein wenig und legte sie beiseite. Tess hatte eigentlich vorgehabt, ihr die Kalbskoteletts zu empfehlen, weil sie gerne gesehen hätte, wie Ava das gummiartige Fleisch zu schneiden versuchte. Sie hoffte außerdem, Ava werde einen Chardonnay bestellen. Der Weißwein im Point schmeckte wie Essig, und zwar wie schlechter Essig.

Aber Ava wusste instinktiv, was das Richtige war, sogar am falschen Platz. Sie orderte – das Wort war Tess noch nie so passend vorgekommen wie hier – ein Black Label vom Fass, nahm sich einen Mozzarella-Stick von Tess' Teller, lehnte sich dann zurück und hob eine Augenbraue. Du bist dran, sagte die Augenbraue.

Gut, dachte Tess, ich habe meine Zeit auch nicht auf der Straße gefunden.

»Ich besitze Informationen darüber, dass Sie ein Verhältnis mit Michael Abramowitz haben.«

Ava sah überrascht aus, aber nur sekundenlang. Dann lächelte sie Tess mit aller Macht an. »Informationen? Schon möglich. Aber haben Sie auch Beweise?«

»Natürlich.«

»Tatsächlich? Die würde ich ja gerne sehen, oder hören. Ich hoffe, ich komme auf den Fotos gut raus.« Sie nippte vorsichtig an ihrem Bier.

»Meine Beweise bekommt mein Klient. Trotzdem bin ich an jeder Erklärung interessiert, die Sie eventuell zu geben wünschen.«

Ava aß noch einen Mozzarella-Stick und ließ sich dabei viel Zeit. Sie schien währenddessen etwas zu überlegen und sprach erst wieder, nachdem sie das letzte Stück geschmolzenen Käse gegessen und sich die Lippen mit einer Serviette abgetupft hatte.

»Wissen Sie, als Sie mich anriefen, dachte ich, ich wüsste, für wen Sie arbeiten, aber die Person, an die ich dachte, hätte jemand Fähigen beauftragt, jemanden, der weiß, wie man so etwas angeht – vorausgesetzt, da wäre etwas anzugehen. Also, für wen arbeiten Sie?«

»Sagen Sie mir doch, für wen Sie glaubten, dass ich arbeite, und ich sage Ihnen, ob Sie recht hatten.«

»Ich bin gar nicht sicher, ob Sie überhaupt für jemanden arbeiten. Vielleicht sind Sie ja nur eine schmutzige kleine Erpresserin und arbeiten für sich selbst.«

»Ich arbeite für Darryl Paxton. Das ist Ihr Verlobter, soviel ich weiß. Jedenfalls hält er sich dafür.«

»Na, das gefällt mir ja«, sagte Ava. »Ich dachte immer, Verlobte würden einander vertrauen.« Sie sah verletzt aus, aber auch ein bisschen erleichtert. Wen hatte sie denn ursprünglich in Verdacht gehabt? fragte sich Tess. Abramowitz, der dafür bekannt war, dass er um seiner Karriere willen geradezu mönchisch lebte, war sein Leben lang Single gewesen. Er hatte keine Ehefrau, die ihm nachschnüffeln konnte.

»Verdient eine Frau das Vertrauen ihres Verlobten, wenn sie eine Affäre hat?«

»Verdiene ich es, diese Unterhaltung über mich ergehen lassen zu müssen, wenn Sie gar keine Beweise haben?«

»Ich sagte doch schon, dass ich welche habe. Ich folge Ihnen schon längere Zeit. Ich habe Sie mit ihm im Renaissance Harborplace gesehen. Ich habe Sie in der Galerie gesehen. Stehlen Sie die Unterwäsche, um sie für Ihren Chef zu tragen? Oder ist das nur ein Hobby, das nichts damit zu tun hat?«

Das ging ihr schon stärker an die Nerven, wie Tess sofort erkannte. Seinen Verlobten zu betrügen war so eine Sache, aber es hielt einen nicht davon ab, seine Zulassung als Rechtsanwältin zu bekommen. Als Ava jetzt wieder aufschaute, hatte sie Tränen in den Augen, und ihre Lippen zitterten. Spar dir das dafür, wenn du das nächste Mal wegen überhöhter Geschwindigkeit erwischt wirst, dachte Tess.

»Werden Sie das Darryl erzählen?« Tatsächlich zitterte auch ihre Stimme.

»Dafür werde ich bezahlt. Er hat mir den Auftrag gegeben, herauszufinden, warum Sie sich so seltsam benehmen. Ich glaube, ich weiß die Antwort.«

»Aber Michael hat nichts damit zu …«, fing sie an, hielt dann aber abrupt inne und nahm wieder ihren normalen, überheblichen Gesichtsausdruck an. Auch ihre Stimme änderte sich wieder und klang plötzlich amüsiert und ungezwungen.

»Natürlich müssen Sie ihm das erzählen«, stimmte sie zu. »Aber erst muss ich selber mit ihm reden.« Tess lächelte, eine Dramaturgin, die glücklich die Schlusspointe herannahen sah. Aber dass die Hauptdarstellerin ganz von selber so gut improvisieren würde, das hatte sie nicht vorhersehen können.

»Ja, ich rufe ihn an und erzähle ihm, dass mein Chef von mir verlangt hat, dass ich mit ihm schlafe, sonst hätte ich meinen Job nicht behalten. Ich erzähle ihm, dass das alles ganz ähnlich wie bei Anita Hill ist und dass es mich völlig fertiggemacht hat, deswegen habe ich auch mit dem Stehlen angefangen. Darryl wird mir glauben, und er wird mir verzeihen. Es ist ganz egal, was Sie ihm erzählen.«

»Sie sind doch Anwältin. Ich nehme an, wenn Sie tatsächlich sexuell belästigt worden wären, würden Sie damit ein wenig geschickter umgehen, als Sie es tun.«

»Haben Sie von diesem Fall in Philadelphia gehört? Eine Anwältin hat ihren berühmten Partner verklagt, und die Geschworenen haben zu ihren Gunsten geurteilt, sprachen ihr dann aber keinerlei Schadenersatz zu. Was nutzt das? Ein Opfer verdient Wiedergutmachung, finden Sie nicht auch?«

»Sind Sie ein Opfer?«

»In diesem Fall ist das Ansichtssache, und ich finde, ich bin eins«, sagte Ava. Sie stand auf und nahm ihre Tasche eng an sich, machte aber keinerlei Anstalten, Geld für ihr Bier auf den Tisch zu legen. »Vielleicht würde mir ein Gericht nicht zustimmen, aber Darryl wird es tun, da bin ich mir sicher. Und er ist das einzige Geschworenengericht, das ich überzeugen will.«

Tess war völlig durcheinander und unfähig zu antworten. Sie hatte angenommen, Ava würde davoneilen, um

Rock ihre Version zu erzählen, und sich damit ihr eigenes Grab schaufeln, indem sie zu viel enthüllte. Sie hatte damit gerechnet, dass Ava ihre Affäre mehr zu schaffen machte als ihr Drang zu Ladendiebstählen. Aber in ihrer Version war der Sex, der aufgezwungene, der Grund für ihre Diebstähle. Und wenn Rock ihr jetzt glaubte? Und wenn sie tatsächlich die Wahrheit sagte?

George fiel wieder vom Barhocker, als Ava an ihm vorbeiging, und riss sie mit sich zu Boden. Das Durcheinander von Gliedmaßen amüsierte Tess nun doch ein wenig, aber Ava war in der Lage, sogar unter einem 150 Kilo schweren, manchmal inkontinenten Alkoholiker so viel Kühle zu bewahren wie Fürstin Gracia Patricia. Als sie aufstand und ihren nicht mehr ganz so weißen Body zurechtstrich, sah sie selbstsicher und unberührbar aus.

»Auf die Plätze, fertig, los«, rief sie über die Schulter. Bis Tess begriff, was sie meinte, und zur Tür des Lokals rannte, war Ava schon in ihrem silberfarbenen Miata und betätigte das Autotelefon, während sie den Parkplatz verließ und unerlaubterweise nach links abbog.

7

Tess trödelte am nächsten Morgen länger herum als nötig und hatte keine Eile, zum Ruderklub zu fahren. Als sie endlich ankam, war Rock offensichtlich schon auf dem Wasser, so wie sie gehofft hatte. Sie ruderte ihre übliche Strecke. Wenn er mich sucht, sagte sie sich, dann findet er mich auch. Wenn nicht, bleibt er einfach außer Sicht und versteckt sich auf diesem kleinen Seitenarm, der nach Süden führt. Das war eine recht schwierige Route – stellenweise sehr seicht, mit Brücken, unter denen man sich ducken, die Riemen einziehen und durchgleiten musste – aber Rock fuhr sie gerne, wenn er schmollte. Tess ruderte bis zum Fort Henry und zurück und dann noch einmal bis dorthin. Sie sah Achter und Vierer und Zweier, aber keinen anderen Einer.

Es war ein wunderbarer Morgen, ein Tag, den man einfach genießen musste. Strahlend blauer Himmel, leichter Wind, frische Luft. Altweibersommer, sagte sich Tess – ein unechter Frühherbst, der jederzeit wieder von schwülem Wetter abgelöst werden konnte. Tess fühlte sich, als könnte sie die ganze Chesapeake Bay hinunter und auf den Atlantik hinaus rudern und bis Mittag in England sein. Sie beschloss, sich auf dem Rückweg zum Dock richtig zu verausgaben. Bis obenhin voll mit Endorphinen, wartete sie dann im Gymnastikraum und tat so, als mache sie Dehnübungen, bis sie um acht Uhr schließlich einsah, dass Rock nicht mehr auftauchen würde. Er hatte sich bestimmt irgendwo versteckt, um seine Wunden zu lecken. Irgendwann würde er schon wieder hervorkommen.

Sie ließ den Besuch bei Jimmy's ausfallen und frühstückte am Küchentisch ihrer Tante, wo sie mit Genuss das übrig gebliebene Vollkornbrot verzehrte, das Leutnant Strahlemann am Abend zuvor zubereitet hatte, und die Zeitungen las, die ihre Tante in einem ordentlichen Stapel zurückgelassen hatte. Tess las die Zeitung immer von hinten nach vorn, eine Gewohnheit aus ihrer Kindheit, die sich in ihrer Zeit als Reporterin noch verfestigt hatte. Als sie für die Zeitung arbeitete, kannte sie die Lokalnachrichten ja bereits, deshalb sparte sie sie bis zum Schluss auf, las erst die Features und den Sport, dann die *Washington Post* und die *New York Times*. Den *Beacon* las sie als Letztes, deshalb war es auch schon 9:30 Uhr, als sie den Artikel auf der unteren Hälfte der Titelseite las:

BEKANNTER ANWALT ERMORDET.

BIOLOGE VERHAFTET.

Michael Abramowitz, ein Anwalt, dessen amateurhafte, aber unvergessliche Werbung ihn zu einer ungewöhnlichen, stadtbekannten Persönlichkeit gemacht hatte, wurde nach Angaben der Polizei gestern Abend in seinem Büro am inneren Hafen, bei der renommierten Anwaltskanzlei O'Neal, O'Connor & O'Neill, erwürgt aufgefunden.

Nur eine Stunde nach dem Mord, den die Polizei als ungewöhnlich brutal beschreibt, wurde ein Tatverdächtiger verhaftet. Darryl P. (33), Forscher an der Johns Hopkins Medical School, musste die Nacht im Bezirksgefängnis verbringen, ehe er heute Morgen dem Untersuchungsrichter vorgeführt und auf Kaution freigelassen wurde.

Wie aus dem Umfeld der Ermittlung verlautete, war Abramowitz mit einem pythonähnlichen Würgegriff gepackt und übel zusammengeschlagen worden. Auch sein Gesicht wies Verletzungen auf, vermutlich aus einem Kampf mit Darryl P., der das Opfer kurz nach 22 Uhr in seinem Büro aufgesucht hatte, wie der Eintrag des Wachmannes nachweist. Der Tote wurde von einem Nachtwächter entdeckt …

Shirley Temple. Tess spürte, wie sich ihr Magen zusammenzog, und sie sah die kleine berühmte Filmschauspielerin vor sich, sah ihr Gesicht mit den Grübchen in einer geisterhaften Erscheinung in Blassblau auftauchen. Als sie ein Kind war – nun gut, sie war vierzehn gewesen –, hatte sie eine Müslischale ihrer Mutter mit einer Abbildung Shirley Temples darauf zerbrochen und die Schuld daran einem Nachbarskind in die Schuhe geschoben. Ihre Lüge war niemals aufgeflogen. Noch jetzt, fünfzehn Jahre später, rief ein schlechtes Gewissen bei ihr dieselbe Reaktion hervor – Shirleys Gesicht, und dann Übelkeit und Angst. Sie war nie ein guter Mensch gewesen, aber immer gut darin, nicht erwischt zu werden.

Sie nahm die Zeitung wieder zur Hand. Nach diesem dritten Absatz stand weiter nichts Neues darin, nur noch ein vorformulierter Text zu Abramowitz und seiner Laufbahn. All das war nichts Neues für Tess. Dieser Stil war ihr so vertraut wie der Kuss eines Geliebten. In gewissem Sinne war es tatsächlich der Kuss ihres Geliebten. Der Artikel zeigte die Handschrift von Jonathan Ross, der mit Unterbrechungen ihr Bettgenosse und ununterbrochen ein Star am Firmament des *Beacon* war. Vor Schreck über die Überschrift hatte sie die Verfasserzeile darunter übersprungen. Alle seine Erkennungszeichen waren da – die Quellen, die ungenannt bleiben wollten, die locker hingesetzte, eindrucksvolle Beschreibung des Mordes, der überzogene Stil, das eine belastende Detail. *Die renommierte Anwaltskanzlei.* Gab es auch andere? Dennoch empfand sie echte Bewunderung für die Sache mit dem Besucherverzeichnis des Wachmanns; sie hätte gewettet, dass das bei keinem anderen Journalisten der Stadt vorkam.

»Aber ich weiß mehr«, sagte sie laut. Was würde Jonathan nicht alles dafür geben, wenn er wüsste, was sie wusste – über die Frau in der Mitte dieses Dreiecks, die Zusammenkünfte im Hotel, Rocks Misstrauen. Sie war die Einzige, die das alles zusammensetzen konnte. Bei diesem Gedanken warf sie die Zeitung auf den Tisch und rief mit dünner, schriller Stimme nach Kitty.

»Tesser?« Kitty kam gelaufen, in einem Kleid aus weißem Batist in altenglischem Stil, ein weißes Band in den Locken und weißleinene Jack Purcells in Größe 36 an den Füßen. Das Ergebnis war: ein bisschen etwas von

»irrer Type«, ein bisschen etwas vom Wimbledon der zwanziger Jahre und ein bisschen etwas von dem Baltimore der Siebziger, als jeder, der keine Jack Purcells trug, sich anhören musste, er trage »Fischköpfe«.

Tess warf ihr die Zeitung hin: »Du weißt doch, dieser Job als Detektivin? Ein voller Erfolg. Ich habe Rocks Verlobte mit ihrem Chef zusammen erwischt. Jetzt ist der Chef tot und Rock im Gefängnis.«

Kitty überflog den Artikel.

»Hast du Rock erzählt, was du herausgefunden hast?«

»Nein, ich habe Ava dazu gebracht, dass sie es ihm gestern Abend selber gesagt hat. Sie behauptet, es sei sexuelle Nötigung gewesen. Sie habe mit Abramowitz schlafen müssen, um ihren Job zu behalten. Als ich sie das letzte Mal sah, erzählte sie Rock die Geschichte gerade am Autotelefon.«

Kitty schaltete schnell. »Du musst für eine Weile verschwinden«, verkündete sie entschlossen. »Mach eine kleine Reise, und sag mir nicht, wohin. Aufgrund meiner Beziehung zu Thaddeus möchte ich lieber nicht zu viel wissen, damit ich nicht lügen muss, wenn dich jemand sucht.«

»Am Schluss werde ich ja doch reden müssen.«

»Ja, richtig«, stimmte Kitty zu. »Aber es schadet bestimmt nichts, wenn du ein paar Tage nicht verfügbar bist, bis du dir darüber klar bist, wie du mit der ganzen Sache umgehen willst. Was das Geld betrifft: Nimm aus der Ladenkasse, was du brauchst, und hinterleg mir einen Scheck. Ich löse ihn erst ein, wenn ich unbedingt muss. Such dir ein billiges Motel, oder nimm die Wohnung von Freunden, und ruf mich dann auf meine Kosten von einer öffentlichen Telefonzelle aus an. In ein paar Tagen wissen wir, in welche Richtung das geht, und du kannst wieder zurückkommen.«

Tess nahm immer zwei Stufen auf einmal, als sie in ihr Zimmer hinauflief, und fing sofort an, Kleidung in einen ramponierten Lederrucksack zu werfen. Die Familie ihrer Freundin Whitney besaß ein Haus an der Küste, in der Nähe von Oxford, mit einem kleinen Gästehaus an der Grundstücksgrenze. Sie und Whitney hatten es in ihren Collegetagen manchmal benutzt, wenn sie für eine Weile verschwinden wollten. Reiche Freunde zu haben, das hatte hin und wieder durchaus seine Reize. Sie würde diesmal aber einfach voraussetzen müssen, dass sie dort immer noch gern gesehen war, denn wenn sie Whitney jetzt anrief, würde das nur noch mehr Komplikationen bringen. Whitney arbeitete nämlich ebenfalls für den *Beacon*, und wenn es Tess jetzt auch gelang, eine Aussage vor Gericht zu umgehen, mochte sie doch gar nicht daran denken, was passieren würde, wenn Whitney die Wahl zwischen ihrer Freundin und ein paar prickelnden Details zu einer vermutlich ganz großen Story hatte. Whitney darum zu bitten, nicht aus Eigennutz zu handeln, war ungefähr das Gleiche, wie wenn man eine Katze darum bat, keine Vögel zu fangen. Am besten, man ließ es erst gar nicht auf den Versuch ankommen.

Als Tess gerade Zahnbürste und Shampoo aus dem Bad holte, läutete das Telefon. Sie ließ den Anrufbeantworter angehen. Eine raue Stimme, die sie kannte, füllte ihre kleine Wohnung mit solcher Wucht, dass die Glastüren an ihren Küchenschränken klirrten: Tyner Gray, ein Rudertrainer, dessen Stimme durch die jahrelange Arbeit mit Anfängern zu einem ständigen Schreien geworden war.

»Tess, hier spricht Tyner; ruf mich in meinem Anwaltsbüro an, so schnell du kannst.«

»Es geht nicht ums Rudern«, fügte er hinzu, als wüsste er, dass sie da stand, und könnte auch ihre Gedanken lesen. »Es geht um einen Ruderer, den wir beide gut kennen.«

Seine Stimme wurde zu einem rauen Flüstern, das immer noch unerträglich laut und durchdringend klang. »Er hat mich gebeten, dich anzurufen, Tess. Aus irgendwelchen Gründen glaubt er, du könntest ihm helfen. Obwohl du ja, wie mir scheint, schon mehr als genug getan hast.« Seine Stimme dröhnte wieder in ihrer üblichen Lautstärke, als würde er ihr über die Wasserfläche hinweg einen Ruderbefehl zurufen. »Ruf mich im Büro an, Tess. So schnell wie möglich.«

Tess setzte sich auf den Fußboden, wobei sie noch immer ein paar Stück Unterwäsche umklammerte. Wenn Rock sie brauchte, konnte sie nicht davonrennen. Sie fragte sich nur, ob Rock selber wirklich am besten beurteilen konnte, was er brauchte. Oder wen er brauchte. Zuerst hatte er eine Ruderkollegin als seine Privatdetektivin angestellt. *Und was dabei herausgekommen war, sah man ja.* Jetzt hatte er einen Rudertrainer als Rechtsanwalt. Was glaubte er denn eigentlich, was für Geschworene er kriegen würde – einen Herren-Achter und einen Damen-Vierer?

Mit vierundsechzig hatte Tyner Gray noch immer den schlanken, sehnigen Oberkörper eines Leichtgewichtruderers. Wenn er an warmen Tagen am Dock sein T-Shirt auszog, warfen die Collegemädchen noch immer verstohlene Blicke auf seine Brust und seine Arme. Nie schaute jemand auf seine Beine, die verdorrt und leblos, fast flach in seinen Jogginghosen steckten. Soviel Tess wusste, hatte sie niemand mehr gesehen, seit er vor fast vierzig Jahren, ein Jahr nach seinem Olympiasieg, den Unfall gehabt hatte. Ein betrunkener Autofahrer hatte ihn vor dem Memorial Stadion angefahren.

»Hast du heute früh trainiert?«, fragte Rock, als Tess in Tyners Büro geführt wurde, und zwar von seiner Sekretärin Alison, einer hinreißenden Blondine, deren Perlen so groß und rund waren wie die blauen Augen, mit denen sie Tyner anhimmelte. »Ich fand es schrecklich, dass ich nicht kommen konnte.«

Rock, der um 23 Uhr als Angeklagter verhaftet und neun Stunden später auf Kaution freigelassen worden war, sah erstaunlich gut aus. Das Gefängnis, oder das fehlende Koffein, hatten ihm zum ersten Mal seit Wochen Ruhe verschafft. Tatsächlich wirkte er auf Tess geradezu heiter. Was auch geschehen war, Ava gehörte immer noch zu ihm.

Tyner seufzte. »Rock, ich weiß, du siehst es so: Du bist unschuldig, und irgendwie ist ein furchtbarer Fehler passiert. Aber so läuft es nicht. Ich weiß nicht, ob du Maryland wirst verlassen können, um am ›Head of the Ohio‹ teilzunehmen, viel weniger noch am ›Head of the Charles‹. Du hast ohnehin schon Glück gehabt, dass du genug Geld hattest, um einen Kautionssteller zu finden.«

Rock guckte erstaunt. Nicht am »Head of the Charles« teilnehmen? Jedenfalls hatte Tyner jetzt seine volle Aufmerksamkeit.

»Unser größtes Problem ist, dass die Polizei ganz zufrieden ist, den richtigen Verdächtigen verhaftet zu haben«, sagte Tyner. »Das hier ist ein aufsehenerregender Fall, den sie schnell lösen müssen, und sie gratulieren sich bereits, wie wenig geistige Anstrengung er erfordert hat – und das sogar, *bevor* sie mit Ava gesprochen haben. Wir können nur hoffen, dass das Ergebnis ihrer Nachforschungen mangels Beweisen in die Brüche geht, oder dass noch jemand anderes in die Sache verwickelt ist. Inzwischen können wir aber damit anfangen, Informationen zu sammeln, die uns helfen, dass die Anklage fallen gelassen wird oder, wenn es denn so weit kommen sollte, dass die Geschworenen umgestimmt werden. Und dafür brauchen wir Tess.«

»Moment mal. Ich dachte, wir sind uns einig, dass ich diesen Schlamassel *verursacht* habe. Warum soll ich jetzt noch weiter mit hineingezogen werden?«

»Weil du für mich arbeitest. Du gehst jetzt noch einmal deine ›Nachforschungen‹ durch, und wenn jemand fragt, kann ich ins Feld führen, dass sie vertraulich sind und unter die Schweigepflicht fallen. Das Gleiche gilt, wenn die Bullen mit dir reden wollen, oder der Staatsanwalt. Ich zeige ihnen unseren Beschäftigungsvertrag, der auf den 1. September datiert ist – den Tag, an dem du deine Abmachung mit Rock getroffen hast.«

»Arbeite ich dann tatsächlich für dich, oder ist das nur ein Trick?«

»Allerdings arbeitest du für mich, und zwar so, dass du dir dabei den Arsch aufreißen wirst«, versprach Tyner und grinste. »Du erledigst alles, was ich nicht gerne selber tue. Du gehst fotokopieren und mein Mittagessen holen. Du bringst mein Jackett zur Änderungsschneiderei, wenn ich es dir sage. Und du führst vorbereitende Gespräche mit den Hauptzeugen und trägst die Informationen zusammen, die ich brauche, um das zu spielen, was ich ›Ticktack‹ nenne – ein kleines Spiel, das dazu dient, Fenster zu öffnen und Ausgänge zu finden.«

Ticktack, erklärte Tyner, hieß Salvador Dalís Bild mit den weichen und biegsamen Uhren. Ging Rock wirklich um genau 22 Uhr die Treppe hinauf, wie der Wachmann zur Polizei gesagt hatte? Hätte es auch 22:05 Uhr sein können? Oder 21:45 Uhr? Wenn der Wachmann schon mit seinen Vorschriften relativ lax umging und zum Beispiel Abramowitz nicht anrief, vielleicht war er dann ähnlich lax mit seiner Zeittafel? Wer kam und ging sonst noch? Tess hatte die Aufgabe, den Wachmann, den Nachtwächter und eventuelle weitere Zeugen zu befragen und – höflich, sanft und ehrerbietig – in jedem Kopf so viel Verwirrung wie möglich zu stiften.

»Ticktack«, sagte Tyner. »Fenster öffnen, neue Türen und Ausgänge finden. ›Haben Sie zufällig auf die Uhr geschaut? Eine Digitaluhr? Haben Sie ganz genau festgestellt, wie spät es war? Bestimmt nicht, nehme ich an, die genaue Zeit stellt niemand fest. 22 Uhr ist ein Schätzwert, nicht wahr, damit glauben Sie der Sache am nächsten zu kommen?‹

›Trägt sich jeder ein, Sir? Absolut jeder? Kann sich

nicht jemand mal vorbeistehlen? Nein, nie? Sind Sie vielleicht irgendwann vor die Tür gegangen, um eine zu rauchen oder etwas frische Luft zu schnappen? Bestimmt nicht?‹ So machst du das. Und unser erster Gegenspieler ist Rock selber. Nur da will ich, dass er sehr genaue und klare Aussagen macht, was er wann getan hat. Tess, du warst doch Journalistin. Mach dir Notizen.« Er warf ihr einen Kanzleiblock und einen Stift zu.

Rock blickte auf Tyners abgetretenen Teppich, während er sprach. Der Anfang seiner Geschichte war zumindest Tess schon bekannt. Ava hatte ihn gegen halb neun angerufen. Das konnte über das Verzeichnis von Anrufen auf Avas Autotelefon nachgewiesen werden; so viel wusste auch Tess. Am Telefon hatte Ava zu Rock noch gar nichts gesagt, sondern ihn nur gebeten, in seiner Wohnung auf sie zu warten.

»Leg den Hörer neben das Telefon, Liebling«, hatte sie ihn gedrängt. »Sprich mit niemandem, bis ich bei dir bin.«

Hat ihn gut abgeschottet, dachte Tess. Dadurch hat sie verhindert, dass ich vorher mit ihm spreche.

Sie war um 21 Uhr bei ihm angekommen. Ava erzählte Rock dann, dass Abramowitz sie gezwungen habe, mit ihm zu schlafen, indem er behauptete, sie werde in ganz Baltimore keine Anstellung als Rechtsanwältin finden, wenn sie sich weigerte. Sie habe angenommen, jemand, der Vergewaltiger und Mörder verteidigt hatte, könne sich selber ausgezeichnet gegen etwas so Nebensächliches wie sexuelle Nötigung verteidigen, deshalb habe sie nachgegeben. Dafür versprach er ihr eine brillante

Zukunft. Obwohl diese Abmachung sie an den Rand eines Nervenzusammenbruchs brachte, habe sie doch alles im Griff gehabt, bis »diese Frau« sie zu erpressen versuchte.

»Stimmt überhaupt nicht«, protestierte Tess.

»Diesen Teil habe ich ihr auch nicht geglaubt«, beruhigte Rock sie. »Ich nahm an, Ava habe unsere Abmachung nicht verstanden und euer Gespräch falsch gedeutet.« Er hielt Ava immer noch zugute, dass ein Irrtum vorliegen könnte, dachte Tess. Rock hatte überhaupt noch nicht begriffen, dass Ava vielleicht einfach nur eine hervorragende Lügnerin war.

»Ich streichelte ihr das Haar, bis sie einschlief«, fuhr er fort. »Immer wieder schaute ich hinunter und sah meine Hand auf ihrem Haar und musste denken, dass auch Abramowitz sie berührt hatte. Das machte mich ganz wahnsinnig. Nach einer Weile schien es irgendwie ganz natürlich, dass ich mein Fahrrad nahm und dorthin fuhr, zu seiner Kanzlei.«

»Woher wusstest du denn, dass er dort war?«, fragte Tyner.

»Das wusste ich gar nicht. Ava hatte mir erzählt, dass er praktisch immer dort sei und arbeite. Ich ging davon aus, dass es gestern Abend auch nicht anders wäre. Und er war auch tatsächlich dort, aber er sah sich das Spiel der Orioles an. Sein Büro ist wie eine Privatloge – man schaut von dort genau in das Camden Yards hinein. Wenn man dazu den passenden Sportsender einschaltet, ist das besser, als unten im Stadion zu sitzen. Er hatte sogar ein Bier und einen Hotdog vor sich. Ich glaube, das brachte mich noch mehr in Wut, der Gedanke, dass er hier in seinem Büro saß und einem Spiel zusah, während Ava fast durchdrehte. Also sagte ich zu ihm – ich sagte ihm, was ich von ihm hielt, und dass wir zur Behörde für berufliche Gleichstellung und vor das Staatsgericht gehen könnten, und vielleicht auch zur Zeitung. Er lachte nur.«

»Hat er dich ausgelacht?«, fragte Tess. »Fand er es komisch?«

Rock dachte einen Augenblick nach. »Es war ein nervöses Lachen, als würde er sich überlegen, was er antworten sollte. Und dann kamen lauter Lügen aus ihm heraus, nämlich, dass er Ava helfen wollte, ihr Examen zu bestehen, und dass sie ihm angeboten habe, mit ihm zu schlafen, wenn er ihr nur versprach, dass sie in seiner Kanzlei bleiben dürfe. Sie sei schon zweimal durchgefallen, und beim dritten Mal müsse sie es schaffen, sonst bedeute es das Aus für sie. Das stimmt übrigens tatsächlich – sie ist zweimal durchgefallen. Aber sie hat Abramowitz nicht angeboten, mit ihm zu schlafen, um ihren Job zu behalten. So etwas würde sie niemals tun.«

Na, wer weiß, dachte Tess.

»Hat er sonst noch etwas gesagt?«, fragte Tyner.

»Er hat gesagt ...« Rock schloss die Augen, um sich die Szene zu vergegenwärtigen. »Er hat gesagt: ›Tut mir leid.‹ Und dann sagte er noch: ›Aber sie ist wirklich schön.‹ Und da habe ich ihn geschlagen.«

Der Schlag warf Abramowitz rückwärts auf seinen Orientteppich und zerbrach seine Brille. Der Metallsteg schnitt ihm in die Nase, und sein Kopf schlug an einer

Ecke des Schreibtischs auf, wodurch eine oberflächliche Wunde hervorgerufen wurde, die aber stark blutete. Bei Kopfwunden ist das normal, wie Tess wusste. Sie sehen oft viel schlimmer aus, als sie tatsächlich sind.

»Ich stand über ihn gebeugt und legte ihm die Hände an die Kehle«, sagte Rock. »Ich dachte, jetzt könnte ich ihn glatt töten. Ich wollte, dass ihm das auch klar war, wollte ihn genauso in Angst und Schrecken versetzen, wie er das bei Ava getan hatte. Ich wollte, dass er sich genauso verzweifelt in die Enge getrieben fühlte, wie sie das empfunden haben musste. Ich hielt meine Hände an seine Kehle und sah ihm in die Augen. Ich wollte sogar, dass er sich vor Angst in die Hosen machte.«

»Und, hat er?«, fragte Tess. Tyner sah sie angewidert an. Sie hatte noch immer nicht ihre Angewohnheit aufgegeben, jede Frage, die ihr in den Kopf kam, auch gleich zu stellen.

»Keine Spur. Er sah nicht mal aus, als hätte er Angst. Vielleicht hat er erkannt, dass ich kein Mörder bin, weil er schon richtige Mörder verteidigt hatte. Er lächelte mich an und nickte, als wolle er mich ermutigen. Ich stieß ihn zurück, und dabei schlug sein Kopf wieder am Schreibtisch auf, diesmal ärger. Ich habe den Ton immer noch im Kopf – lauter und weniger hohl, als ich erwartet hätte, als ob sein Kopf sehr fest wäre. Er fiel in Ohnmacht. Aber er atmete noch, als ich ging, ich schwöre, dass er noch atmete.«

»Hast du die Zeit mitgekriegt?«

»Zehn nach zehn, nach dem Bromo-Seltzer-Turm, als ich wieder auf der Straße stand«, sagte er und bezog sich dabei auf eines der ungewöhnlichsten Wahrzeichen der Stadt, einen gespenstischen Uhrturm, der anstelle von Ziffern die Buchstaben dieses Mittels gegen zu viel Magensäure trug. »Ganz eindeutig zehn nach zehn.«

»Und in dem Besuchernachweis steht, dass du dich um 22 Uhr eingetragen hast, aber möglicherweise hat der Wachmann die Zeit gerundet«, sagte Tyner. »Also zehn Minuten, vielleicht sogar noch weniger, für eine ziemlich detaillierte Unterhaltung und einen kurzen Kampf. In dieser Zeitspanne hättest du ihn zwar töten können, aber dazu hättest du viel effizienter vorgehen müssen. Und dann bleiben immer noch zwanzig Minuten, bis der Nachtwächter Abramowitz findet, Zeit genug für einen anderen, deine Arbeit zu beenden.«

»Aber wer?«, fragte Tess. »Ein verärgerter früherer Klient? Ein Räuber? Einer seiner Partner? Und ist das nicht ein ganz unglaublicher Zufall, dass dieser Jemand genau dann auftaucht, wenn Rock ihn so zugerichtet hat?«

»Du denkst immer noch wie eine Reporterin«, maßregelte Tyner sie. »Oder wie eine Staatsanwältin. Es ist nicht deine Aufgabe, diesen Fall zu lösen oder meine Theorie zu durchlöchern. Du sollst nichts anderes tun, als für mich genügend Informationen zu sammeln, damit ich in vier oder fünf Monaten in einen Gerichtssaal gehen und dort begründete Zweifel erwecken kann, ob Rock wirklich die Gelegenheit hatte. Dir ist es zu verdanken, dass er unglücklicherweise ein ganz besonders starkes Motiv hat, deswegen werden wir diesen Aspekt herunterspielen müssen. Ich möchte, dass du so bald wie möglich mit dem Wachmann und dem Nachtwächter sprichst. Zuerst mit dem Wachmann – er ist wichtiger, denn er bezeugt, dass Rock um 22 Uhr hinkam. Ob es sich lohnt, sonst noch jemanden zu befragen, sage ich dir später. Übrigens wäre es von Nutzen, wenn du wie eine Erwachsene aussehen würdest. Schneide dir doch endlich mal diesen Pferdeschwanz ab, der dir da hinten am Kopf herumbaumelt!«

»Nein!« Das kam von Rock. Tess trug ihre Haare lang, weil das weniger Arbeit machte. Sie hing nicht daran. Rock offensichtlich schon.

»Dann steck ihn wenigstens hoch. Und zieh ein Kostüm an«, sagte Tyner. »Normalerweise muss ein Rechtsanwalt seinen Klienten in die richtige Form bringen und nicht seine Assistentin.«

»Deine Assistentin? Entschuldige, Tyner, aber bekomme ich dafür vielleicht Geld? Ich habe bis jetzt noch niemanden etwas über Geld sagen hören.«

»Doch. Du behältst das Geld, das Rock dir für deine ursprünglichen Nachforschungen gezahlt hat. Aber ich finde, dass dein Gehalt ein bisschen zu hoch angesetzt ist, deshalb fängst du mit zwanzig Stunden minus an. Wenn du diese zwanzig abgearbeitet hast, zahle ich dir zwanzig Dollar pro Stunde und fünfzehn Cent pro Kilometer.«

Scheiße, dachte Tess. Sie würde allein schon zehn Stunden arbeiten müssen, um sich ein Kostüm kaufen zu können.

»Und was dich betrifft«, sagte Tyner und wandte sich an Rock, »keine Interviews. Halte dich von Ava fern, jedenfalls einstweilen. Und da du dir heute ja ohnehin freigenommen hast, denke ich, du solltest jetzt sofort zum Ruderklub gehen und lange trainieren. Mach ein paar Touren, fahr bis zum Fort Henry und zurück, fahr dazwischen ein paarmal mit langen Schlägen, für gute Zeiten. Das Charles läuft vor deiner Verhandlung, und ich werde dafür sorgen, dass du daran teilnehmen kannst.«

Ein Rudertrainer-Anwalt. Vielleicht hatte Rock doch den Richtigen ausgewählt. Es gab bestimmt nicht viele Anwälte in der Stadt, die die Termine der Herbstrennen im Kopf hatten oder wussten, wie man für ein besonders wichtiges Rennen trainierte. Wenn Tyner sich nur auch so liebevoll um sie gekümmert hätte.

8

Der Wachmann Joey Dumbarton wohnte in einem Stadtteil von Baltimore, der manchmal »Klein-Appalachien« genannt wurde, nämlich in einem Tal, das auf beiden Seiten alles das auffing, was selbst die ganz außen gelegenen Stadtbezirke nicht mehr fassen konnten. Klapperige Reihenhäuser ergossen sich den Abhang am Ostende von Johns Falls hinunter und stiegen am Television Hill wieder bis auf halbe Höhe hinauf, bevor sie sich allmählich verloren. Es handelte sich um eine der wenigen Enklaven Baltimores, in denen ausschließlich Weiße lebten, und die Bewohner waren auch entschlossen, dass es so bleiben sollte.

Joey, der Tess in der Tür seines Backsteinreihenhauses empfing, trug ein Paar abgeschnittene Jogginghosen über einer schwarzen Radlerhose und darüber einen uralten Fetzen, der seine Tage als leuchtendroter Frotteestoff begonnen haben musste. Jetzt war er ausgeblichen und hatte die Farbe von getrocknetem Blut angenommen, und der Stoff war platt und verfilzt, wie ein Hund, der dringend ein Bad braucht. Da Tess vorher angerufen hatte, nahm sie an, dass Joey sich für alle seine Gäste so kleidete.

Er schien allerdings begeistert zu sein, Besuch zu bekommen, und bot ihr Mineralwasser und Bier an, dann nahm er sie bei der Hand und führte sie zwei Treppen hinauf zu seinem Schlafzimmer im zweiten Stock.

»Das wird hier alles wun-der-schön werden«, sagte Joey zu ihr, während sie hinaufstiegen. »Wir haben große Pläne für das Haus.«

Pläne schienen allerdings auch das Einzige zu sein, was sie hatten. Im Erdgeschoss und im ersten Stock warteten Pfosten auf eine Trockenmauer, Kabel hingen in der Luft, und Gipsstaub bedeckte sämtliche Oberflächen. Soweit Tess sehen konnte, gab es keine Küche, und ein Blick in das Badezimmer, das keine Tür hatte, festigte in ihr den Entschluss, ihre Blase um jeden Preis unter Kontrolle zu halten.

In seinem Schlafzimmer setzte sich Joey auf eine nackte Matratze, die viel zu groß war für das Spannbetttuch, das jemand darüberzuziehen versucht hatte. Sie schien das einzige Möbelstück des Zimmers zu sein, aber ganz sicher war sich Tess da nicht. Ohne Weiteres hätte ein Stuhl, ein Sofa, ja sogar ein Vitrinenschränkchen unter den Bergen von Schmutzwäsche verborgen sein können, die jeden Quadratzentimeter des Fußbodens bedeckten. Sie stand knöcheltief in schmutziger Unterwäsche.

»Setzen Sie sich«, sagte Joey, der leutselige Gastgeber, und klopfte auf ein Stück Matratze neben sich. Er selbst war blass und farblos. Haar, Wimpern und Haut zeigten nur einen kleinen Stich Gelb; die Augen waren blassgrau. Tess wäre lieber stehen geblieben, aber eingedenk Tyners Anweisung, sich beliebt zu machen, hockte sie sich auf die Bettkante und spannte die Beinmuskeln an, um nicht mit der Matratze in Berührung zu kommen. Denn der graue Rock ihres neuen Kostüms, das gebraucht gekauft war und nicht ganz passte, rutschte ihr bis über die halben Oberschenkel hinauf.

»Wie ich Ihnen gestern Abend am Telefon ja schon gesagt habe, muss ich ein paar Fragen zu dem Mord an Michael Abramowitz stellen«, fing sie an. »Ist aber nur ein kleines Gespräch, so 'ne Art Probe für die Zeugenaussage unter Eid, wenn Sie so wollen. Nix Großes.«

»Wissen Sie, Mord ist eigentlich kein richtig juristischer Ausdruck«, sagte Joey. »Sie sollten Ermordung sagen.«

Na toll, Joey, der Wachmann, brachte ihr juristische Feinheiten bei. »Studieren Sie vielleicht Jura?«

»Nö, aber letztes Halbjahr war ich Statist bei der Fernsehserie ›Mord‹. Und ich zieh mir immer diese ganzen Polizei-Realityshows rein. Wissen Sie, wo die Leute richtig vor laufender Kamera verhaftet werden. Da kann man echt was lernen.«

»Ja, die sind wirklich super.« Tess hatte so eine Show, wie er sie beschrieb, noch nie gesehen, aber sie konnte sie sich ungefähr vorstellen. Sie beugte sich zu ihm vor und versuchte dabei, ihren Rock herunterzuziehen. »Wenn Sie in so einer Show wären, was würde man dann wissen wollen von Joey Dumbarton, der vielleicht der Kronzeuge bei dem Mord – der Ermordung – von Michael Abramowitz ist?«

»Okay, alles klar, ich kenne mich aus«, sagte Joey, als wäre er überraschend in ein populäres Quiz geraten. Ihm gefiel die Vorstellung, dass er der Kronzeuge sei. Das hatte Tess auch erwartet.

»Ich würde sagen« – er blickte über ihre linke Schulter, als würde er in eine Kamera schauen, als hätte er ziemlich viel Zeit seines jungen Lebens damit verbracht, darauf zu warten, in eine Kamera zu schauen –, »ich würde sagen: ›Diese Nacht werde ich nie vergessen.‹ Die Orioles machten gerade die Oakland Athletics fertig. Ich hatte mein kleines Radio an und hörte dem Spiel zu, und drüben im Camden Yards hörte ich die Fans schreien. Und dann kam um 22 Uhr – und ich weiß genau, dass es 22 Uhr war, weil ich es auf meinem Blatt eingetragen habe –, kam ein Weißer herein, ungefähr dreißig Jahre alt, einen Meter achtzig groß und etwa hundert Kilo schwer, der angespannt und völlig fertig aussah.«

»Völlig fertig?«

»Ja. Wissen Sie, ganz durcheinander. Der Weiße war mir bekannt als ein gewisser Darryl Paxton, der Freund von Ava Hill, die mir ebenfalls bekannt ist, da sie hier in meinem Gebäude arbeitet, oft bis spätabends hier bleibt und sehr gut aussieht. Ich ließ ihn hinaufgehen, ohne oben anzurufen, da er oft wegen Miss Hill vorbeikam. Ungefähr um 22:15 Uhr rannte er hinaus. Ich bemerkte es, weil ich es auf meinem Blatt eintragen musste. Ich schrie noch hinter ihm her, aber dann dachte ich, er hätte einen Streit mit seiner Freundin gehabt, deshalb habe ich ihn einfach selber eingetragen.« Er ließ Fernsehgesicht und Fernsehstimme wieder fallen. »Wie war das?«

»Großartig«, sagte Tess und lächelte ihm so herzlich zu, wie sie nur konnte. »Ich möchte nur noch ein paar Sachen klarstellen.«

»Nur zu.«

»Sie haben sehr genaue Zeitangaben gemacht. Tragen Sie eine Armbanduhr? Oder können Sie von Ihrem Tisch aus eine Wanduhr sehen?«

»Ich trage vier Uhren, zwei an jedem Handgelenk. Ostküsten-, Zentral-, Gebirgs- und Westküstenzeit.«

»Pazifikzeit?«

»Nein, Ma'am. Nur die vier. Tokio-Zeit habe ich nicht. Ich mag es, wenn die Dinge hübsch gleichmäßig verteilt sind, verstehen Sie, also zwei an jedem Handgelenk.«

Sie ließ ihm das durchgehen. »Sie haben also bei Ostküstenzeit nachgesehen, und es war genau 22 Uhr, als Rock kam. Haben Sie auch genau in der Sekunde, als er wieder ging, auf die Uhr geschaut, oder wurden Sie kurz abgelenkt? Vielleicht war das Spiel gerade so spannend, dass Sie es erst ein paar Minuten später aufschrieben.«

»Nee, nee. Ich passe sehr gut auf. Ich nehme meine Arbeit nämlich ernst. Gibt ja genügend Typen, die nur deswegen Sicherheitsleute werden, weil sie nix anderes finden. Ich bin stolz, dass ich zu Milties Miliz gehöre.« Tess sah ihn verständnislos an. »Das ist die Mannschaft, die das Lambrecht Building bewacht. Milties Miliz. Das beste Sicherheitsteam der ganzen Stadt. Bei uns gibt's keine schwarzen Schafe.«

Tess hätte fast gefragt, ob das Milties Motto sei, aber sie wollte Joey jetzt nicht ablenken. »Sie sind sich also bezüglich der Zeit ganz sicher. Und nachdem Rock – Mr. Paxton – fort war? Kam da noch jemand?«

»Auf meinem Blatt steht niemand.«

»Heißt das, dass sonst niemand kam?«

»Auf meinem Blatt steht niemand«, wiederholte er.

Tess hatte den Eindruck, dass bei einem von Milties Rittern ein kleiner Sprung in der Schüssel war. Sie blickte ihm fest in die farblosen Augen und versuchte, so viel Autorität aufzubringen wie eine Videokamera.

»Und was ist mit den Leuten, die dort arbeiten? Oder mit jemandem, der sich nicht an die Regeln hält, sondern einfach an Ihnen vorbeiläuft?«

»Die Leute, die dort arbeiten, können mit einem Schlüssel durch die hintere Türe hereinkommen und direkt zu den Aufzügen gehen. Die *sehe* ich nicht mal. Aber auf meinem Blatt …«

»Steht sonst niemand. Ich weiß. Passen Sie auf, Joey, Sie sind ganz bestimmt ein guter Milizionär. Ich möchte auch nicht, dass Sie Schwierigkeiten mit Miltie bekommen. Aber wenn jemand an Ihnen vorbeigerannt wäre – nicht auf Sie gehört hätte oder sich an Ihnen vorbeigeschlichen hätte, während Sie sich dem Spiel widmeten –, dann muss ich das wissen. Vielleicht ist das nämlich derjenige, der Michael Abramowitz getötet hat.«

Er schüttelte den Kopf. »Ich mache meine Arbeit gut.«

»Könnte möglicherweise doch jemand an Ihnen vorbeigekommen sein?«, drängte sie. »Vielleicht, als Sie von Ihrem Pult weggingen, um zu sehen, was auf der Straße los war? Lockern Sie sich nicht manchmal ein wenig die Muskeln oder verschwinden auf die Toilette, ohne dass jemand Sie ablöst?«

»Ich sage Ihnen doch. Es ist niemand gekommen. Jeder trägt sich auf meinem Blatt ein.«

Sie seufzte und gab ihm eine ihrer Geschäftskarten, die Tyner ihr kurzfristig besorgt hatte, von dem Inhaber eines Copyshops, der ihm einen Gefallen schuldete. Auf der Karte stand nur *Tess Monaghan* sowie die Telefonnummer im Buchladen und die Telefonnummer ihrer Wohnung. Diese schmucklosen, festen Kärtchen strahlten eine gewisse Würde aus. Tess kam sich damit richtiggehend legitimiert vor.

»Welche von beiden ist Ihre Privatnummer?«, fragte Joey mit großem Interesse. Na toll – das Einzige, was Tess kriegen würde, waren unerwünschte Anrufe von einem geilen Wachmann.

»Das sind beides Geschäftsnummern. Rufen Sie an, wenn Sie mir etwas Geschäftliches zu sagen haben.« Sie ließ Joey auf seinem ungemachten Bett sitzen, mit seinem roten Gewand als einzigem Farbfleck in dem dämmerigen Zimmer. Sie konnte nur hoffen, dass ihn eines Tages eine von diesen Realityshows aufspürte. Er war ein Naturtalent.

Von Joeys heruntergekommenem Reihenhaus nach West-Baltimore, zum Heim von Frank Miles, dem Nachtwächter, der die Leiche von Abramowitz entdeckt hatte, waren es ungefähr dreizehn Kilometer. Statistisch gesehen handelte es sich hier um eine gefährlichere Gegend – früher ein Stadtviertel der Mittelklasse, dann durch den Wegzug der Weißen heruntergekommen, dann durch den nachfolgenden Wegzug der Schwarzen noch weiter heruntergekommen. Aber Tess fühlte sich hier sicher. Sie war nicht weit von hier aufgewachsen, nur ein Stück die Edmondson Avenue hinunter. Wenn sie eine Gegend früher als sicher erlebt hatte, fiel es ihr schwer, sie jetzt für gefährlich zu halten.

Wie es aussah, war Frank Miles der Einzige in seiner Straße, dem sein Haus tatsächlich noch gehörte. Dieses Haus hatte Markisen aus Metall und frisch gestrichenes Fachwerk. Der winzige Rasen war dicht und grün und von rosarotem und weißem Springkraut eingefasst, das für diese Zeit im September eine erstaunliche Ausdauer bewies. Ein Podest mit einer grünglänzenden Gartenkugel stand exakt in der Mitte des smaragdgrünen Rasenstücks. Das erinnerte Tess an die Glaskugel, die die Hexe im *Zauberer von Oz* zurate zieht, aber sie selbst sah darin momentan nichts anderes als ihr eigenes, von der Kugel verzerrtes Gesicht.

Als sie läutete, riss Mr. Miles die Tür auf, als habe er sie mit verzweifelter Ungeduld erwartet, packte sie am Arm, zog sie hastig durch den Windfang und die schwere Holztür und legte hinter ihr die Kette vor.

»In dieser Straße sollte man sich nicht lange in offenen Türen aufhalten«, sagte er. »Sie wollen doch wohl kein Pilz werden. Möchten Sie vielleicht ein Glas Limonade?«

Ein wenig benommen, bejahte sie dankbar, denn sie war sicher, dass sie hier wegen des Badezimmers keine Angst zu haben brauchte. Das Haus war wie der Garten sauber und ordentlich, obwohl man ihm ansah, dass hier ein Mann allein wirtschaftete. Der Bildschirm des alten Fernsehgerätes war streifig geputzt, und über allem lag eine feine Staubschicht, wie sie die meisten Männer gar nicht wahrnehmen. Die gerahmten Fotos an der Wand waren peinlich genau gehängt, aber mit Fingerabdrücken verschmiert. Mr. Miles und seine Frau bei der Hochzeit, viele Kinder, ein Mädchen bei einer Schulabschlussfeier.

Witwer, nahm sie an. Und wahrscheinlich der begehrteste Mann in seiner Kirchengemeinde, wenn man von seinem Körperumfang ausging.

»Ich ess so gerne Kekse«, sagte er, und Tess fuhr zusammen und fragte sich, ob er sie dabei erwischt hatte, wie sie auf seine Taille starrte. Da bemerkte sie, dass er ein Tablett mit einem Krug Limonade und einem Teller Keksen trug. Mit ihren Lieblingskeksen. In dem Limonadenkrug schwammen Minzeblätter, und sie erkannte am Geschmack – herb und perfekt –, dass er die Limonade selbst gemacht hatte, wahrscheinlich nur für sie.

»Ich bekomme nicht oft Besuch«, sagte er. »Es macht Spaß, sich ein bisschen, um jemanden zu kümmern.«

»Und alle diese nett aussehenden jungen Menschen auf den Fotos da? Kommen Ihre Enkelkinder denn nicht zu Besuch?«

»Hab keine Enkelkinder«, sagte er und seufzte bedauernd. »Überhaupt keine Kinder. Die meisten von denen da an der Wand sind aus der Schule, an der ich arbeitete, bevor ich mich zur Ruhe gesetzt habe. Ich habe zwar eine Nichte, aber die ist nur so ein alter Suchtbolzen. Ja, die würde schon gerne vorbeikommen, aber innerhalb von zwei Minuten hätte sie das ganze Haus in eine Dreckbude verwandelt. Nein, danke schön.«

»Dieses Gefühl kenne ich«, sagte Tess, obwohl sie es durchaus nicht kannte. Sie überlegte, wie sie diese ziellose Unterhaltung in eine detaillierte Diskussion zur Auffindung einer Leiche überführen konnte. Mr. Miles schien sich ausgesprochen wohlzufühlen. Für jeden Keks, den sie aß, aß er vier.

»Aber Sie wollen etwas zu neulich abends wissen«, sagte er und schien damit wieder ihren unausgesprochenen Gedanken gefolgt zu sein. »Wegen Mr. Abramowitz.«

»Ja. Ich weiß, dass Sie schon bei der Polizei Ihre Aussage gemacht haben, aber ich würde gerne noch ein paar Einzelheiten besprechen. Der Wachmann rief den Notruf um 22:35 Uhr an, nachdem er von Ihnen einen Anruf über das Bürotelefon bekommen hatte. Haben Sie ihn gleich angerufen, als Sie die Leiche gefunden hatten?«

»Ich bezweifle, dass mehr als zwanzig Sekunden vergangen waren. Aber ich musste einfach hinschauen, verstehen Sie. An einer Leiche ist etwas, das einen direkt erstarren lässt. Und ich habe versucht, den Puls zu fühlen, bevor ich jemanden anrief.«

»Machen Sie normalerweise bei Mr. Abramowitz das Büro sauber? Kennen Sie ihn sehr gut?«

»Ich habe mich immer von ihm ferngehalten. Wenn er lange blieb, dann normalerweise, um ein Spiel zu sehen. Er wollte nicht, dass jemand hereinkam, um den Müll wegzuschaffen. Er sagte zu mir, ich solle draußen bleiben.«

»Warum sind Sie dann aber an diesem Abend doch hineingegangen?«

»Die Tür stand offen. Und ich sah etwas – vielleicht sein Bein, ich weiß nicht mehr. Irgendetwas war da nicht in Ordnung.«

»Und wann war das?«

»Ich trage keine Uhr.« Er zeigte ihr sein nacktes Handgelenk. »Sie sagen, dass der Notruf um 22 Uhr irgendwas erfolgte. Ich nehme an, ich fand ihn höchstens ein paar Minuten vorher. Und ich blieb dort, bis jemand kam.«

»Um 22:47 Uhr. So steht es jedenfalls in den Aufzeichnungen des Rettungswagens.«

Er zuckte mit den Schultern. »Wenn es so in den Aufzeichnungen steht – Ich kann Ihnen aber sagen, mir kam es viel länger vor. Das macht nicht gerade Spaß, wenn man bei einem Toten Wache hält.«

»Wie lange waren Sie schon im 17. Stock? Haben Sie sonst noch jemanden gesehen?«

»Ich fange immer ganz oben an und arbeite mich runter. In dieses Stockwerk bin ich wahrscheinlich so um 22:20 Uhr gekommen, und ich bin ziemlich sicher, dass da sonst niemand war. Das Büro von denen beansprucht das gesamte Stockwerk, also kann man sonst nirgends hin.«

Scheiße. Was sie überhaupt nicht brauchen konnten, war, das Fenster der Möglichkeiten zu verengen und damit die Wahrscheinlichkeit zu verringern, dass jemand anderes als Rock Abramowitz getötet hatte. Wenn die Aussage von Miles stimmte, dann hatte der andere Mörder, der *echte* Mörder, nicht einmal zehn Minuten Zeit gehabt, um hereinzukommen und wieder zu verschwinden.

»Wie können Sie da so sicher sein?«, fragte Tess und nahm unwillkürlich einen harschen Ton an, trotz Tyners Warnungen. »Sie sagten doch, dass Sie keine Uhr tragen.«

»Bin ich ja gar nicht.« Er lächelte reizend. Wahrscheinlich genoss er die Situation, wurde Tess klar. Letztes Jahr hatte es in der Stadt durchschnittlich einen Mord pro Tag gegeben, viele davon in einem Umkreis von zehn Kilometern von der Stelle, an der sie gerade saßen. Vielleicht hatten Drogenhändler schon genau hier in dieser Straße Unschuldige erschossen. Die nannte man Pilze, weil sie nur so aus dem Boden zu sprießen schienen. Die Dealer lachten darüber. Es stand jedenfalls fest, dass bei solchen Morden nicht innerhalb von einer Stunde jemand verhaftet wurde.

»Soll ich Ihnen etwas Komisches erzählen?«, fragte er plötzlich. »Als ich ihn da liegen sah, war mein erster Gedanke: Oh je, wie krieg ich bloß das ganze Blut wieder aus meinem Teppich raus? Das klingt jetzt schrecklich, aber in dem Moment war es das Naheliegendste der Welt. Ich konnte nur an meinen Teppich denken. Glauben Sie, dass ich deswegen ein schlechter Mensch bin?«

Das schien ihn wirklich zu beschäftigen. Sie erinnerte sich an die Leichen, die sie selbst als Reporterin gesehen hatte. Es waren nicht viele gewesen. Die ersten waren die flach gewalzten Körper von drei Mädchen gewesen, die es an einem Bahnübergang draußen auf dem Land mit einem Zug aufgenommen hatten. Dann die Leiche eines Dreiundzwanzigjährigen in der Leichenhalle, die so blau war wie ein Brombeereis. Er war während eines Einstellungsgesprächs wegen eines Herzinfarkts tot umgefallen, wie der Untersuchungsarzt Tess mitteilte. Ja, sie hatte schon Leichen gesehen, aber ihre Arbeit war dann gewesen, das Leben der Verstorbenen in saubere, vertraute Formeln zu packen. Das Alter, eine markige Beschreibung – »beliebte Cheerleaderin« hatte das Leben von einem der drei vom Zug platt gewalzten Mädchen zusammengefasst –, Schulbildung, Hobbys. Mr. Miles' Sorgen schienen ihr da viel natürlicher. Aber Tess wusste nicht, wie sie ihm das sagen sollte.

»Und Sie haben ihm den Puls gefühlt, nicht wahr? Am Handgelenk oder am Hals?«

»Am Handgelenk. Sein Hals war so – schlotterig. Ich wollte ihn anfassen, aber er sah aus, als könnte er jeden Moment abfallen. Ich glaube, der Knabe muss ihn ganz schön gehasst haben, um ihn so zuzurichten.«

Das konnte Tess so nicht stehen lassen. »Wir wissen ja gar nicht sicher, ob er das gemacht hat, Mr. Miles. Ihn getötet hat, meine ich. Er kann ihn sehr wohl gehasst haben, aber ich glaube nicht, dass Rock – Mr. Paxton – ihn getötet hat.«

Er lächelte. »*Völlig* richtig, Miss Monaghan. Unschuldig, bis die Schuld erwiesen ist, so heißt es doch. Trotzdem, ich kann Ihnen sagen, ich würde es ihm kein bisschen übel nehmen. Zu Mittag habe ich in den Nachrichten gehört, dass Mr. Abramowitz wahrscheinlich die Freundin von dem Knaben belästigt hat. Wenn ein Geschworenengericht das hört, würde es mich nicht wundern, wenn er freikommt. Das war nicht in Ordnung, was der Kerl da gemacht hat. Er war ein schlechter Mensch.«

Na, großartig. Das Fernsehen wusste die Sache mit Ava schon, wenn auch nicht ihren Namen. Die Polizei hatte heute Morgen anscheinend ein paar Details durchsickern lassen, offenbar, weil sie nach dieser schnellen Verhaftung mitteilsam geworden war. Und wenn das Fernsehen schon so viel wusste, würde die Zeitung noch mehr wissen wollen. Tess war klar, dass Baltimore, wenn die Morgenzeitung herauskam, bereits erfahren würde, wie viele Zahnfüllungen Ava hatte und ob sie klapperten, wenn sie ein Eis aß.

Der Keksteller war leer, und sogar der gastfreundliche Mr. Miles schien das Ende des Besuchs für gekommen zu halten. Tess fuhr nach Hause, dachte darüber nach, was für einen großartigen Zeugen der Anklage er abgeben würde, und horchte auf ein faszinierendes Geräusch ihres Motors. Es klang wie ein Zweihundert-Dollar-Geräusch. Wenn sie Glück hatte, kam sie bei der ganzen Sache am Ende plus minus null heraus.

Zu Hause. Sie nahm die Hintertreppe und mied Kitty. Die würde sich bestimmt den ganzen Tag detailliert erzählen lassen wollen. Aber Tess wollte jetzt nur ihre Kassetten und Aufzeichnungen für Tyner abschreiben, sich dann in der Dusche auf den Boden setzen und das heiße Wasser auf sich herunterprasseln lassen.

Doch sie hatte Besuch – jemand, der mit seinem eigenen Schlüssel hereinkam, sich bis auf die Unterwäsche auszog und unter die Bettdecke schlüpfte. Jonathan Ross war vorbeigekommen.

9

Jonathan Ross war Tess früher einmal erschreckend originell vorgekommen, aber sie fand schnell heraus, dass jede Zeitung ihren Jonathan Ross hatte. Einen, der die Bullen bespitzelt und selber auch gerne Bulle wäre, einen, der sich wie die Fernsehversion eines verdeckten Ermittlers bei der Sittenpolizei anzieht – längere Haare, ein Lederband um den Hals, an dem ein Talisman baumelt, einen Diamantstecker in einem Ohr. Einen, der seine Storys mit ungenannt bleiben wollenden Autoritäten und mit »Quellen aus dem näheren Umkreis der Ermittlungsbehörde« würzt. Einen, der den neuesten Slang der Straße sprechen will und ihn auch fast hinkriegt. Ein paar von diesen Typen waren Helden, ein paar Witzfiguren. Früher hatte Jonathan es fertiggebracht, ein wenig von beidem zu sein, aber jetzt war sein Stern gerade am Aufgehen, und es lachten immer weniger Leute über ihn. Tess lachte immer noch, was einer der Gründe war, warum er immer wieder vorbeikam. Sie kannte ihn noch von seinen Anfängen her. Sie hatten zusammen beim *Star* angefangen – ihr erster Job überhaupt, sein erster großer Gig.

Damals, vor ganzen vier Jahren, hatten sie so etwas wie eine Beziehung gehabt, mit allem, was dazugehört, einschließlich so manches trübseligen Streits zu nächtlicher Stunde, wo es immer um dasselbe ging: Wozu zusammenbleiben, wenn man wusste, dass man eines Tages doch auseinandergehen würde? Sie hatten sich getrennt, als die Zeitung einging, zu einer Zeit, als sich auch viele andere Leute von Tess abzuwenden schienen, als wäre ihre Arbeitslosigkeit ansteckend. Dann, vor ungefähr einem Jahr, als seine neueste Beziehung aufs Glatteis geriet, tauchte Jonathan plötzlich wieder auf. Tess wurde zu seinem Schutzschild gegen die neue Frau. Er kam, er ging, nie rief er an. Tess redete sich ein, dass ihr das egal sei. So sei es ihr am liebsten, erzählte sie anderen. Jonathan gehöre einfach mit zu ihren gymnastischen Übungen, er sei ihr Fitnessgerät. Sie versuchte, nicht an seine Freundin zu denken, und wenn es ihr doch passierte, zuckte sie die Schultern und dachte: Na ja, schließlich war ich zuerst da.

Von ihrem Bett aus fragte Jonathan wie immer: »Hast du immer noch diesen Körper?«

Tess antwortete, wie es die Tradition verlangte: »Ich weiß nicht. Ich zieh mich mal eben aus und schau nach.« Und das tat sie auch.

»Diesen Körper.« Ihre Figur hatte sich nicht mehr geändert, seit sie fünfzehn war, als ihre Mutter ihren Körper obszön nannte und darum zu kämpfen begann, ihn vor der Öffentlichkeit zu verbergen. Tess, die von Natur aus eigentlich zurückhaltend war, wurde daraufhin sofort zur Exhibitionistin und lief im winzigsten Bikini herum, den sie nur finden konnte. Zu ihrer Überraschung bekam man damit unter den Jungs viel mehr Freunde, als wenn man haushoch gegen sie im Baseball gewann oder ihnen beim Dodgeball harte rote Gummibälle hinter dem Rücken wegfing. Sie war ein beliebter Teenager gewesen.

»Woran arbeitest du denn gerade?«, fragte Tess nur wenig später, während sie Bier aus dem Kühlschrank holte und zum Bett trug. »Ich glaube, ich habe deinen Namen schon länger nicht mehr in der Zeitung gelesen.« Sie tat immer so, als habe sie seine Verfasserzeile übersehen, gleichgültig, wie deutlich die auch sein mochte.

Jonathan erinnerte sie jetzt nur zu gerne daran, dass er erst gestern fast die ganze Titelseite für sich in Anspruch genommen habe, mit seiner Geschichte über den Tod von Abramowitz. Da er eigentlich jede Reportage verachtete, die in weniger als sechs Wochen recherchiert und geschrieben war, ließ er sich auf Tagesthemen nur dann ein, wenn seine Quellen ihm etwas lieferten, das einfach zu saftig war, um ausgelassen zu werden. Die Produktivität macht den Menschen billig, sagte Jonathan gerne.

»Ich habe ein paar Typen in der Todeszelle beobachtet. Seit Thanos hingerichtet wurde, haben sie Angst, dass sie tatsächlich auch drankommen könnten. Du weißt ja, einige sind da schon ewig drin, so lange, dass sie schier vergessen haben, dass sie eigentlich hingerichtet werden sollen. Jetzt sind sie auf einmal nicht mehr ganz so selbstzufrieden.«

»Ich verstehe nicht, wie dieser Fall die Jungs tangieren könnte, solange sie nicht unbedingt selber sterben wollen. Das Gesetz hat sich doch nicht geändert.«

»Aber die Berufungen müssen irgendwann einmal ein

Ende haben«, beharrte Jonathan. »Der Fall Thanos öffnet …«

»Die Schleusen? Lass mich mal raten – du hast wohl deinen zentralen Abschnitt schon fertig. Nein, du hast deine *ganze* Geschichte schon fertig.« Sie sprach in ihre Bierflasche, als wäre die ein Mikrophon, und nahm die Stimme eines offiziellen Nachrichtensprechers an. »Wir beginnen mit drei herzbewegenden Absätzen über einen Insassen – ›John Smith sitzt in seiner Zelle in Marylands Todestrakt und zählt die zweihundertvierzig Tage, die seine Berufung noch läuft‹ –, dazu ein bisschen Hintergrundinformationen zu Thanos, die nahtlos mit eingewebt werden, und dann, peng!, der obligatorische vierte Abschnitt, der zentrale, in dem steht: ›Die Häftlinge im Todestrakt befürchten, dass die Hinrichtung von Thanos die Schleusen geöffnet hat für eine Welle von Hinrichtungen hier in Maryland, wo ein komplizierter Verlauf der Berufungen bisher den Ausdruck Todestrakt geradezu als Fehlbezeichnung erscheinen ließ.‹«

»Miststück«, sagte Jonathan, aber ohne Schärfe. Da sie nicht mehr als Journalistin tätig war, durfte sich Tess über ihn lustig machen. »Aber gar nicht schlecht. Vielleicht klaue ich mir das.«

Sein Handy klingelte, und Jonathan stürzte sich darauf. Die Stadtverwaltung. »Nein. Nein. Also, ich *versuch's*. Nein.« Er zwinkerte Tess zu. »Daran arbeite ich *im Moment*.« Dann legte er das Handy weg, zog sie auf sich und fing wieder von vorne an, wobei er sich diesmal Zeit ließ. Besser, dachte Tess, viel besser.

Später, als es im Zimmer schon dunkel war und sechs

leere Flaschen Molson auf dem Nachttisch standen, grub Jonathan die Finger in Tess' offenes Haar und sagte: »Dann kennst du also diesen Darryl Paxton, oder? Ist einer von deinen Kumpels beim Rudern?«

Tess machte ihr Haar frei und rutschte über das Bett, um auf der Doppelmatratze so viel Abstand wie möglich zwischen ihnen zu schaffen. »Du arbeitest also immer noch an dieser Geschichte?«

»Nicht offiziell.« Er war ruhig und kein bisschen verlegen. Das war so eine Sache mit Jonathan. Sein unverfrorener Ehrgeiz und seine vollkommene Offenheit in Bezug auf seine Motive ließen seine Manipulation und Kaltschnäuzigkeit fast charmant erscheinen.

»Aber du könntest, wenn du etwas ganz Wunderbares rauskriegen würdest, nehme ich an.« Tess war entschlossen, genauso ruhig zu bleiben wie er, und machte ein Pokergesicht. »Tut mir leid, aber ich habe nichts Wunderbares in petto.«

»Aber du weißt doch etwas«, gurrte er. »Vielleicht ein bisschen mehr über das Motiv? Jeder weiß ja, dass es etwas mit einer Frau zu tun hatte, aber wir haben keine Details. Hat Abramowitz sie angemacht und begrapscht? Hat er sie gevögelt?«

»Ich kann dir nicht weiterhelfen, Jonathan.«

»Einen Namen.«

»Nein.«

»Ein spannendes Detail – irgendein großartiges Detail, das sonst niemand hat. Irgendwas über Paxton. Ist er ein aufbrausender Typ? Hat er vielleicht schon öfter Leute vermöbelt, die ihn geärgert haben? Wo kommt er her?

Da könnte ich dann Nachforschungen anstellen und herausfinden, ob er schon als Jugendlicher kriminell geworden ist.«

Tess saß ganz still. Sie schüttelte nicht einmal den Kopf.

»Wir könnten es mit dem Aufreißer bringen, dass Paxton sich einen früheren Olympiasieger im Rudern als Verteidiger ausgesucht hat und dass er eine Freundin vom Rudern dafür gewonnen hat, in seinem Fall weitere Nachforschungen anzustellen.« Er lächelte, nicht sehr angenehm. »Na ja. Ich habe Joey Dumbarton heute angerufen, um mal zu sehen, was der sonst noch so weiß. Er ist ja ein guter Kerl, von ihm hab ich den Tipp mit der Liste, in die sich alle Besucher eintragen müssen. Aber er hatte heute schon mit jemandem gesprochen und wollte sich nicht noch mal ausquetschen lassen. Er hat dich übrigens eine ganz Süße genannt.«

»Tja, das ist auch der einzige Grund, warum ich das mache. Um ein paar annehmbare Männer kennenzulernen.«

»Das mit dem Rudern könnte deinen Freund in einem schlechten Licht erscheinen lassen. Sehr unvernünftig.«

Tess zuckte die Schultern. Das genügte gerade mal für ein einziges Absätzchen. Nicht einmal Jonathan konnte darauf eine ganze Geschichte aufbauen.

Er stand auf und zog sich an. »Ich wäre übrigens sowieso bei dir vorbeigekommen. Hab mich nach dir gesehnt. Nach diesem Körper. Du bist doch nicht böse?«

»Jonathan, wenn ich wegen jedem groben, unsensiblen Verhalten, das ich von dir erlebt habe, böse wäre, hätte ich mich schon längst in eine Salzsäule verwandelt.«

»Das war aber nicht der Grund, warum sich Lots Weib in eine Salzsäule verwandelt hat. Sie hat sich umgedreht und auf Sodom geschaut. Als katholische Jüdin solltest du wenigstens das Alte Testament kennen.«

»Ich bin keine katholische Jüdin. Ich bin gar nichts, nicht einmal Atheistin. Einfach gar nichts.«

»Ganz wie du willst.« Er küsste sie auf den Nacken. »Bis dann, du Garnichts.«

»Wann auch immer. Geh jetzt lieber nach Hause. Wirst doch bestimmt in Kürze kontrolliert, ob du auch wirklich im Bett bist?«

Sie wusste fast gar nichts über seine Freundin, nicht einmal ihren Namen. Offensichtlich ein Mädchen, das er noch von der High-School in einem der Vororte Washingtons her kannte. Wahrscheinlich auch reich, falls es sie denn überhaupt gab. Manchmal war sich Tess da nicht so sicher. Falls es sie gab, sollte sie sich rasch damit vertraut machen, dass Jonathan sie betrog. Für eine gute Story würde Jonathan mit jedem ins Bett gehen.

Am nächsten Morgen parkte Tess ihren Toyota hinter Rocks Fahrrad in der Light Street. Sie war ihm die Hanover Street entlang und die Waterview Avenue hinunter bis zum Bootshaus gefolgt. Der Hausmeister glänzte wieder einmal durch Abwesenheit, deshalb sperrte Rock mit seinem eigenen Schlüssel auf.

»Wir sehen uns drüben auf der Rückseite«, sagte er zu Tess. Um in die Übungsräume und zur dahinter liegenden Treppe zu kommen, musste man durch die Umkleideräume der Herren oder der Damen gehen. Tess warf ihre

Schlüssel in ein leeres Schließfach und blieb stehen, um ihr Gesicht in dem langen Spiegel zu betrachten. Grau und ein bisschen aufgedunsen um die Augen, wie immer um sechs Uhr früh. Jonathans Besuch hatte keinerlei ungewöhnliche Zeichen hinterlassen. Sie stieß die Schwingtür auf, die in den kleinen Vorraum führte, der vollgestopft war mit Gewichten und Konzept-II-Ergometern. Mit Rudergeräten für Laien. Folterinstrumente, wie Tess fand.

Rock sah aus dem Fenster nach Westen.

»In einer Viertelstunde schüttet es«, sagte er gebieterisch, wie ein Indianer in einem Film, der das Herannahen einer Herde voraussagt, indem er ein Ohr auf den Boden legt. Tess dachte, dass die Wolken eher so aussahen, als würden sie sich bald in der Sonne auflösen, aber es war ihr nicht so wichtig, dass sie darüber eine Diskussion angefangen hätte.

»Na schön«, sagte sie. »Auf diese Weise will mir der liebe Gott sagen, dass ich mich wieder ins Bett legen soll.«

»Wie wäre es mit einem kleinen Wettkampf auf dem Ergometer? Über fünftausend Meter?«

»Was für Bedingungen?«

»Wer am nächsten an seine persönliche Bestzeit herankommt, kriegt Frühstück ausgegeben.«

»Drüber oder drunter?«

»Ach ja. Wenn ich zehn Sekunden über meiner Bestzeit bleibe und du neun, dann gewinnst du.«

»Falls ich diese Wette annehme, was ist denn deine persönliche Bestzeit über fünftausend? Meine ist … zweiundzwanzig Minuten.«

»Du bist vielleicht eine Lügnerin. Ich war zufällig dabei, als du die fünftausend unter einundzwanzig geschafft und anschließend auf deine Schuhe gekotzt hast.«

»Okay, einundzwanzig Minuten und dreißig Sekunden für mich. Aber vergiss nicht, dass ich dich die fünftausend schon in achtzehn Minuten habe schaffen sehen.«

»Du bist dran.«

Tess stellte die Distanz auf dem Ergometer ein und schnallte ihre Füße an. Trotz ihrer Körperlänge musste sie sich strecken, um die hölzerne Zugstange zu erreichen, die von den rauen Händen der Ruderer ganz glatt gescheuert war. Die Stange war mit einer Kette verbunden und die Kette mit einem großen Schwungrad. Sie ließ den Sitz, der wie ein Fahrradsitz aussah, ans obere Ende des Metallschafts gleiten, die Knie gebeugt, den rechten Arm zwischen ihren Beinen, den linken außerhalb, den Kopf geneigt. Auf Rocks Signal hin zog sie die Stange an den Brustkorb heran, glitt nach hinten, dann nach oben, und die Meter begannen auf der Anzeige zu klicken. Aber so schnell die Meter liefen, die Sekunden verstrichen noch schneller.

Der Ergometer, der sich darin von den meisten anderen Trainingsgeräten unterschied, maß, wie viel Kraft man aufwandte, und genau deshalb verabscheute Tess ihn auch. Im Gegensatz zu einem Stepper, auf dem sie die Arme verschränken und die Beine schonen konnte, oder zu einem feststehenden Fahrrad, auf dem sie sich ein paar Kilometer weit entspannen konnte, erkannte der Ergometer immer, ob sie wirklich kämpfte. Kraftvoll und tüchtig ziehen, und die Meter purzelten nur so.

Ein schnelles Tempo allein – also die Anzahl der Schläge pro Minute – führte das Gerät nicht irre, jedenfalls nicht, wenn in den Schlägen keine Kraft steckte.

Auf der Digitalanzeige war zu sehen, dass sie fünfundzwanzig Schläge pro Minute machte, und die ersten fünfhundert Meter schaffte sie in knapp über zwei Minuten und zehn Sekunden. Tess schloss die Augen und überließ sich ganz diesem Rhythmus, wobei sie sich vorstellte, tatsächlich ein wichtiges Rennen zu fahren, und die Muskeln anspannte und entspannte, fast ohne Rock neben sich noch wahrzunehmen, der seinerseits ebenfalls ganz in sein eigenes Rennen vertieft war. Sie fuhr jetzt auf dem Chester River und hielt die Augen auf das knochige Rückgrat und den weißen Hals von Whitney Talbot fixiert, der Schlagfrau der Mannschaft.

Tess öffnete die Augen. Die ersten 2500 Meter waren bei 9:35 eingerastet, aber sie wusste, dass sie ein Tempo, mit dem sie unter zwanzig liegen würde, nicht durchhalten konnte. Sie nahm sich etwas zurück und verließ sich auf ihre kräftigen Beine. Sie musste es ja nur versuchen. Rock würde sie auf jeden Fall zum Frühstück einladen. Sie würde ihn dann schockieren, würde alle dort bei Jimmy's schockieren, indem sie sich heute etwas völlig anderes bestellte. Spiegeleier. Rösti.

An Essen zu denken, das steigerte tatsächlich ihre Geschwindigkeit. Wenn sie die letzten fünfhundert Meter in weniger als zwei Minuten schaffte, wäre das eine neue Bestzeit für sie. Rock hatte zum Teil recht gehabt, ihre bisherige Bestzeit war 21:02, nur waren es *seine* Schuhe gewesen, die sie vollgekotzt hatte. Lediglich ein sehr guter Freund konnte ein so hervorstechendes Detail vergessen. Während sie jetzt fünfzig Schläge mit voller Kraft durchzog, spürte sie allmählich die schwindelerregende Übelkeit wie bei einem richtigen Wettkampf. Nichts kam dem gleich – nicht, wenn man sehr schnell rannte, nicht, wenn man fünfzig Kilo stemmte, nicht einmal, wenn man sich an einem schweren Sandsack abarbeitete, wie sie es manchmal tat, wenn die schäbige kleine Boxhalle in der Nähe ihrer Wohnung leer war. Die Schenkel taten ihr weh, der Magen schwebte gefährlich weit oben in der Nähe ihrer Kehle, die Unterarme brannten, die Haut fühlte sich an, als würde sie jeden Moment davonfliegen. Sie hatte nichts mehr zu geben, und doch musste sie noch mehr finden. Mit einem abschließenden ruckartigen Schlag fuhr sie die letzten zehn Meter – 20:55, sieben Sekunden unter ihrer Bestzeit. Sie ließ die Stange los und legte den Kopf zwischen die Knie, ihr Atem kam stoßweise und keuchend.

»Du hast gewonnen«, sagte Rock.

Tess schüttelte den Kopf; sprechen konnte sie noch nicht. Rock war schon vor Ewigkeiten fertig geworden. Auch wenn er sich ihr zuliebe ein Handicap einbaute, packte ihn dann doch der Wettkampfgeist, und er gewann. Sie hob den Kopf, um seine Anzeige zu lesen: 18:30. Möglicherweise eine persönliche Schlechtestzeit für Rock, auf jeden Fall aber dreißig Sekunden über seiner Bestzeit.

»Wahrscheinlich bin ich ein bisschen zerstreut«, entschuldigte er sich. »Aber auf dich bin ich stolz, Tess. Du hast dich heute wirklich reingehängt.«

Sie lächelte schwach und stand mühsam auf. Die Beine versagten ihr, und sie musste sich vorbeugen und die Hände über den Knien aufstützen, um nicht hinzufallen. Sie atmete in unregelmäßigen, keuchenden Atemzügen. Im Kopf formulierte sie Worte, aber ihr Mund weigerte sich, sie auszusprechen. Er wollte nur in großen Zügen Luft holen.

Rock hielt ihr einen Papierkorb aus Plastik unter das Kinn und legte ihr eine Hand in den Nacken. »Halt es nicht zurück. Dir geht es gleich viel besser, wenn du es rauslässt.« Ihr Magen war leer, deshalb brachte sie nichts anderes heraus als dünnen, durchsichtigen Speichel, wie ein Hund, der Gras gefressen hat. Rock wischte ihr das Gesicht mit einem Zipfel seines schweißnassen T-Shirts ab, führte sie dann zu dem einzigen Stuhl des Raums und massierte ihr die Schenkel, nachdem sie sich hingesetzt hatte.

Es war merkwürdig, wenn man die Hände eines Mannes am Körper spürte und dabei nichts empfand. So war es mit Rock schon immer gewesen. Sie waren einfach beide zu groß, dachte sie, zusammen wirkten sie fast schon absonderlich, und so hätten sie einfach nie daran denken können, ein Paar zu sein. Offensichtlich dachte er genauso: Seine gelegentlichen Freundinnen waren alle sehr klein, obwohl noch keine so klein gewesen war wie Ava. Es gab also keine untergründigen Gefühle und keine Spannung, als er jetzt Tess' Beine massierte. Wie anders doch alles sein könnte, wenn das Wörtchen wenn nicht wäre. Wenn es keine Ava gäbe. Keinen toten Abramowitz. Wir haben keine freie Wahl, dachte

Tess sarkastisch, aber freien Fall. Und oh, wie tief sie gefallen waren.

»Du bist gut zu mir, Rock.«

»Na ja, du bist ja auch gut zu mir.«

»Nein. Ich … also, ich hab ja alles vermasselt. Es ist mir über den Kopf gewachsen, und ich habe dich mit hineingezogen.«

»Das alles war doch meine Idee, wenn du dich bitte erinnerst. Hör nicht auf Tyner, Tess. Mein Gott, ich tu's auch nicht.«

Jetzt war der Zeitpunkt gekommen, wo sie ihm ein Geständnis ablegen musste, ihm erzählen musste, dass sie ihn manipuliert hatte, Ava zu manipulieren versucht hatte, die Dinge so zu arrangieren versucht hatte, dass sie seinen Scheck entgegennehmen konnte, ohne sein Herz zu brechen. Sie sagte nichts.

Plötzlich begann der Regen, den Rock vorhergesagt hatte, tatsächlich zu fallen, ein schwerer, peitschender Wolkenbruch mit Blitzen dazwischen. Wenn er sie nicht gewarnt hätte, wäre sie jetzt auf dem Wasser gewesen, und zwar so weit draußen, dass sie wirklich in Gefahr hätte geraten können. Bei so einem Gewitter war es gefährlich, draußen abzuwarten, und genauso gefährlich, zum Bootshaus zurückzufahren.

»Komm, schauen wir es uns von der Vorderseite aus an«, sagte Rock. »Ich mag Gewitter.«

Sie gingen zurück, jeder durch seinen Umkleideraum, und trafen sich in der großen Eingangshalle, die auf der Nordseite über die gesamte Front des Gebäudes ging. Obwohl dieser Saal mit Plaketten, Fotografien und

Drucken von Ruderern und ihren Booten geschmückt war, verirrten sich die eigentlichen Ruderer selten hierher. Die Stadt vermietete ihn jedes Wochenende für Hochzeiten, Bar-Mizwas und Bankette. Er war im Grunde hässlich und nur wegen seines Rundblicks auf den Patapsco und die Stadt dahinter so gefragt – wegen des Blicks auf das Camden Yards, auf die drei riesigen Gastanks, die mit den Erdgasvorräten der Stadt stiegen und sanken, und auf die zerklüftete Skyline der Innenstadt. Bei Dunkelheit war der Ausblick am schönsten, mit all den weißen Lichtern und Silhouetten.

»Vielleicht trifft ja endlich mal ein Blitz das IBM-Gebäude«, sagte Tess und bezog sich damit auf einen weißen Wolkenkratzer, der allgemein zu den zehn schlimmsten Bausünden der Stadt gerechnet wurde.

»Oder in den Turm der Maryland National Bank«, sagte Rock. »Entschuldigung, in den Turm der Bank der Nationen. Ich kann mich immer noch nicht daran gewöhnen, dass diese Firma aus North Carolina Marylands größte Bank besitzt.«

»Na, und ich hab mich immer noch nicht daran gewöhnt, dass der Friendship International Airport jetzt Baltimore-Washington International heißt, und das ist immerhin schon über 25 Jahre her.«

»Manchmal kommt es mir so vor, als würde Baltimore sich eher über das definieren, was nicht mehr ist, was früher einmal war.«

»Stimmt, der *Star* ist jetzt ein Parkplatz am Hafen.«

»Die Colts – die Ravens können den Verlust des Teams von Johnny Unitas einfach niemals kompensieren.«

»Das Kaufhaus Hutzler ist jetzt das Arbeitsamt.«

»McCormick ist in die Vorstadt gezogen, deshalb liegt auch kein Zimtgeruch mehr über dem Hafen.«

»Und der Flohmarkt am alten Edmondson Drive-In ist jetzt ein Baumarkt.«

So sprachen sie immer miteinander: Sie stellten zusammen Listen auf, lauter Reihen von nur lose miteinander verknüpften Tatsachen. Tess wusste nicht, ob das eine speziell männliche Art der Unterhaltung war oder eine, die nur typisch für Rock war. Auf jeden Fall mochte sie sie.

Er blickte über das Wasser und sah den Blitzen zu. Tess wiederum blickte ihn an und erinnerte sich an Jonathans Fragen: Wo *kam er her? Hatte er schon öfter Menschen angegriffen?* Sie wusste nur, dass er nicht hier geboren war, obwohl er schon so lange in Baltimore lebte, dass er es als seine Heimat betrachtete. Ihre Freundschaft baute auf der Gegenwart auf, und sie sprachen nur selten über die Vergangenheit. Tess war davon ausgegangen, dass Männer eben auf diese Weise Freundschaften schufen – durch gemeinsame Unternehmungen, harmloses Geplauder und Neckereien, Gespräche über Sport. *Wie ham sich denn die Orioles gemacht?* Sie mochte das. Außerdem gab es in Baltimore genügend Leute, die ihre Lebensgeschichte kannten. Es war für sie eine Erleichterung, einen Freund zu finden, der über nichts reden wollte als über die momentanen Ereignisse oder ob Antioxidationsmittel die Leistung steigerten.

Das Gewitter zog nach Osten. Tess hätte einen Stift nehmen und eine senkrechte Linie auf die vom Boden bis zur Decke reichenden Fensterscheiben zeichnen können: Rechts von der Linie wäre der Himmel schwarz und von Blitzen durchzuckt gewesen; auf der linken Seite frisch gewaschen und klar. Ein fast unheimlicher Anblick, dieses schwarz-weiße Baltimore. Sie schob ihre Hand in die von Rock. An Tess war nichts zierlich, aber ihre Hände waren besonders groß, mit zerklüfteten Nägeln und voller Hornhaut vom Rudern. Rocks Hand war noch größer und noch rauer. Auch das gefiel ihr an ihm. Er rollte ihre Hand in seiner zusammen und drückte sie sanft. Er kannte seine Kraft durchaus, wusste, dass er sanft sein und seine Kraft bezähmen musste. Aber er musste sich das erst im Kopf klarmachen, bemerkte Tess. Er musste sich darum bemühen.

10

Whitney – ihre Zimmergenossin vom College, manchmal beste Freundin, manchmal schärfste Konkurrentin – rief sie am selben Morgen um neun Uhr an, als Tess gerade damit begonnen hatte, endlich ihre Tonbandaufzeichnungen und Notizen abzutippen. Sie war froh über diese Unterbrechung. Über ihre Treffen mit Dumbarton und Miles hätte sie zwar gut einen Zeitungsartikel oder eine Pressemeldung verfassen können, aber ein Bericht für einen Anwalt war eine ihr völlig unvertraute Form. Sollte da grundsätzlich alles hinein, oder musste sie vorher nach Wichtigkeit abwägen? Konnte sie auf ihre eigenen Eindrücke zurückgreifen, oder hatte auch hier strikte Objektivität zu herrschen? Hoffnungslos festgefahren, stürzte sie sich geradezu aufs Telefon.

»Man sagt, du hast dich wieder einmal mit Jonathan getroffen«, sagte Whitney zur Begrüßung.

Tess seufzte. »Ich wette, er kam heute früh zur Arbeit und hat sofort jedem Mitarbeiter eine Message über den internen Computer des *Beacon* geschickt: ›Tess Monaghan schläft zwar mit Ihnen, aber sie sagt Ihnen nichts.‹«

»Nein, aber er spielte extra für mich eine seiner ganz besonderen Szenen, lief wie verrückt um seinen Schreibtisch herum, als ich gerade vorbeikam, und beklagte sich lauthals beim Herausgeber, dass ›sie‹ nichts ausspuckt. War 'ne reizende Vorstellung.«

»Ich spucke nie etwas aus. Das ist eine meiner besten Seiten.«

»Treffen wir uns doch zum Mittagessen im Tate – auf Kosten der Zeitung natürlich. Ich kann auf jeden Fall behaupten, dass ich eine widerspenstige Informantin zu bezirzen versuchte. Ich werde allerdings sofort das Lokal verlassen, wenn du anfängst, doch noch etwas auszuspucken. Oder durchsickern zu lassen. Solche Leute habe ich in der letzten Zeit mehr als genug getroffen. Es kommt mir vor wie in einem Science-Fiction-Roman. Von denen bleibt am Ende immer nur eine kleine Pfütze übrig.«

»Und da redest ausgerechnet du von einer reizenden Vorstellung. Um zwölf?«

»Viertel nach zwölf. Falls ich mich verspäte, bestell mir Krabben und Krautsalat. Eine Krabbenpastete, kein Sandwich. Gegrillt, nicht gebraten.« Whitney beabsichtigte diesen Befehlston eigentlich gar nicht, er lag bei einer Talbot einfach im Blut.

Als sie sich im ersten Jahr auf dem College kennengelernt hatten, hatte Whitney ihre Hand so kräftig gedrückt, als wolle sie mit ihr die Kräfte messen. Tess drückte zurück und sah sich dieses sagenhafte Geschöpf skeptisch, aber genau an – glatte blonde Haare, eng stehende grüne Augen, lange Glieder und einen so scharf ausgeprägten Unterkiefer, dass sie damit hätte Käse schneiden können. Diese Frau kann ich mögen oder hassen, sagte sich Tess, aber gleichgültig kann ich ihr gegenüber niemals sein. Sie beschloss, sie zu mögen. Diese Entscheidung hatte sie bisher nur selten bereut.

Und doch herrschte eine ständige Konkurrenz zwischen ihnen. Whitney war die beste Ruderin, Tess die stärkste. Whitney war reich und schlank, Tess wild und impulsiv. In ihrer Schulklasse kämpften sie beide um die höchsten Auszeichnungen und träumten vom Sophie-Kerr-Preis, einem Stipendium ohne Auflagen für den besten Autor der Schule. Whitney stieg aus diesem Konkurrenzkampf aus und ging nach Yale, um dort ihren Abschluss in Japanisch zu machen. Tess verlor den Kerr-Preis an einen stillen, langhaarigen jungen Mann, den sie bis dahin noch nie bemerkt hatte.

Vielleicht habe ich mich damals doch falsch entschieden, dachte Tess, als sie im muffigen Speisesaal des Tate auf Whitney wartete. Vielleicht sollte ich sie letztendlich doch hassen.

»Falls es jemals dazu kommen sollte, dass ich das Mittagessen bezahle, könnten wir dann in ein anständiges Lokal gehen?«, fragte Tess, als Whitney endlich kam. »Ihr WASPS habt doch wirklich die schlechtesten Geschmacksnerven der ganzen Welt.«

»Das ist das allerbeste Verwöhnessen. Eisbergsalat mit Thousand-Island-Dressing aus der Flasche. Mac and Cheese. Geh nur mal die Straße entlang« – Whitney zeigte mit ihrem Kinn, das so wohlgeformt wie eine Kamee war, auf den in der Nähe gelegenen Toskana-Grill, der zurzeit in Baltimore besonders angesagt war – »und du hast so etwas wie eine Rassenmischung der Speisen.

Pistazien und Pfefferminzmarmelade. Fajitas mit Lauch. Ziegenkäse und Erdnussbutter. Hilfe.«

»Rassenmischung«, überlegte Tess. »Diesen Ausdruck hört man heutzutage nicht mehr allzu oft.«

»Da musst du nur weiterhin den *Beacon* lesen. Wahrscheinlich werden sie von mir nächste Woche einen Leitartikel genau dagegen haben wollen.« Sie nahm einen Schluck Eistee – schon vorgesüßt, und das nicht zu knapp – und seufzte, als wäre es purer Nektar. Die alten Frauen im Speisesaal blickten anerkennend auf die junge Frau, die ihr blondes Haar zu einem weichen Chignon aufgesteckt und ihre elegante Figur in ein seegrünes Strickkleid von Jones & Jones gehüllt hatte. Whitney hatte überall Geschmack, nur nicht im Mund, überlegte Tess, obwohl sie tatsächlich eine Nase für guten Whiskey hatte. Sogar auf dem College hatte sie bereits guten Scotch bevorzugt, und sie war fast anstrengend gewesen in ihrem Bemühen, den besten Martini der Ostküste zu finden.

Ohne eine Spur von schlechtem Gewissen klopfte Whitney mit dem Löffel ans Glas, als rufe sie eine Versammlung zur Ordnung. Schließlich stammte sie ja auch von einer langen Reihe von Gartenvereinsvorsitzenden ab. Die Sitzung der Ortsgruppe Nord der Stiftung der ehemaligen Studentinnen des Washington College ist hiermit eröffnet. Irgendwelche unerledigten Tagesordnungspunkte? Nein. Irgendwelche neuen Tagesordnungspunkte? Ja, rücksichtslose Neugier.

»Also, wie sieht's denn jetzt aus mit deiner neuen Karriere, egal, wie man dazu sagt. Privatdetektivin? Anwaltsgehilfin? Und das gleich bei einem der heißesten Fälle der Stadt. Rück raus damit.«

So war Whitney eben, sie kam immer gleich voll zur Sache, aber Tess hatte jetzt schon elf Jahre Erfahrung damit, wie man Whitneys Frontalangriffe abschmettern konnte. »Fragst du das als Freundin oder als Mitarbeiterin des *Beacon*? In beiden Fällen kann ich dir nicht viel erzählen. Ich arbeite für einen Rechtsanwalt. Alles, was ich weiß, ist vertraulich.«

»Das verstehe ich. Aber was ist denn dran an dem Gerücht, dass eigentlich du ihm die ganze Sache überhaupt erst eingebrockt hast, weil du Rock erzählt hast, dass seine Freundin ihn betrügt?«

Ihre locker vorgebrachte, ungenaue Version der Tatsachen traf Tess hart. Offensichtlich hatte Whitney doch mehr getan, als nur Jonathans Unterhaltung mit seinem Herausgeber mit anzuhören.

»Weißt du, das ist jetzt das zweite Mal innerhalb von zwei Tagen, dass ein Mitarbeiter des *Beacon* das mit mir bequatschen will. Habt ihr denn keine anderen Möglichkeiten, an Informationen zu kommen?«

»*Es mit dir bequatschen.* Das ist ein interessanter Ausdruck für Jonathans Art und Weise, Informationen zu sammeln. Habt ihr gestern Nacht viel bequatscht?«

Leitartikel zu schreiben, das hatte bei Whitney den Verstand geschärft und die Gefühle abgestumpft, sodass sie jedes Thema theoretisch und abstrakt behandelte. Eine Advokatin des Teufels? Whitney hätte viel eher die *Mentorin* des Teufels sein können.

»Hör auf, mich auszuquetschen«, sagte Tess. »Ich sagte

dir doch schon, dass ich über den Fall nicht reden kann, und das meine ich auch so.«

»Oh, Tesser …« Whitney war ehrlich zerknirscht. »Ich bin wirklich nicht hergekommen, um dich auszuquetschen. Im Gegenteil, ich werde dich jetzt abfüllen. Ich dachte nur, ich könnte mich erst ein bisschen amüsieren. Seit wann bist du denn so verdammt kratzbürstig?«

Sie nahm einen festen Papierordner aus ihrer Aktentasche und warf ihn mit einem lauten Plumps auf den Tisch. Fotokopien und Zeitungsausschnitte über Michael Abramowitz rutschten heraus. Computerausdrucke von neueren Zeitungsberichten, Fotos, eine Zusammenfassung, biografische Daten. Nur das Archiv des *Beacon*, das für normale Sterbliche wie Tess nicht zugänglich war, konnte solch einen Schatz ausschütten.

»Ich hab das Zeug kurz durchgesehen, nachdem eine der Archivarinnen es mir zusammengesucht hat«, sagte Whitney. »Nichts, was mir direkt in die Augen gesprungen wäre, obwohl er wohl so ein richtig streitsüchtiger kleiner Pflichtverteidiger war, bevor er selber ins Geschäft eingestiegen ist. Vor Kurzem hat er angefangen, ständig so ein riesiges selbstzufriedenes Grinsen zu zeigen und in einem geliehenen Smoking in der Stadt herumzulaufen.«

Tess zog ein glänzendes Schwarz-Weiß-Foto von Abramowitz hervor, das ihn auf dem letztjährigen Ball des Black-Eyed-Susan-Pferderennens zeigte. Er blickte pflichtschuldigst in die Kamera, ein Glas in der Hand, die schmalen Schultern ganz verloren in seinem Smoking. Sie brauchte nicht einmal Whitneys Auge, um zu erkennen, dass er geliehen war und noch dazu besonders schlecht saß. Dünne Frauen in hässlichen Kleidern, und zwar solchen, die mehr kosten als hübsche, standen auf beiden Seiten neben ihm, die Gesichter der Kamera entgegengestreckt, die Körper aber weggedreht, als wäre es ihnen peinlich, mit dem einst stadtbekannten Anwalt gesehen zu werden.

»Interessant – aber ich weiß eigentlich gar nicht, was ich damit anfangen soll. Tyner hat meine Rolle in dem Fall sehr eng umrissen.«

»Scheißdreck.« Whitneys Stimme war nur um ein Weniges leiser als ein rauer Aufschrei. Zum Glück waren die meisten der Damen, die im Tate zu Mittag aßen, zu eitel, um ein Hörgerät zu tragen, deshalb warfen sie auch weiterhin begeisterte Blicke auf die elegante junge Frau. Warum bloß sind unsere Enkelinnen nicht so damenhaft?, fragten sie einander.

»Na gut, ich gestehe: Jonathan hat mir erzählt, dass du für Tyner arbeitest. Wachmänner und Nachtwächter befragst – so was Langweiliges. Du solltest lieber versuchen, alle diejenigen zu finden, die schon einmal auf Abramowitz sauer waren. Das ist bestimmt nicht schwer. Er war ein weltklassemäßiger Scheißer, der Abschaum verteidigte. Und danach war er ein weltklassemäßiger Scheißer, der dem einen Abschaum half, den anderen Abschaum zu verklagen. Am Ende verteidigte er eine Asbestfirma: den Abschaum par excellence. Es gibt bestimmt keinen Mangel an Leuten, die ihn verabscheut haben.«

»Ja, aber Tyner hat gesagt …«

»*Tyner hat gesagt.* Seit wann kümmerst du dich denn einen Scheißdreck um das, was dir irgendjemand sagt? Seit wann bist du denn so eine vorsichtige kleine Maus, die die ganze Zeit auf eine Erlaubnis wartet und Angst hat, selber etwas anzupacken?«

Das saß.

»So eine vorsichtige kleine Maus – um deine treffende Bezeichnung zu benutzen – bin ich in genau dem Moment geworden, als ich feststellen musste, dass mein letzter Anfall von Eigeninitiative möglicherweise einen meiner besten Freunde dazu veranlasst hat, einen Menschen zu töten. Weißt du, an diesen ganzen Gerüchten ist leider tatsächlich was dran, Whitney. Ich habe Rocks Verlobte dazu gebracht, ihm zu gestehen, dass sie mit ihrem Chef schläft. Ich dachte natürlich, er würde daraufhin die Beziehung mit ihr beenden und nicht den Hals dieses Typen brechen.«

»Glaubst du denn, dass er es war?«

»Er sagt, er war's nicht, und er ist kein Lügner. Aber wenn er erst mal richtig wütend ist …« Tess mochte ihren Gedanken nicht zu Ende denken.

»Ich hab ihn ein paarmal beim Rennen gesehen.« Whitney hatte zwar selber mit dem Rudern aufgehört, aber sie ging immer noch zu den großen Wettkämpfen. »Er kam mir immer so vor, als hätte er so unglaublich viel Kraft, dass er ganz vorsichtig sein muss, sonst macht er alles nieder, was ihm in den Weg kommt.«

»Wie Lennie in *Von Mäusen und Menschen*.«

»Genau.«

»Der Vergleich hat nur einen Haken, Whitney. Lennie

hatte die schlechte Angewohnheit, den Leuten rein zufällig den Hals zu brechen.«

Als sie wieder zu Hause war, schlüpfte Tess in ein T-Shirt und Shorts und schaltete ihre Stereoanlage ein. Obwohl sie einen CD-Player besaß, hatte sie fast keine CDs – dieser technischen Neuerung hatte sie sich nämlich gerade erst verschrieben, als ungefähr einen Monat später der *Star* einging. Aus rein finanzieller Notwendigkeit hörte sie sich hauptsächlich die Alben und Tonbänder aus ihrer Collegezeit an. Alternative Sender hielten sie auf dem Laufenden in Bezug auf neue Musik, aber eigentlich war sie mehr an alter Musik interessiert: Cole Porter, Johnny Mercer, Rodgers and Hart. Das Übliche, außer Irving Berlin. In der achten Klasse hatte sie einmal die Freiheitsstatue spielen müssen und sich nie mehr so ganz erholt von »Gib mir deine müde …«. Und einer der »Einwanderer« hatte sie in den Hintern gekniffen.

Die Akte Abramowitz war eine Mischung aus alter und neuer Technologie. Fotokopien von alten Zeitungsausschnitten, Ausdrucke von Mikrofilmen, Computerausdrucke einer Suchmaschine, die eine landesweite Datenbank von Zeitungen umfasste. Die Archivarin des *Beacon* hatte sogar ein anbiederndes Porträt von ihm in der Stadtzeitung gefunden, einem Schmierblättchen namens *Balti-mehr*, das verdientermaßen inzwischen eingegangen war.

Ihr Schreibtisch war zu klein, um alle diese Reichtümer zu bergen. Sie verteilte den Inhalt des Ordners auf dem Boden und legte die Ausschnitte und Fotos auf drei

Stapel, die die verschiedenen Phasen seiner Karriere darstellten. Pflichtverteidiger. Klägeranwalt. Gesellschafter.

Die erste Phase seiner Karriere schien für ihre Zwecke die vielversprechendste, denn man konnte ja davon ausgehen, dass die meisten der Leute, die er verteidigte, schon einmal einen Menschen getötet oder zumindest vergewaltigt hatten. Tess wusste, dass ein verärgerter Angeklagter viel eher seinen eigenen Anwalt angriff als den Staatsanwalt oder den Richter. Schließlich ist es ja die rechtmäßige Aufgabe der Staatsanwaltschaft, einen einzulochen, und der Richter folgt nur dem Gesetzbuch, der eigene Anwalt hingegen wird dafür bezahlt, dass er einen raushaut. Sogar, wenn es nicht die eigene Knete ist, wie bei Abramowitz' frühesten Klienten, erwartet man doch einfach von ihm, dass er sein Geld wert ist. In ihrer Zeit als Reporterin hatte Tess einmal einen Neunzehnjährigen gesehen, der, als er wegen Totschlags schuldig gesprochen wurde, seine Strafverteidigerin im Nacken packte und ihren Kopf so lange immer wieder auf den Tisch schlug, bis der Gerichtsdiener einschritt.

Doch die Klienten von Abramowitz, zumindest die, die in der Zeitung zu sehen waren, schienen ihn geradezu anzubeten. Die Geschichten über ihn als Pflichtverteidiger unterstrichen seinen legendären Ruf. Von seinen sieben Fällen als Verteidiger, bei denen die Todesstrafe beantragt worden war, hatte er drei gewonnen, was seinen frühen Ruhm gefestigt hatte, aber eine solche Fähigkeit war dann mit der Zeit immer unwichtiger geworden. Tatsächlich plädierte die Staatsanwaltschaft in Maryland inzwischen nur noch selten auf Todesstrafe.

Polizistenmörder aufgrund von Verfahrensfehler frei. Tess erinnerte sich an den Fall. Der »Verfahrensfehler« war eine unrechtmäßige Verfolgung und Verhaftung gewesen, eine Sache, die mit diesem vertrackten vierten Zusatzartikel zusammenhing. Abramowitz war viel geschmäht worden, weil er keine Reue zeigte über seine Verteidigung von Donald Bates, der aller Wahrscheinlichkeit nach *tatsächlich* einen Polizisten getötet hatte, aber trotzdem war es dem Staat nicht gelungen, das zu beweisen, da der Richter zentrales Beweismaterial nicht zur Verhandlung zuließ. Bates starb dann zwei Jahre später; er wurde von einem Polizisten erschossen, der zu einem häuslichen Streit gerufen worden war. Interessanterweise konnte man den Notruf, der den Polizisten auf den Schauplatz geholt hatte, nirgends nachweisen, aber keiner wollte da so richtig nachhaken. In der Todeszelle hätte Bates länger, viel länger gelebt.

Tess notierte sich den Namen des Polizisten, der Bates erschossen hatte, und die Namen der Verwandten des Polizisten, der erschossen worden war. Das Ganze war jetzt zwölf Jahre her, aber die Zeit verstreicht nicht für alle Menschen gleich schnell. Und deshalb schrieb sich Tess sicherheitshalber die Namen der Familie des Opfers auf.

Abramowitz' verlorene Fälle waren noch interessanter, aber natürlich hatten die Männer im Todestrakt nur selten die Möglichkeit und die Bewegungsfreiheit, Rache zu üben. Und wie schon gesagt, schien keiner der verurteilten Klienten von Abramowitz auf ihn böse zu sein. Auf einem Foto umarmte einer von ihnen den Anwalt gerade, wobei Abramowitz allerdings zu Boden sah, offensichtlich peinlich berührt von dieser Zurschaustellung von Gefühl und Dankbarkeit. Oder vielleicht war er einfach nur sauer, weil er verloren hatte, dachte Tess.

Tucker Fauquier umarmt seinen Anwalt Michael Abramowitz, kurz nachdem das Kreisgericht von Anne Arundel ihn wegen des Mordes an Joey Little zum Tode verurteilt hat. Es wird erwartet, dass Fauquier sich jetzt auch der anderen Morde schuldig bekennt, die ihm zur Last gelegt werden.

Tucker Fauquier. Tess erinnerte sich an ihn. Jeder, der in jenem Jahr in Maryland gelebt hatte, erinnerte sich an ihn. Er war in der Stadt Friendsville im Westen Marylands aufgewachsen und hatte eines Tages beschlossen, sich durch den ganzen Staat durchzuarbeiten, indem er in jedem Landkreis einen kleinen Jungen missbrauchte und tötete. Als er damit begann, war er zweiundzwanzig und hielt sich zunächst an die entlegeneren Landkreise – Worcester, Cecil, Dorcester –, wo er jeweils einen Jungen entführte, tötete und begrub. In dieser ersten Zeit blieb er vorsichtig und ließ viel Raum zwischen seinen Taten, und die Gesetzeshüter sahen keine Verbindung, jedenfalls nicht öffentlich. Baltimore, Prince George's, Calvert. Aber nach sechs Jahren der Vorsicht wurde Fauquier kühner. Er entführte einen Jungen aus seinem heimatlichen Landkreis Garrett und ging dann nach Allegany, wo er sich einen zweiten Jungen holte, der bei dem Mord an dem ersten Jungen zusehen musste. Dann von Allegany in den Landkreis Washington, wo ihm ein Junge aus Hagerstown zusehen musste, wie er den Jungen aus Allegany tötete. Und so weiter. Er hatte sein Ziel gerade zur Hälfte erreicht – zwölf Opfer aus Marylands 24 Gerichtsbezirken –, als ein Junge aus dem County Anne Arundel, ein Zeuge des letzten Mordes, der das nächste Opfer werden sollte, aus Fauquiers Auto sprang, als der herunterbremsen musste, um Brückenmaut zu zahlen.

Tess sah sich sein Foto genau an. Sie selbst war auf dem Höhepunkt von Fauquiers Vergnügungstour noch auf dem College gewesen und kannte seinen Namen weitaus besser als sein Gesicht. Ein schwächlicher Mann mit schlechter Haut und wild wucherndem blondem Haar. Er hätte irgendein x-beliebiger Mensch sein können, den man nur so am Rande wahrnahm – Tankwart, Verkäufer, Bügler in einer Reinigung. Eins von diesen undeutlichen, verschwommenen Gesichtern, die man sich nie so genau anschaut. Er hatte Glück gehabt, dass er Abramowitz zum Anwalt bekam. Seine Hinrichtung wäre zwar in diesem Staat nicht die erste in der heutigen Zeit, aber ganz bestimmt diejenige, die am ungeduldigsten erwartet wurde.

Die anderen Fälle mit Todesstrafe, die Abramowitz verloren hatte, waren weniger interessant. Ein Räuber, ein Vergewaltiger, noch ein Räuber. Bürger, Bauer, Bettelmann, dachte Tess bei sich, als sie noch eine Anzahl von Namen aufschrieb. Die dazugehörigen Fälle waren eigentlich nur insofern bemerkenswert, als sie die Nutzlosigkeit jeglicher Verteidigung aufzeigten.

Während sie sich jahrgangsweise weiter durch die Ausschnitte arbeitete, schien Abramowitz zu verschwinden. Fauquier war sein letzter großer Fall. Die Berichte über Mordverhandlungen auf der ersten Seite wurden abgelöst von kurzen Notizen mit höchstens fünf Absätzchen über Gerichtsverhandlungen zu sexuellem Missbrauch und zu den sogenannten »minderen Morden« – nämlich wenn ein Underdog einen anderen Underdog umbrachte. Nachdem Abramowitz sein Amt als Pflichtverteidiger aufgegeben hatte, bearbeitete er Fälle von Trunkenheit am Steuer, Haftpflichtfälle, Geburtsschäden, Sachen, die selten das Interesse der Öffentlichkeit weckten, außer in gelegentlichen Leitartikeln und Kolumnen, die herziehen über Krankenwagen, die Rennen fahren, und Anwälte, die Werbung machen. Diese zweite Phase seines Lebens hatte nur einen einzigen ganzseitigen Artikel hervorgebracht, einen unterhaltsamen Bericht über einen Rapsong, der von seiner damals gerade laufenden Werbung inspiriert war. »Ich fühle mich sehr geschmeichelt«, hatte Abramowitz dem Reporter gesagt.

Dieser Stapel bestand mindestens zur Hälfte aus Fotos, die ihn bei gesellschaftlichen Ereignissen zeigten, die meisten aus dem vergangenen Jahr, was vielleicht als Teil des verzweifelten Versuchs zu werten war, respektabel zu werden. Abramowitz in der Sinfonie, Abramowitz bei einem Wohltätigkeitskonzert für eine Aidshilfegruppe der Stadt, Abramowitz bei dem Ball »Marsch der Münzen«, Abramowitz bei der Eröffnung des United Way, der Dachorganisation aller karitativen Einrichtungen. Er schien nie eine Begleiterin oder ein Lächeln zu haben, und er war nie mit jemand wirklich Wichtigem zu sehen, außer auf zwei Fotos mit seinem Arbeitgeber, dem Senior-»O« des Tri Os, Seamon P. O'Neal. Auf beiden Fotos, die bei Spendenaktionen für die Stiftung, die nach O'Neals berühmtem Schwiegervater, dem Baulöwen William Tree, benannt war, entstanden waren, hatte Abramowitz O'Neal den Arm um die Schultern gelegt, während O'Neal tief in sein Cocktailglas stierte, sodass nur sein Scheitel sichtbar war. Abramowitz zeigte auf diesen Fotos ein strahlendes Lächeln, offensichtlich stolz darauf, dass er mit jemandem zu sehen war, der als Musterbeispiel von Integrität und menschlichem Format galt. Er hatte es geschafft.

Außer diesen Fotos war der letzten Phase in Abramowitz' Leben wenig Aufmerksamkeit zuteilgeworden. Im Herbst 1992 erschien noch ein kurzer Bericht, der aus nur einem Absatz bestand, anlässlich seiner Entscheidung, die eigene Kanzlei zu schließen und dem Tri O beizutreten. Und vom Juni dieses Jahres gab es eine Glosse, so ein kurzes, freches Streiflicht, die nur zeigte, dass ihr Schreiber keine Ahnung hatte.

VERÄRGERTER KLÄGER
GREIFT ZU SCHLAGHOLZ

Ein Mann aus Baltimore, dem beim Asbestskandal in einer der letzten Gerichtsverhandlungen vor der Zusammenlegung aller diesbezüglichen Fälle ein Betrag von 850 000 Dollar Schadenersatz zugesprochen worden war, erschien mit einem Baseballschläger in der Anwaltskanzlei von O'Neal, O'Connor & O'Neill und verlangte Gerechtigkeit.

Der ältere, aber noch flinke Mann jagte den Anwalt Michael Abramowitz mit seinem Schläger rund um den Schreibtisch, wobei er fragte: »Wo ist mein Geld? Wo ist mein Geld?« Er hörte damit nicht auf, bis die Polizei eintraf und ihn überwältigte. Die Kanzlei vertritt Sims-Kever, einen der Asbesthersteller, der inzwischen bankrott ist.

Ironischerweise arbeitete Mr. Abramowitz, der einst für seine »Sweet Sue«-Werbung stadtbekannt war, noch gar nicht in der Anwaltskanzlei, als dieser Fall verhandelt wurde, sondern übernahm die Verteidigung der Asbestfirma erst später. Die Kanzlei will den Mann nicht verklagen, erlaubte sich aber festzustellen, dass seine Energie und Vitalität Zweifel an der Schwere seines Leidens an Asbestose aufkommen ließen.

Typisch, dachte Tess. Der Kolumnist benutzt Ironie als Mittel, etwas Interessantes oder Merkwürdiges hervorzuheben. Ein bei der Presse häufiges Verhalten.

Am Schluss gab es noch einen langen Artikel über verschiedene Selbsthilfegruppen in der Stadt. Überlebende von Inzest, Krebs, Verkehrsunfällen, sogar von einem Chlorunfall wegen eines Lecks im Südwesten der Stadt. Zunächst sah Tess keine Beziehung zu dem toten Anwalt. Dann stieß sie auf die »Opfer männlicher Aggression«

(OMA), eine Gruppe von »Überlebenden« nach Vergewaltigungen. Deren Gründerin, eine Frau, die in ihrer eigenen Wohnung missbraucht worden war, erinnerte sich mit großer Bitterkeit, dass Abramowitz einfach alles getan hatte, um seinen Klienten freizukriegen.

»Er konnte mich nicht zu meinem sexuellen Hintergrund befragen – es fiel noch in die Zeit, wo diese Art von juristischen Fragen nicht zulässig waren«, sagte die Frau, die nur »Mary« genannt wurde, zu dem Reporter. »Aber trotzdem hat er es hingekriegt, irgendwie alles zu verdrehen, und zum Schluss sah es so aus, als wäre der Mann, der in meine Wohnung eingebrochen ist, in Wirklichkeit nur ein Nachbarsjunge, auf den ich scharf war. Viele Frauen in unserer Gruppe hatten mit ganz ähnlichen Anwälten zu tun. Wir nennen sie die eigentlichen Vergewaltiger.« OMA trafen sich, wenn man dem zwei Jahre alten Bericht Glauben schenken konnte, jeden Montagabend. Sie boten Unterstützung, Überweisungen in die Psychiatrie und Kampfsportunterricht an.

Tess blickte auf ihre kleinen Stapel. Nicht viel von einem Leben. Trotzdem war es eine größere Papierspur, als die meisten anderen Menschen hinterlassen würden, vor allem diejenigen, deren einziger Lebensinhalt es war, von ihrer Familie geliebt zu werden und jeden Tag zur Arbeit zu gehen.

Sollte sie zu dem OMA-Treffen am Montagabend gehen? Das war ihre einzige Spur. Tyner hatte ihr ausdrücklich gesagt, sie solle auf seine Instruktionen warten und nichts tun, ohne ihn vorher zu fragen. Whitney hatte sie einen Feigling und Schwächling genannt. Whitney hatte recht. Tess war vorsichtig und ängstlich geworden, und das nicht erst seit drei Tagen. Seit der *Star* eingegangen war, lebte sie wie auf Abruf. Sie unterschied sich gar nicht so sehr von ihrem Vater mit seinem abgesicherten Beruf als Branntweininspektor der Stadt, oder von ihrer Mutter, die seit nunmehr fast dreißig Jahren von ihrem unermüdlich gepriesenen Job als Sekretärin bei der Staatlichen Versicherungsgesellschaft schwärmte. Nur dass Tess eben nicht zu einer Arbeit gehen konnte, bei der sie nicht viel zu tun hatte, oder sich auf eine Pension freuen konnte. Nach den Abschlusspapieren zu urteilen, die sie bekommen hatte, als der *Star* seine Pforten schloss, konnte sie in ungefähr 35 Jahren mit etwa 4200 Dollar Rente rechnen.

Während sie so dasaß und sich vorstellte, was für einen winzigkleinen Stapel ihr eigenes Leben abgeben würde, läutete das Telefon. Sie ließ den Anrufbeantworter angehen.

»Tess, hier ist Tyner.« Seine Stimme ließ die Teetassen im Schrank erzittern. Einen paranoiden Augenblick lang glaubte sie, er habe ihre Gedanken gelesen und rufe an, um sie zu tadeln. »Wir brauchen morgen deine Fachkompetenz. Schadenbegrenzung. Ich muss einen Richter aufsuchen, um für Rock die Erlaubnis zu erwirken, an Wettkämpfen außerhalb der Stadt teilzunehmen, und dabei müssen wir die hiesigen Zeitungshyänen in Schach halten. Wir brauchen dich, Tess. Ruf mich an.«

Sie ließ das Gerät alles aufzeichnen. Nachdem Tyner aufgelegt hatte, spielte sie die Nachricht noch einmal ab. »Wir brauchen dich, Tess.« Sie spulte zurück und spielte es noch einmal ab. »Wir brauchen dich.« Es schien ihr schon sehr lange her zu sein, dass irgendjemand – ob Chef, Liebhaber oder Freund – so etwas zu ihr gesagt hatte. »Wir brauchen dich.«

Sie riss ein Blatt aus ihrem Notizbuch und begann den Grundriss des Clarence-Mitchell-Gerichtsgebäudes aus dem Kopf zu skizzieren. Treppen, Aufzüge, Eingänge und Ausgänge. Hineinzukommen war einfach. Ungesehen wieder herauszukommen, das war die Herausforderung.

11

Wie die meisten mittelgroßen Städte am Ende des Jahrtausends besaß Baltimore eine Tageszeitung, vier Fernsehstationen mit Abendnachrichten und ein Associated-Press-Büro. Zwei Radiosender brachten auch ein paar eigene Reportagen, statt sich wie allgemein üblich bei der Rundfunkstation der AP zu bedienen, aber die meisten Nachrichten kamen vom *Beacon*, und zwar über die AP. Tatsächlich waren die Nachrichten sogar eines der erfolgreichsten Recycling-Projekte von Baltimore. Der *Beacon* berichtete eine Geschichte und schickte eine elektronische Kopie davon an die AP. Wenn die Zeitung nicht darum bat, erwähnt zu werden – »der *Beacon* berichtet in seiner heutigen Ausgabe« –, konnte die AP die Meldung redigieren und über die Rundfunkstation ausstrahlen, die einem sonor klingenden Moderator dann gestattete zu sagen: »Kanal 9 hat soeben erfahren ...«

»Und das muss ja nicht mal eine Lüge sein«, sagte Tess, als sie Tyner das alles am nächsten Tag beim Mittagessen erklärte. »Es besteht schließlich die Möglichkeit, dass die Typen vom Kanal 9 es genau in dem Moment erfahren haben, als die Geschichte ausgestrahlt wurde.«

Es war zwölf Uhr, ein heißer Tag mit blauem Himmel in Baltimore. Zu Ehren des »Diez y Seis«, des mexikanischen Unabhängigkeitstages, hatte das Hasty-Tasty, ein Diner in der Innenstadt, das sehr daran arbeitete, seinem Ruf als schmierigem Lokal gerecht zu werden, ein spezielles Enchilada-Gericht im Angebot. Zwei aufgetaute Tiefkühltortillas, gefüllt mit zerfasertem Hühnerfleisch, daneben Reis und Bohnen aus der Dose sowie eine blassgrüne Masse, die als Guacamole auf der Rechnung erschien.

Rock, der als einziger gewagt hatte, dieses Gericht zu bestellen, formte jetzt kleine Figuren aus dem nach dem Essen übrig gebliebenen großen Haufen Avocadocreme, weil er sich für Tess' Stegreifseminar in Sachen örtliche Medien überhaupt nicht interessierte.

Tyner hingegen war ganz Ohr. In seiner kleinen Anwaltspraxis war er bisher mit den Medien nicht in Berührung gekommen, und er war stolz darauf, niemals eine Lokalzeitung zu lesen. Doch er war klug genug, um zu wissen, dass er den »Spießrutenlauf« vermeiden müsse – den Gang des Angeklagten zwischen den Kameras hindurch. Und er war außerdem so schlau, zu wissen, dass es, wenn es kein Bild gab, bei den örtlichen Fernsehsendern höchstwahrscheinlich auch keinen Bericht geben würde; nur wusste er nicht, wie das zu machen war. Darin bestand Tess' Aufgabe.

Tess erwärmte sich für ihr Thema. »Fernsehreporter, egal, wie dumm sie sein mögen, entwickeln ungeahnte Fähigkeiten, wenn es darum geht, jemanden zu verfolgen. Nichts lieben sie so sehr, wie hinter einer ›lebenden Zielscheibe‹ herzujagen, egal ob im Gerichtsgebäude oder vor dem Polizeihauptquartier oder vor irgendwelchen Reihenhäusern. Es macht ihnen nichts aus, dabei geistlose Fragen zu brüllen und keine Antworten zu bekommen – schließlich gibt es etwas zu sehen, und wenn es etwas zu sehen gibt, kommt das in den Nachrichten als Erstes und kriegt auch noch mehr Sendezeit. Sie würden die Abendnachrichten ohne Weiteres mit einem Bericht über einen Feuerwehrmann anfangen lassen, der ein Kätzchen vom Baum rettet, wenn sie dazu nur gute Bilder hätten.«

»Könnte es sein, dass das Fernsehen gar keinen Bericht über die Anhörung bringt, weil ja in Maryland keine Kameras im Gerichtssaal zugelassen sind?«

»Das ist zu bezweifeln. Tatsächlich würde ich wetten, dass irgendjemand aus dem Büro des Staatsanwalts oder aus dem Polizeirevier den Fernsehleuten sogar nahelegen wird, dass sie kommen sollen. Es ist ja ein ungewöhnlicher Schachzug, eine Petition vor Gericht zu bringen, dass ein Mordverdächtiger den Staat verlassen darf, weil er an irgendwelchen Rennen teilnehmen will. Wenn wir nicht aufpassen, könnte Rock dadurch als sehr unsympathischer Typ dastehen, weil er sich mehr für sein Rudern interessiert als für seine Verhandlung wegen des Mordes.«

Rock blickte von seiner Guacamoleplastik auf. »Ich wünschte, du würdest nicht über mich reden, als ob ich nicht da wäre. Mir ist es völlig egal, was die Zeitung schreibt oder was das Fernsehen bringt. Ich bin unschuldig, und ich weiß, dass Tyner das beweisen wird. Warum kümmern wir uns da überhaupt um solche Nebensächlichkeiten?«

»Je weniger Publicity, desto besser«, sagte Tyner. »Das

ist unsere Regel. Vielleicht schaut sich einer deiner künftigen Geschworenen heute Abend im Fernsehen die Nachrichten an. Ich möchte lieber nicht, dass sich in seinem Unterbewusstsein ein Bild einnistet, wie du mit abgewandtem Gesicht durchs Gerichtsgebäude hetzt.«

Rock machte mit dem Löffelrücken eine Rille in seine Guacamole, die er zu einer Art Banane geformt hatte, und steckte dann auf jeder Seite im rechten Winkel dazu einen Zahnstocher hinein. Das Ganze vollendete er, indem er eine Pintobohne zwischen die Zahnstocher in die Mitte der Avocadocreme setzte. Ein Boot, überlegte Tess. Jetzt hat er aus seinem Mittagessen ein Rennboot gemacht, und er ist die Bohne in der Mitte.

»Entweder bist du außerordentlich ruhig, oder du stehst kurz vor einem Nervenzusammenbruch«, sagte sie zu ihrem Freund.

»Könnte nicht beides gleichzeitig der Fall sein?«, fragte er.

Sie hatten um vierzehn Uhr ihren Termin bei Richter R. Robert Nicholson. Die Reporterhorden auf dem Weg ins Gerichtsgebäude hinein zu vermeiden, war ganz einfach: Sie kamen eine Stunde zu früh und baten den Gerichtsschreiber, sie in dem leeren Gerichtssaal warten zu lassen. Wenn sie einmal drin waren, konnten ihnen die Kameras nicht folgen. Gegen 13:55 Uhr erkannten die Reporter dann, dass Rock an der von ihnen aufgebauten Schranke draußen auf den breiten Stufen des Haupteingangs zum Gericht vorbeigeschlüpft sein musste, und begannen hereinzuströmen, wobei sie die Kameras in der Eingangshalle abgaben.

Der Gerichtssaal war riesig und imposant, allerdings mit ein paar leichten Spuren von Schäbigkeit, wie sie alle öffentlichen Gebäude von Baltimore zeigen. Die Holzbänke passten nicht zusammen und waren schon etwas splitterig in den Mulden, die ganze Generationen von Hinterteilen eingesessen hatten. Elegante tulpenförmige Wandleuchten reihten sich an den Wänden, aber in dreien brannten die Glühbirnen nicht mehr. Die Vergoldung an den kunstvoll verzierten Heizöffnungen blätterte allmählich ab. Des ungeachtet war der Raum doppelt so hoch wie ein normales Zimmer, mit Wänden aus Kalkstein, die Fenster im Stil Palladios hatten, fünf auf jeder Seite – mit Blick auf blauen Himmel und graue Tauben.

Das seltsamste Stück des Raumes war das goldene Basrelief eines Adlers, der auf einer grünspanbedeckten Halbkugel saß, die eineinhalb Meter über dem roten Ledersitz des Richters an der Wand vorsprang. Es sah aus wie eine fliegende Krone, aber man konnte nicht sagen, ob der Adler, der die Krone in seinen Fängen hielt, gerade mit ihr davonfliegen oder sie eher auf den Kopf des Richters herabfallen lassen wollte.

Rock, der sich den Nachmittag freigenommen hatte, trug seine Arbeitskleidung: kakifarbene Hosen, ein kariertes Hemd und einen marineblauen Blazer. Tess hatte sich ganz ähnlich angezogen, nur dass sie Jeans trug. Tyner hatte sie kurz gemustert, als wolle er sagen: »Geht so.« Wenigstens sind meine Haare aufgesteckt, dachte Tess, und meine schwarzen Weejuns glänzen genauso wie die von Rock.

»Bitte erheben Sie sich«, sagte der Gerichtsschreiber.

Inzwischen waren alle Reporter da – Tess erkannte Feeney, den überarbeiteten Gerichtsreporter des *Beacon*, der gelangweilt und gereizt aussah, während er sich zu drei Frauen in der ersten Reihe setzte. Die Frauen trugen starkes, fast theatralisches Make-up und blickten leer und wie betäubt vor sich hin. Fernsehreporterinnen. Sie schienen sich selbst gleichsam abzuschalten, wenn sie nicht ihre Kameras bei sich hatten, stellte Tess fest, als würden sie in dieser Zeit ihre inneren Batterien nachladen.

»Bitte erheben Sie sich.«

Im Profil sah Richter Nicholson wie der fliegende Adler über seinem Kopf aus. Schmächtig, mit riesiger Nase, hielt er den Kopf zur Seite gedreht, als solle nur ja niemand wagen, den Blick auf etwas anderes im Raum ruhen zu lassen. Da er so hoch über dem Gerichtsraum saß, war es schwierig, ihm nicht *in* die Nase hineinzuschauen. Tess war von seinen Nasenlöchern so gefesselt, dass sie vergaß, sich wieder hinzusetzen, als der Richter Platz genommen hatte. Tyner musste sie an ihrer Jacke herunterziehen.

»Zum Glück hat er Abramowitz gehasst«, zischelte Tyner und rollte sich dann nach vorne, um sein Anliegen vorzubringen.

Richter Nicholsons Gesicht zeigte keine Regung, während er Tyner zuhörte, der begründete, warum Rock, der einem Bürgen zehn Prozent von seiner Kaution von 100 000 Dollar in bar ausgezahlt hatte, keinesfalls fliehen werde, wenn er innerhalb der nächsten acht Wochen nach Pittsburgh, Boston, Virginia und Philadelphia fahren dürfe. Er hob Rocks Stellung in seinem Beruf hervor, seine Beziehungen innerhalb der Stadt, seinen dringenden Wunsch, von einem Geschworenengericht von seinesgleichen in dieser Sache freigesprochen zu werden.

»Euer Ehren, wir sind unbedingt dagegen, dem Angeklagten zu erlauben, den Staat Maryland zu verlassen«, sagte die Staatsanwältin, eine dünne junge Frau, deren schrille Stimme schmerzhaft von den Kalksteinwänden widerhallte. Sie trug ein billiges Kostüm und dazu eine Nylonbluse, eine von der Sorte, die mit einer Schleife am Hals zugebunden wird. Ihre Schuhe waren abgewetzt und an den Absätzen abgetreten. Tess, die wusste, wie schlecht die Staatsanwälte bezahlt wurden, hatte fast Mitleid mit ihr. Neben Tyner, der in blassblauem Hemd, roter Fliege und marineblauem Anzug glänzte, sah sie aus wie eine graue Maus.

Die Augen des Richters verengten sich wie die eines Vogels, der einen besonders fetten Wurm erspäht.

»War Mr. Paxton jemals in Haft?«

»Nein, Euer Ehren.«

»Hat er irgendwelche Vorstrafen?«

»Nein, aber das Verbrechen war besonders brutal und hemmungslos. Der Prozessgutachter hat empfohlen, ihm unter den gegebenen Umständen nicht zu erlauben, Maryland zu verlassen. Der Staat glaubt, dass Fluchtgefahr besteht.«

Tyner flüsterte Tess zu: »Der Staat glaubt, dass er sich in diesem Fall wohl am besten so streng wie möglich aufführt, damit niemand der Staatsanwaltschaft vorwerfen kann, sie begünstige einen weißen Angeklagten.«

Der Richter warf einen Blick auf Rock. Da er saß, seinen muskelbepackten Oberkörper im Blazer verbarg und seine Beine vom Tisch verdeckt waren, sah er einfach nur wie ein stämmiger Kerl aus. Der Richter schaute wieder Tyner an.

»Mr. Gray, wären Sie bereit, Ihren Klienten aus der Stadt hinaus zu begleiten und seine Rückkehr zu garantieren?«

»Das hatte ich zwar nicht geplant, Euer Ehren, aber es lässt sich arrangieren.« Tyner versuchte, seine Freude zu verbergen. Es lief alles sogar besser als geplant, bemerkte Tess. Der Richter hatte ihm soeben die Möglichkeit gegeben, seine übliche Herbstreise zu den Rennen als Geschäftsreise von der Steuer abzusetzen.

»Dann ist es die Meinung des Gerichts, dass er fahren kann.« Der Richter stand auf und ging so schnell hinaus, dass er schon fort war, bevor der Gerichtsschreiber bellen konnte: »Bitte erheben Sie sich.« Wie Tyner vorhergesagt hatte, war die Anhörung leicht gewesen. Jetzt kam der schwierigere Teil: zu gehen.

Auf Tess' Zeichen hin steckten die drei die Köpfe zusammen. »Tun wir einfach so, als müssten wir ganz dringend etwas besprechen«, sagte sie in den kleinen Kreis hinein. »Das hält die Reporter immerhin auf Armlänge entfernt.«

»Der Richter kam mir bekannt vor«, flüsterte Rock.

»Er ist im Vorstand des Baltimore Ruderclubs«, sagte Tyner. »Leichtgewichtvierer, Princeton.«

Feeney vom *Beacon*, der wahrscheinlich nur eine Kurzmeldung über diese reine Routinesache des Gerichts schreiben würde, schlenderte hinaus. Die Fernsehfrauen waren zu ihren Kameramännern gesprungen und standen jetzt draußen, die Scheinwerfer eingeschaltet.

»Mein Plan ist folgender«, sagte Tess, sobald der Gerichtssaal sich geleert hatte. Rock kannte einen Teil davon schon. Sie hatte ihn bereits heute Morgen im Bootshaus eingeweiht. Tyner hörte zu und war sofort Feuer und Flamme.

Ein paar Minuten später rannten sie in voller Geschwindigkeit aus dem Gerichtssaal hinaus, und die Kamerateams trabten in geradezu orgiastischer Freude durch die Gänge und filmten den fliehenden Mr. Paxton, Jacke über den Kopf gezogen, der Anwalt rollte nebenher. Die Rolltreppe war schnell erreicht, aber das bremste die Reporter und ihre Teams nicht. Ein paar drängten sich mit hinauf, während andere alle drei Stockwerke hinunterrannten und im Erdgeschoss des Gerichtsgebäudes auf die Rolltreppe warteten.

»Warum ist es für Sie so wichtig, zu rudern, Mr. Paxton?« »Haben Sie Michael Abramowitz getötet?« »Was bedeutet es jetzt für Sie, dass Sie den Staat verlassen dürfen?« Die Fragen kamen schnell, wild und dumm. Tyner rollte einfach weiter. Er hatte im Oberkörper noch immer sehr viel Kraft und kam auf den glatten Böden schnell voran. Die Fernsehteams folgten ihm durch die Gänge im Erdgeschoss und rannten immer schneller. Tyner schien sie dennoch zu schlagen, bis sie sich in zwei Gruppen teilten und ihn auf einem langen Gang an der Westseite des Gebäudes einkreisten.

Hier gab es Bänke auf beiden Seiten, die vollgestopft

waren mit sehr jungen Männern, die gerade ihre ersten Schritte in die Welt des Verbrechens machten, Eltern, denen Missbrauch und Vernachlässigung vorgeworfen wurde, und Kindern, die in hässlichen Aufsichtspflicht-Streitigkeiten zwischen ihren Eltern und dem Staat festsaßen. Man sah viele müde aussehende Frauen, griesgrämige Jugendliche und schreiende Kinder, aber keine Männer. Keine Väter. Müde und gelangweilt, wie sie waren, freuten sie sich über Tyners kleine Show-Einlage.

Als er sicher sein konnte, dass ihn jeder ansah, stupste er seinen in die Jacke gehüllten Klienten. Tess zog sich Rocks Blazer vom Kopf und lächelte breit in die Kameras. Bei ihrer Größe und Rocks riesigem Jackett, das ihr bis weit über die Hüften hing, als sie es sich über ihre aufgesteckten Haare drapiert hatte, hatten sie alle nicht bemerkt, dass sie Beinen in Bluejeans folgten, nicht in Kaki.

»Meine Damen und Herren von der Presse«, sagte Tess und verbeugte sich. »Darryl Paxton hat das Gebäude verlassen.«

»Wie Sie sehen«, sagte Tyner, »ist das nicht Mr. Paxton. Und wenn Sie heute Abend Ihre Aufnahmen senden und damit den Gedanken nahelegen, dass es Mr. Paxton gewesen sei, der da durch das Gerichtsgebäude rannte, dann können Sie morgen früh gleich als Erstes mit einer Anzeige rechnen. Natürlich steht es Ihnen frei, zu berichten, dass Sie Tess Monaghan durch das Gerichtsgebäude verfolgt haben, solange Sie dazusagen, dass sie meine Assistentin ist und keine Anklage gegen sie vorliegt. Ich danke Ihnen.«

Die Jugendlichen im Gang, von denen viele eines Tages garantiert selbst einen verzweifelten Lauf an den Fernsehkameras vorbei würden machen müssen, fingen an zu pfeifen und mit den Füßen zu stampfen. Sie wussten zwar nicht, was hier vorging, aber sie begriffen, dass jemand gedemütigt worden war, und das gefiel ihnen. Die müden Mütter begannen zu lachen; die Kinder klatschten in die Hände und jubelten. Gerichtsdiener kamen aus nahe gelegenen Gerichtssälen gelaufen und baten um Ruhe, aber davon nahmen das Gelächter und die Rufe nur noch zu. Tess' Trick schien an diesem traurigen Ort irgendetwas freigesetzt zu haben, und auch sie und Tyner begannen zu kichern. Nur die Fernsehreporterinnen fanden das nicht komisch, und ihre dick mit Lippenstift beschmierten Lippen verdünnten sich zu harten Strichen.

Rock war natürlich längst fort. Er war durch einen Seitenausgang hinausgeschlüpft, der hauptsächlich dazu benutzt wurde, Inhaftierte vom städtischen Gefängnis zum Gerichtshof zu bringen. Sein Fahrrad hatte im Kofferraum von Tess' Toyota gelegen, der ein paar Straßen entfernt parkte. Er hatte es sich mit Tess' Ersatzschlüssel herausgeholt und an seiner Stelle ihren Blazer hinterlassen. Jetzt würde er wohl gerade die North Avenue überqueren, rechnete Tess. Und bald zu Hause sein.

12

Freitagabend. Die Sabbatkerzen brannten hell auf dem Kaminsims und schufen einen zusätzlichen Heiligenschein für das billige Aquarell mit dem Bild Jesu, das darüber hing. Tess schob ihr geschmortes Rindfleisch auf einem der »Fleisch«-Teller ihrer Mutter hin und her und hoffte damit den Eindruck zu erwecken, dass sie aß. Am Tischende aß ihr Vater von einem Papierteller ein Sandwich mit Aufschnitt und trank dazu ein Pabst aus der Dose.

Ihre Mutter, eine blendend aussehende Frau, trotz der tiefen Falten an Mundwinkeln und Stirn, aß zierlich von ihrem dampfenden Teller und wischte sich zwischen den Bissen den Schweiß vom Gesicht. Sie trug ein bräunliches Kleid aus glänzender Baumwolle, das ihre dunklen Augen und Haare und ihre braun gebrannte Haut im Gesicht und an den Armen vorteilhaft zur Geltung brachte. Obwohl auch ihre Beine braun waren, hatte sie sie in Leggins gehüllt, die einen Ton heller waren als das Kleid. Auch ihre Wildlederpumps waren bräunlich. Beißen, kauen, wischen. Das Wetter war wieder warm geworden, aber Judith Weinstein Monaghan glaubte ebenso wenig an Klimaanlagen oder kaltes Abendessen nach dem Labor Day, wie sie glaubte, dass Jesus Gottes Sohn sei.

»Was hast du denn?«, fragte sie, da sie sich nicht von Tess' kindlicher Gewohnheit täuschen ließ, so zu tun, als würde sie essen. »Das ist doch geschmortes Rindfleisch. Und du magst geschmortes Rindfleisch.«

»Nicht, wenn es draußen fast 40° C hat. Ich kann gar nicht glauben, dass du an so einem Tag wie heute tatsächlich gekocht hast. Aufschnitt für alle wäre doch in Ordnung gewesen.«

Ihr Vater, der mit seinen leuchtend roten Haaren und seiner hellen Haut wie fünfzig und nicht wie sechzig aussah, rülpste.

»Na, toll«, sagte ihre Mutter. Ihre Stimme klang gemein, aber der Blick, den sie ihrem Mann zuwarf, war anzüglich. »Wirklich ganz toll.«

»Das Haus eines Mannes«, sagte ihr Vater und rülpste noch einmal, »ist seine Burg.«

Alle drei machten sich wieder daran, zu essen beziehungsweise nicht zu essen, und Schweigen hing im Raum. Es war immer ein stilles Haus gewesen, ein Haus, in dem die Kinder fehlten, mit denen Patrick Monaghan, das älteste von sieben, und Judy Weinstein, das jüngste von fünf Geschwistern, sicher gerechnet hatten. Tess, nicht einmal ein Jahr nach ihrem Hochzeitstag geboren, blieb Einzelkind. »Ich war nicht geplant«, pflegte sie zu sagen, obwohl das nicht so ganz stimmte, »aber die anderen, die geplant waren, wurden niemals geboren.«

Ihre Mutter hatte darauf bestanden, auf ihrer Geburtsurkunde auch den Namen Weinstein eintragen zu lassen, mit der Begründung: »So macht man das auch in Mexiko.«

»Ach, Mutter«, hatte Tess gesagt, als sie älter wurde. »Das einzige, was du über Mexiko weißt, ist doch, dass Onkel Jules in Cancún Durchfall bekam, weil er Eis in seinem Gin Tonic hatte.«

Als Kind hatte sich Theresa Esther Weinstein Monaghan Tesser genannt. Ihre in sie vernarrten Tanten und Onkel nannten sie auch so. Sie änderten es in Testy, als sie ihr Temperament zeigte, das sie, entgegen der landläufigen Meinung, eher von der Weinsteinschen Seite her geerbt hatte.

Als sie ein Teenager war, wurde aus Tesser Tess, die sich ewig über ihren Namen beschwerte.

»Es war ein Kompromiss«, sagte ihre Mutter.

»Aber ein Kompromiss bedeutet doch, dass man eine Alternative sucht, und nicht, dass man einfach alles zusammenpackt. Du und Papa, ihr zwingt auf diese Weise eure nicht vereinbaren Ansichten, nebeneinander auszuharren, ganz ähnlich wie ihr beide selber.«

Bei einem Thema allerdings waren sich ihre Eltern einig: bei der Scham über ihr berufliches Debakel.

»Schon 'nen Job gefunden?«, fragte ihr Vater sie jetzt, als er mit einem weiteren Pabst aus der Küche zurückkam. Ihre Mutter trank heißen Kaffee, während Tess eine Coke vor sich hatte. Ihren Eltern war es bisher noch nie in den Sinn gekommen, dass sie ihr Bier, Wein oder einen anständigen harten Drink hätten anbieten können.

»Eigentlich nicht. Ich mach eine kleine Arbeit für einen Anwalt …«

»Als Anwaltsgehilfin?« Die Stimme ihrer Mutter klang

auf pathetische Weise hoffnungsvoll. »Die verdienen sehr gut.«

»Nichts Dauerhaftes, nichts dergleichen. Ein bisschen was Freiberufliches.«

»Und wie macht sich ein bisschen was Freiberufliches heutzutage so bezahlt?« Ihre Mutter säbelte an ihrem Fleisch herum und bemühte sich um einen lockeren, ungezwungenen Ton, den sie aber noch nie gut zustande gebracht hatte. Tess hatte das Gefühl, verrückt zu werden.

»Ein bisschen was wird ein bisschen bezahlt.«

»Es gibt keinen Grund, dass du deswegen gleich in einem solchen Ton mit mir sprichst, Theresa Esther.« Tess nahm einen Bissen von ihrem geschmorten Rindfleisch, in der Hoffnung, die Minuten, die sie brauchen würde, um das Fleisch zu kauen, würden ihrer Mutter und ihr die Möglichkeit geben, sich wieder zu beruhigen.

»Na ja, warum sollte man nicht mal darüber nachdenken dürfen, dass du Anwaltsgehilfin wirst«, gurrte sie. Sie hatte so eine Art, dass Tess sich fühlte wie ein Stückchen eingerissener Haut an ihren wohlgepflegten Händen. »Das ist ein einwandfreier Beruf, und du könntest damit deine Rechnungen bezahlen.«

»Ich kann meine Rechnungen bezahlen.«

»Von dem, was dir Kitty und Donald geben.«

»Das zählt doch auch. Ich arbeite, und sie geben mir Geld dafür, keine Lebensmittelmarken.«

»Natürlich, wenn es dir nichts ausmacht, dass Donald wegen dir seinen Spargroschen angreift.«

»Was soll denn *das* nun wieder heißen?«

Patrick Monaghan warf seiner Frau einen Blick zu und

rülpste wieder, vielleicht, um sie – oder auch Tess – abzulenken. Aber Patrick Monaghan hatte schon zeitlebens eine gestörte Verdauung, und es war lange her, dass ein zeitlich gut platzierter Rülpser eine der beiden Frauen hatte ablenken können.

»Glaubst du etwa wirklich, dass Donald Geld vom Staat bekommt, um eine Assistentin zu bezahlen? Und falls ja, dass er die Erlaubnis hätte, ausgerechnet dich anzustellen? Donald bezahlt dich aus eigener Tasche, weil du ihm leidtust. Er lässt dich sogar diese Abrechnungsformulare ausfüllen, damit es legitim wirkt. Allerdings hat er nicht erwartet, dass er das so lange machen muss. Hat ja niemand.«

Tess antwortete fast automatisch: »Hey, wenn mir Onkel Donald Geld geben will, kann er mir einfach jeden Monat einen Scheck ausschreiben. Ich habe keinen Stolz.«

Komischerweise stimmte das, bevor sie es gesagt hatte, aber als die Worte einmal heraus waren, merkte sie selbst, wie falsch und hohl sie klangen. Es war schon schlimm genug, jemand zu sein, der für Geld alles tat. Noch schlimmer aber war es, jemand zu sein, der für Geld nichts tat. Aber darauf lief ihre Abmachung mit Onkel Donald hinaus, und im Innersten hatte sie das auch schon immer geahnt.

»Ich muss los«, sagte sie, erhob sich und trug, ganz die pflichtbewusste Tochter, Teller und Glas zum Spülbecken in der Küche.

»Oh, Tesser«, sagte ihre Mutter. »Geh nicht im Streit.«

»Tu ich ja nicht, tu ich nicht«, versicherte sie ihr. »Mir

ist nur gerade eingefallen, dass ich eine Verabredung habe.«

Nein, sie war auch tatsächlich nicht verärgert. Sie fühlte mehr so etwas wie Niedergeschlagenheit, so finster wie eine mondlose Nacht.

Ihre Stimmung besserte sich auch nicht, als sie endlich nach Fells Point kam und im Umkreis von acht Blocks um Kittys Haus keinen freien Parkplatz fand. Es war schon fast neun Uhr, und in Fells Point erwachte allmählich das Nachtleben. Sie fuhr mehrmals um den Buchladen herum und dann den Broadway hinauf und suchte nach einem freien Parkplatz. Kein Glück. Schließlich parkte sie auf dem gebührenpflichtigen Parkplatz am unteren Ende der Bond Street. Erst vor Kurzem hatte sie den größten Teil eines Tages damit verbracht, bei der Stadtverwaltung eine Sondergenehmigung für Anwohner zu bekommen, sodass die im ganzen Viertel herrschende Begrenzung der Parkzeit auf zwei Stunden für sie nicht galt. Aber diese Genehmigung war ein nutzloses Ehrenzeichen, wenn es keine Parkplätze gab.

Am heutigen Abend trugen die Leute im Buchladen besonders viele bestickte Kleider und mexikanische Röcke. Oh Scheiße, erinnerte sich Tess. Frida-Kahlo-Abend. Kitty hatte einen Geschenkgutschein im Wert von zwanzig Dollar für das Paar gestiftet, das der mexikanischen Künstlerin und ihrem Mann Diego Rivera am ähnlichsten sah. Die Teilnehmerinnen der engeren Wahl hatten sich einen ziemlich starken Damenbart aufgemalt und ihre Begleiter gezwungen, sich das Hemd vorne auszustopfen, damit sie dem Leibesumfang Diegos nahekamen. Aber die Siegerin schoss wirklich den Vogel ab: Sie hatte nicht nur einen rundlichen Diego bei sich, sondern noch einen zweiten Mann, der als Trotzki verkleidet war, den ja manche für Fridas Liebhaber hielten.

»Todos vuelven«, sang Ruben Blades verführerisch aus der Stereoanlage. Kitty hatte ihr dieses Lied einmal übersetzt. Irgendwann kehrt jeder wieder heim. Aber zunächst einmal musste man ja fortgehen.

Jetzt, wo der Wettbewerb schon vorbei war, tranken die meisten Paare Sangria und lasen in den Büchern. Kitty hielt Hof in einem dieser geschlitzten Mandarinkleider aus Seide, die eine perfekte Figur verlangen. Sie machte dem Kleid keine Schande. Leutnant Strahlemann war an ihrer Seite, trug einen Poncho und sah ohne seinen Revolver und sein Fahrrad ein wenig verloren aus, schien aber Kitty völlig ergeben.

»Diese Abende mit einem Thema klappen anscheinend ganz gut«, sagte Kitty zu Tess. »Was könnte ich denn als Nächstes machen? Einen George-Abend, mit Eliot und Sand? Rita Mae Brown? Oder einen Abend der unterdrückten katholischen Mädchen, mit den Memoiren von McCarthy? Wir könnten kleine Mädchen-Schaufensterpuppen in die Fenster stellen, in katholischen Schuluniformen und glänzenden Schuhen.«

»Liest heutzutage noch jemand McCarthy?«

»Das ist ein Argument.« Kitty wandte sich an ihren Beau, den sie in Zapata verwandelt hatte. »Thaddeus, weißt du, wer McCarthy ist?«

Leutnant Strahlemann sah ganz panisch aus, und Tess

wäre ihm gern zu Hilfe gekommen. Das hatte bei der Polizeiausbildung offensichtlich nicht zum Examensstoff gehört.

»Normalerweise würde ich sagen, das ist der Typ, der in den fünfziger Jahren diese Hexenjagden veranstaltet hat«, sagte er. »Aber ich nehme an, ihr sprecht über eine Schriftstellerin, von der ich noch nie etwas gehört habe.«

Gute Antwort. Thaddeus war doch ein klügerer Knabe, als er zu sein schien, klug genug jedenfalls, um keinen Blödsinn zu reden, was bei einem Mann ja selten vorkam. Kitty gurrte geradezu vor Vergnügen über ihren Protegé.

»Es ist völlig in Ordnung, zuzugeben, dass man etwas nicht weiß, Tad. Nachher können wir ja zusammen noch ein wenig McCarthy lesen.«

Sie gab ihm einen dicken, feuchten Schmatz aufs linke Ohr. Tess sah sie und all die anderen glücklichen Paare rings um sie herum an – Junge – Mädchen, Junge – Junge und Mädchen – Mädchen gleichermaßen – und hatte ein überwältigendes Bedürfnis nach Einsamkeit. Niemand hielt sie auf. Sie ging in Kittys Küche, schnappte sich eine Flasche Riesling und stieg die Stufen zu ihrer Wohnung hinauf.

Die Stapel, die sie vorgestern zum Leben von Abramowitz gemacht hatte, lagen immer noch auf dem Fußboden. Sie hatte plötzlich Lust, sie mit den Füßen in die Luft zu stoßen oder sie zu Konfetti zu zerreißen und vom Dach zu schmeißen. Stattdessen setzte sie sich hin und überflog, was sie bisher geschrieben hatte. Unendliche Namenslisten. Rocks Zeitablauf an dem Abend, als Abramowitz ermordet worden war, und daneben der

Bericht von Joey Dumbarton und der von Mr. Miles. Irgendwie fehlte da etwas. Fehlte da *jemand.*

Ava. Rock hatte nie etwas davon erwähnt, ob Ava noch in seiner Wohnung war, als er dorthin zurückkehrte. Wo war sie gewesen, als die Polizei erschienen war und ihn verhaftet hatte? Wenn sie noch dort geschlafen hätte, hätte man sie ebenfalls zum Verhör mitgenommen. Aber die Polizei stieß erst später auf Ava, und deshalb wusste auch Jonathan so wenig von ihr, als er zwei Tage nach dem Mord bei Tess vorbeikam.

»Ich glaube, ich habe etwas zu erledigen«, sagte Tess laut. Eigentlich sogar zwei Dinge – ihre offiziellen Aufgaben für Tyner, die schon schwierig genug waren, und diese inoffiziellen, die sie sich immer wieder selbst suchte. Wenn sie bisher Rocks Geld nicht verdient hatte, wie Tyner ja meinte, so konnte sie das jetzt vielleicht ändern.

13

Auch wenn Ava vielleicht gesündigt hatte, so war sie doch nicht aus Eden vertrieben worden. Samstags bezog Tess am späten Nachmittag gegenüber dem Luxusgebäude auf der anderen Seite der President Street Stellung und überlegte, wie sie am besten an dem uniformierten Pförtner vorbeikäme, der den Eingang zu Eden's Landing bewachte. Zumindest nahm sie an, das, was er trug, sei eine Uniform und nicht einfach die Kleidung seiner Wahl: Bermudashorts, Fahrradschuhe und ein Tropenhelm. Sie ging um die Ecke zum Eingang der Tiefgarage in der Pratt Street. Hier gab es keinen Wachposten. Sie huschte hinein und wollte nachsehen, ob Avas silberfarbener Miata auch da war. Er stand tatsächlich hier, was die Garantie dafür sein musste, dass Ava zu Hause war. Außer zur Arbeit hatte Tess Ava noch nirgendwohin zu Fuß gehen sehen. Und Ava kam ihr nicht vor wie die Sorte Frau, die auch noch am Wochenende zur Arbeit geht, außer vielleicht, um ihren Chef zu beeindrucken. Aber wenn der Chef tot war, hatte das ja keinen Sinn.

Aus der Tiefgarage führte ein Aufzug zu den Wohnungen hinauf, aber man brauchte einen Schlüssel, um ihn zu rufen. Tess klopfte wie wild ihre Taschen ab, als suche sie ihren Schlüsselring, bis sie eine ältere Frau auf den Aufzug zukommen sah, die mit Einkaufstüten und einer Kuchenschachtel voll beladen war. Tess rannte auf sie zu, als sei sie von einem Anfall von Nächstenliebe durchdrungen.

»Lassen Sie mich Ihnen doch helfen.« Diese Worte sang sie der Frau geradezu entgegen und nahm die Kuchenschachtel an ihrem rot-weißen Band. Die Frau sah ein wenig nervös aus, als wäre Tess vielleicht eine Straßenräuberin, die die Garagen von Baltimore durchstreifte, wehrte aber nicht ab. Am Aufzug spielte Tess wieder die Szene, dass sie ihre Schlüssel zu finden versuchte, aber sie hatte ja die Hände voller Kuchen.

»Ich mach das schon«, sagte die Frau schnell. Sie rief den Aufzug, stieg ein und drückte den dritten Stock. Tess drückte auf den obersten Knopf, bestand aber darauf, die Frau noch bis zu ihrer Tür zu bringen. In den drei Minuten ihrer Bekanntschaft erzählte sie der Frau, dass sie hier neu sei und am Peabody-Konservatorium studiere.

»Welches Instrument spielen Sie denn?«, fragte die Frau höflich, in einem gelangweilten Ton, der zeigte, dass nichts sie weniger interessierte.

»Gesang«, sagte Tess. »Eigentlich Sopran, aber ich habe einen gewaltigen Stimmumfang. Diesen Herbst trete ich in der Oper von Baltimore auf.«

Unglücklicherweise weckte das bei der Frau Interesse. »Wirklich? In welcher Rolle? Mein Mann und ich haben ein Abonnement.«

Tess dachte einen Augenblick nach. Sie war noch nie in der Oper gewesen, und obwohl sie ein paar Titel kannte, hätte sie niemals die Handlung beschreiben oder einzelne Figuren benennen können. Aber es gab eine Oper, die das städtische Opernhaus Jahr für Jahr wieder auf die Bühne zu bringen schien. Sie versuchte sich an die Werbung zu erinnern, die sie im Radio gehört hatte.

»La Bohème?«

Die Frau bemerkte nicht, dass sie in Form einer Frage geantwortet hatte. »Singen Sie die Mimi? Oder die Musetta? Oder wirken Sie im Chor mit?«

Sie hatten die Wohnungstür der Frau erreicht. Wenn sie schon zum Lügen gezwungen war, fand Tess, dann konnte sie auch gleich faustdick lügen. »Die Mimi. Ich spiele die Mimi. Falls ich nicht vorher schon nach New York gehe. Die Met hat mir das Angebot gemacht, dass ich dort jederzeit die Mimi singen kann.«

Die Frau, die jetzt ganz hingerissen war, stellte ihre Einkaufstüten auf einem kleinen Tisch hinter der Tür ab, machte aber keine Miene, Tess die Kuchenschachtel abzunehmen. Stattdessen reichte sie ihr einen Stift.

»Ich weiß, das ist ein bisschen albern, aber würden Sie mir vielleicht ein Autogramm geben?«

Tess setzte einen glanzvollen Namenszug auf die Kuchenschachtel. *Teresita L. Mentiroso.* Wenn sie ihr Spanisch aus der Highschool noch richtig im Kopf hatte, hieß das übersetzt Klein Teresa, der Lügner.

Nach Beendigung ihrer Opernkarriere rannte sie die Treppen hinauf zu Avas Wohnung im fünften Stock. Sie klingelte und kam sich dabei abgekocht und verschlagen vor. Doch als Ava die Tür öffnete und Tess ihr Gesicht sah, brachte sie das schnell wieder auf den Boden. Da war weder Überraschung zu sehen noch Interesse. Einen Augenblick lang schien nicht einmal klar, ob sie Tess überhaupt erkannte. Was findet Rock bloß an dieser teilnahmslosen, monomanen Frau?

»Okay, kommen Sie rein«, sagte Ava schließlich und machte eine Geste mit ihrem halb leeren Glas Weißwein.

Sie führte Tess durch die Wohnung auf die Terrasse, ohne auch nur zu versuchen, so etwas wie Gastfreundlichkeit zu zeigen. Im Gegensatz zu Joey Dumbarton und Frank Miles missverstand Ava diesen Besuch nicht als etwas Zwischenmenschliches.

Ihre Wohnung ging auf den Hafen und die Innenstadt hinaus, was den Preis nach Tess' Schätzung um mindestens 30 000 Dollar steigerte. Aber wie hoch diese Extrakosten auch gewesen sein mochten, Ava schien sie nur mit größter Mühe aufbringen zu können, trotz ihres Anwaltsgehalts. Das Zwei-Zimmer-Apartment wirkte spärlich und mager möbliert, und das nicht etwa, weil Ava dem Minimalismus huldigte. Es gab einfach zu wenig Möbel im Raum. Und was da war, sah schäbig und abgenutzt aus. Ava lebte offenbar von einem Monatsgehalt zum anderen.

Auf der Terrasse selbst gab es nur einen einzigen Sitzplatz, einen billigen Regiestuhl mit zerrissener orangeroter Sitzfläche. Ava setzte sich auf diesen Stuhl und überließ Tess den Betonboden. Neben dem Stuhl stand ein Weinkühler aus Kristall, ein sehr hübscher, möglicherweise von Tiffany. Aber als Ava die Flasche herausholte, um sich nachzuschenken, sah Tess das Etikett, nämlich einen rumänischen Chardonnay, der für weniger als sechs Dollar zu kriegen war, sogar im Großhandel, wo man übers Ohr gehauen wurde. Tess hatte ihn einmal probiert. Ein einziges Mal.

»Was wollen Sie denn jetzt schon wieder?«, fragte Ava. Sie saß mit dem Rücken zum Hafen, die schöne Aussicht war ihr anscheinend egal. Oder vielleicht betrachtete sie den Sonnenuntergang, der ein leuchtendes Orangerot zeigte, das vom Smog noch gesteigert wurde, der fast in Konkurrenz dazu hätte treten können. In diesen warmen Tönen kam ihre blasse, kühle Schönheit gar nicht gut zur Geltung.

»Ich arbeite für Rocks – Darryls – Verteidiger. Es handelt sich dabei um eine reine Routinesache, nämlich, dass wir zu dem Abend, an dem der Mord geschah, so viele Fakten wie möglich zusammentragen wollen.«

Im Gegensatz zu Joey, dem Wachmann, wies Ava, die Anwältin, sie nicht darauf hin, dass »Mord« kein juristischer Ausdruck sei. Sie blickte Tess einfach weiter an und wartete. Manche Leute, und zwar insbesondere clevere Leute, erkennen sehr schnell, was für eine Macht darin liegt, nichts zu sagen. Das zwingt den anderen dazu, überstürzt zu reden und zu stottern. Ava beherrschte das meisterhaft. Tess nicht. Ihr Mund redete – wie immer – sofort in die Leere hinein.

»Sie schliefen, als er an jenem Abend aus dem Haus ging, deshalb können Sie uns in dieser Hinsicht nicht viel helfen. Aber wissen Sie noch, wann Sie dort ankamen und wann Sie einschliefen?«

»Ich kam ungefähr um 21 Uhr hin. Ich war ganz schön fertig, was ich Ihnen zu verdanken hatte. Er machte mir einen Tee, hielt meine Hand, und ich schlief ein. Das kann nach fünfzehn Minuten gewesen sein, oder nach einer Dreiviertelstunde, oder nach einer Stunde. Ich hatte jedes Zeitgefühl verloren.«

»Gut.« Tess ignorierte die Spitze gegen sie. »Und sind Sie dann aufgewacht, als er zurückkam? Wissen Sie noch, wann das war? Oder sind Sie erst aufgewacht, als die Polizei kam?«

»Ich wüsste nicht, warum das von Bedeutung sein soll.«

»Es schafft zeitliche Koordinaten. Je eher er nach Hause kommt, desto eher lässt sich beweisen, dass es noch Zeit genug für jemand anderen gab, Abramowitz zu töten.«

Ava lächelte und zeigte dabei Grübchen, aber keine Zähne. »Das glauben Sie doch wohl selber nicht, oder?«

»Es gehört mit zu meinem Job, dass ich das glaube. Was glauben Sie denn?«

Sie beugte sich vor, als wolle sie Tess ins Vertrauen ziehen. »Ganz unter uns – wer könnte es denn sonst getan haben? Vergessen Sie nicht, ich nehm's ihm nicht übel. Ich finde es schrecklich romantisch, und wenn er eine gute Verteidigung bekommt, hat er ziemlich große Chancen, freigesprochen zu werden. Aber wie groß ist die Wahrscheinlichkeit, dass jemand Michael zufälligerweise genau an dem Abend tötet, an dem Darryl ihn angegriffen hat? Das ist doch äußerst unwahrscheinlich, oder?«

»Rock hat zu mir gesagt, dass er unschuldig ist, und mehr brauche ich nicht zu wissen«, sagte Tess, der es unbehaglich war, Ava jetzt dieselbe Frage stellen zu hören, die sie vor sechs Tagen auch gestellt hatte. »Von seiner Verlobten würde ich eigentlich das Gleiche erwarten.«

»Zu mir hat er aber nicht gesagt, dass er unschuldig ist«, sagte Ava.

»Er wurde angewiesen, überhaupt nicht mit Ihnen zu sprechen, jedenfalls einstweilen nicht. Und wie war es denn, als die Cops kamen und ihn aus dem Bett zerrten? Haben Sie da nicht miteinander geredet?«

Avas Augen glitten von ihr weg, und sie nahm einen großen Schluck Wein. »Na ja, da wäre wohl nicht der richtige Zeitpunkt für Geständnisse gewesen. Oder?«

Sie verriet sich durch ihren Tonfall. Sie versuchte zu bluffen und schaute, ob Tess ihr das abkaufte. Wenn Tess es nicht tat, würde sie wahrscheinlich sofort eine andere Theorie präsentieren.

»Kein Treffer, Ava. Nicht mal knapp vorbei. Sie hatten das Haus schon verlassen, bevor er zurückkam, nicht wahr? Sie taten so, als würden Sie schlafen, und haben sich davongeschlichen, sobald er gegangen war, um für Sie die schmutzige Arbeit zu erledigen.«

Ava sagte nichts.

»Wollen Sie die Aussage verweigern?«

Sie presste die Kiefermuskeln so fest zusammen, dass sie zuckten und ein zweites Paar Grübchen bildeten, sagte aber immer noch nichts.

»Vielleicht haben ja *Sie* Abramowitz ermordet«, warf Tess hin, nicht, weil sie das glaubte, sondern um Ava dazu zu bringen, etwas zu sagen, egal, was. »Sie folgten Rock ins Büro, weil Sie Angst hatten, dass das, was Abramowitz zu Ihrer Beziehung zu sagen hatte, mit dem, was Sie selber gesagt hatten, nicht übereinstimmen würde. Sie versteckten sich in Ihrem eigenen kleinen Büro, kamen dann heraus und vollendeten, was Rock begonnen hatte. Oder vielleicht taten Sie es auch vor Rock, und er deckt Sie.«

»Ja, klar, ich habe einen Mann, der größer und weitaus schwerer ist als ich, geschlagen und erwürgt.« Ava lachte ein hohes, mädchenhaftes Lachen, das sie wohl noch in ihrer Schulzeit gelernt und über die Jahre dadurch perfektioniert hatte, dass sie andere oft und gern auslachte. »Aber bitte – bleiben Sie ruhig bei dieser Theorie. Ich bin überzeugt, Darryl wird von einer Verteidigungsstrategie begeistert sein, die seine Verlobte mit hineinzieht.«

»Dann sagen Sie mir doch, warum Sie seine Wohnung verlassen haben. Hatten Sie Angst, dass er so etwas tun könnte? Dachten Sie, er könnte zurückkommen, Ihnen alles erzählen und Sie so zur Komplizin machen? Oder ist er dort hingefahren, weil Sie ihn dazu aufgefordert haben, denn Ihre Geschichte mit der sexuellen Nötigung können Sie nur dann aufrechterhalten, wenn Abramowitz nicht mehr am Leben ist und seine eigene Version erzählen kann?«

Ava wollte etwas erwidern, nippte dann aber nur wieder an ihrem Wein, um sich zu beherrschen. »Wenn ich es nicht besser wüsste, würde ich denken, Sie sind eine gescheiterte Romanschriftstellerin und nicht eine gescheiterte Journalistin. Sie sind doch Journalistin gewesen, nicht wahr? Ich meine, als Sie noch einen Job hatten.«

»Ich habe vielleicht bei der Zeitung aufgehört, aber wenigstens nicht deshalb, weil ich immer wieder bei der Prüfung durchgerasselt bin. Wissen Sie, Abramowitz hat Rock erzählt, dass Sie mit ihm geschlafen hätten, weil Sie zweimal Ihre Prüfung nicht bestanden haben. Er hat auch erzählt, dass er absolut nichts für Sie tun konnte, aber eben trotzdem mit Ihnen geschlafen habe. Jetzt, wo er tot ist, werden Sie da mit einem der anderen Geschäftspartner schlafen, in der Hoffnung, die Geschäftsregel der Kanzlei zu umgehen, die heißt: ›Wer's beim dritten Versuch nicht schafft, der fliegt‹?«

Avas Kiefermuskeln flackerten wie Neonlichter, und ihre Augen waren schmal geworden. Wenn sie ein Hund gewesen wäre, hätte sie auch noch die Ohren angelegt. Tess war klar, dass sie sie am liebsten gebissen hätte, oder wenigstens ihr Weinglas nach ihr geworfen hätte. Stattdessen nahm sie einen Schluck Wein, dann noch einen. Als sie sprach, war ihre Stimme ruhig, aber nur infolge höchster Willensanstrengung.

»Wenn Abramowitz das gesagt hat, dann ist es eine glatte Lüge. Auf keinen Fall kann ich glauben, dass Rock eine Verteidigung möchte, die darauf aufbaut, mich vor Gericht zu demütigen, aber ich werde es ihm gegenüber erwähnen, wenn er anruft. Er ruft mich die ganze Zeit an, dass Sie es nur wissen, ich nehme nur einfach nie ab. Deswegen haben wir noch nicht miteinander gesprochen, und nicht wegen irgendwelcher Anweisungen, die er etwa bekommen hat. Aber vielleicht nehme ich das nächste Mal doch ab, wenn er anruft. Und vielleicht biete ich auch seinem Anwalt meine Dienste an. Ich bin nämlich überzeugt, ich könnte viel mehr für ihn tun als so eine nicht zugelassene Amateurin.«

»Richtig, Sie sind bestimmt keine Amateurin. Die Dienste, die Sie Abramowitz geleistet haben, heben Sie eindeutig aus dieser Kategorie heraus. Ich würde es niemals wagen, Ihnen da Konkurrenz zu machen.«

Diesmal warf sie ihr Weinglas tatsächlich, aber sie zielte schlecht. Das Glas flog an Tess' Schulter vorbei und hinunter auf den Gehsteig. Man hörte ein leises Klirren, und eine Frau, wahrscheinlich eine Touristin, schrie auf: »Harry, hast du das gesehen?«

»Schade, dass Sie mir in Bezug auf Rocks Alibi so gar nicht helfen konnten, Ava«, sagte Tess. »Vielleicht sollten Sie lieber allein arbeiten.«

Sie war mit sich selbst zufrieden und ein bisschen übermütig, aber diese Stimmung verflog schnell, als sie Avas Apartment verließ. Denn draußen vor dem Eden's Landing sah sie Rock auf seinem Fahrrad, der die President Street auf und ab radelte wie der letzte Schultrottel, der sich liebeskrank und verloren vor dem Haus der Nummer eins der Cheerleaderinnen herumtreibt.

»Das solltest du wirklich nicht tun«, ermahnte ihn Tess. »Tyner hat doch gesagt, du sollst dich fernhalten und nicht mit ihr sprechen.«

»Ich kann mich aber auch nicht erinnern, dass er zu dir gesagt hat, du sollst mit ihr sprechen«, sagte Rock. »Wie sieht sie aus? Wie packt sie das Ganze?«

»Ganz gut, glaube ich.« Tess dachte an Ava in ihrer leeren Wohnung. »Sag mir mal eines, Rock. Was macht sie eigentlich mit ihrem Geld?«

»Na ja, sie hat eine hohe Hypothek zurückzuzahlen, und dann auch noch die Studiengebühren. Der Unterhalt der Wohnung kostet viel, und das kann sie nicht einmal von der Steuer absetzen. Aber sie musste die Wohnung einfach haben. Sie dachte, es würde vielleicht besser gehen, wenn wir erst mal verheiratet wären und uns die monatlichen Zahlungen teilen könnten.«

»Wolltet ihr etwa zusammen da drin wohnen?«

»Das war ihre Idee.« Rock sah verlegen aus. »Ich ließ sie das glauben. Aber die Wohnung ist so klein und so teuer. Ich wollte warten, bis wir verheiratet sind, und dann versuchen, sie zu überreden, dass wir in ein kleines Haus unten im County Anne Arundel ziehen, da am Severn. Wo wir einen Bootssteg am Grundstück haben könnten.«

»Das wäre auch nicht gerade billig.«

»Nein, aber ich habe einiges auf die hohe Kante gelegt. Und das wäre es wert gewesen, wenn wir ein Grundstück am Fluss gehabt hätten, wo ich trainieren kann. Jetzt wird wohl all mein Erspartes für die Anwaltskosten draufgehen.«

»Wusste Ava, dass du so viel gespart hattest?«

»Natürlich. Sie verstand nicht, warum ich so lebe – dass ich nur dann Auto fahre, wenn es unbedingt sein muss, dass ich so eine billige Wohnung habe. Also hab ich eines Tages meinen Computer gebootet und ihr meine Investments gezeigt. Sie war ganz schön beeindruckt.«

Was glaubst denn du – so beeindruckt, dass sie sogar einen Verlobungsring akzeptierte.

»Pass mal auf, Rock, ich will dir ja keine Verhaltensregeln geben, weil du sowieso nie auf jemanden hörst. Aber versuch nichts ganz Blödes zu machen, okay? Halte dich von Ava fern. Glaube Tyner, und vertraue mir. Wir wollen nur dein Bestes.«

»Willst du damit sagen, dass Ava das nicht will?«

»Ich bin überzeugt, dass sie das auch will – solange es nicht mit ihrem eigenen Besten in Konflikt gerät.«

Rock blickte noch einmal wehmütig am Eden's Landing hinauf, dann radelte er davon, wobei er Tess über die Schulter einen Abschiedsgruß zuwinkte.

Obwohl sie sich um Rock Sorgen machte und von Ava effektiv rausgeworfen worden war, fühlte Tess sich trotzdem optimistisch und heiter. Der Anfang war gemacht, und sie hatte noch so viele andere Spuren, denen sie nachgehen musste. Diese Selbsthilfegruppe. Der geheimnisvolle Mann mit dem Baseballschläger, der gefunden werden musste. Sie hatte sich eine Belohnung verdient, beschloss sie. Pommes frites vielleicht, oder einen Hotdog vom Nice N Easy.

Sie ging hinüber zu dem Laden am Broadway und bestellte einen koscheren Hotdog.

»Der dauert aber eine Minute«, sagte das mürrische Mädchen hinter der Theke zu ihr.

»So ein Glück, dass ich gerade eine Minute habe. Geben Sie mir die Zeitung, ja?«

Der *Beacon*, den sie Tess zuschob, war nicht die Samstagsausgabe, sondern die vom Sonntagmorgen, der sogenannte Bulldog. Das Blatt war voller gefakter Nachrichten und langweiliger Features und brachte wenig, außer man wollte einen raschen Blick auf den Immobilienmarkt oder auf die Sonderangebote der Supermärkte werfen. Tess, die nicht einmal genügend Platz für ihr Toilettenpapier hatte und keinen Cent für eine Immobilie, interessierte sich normalerweise kaum für den Bulldog. Doch da sah sie die Verfasserzeile von Jonathan Ross auf der ersten Seite, und darüber die reißerische Überschrift:

DER ANWALT, DER RUDERER, DIE LADY:
Ungleiches Dreiergespann führt zu Tragödie

Von seinen Freunden wird Darryl Paxton »Rock« genannt. Dieser Spitzname bezeugt seine Selbstdisziplin im Rudern, einem Sport, der, will man darin erfolgreich sein, einen fast absoluten Fanatismus verlangt. Aber »Rock« bezieht sich auch auf seinen geradezu einschüchternden Körperbau und die steinharten Muskeln an Armen, Beinen und Rücken, die ihm immer wieder zu so vielen Siegen verholfen haben.

Am Sonntagabend jedoch benutzte Paxton, wie die Polizei behauptet, diese Kraft dazu, seinen neuesten Gegenspieler zu zermalmen – den bekannten Anwalt Michael Abramowitz, von dem es heißt, dass er sein Rivale bei Paxtons Verlobter Ava Hill war, einer jungen Mitarbeiterin der Anwaltskanzlei. Vier Tage danach ging Paxton vor Gericht: nicht etwa, um Reue zu zeigen oder um mildernde Umstände zu bitten, sondern um zu verlangen, dass die Gerichtsverhandlung seinen Wettkampfterminen nicht in die Quere komme.

In einem exklusiven Interview berichtete die Frau in der Mitte dieses ungleichen Dreiergespanns dem Beacon, *dass Paxton auf alle, die ihr nahestanden, krankhaft eifersüchtig war. Wie Ava Hill sagte, sei er von falschen Informationen so vergiftet gewesen, dass er am Ende sogar glaubte, Abramowitz würde sie sexuell belästigen.*

»Ich versuchte, ihm klarzumachen, dass das vollkommen abwegig sei«, sagte Hill unter Tränen, als sie von der Mordnacht berichtete. »Aber wenn Darryl sich erst einmal in eine Idee verrannt hatte, konnte ihn nichts mehr davon abbringen.«

Seinen engsten Bekannten erscheint Paxton ruhig und kühl, aber er hat nicht zum ersten Mal mit Gewalt zu tun. Auf dem College in Pittsburgh hat er einmal in einer Bar einen Mann niedergeschlagen und dabei so schwer verletzt, dass der sich in ärztliche Behandlung begeben musste. Der Mann jedoch verklagte ihn nicht. Bei einem Gespräch heute, zehn Jahre danach, sagte er, dass er vor Paxton immer noch zu viel Angst habe, um gegen ihn auszusagen.

Unterdessen beschreiben Freunde aus der Kinderzeit Paxtons Eltern als kalt und lieblos und nur an seiner Karriere als Ruderer interessiert. Vor allem sein Vater wird als brutaler Aufseher charakterisiert, der den jungen Paxton immer niederschrie, wenn er einmal versagte – sei es beim Rudern oder im Studium. Sein

Vater wollte nach Aussage eines Freundes der Familie, dass er Arzt werde, doch Paxton zog den weniger anstrengenden Beruf des Forschers vor.

Seine Nachbarn in Baltimore beschreiben Paxton als ruhigen, zurückhaltenden Menschen. »Er wirkt immer ein wenig abwesend, wenn ich ihn unten vor den Briefkästen mal treffe«, sagte Tillie van Horne, die im selben Haus wohnt. »Höflich, aber nicht wirklich interessiert an anderen Menschen. Und wenn seine Freundin bei ihm war, sah er auf der ganzen Welt sowieso nichts anderes mehr.«

Es war alles da. Rock hatte sich zumindest an eine von Tyners Anweisungen gehalten und nicht mit Jonathan gesprochen, deshalb konnte sich Avas Darstellung jetzt ungehindert und ohne Gegendarstellung in ganz Baltimore verbreiten. Tess war unwillkürlich beeindruckt von Avas Fähigkeit, eine Lüge mit einer anderen zu verknüpfen. Sie hatte aus ihrer kompromittierenden Position heraus eine Story über sexuelle Nötigung erfunden, um Tess abzuwimmeln. Als sie sich darauf festlegen sollte, behauptete sie, diese Story sei nur ein Produkt von Rocks überhitzter Phantasie. Abramowitz war tot, so konnte niemand erhärten, was Rock von ihm erfahren hatte, dass nämlich Ava die Beziehung selbst eingefädelt habe.

Am Ende dieses überzogenen Artikels, den Tess noch im Stehen im Nice N Easy las, während ihr Hotdog neben ihr kalt wurde, war jeder normale Leser bestimmt von zweierlei überzeugt: von Rocks Schuld und von Avas Unschuld. Jede Einzelheit aus beider Leben hatte diesem Zweck dienen müssen. Rock erschien als der dumpf brütende, obsessive Heathcliff des Patapsco. Jonathan nannte ihn sogar einen »Einzelgänger«, was im Zeitungsjargon so viel heißt wie leicht gestört. Ava war das goldene Mädchen, die erstklassige Schülerin der High-School von Pikesville, die in ihrem Leben nur einen einzigen Fehler gemacht hatte, nämlich, sich mit diesem Verrückten zu verloben. Seltsamerweise kam Abramowitz in der Geschichte seiner eigenen Ermordung fast überhaupt nicht vor. Als Single ohne lebende Verwandte hatte er niemanden, der über ihn etwas sagen konnte, und außerhalb der Juristerei eigentlich gar kein eigenes Leben gehabt. Frühere Mitarbeiter aus dem Büro der Pflichtverteidigung erinnerten sich an ihn nur als unangenehmen Workaholic. Seine derzeitigen Partner hatten es abgelehnt, zu der Geschichte ein Interview zu geben, mit der Begründung, die Sache sei noch zu frisch.

Aber Abramowitz war Tess ohnehin gleichgültig. Und sie war auch nicht sonderlich besorgt um die Wirkung dieses Artikels auf den Ausgang des Falls. Mochte Ava doch ruhig einen Zeitungsreporter anlügen. Sogar Rock konnte sie anlügen und ihn überzeugen, dass sie falsch zitiert worden sei oder dass sie das Interview nur gegeben habe, um ihm bei seinem Fall zu helfen. Vor Gericht würde sie dennoch die Wahrheit sagen müssen, oder sich zumindest auf eine nicht in sich widersprüchliche Version der Wahrheit festlegen müssen.

Nein, Tess sah den Artikel als eine Art Fehdehandschuh, den Jonathan ihr hingeworfen hatte, um zu beweisen, dass er immer bekam, was er wollte, auch wenn sie ihm dabei nicht half. Er hatte Einzelheiten aus Rocks Leben aufgespürt, die nicht einmal Tess wusste – sie war immer davon ausgegangen, dass seine Eltern tot seien –, und das Interview mit Ava bekommen, bevor es Tess eingefallen war, mit ihr zu reden. Jonathan war ein weitaus üblerer Gegner als Rock, der letztlich immer nur gegen sich selbst und seine eigenen Rekorde ruderte.

Jonathan konnte nur dann gewinnen, wenn jemand anderes verlor.

Tess las die Geschichte noch einmal. Abramowitz trat eigentlich gar nicht als Person auf, sondern nur als eine Art Attrappe, die die Geschichte ins Rollen bringt. Was wusste man eigentlich wirklich von ihm? Tess dachte erneut an den kleinen Mann mit dem Baseballschläger, der Abramowitz immer wieder um seinen Schreibtisch gejagt hatte. Sie erinnerte sich an die verbitterte Frau, die extra einer Selbsthilfegruppe beigetreten war, um die Erfahrungen zu verarbeiten, die sie mit ihm vor Gericht gemacht hatte. Die konnten ihr bestimmt helfen, Abramowitz in einen Menschen aus Fleisch und Blut zu verwandeln.

Natürlich hatte Jonathan die Akten des *Beacon* auch gelesen und wusste ebenfalls um diese Leute. Aber er hatte nicht mit ihnen gesprochen. Er wollte die schnelle Geschichte, so wie sie sich auf den ersten Blick darstellte. Sollte er doch die Lady und den Ruderer haben. Sie würde den Anwalt suchen.

14

Auf dem Weg zu den Frauen von OMA ging Tess noch einmal die Geschichte durch, die sie erzählen wollte. Sie hatte sich etwas Kompliziertes ausgedacht, über eine Vergewaltigung bei einer Verabredung mit einem inzwischen berühmten Footballspieler, der sie auf einen Kaffee eingeladen hatte, nachdem sie zusammen für eine Prüfung über den Roman des 19. Jahrhunderts gelernt hatten. Als Tess die breiten Steinstufen zu dem alten Schulverwaltungsgebäude hinaufstieg, fragte sie sich, ob sie es wohl schaffen würde, im richtigen Augenblick in Tränen auszubrechen.

Das elegante viktorianische Gebäude aus grauem Stein war in den sechziger Jahren durch den Versuch einer Modernisierung geschändet worden. Dottergelb, Sunkist-Orange, glänzende d-c-fix®-Folien mit Blumenmustern – im Innern war es gewaltig »modern« im Stil der Sechziger. Die Zeit hatte das Gelb des Linoleums nicht dämpfen können, und die schweren Holztüren steckten immer noch unter dicken Schichten orangeroter Farbe, die zum Teil abgeblättert war und eine dünne Schmutzschicht trug.

Das alte Gebäude gehörte der städtischen Schulverwaltung, die war aber nicht so dumm, es auch zu benutzen, sondern gab lieber Millionen dafür aus, eine nahe gelegene ehemalige Oberschule zu ihrem Hauptsitz umzubauen und zu renovieren. Das alte Verwaltungsgebäude fungierte daher jetzt als eine Art Gemeindezentrum, nur dass man in dieser heruntergekommenen Gegend gar nicht von Gemeinde sprechen konnte. Und wenn auch die Natur keinen Horror Vacui hat, so hatten ihn die Selbsthilfegruppen offenbar sehr. Mehr als ein Dutzend von ihnen hatten sich versammelt, um das geräumige, etwas düstere Gebäude zu füllen, und an diesem Abend befanden sich in sämtlichen Klassenzimmern Menschen, alle verschieden weit vorangeschritten auf den zwölf Stufen zur Entwöhnung.

Tess ging vorüber an handgeschriebenen Schildchen mit den Aufschriften Anonyme Alkoholiker, Anonyme Narkotiker, Erwachsene Überlebende von Inzest, Al-Anon-Familiengruppen, Anonyme Kaufsüchtige und, am rätselhaftesten, Bings von Baltimore, was ihrer Meinung nach vielleicht Leute waren, die sich ununterbrochen Bing Crosbys »White Christmas« reinzogen. Doch da sah sie die Frauen in dem dazugehörigen Klassenzimmer, die Hände fest um Tassen voll schwarzen Kaffees verschränkt, die Stimmen in gedämpftem Singsang über die Verdienste verschiedener Donutläden psalmodierend.

»Aber nein, meine Liebe«, sagte eine der ausgemergelten Frauen gerade und beugte sich vor, um das knochige Knie einer anderen zu berühren. »Diese Knusperkekse im Super Fresh werden nicht dort hergestellt. Die muss man heiß essen, direkt aus dem Öl, um ihre Knusprigkeit so richtig zu schmecken. Der nächste Laden ist in Virginia, im County Fairfax.«

Oh, die Bing*ers* von Baltimore. Vielleicht hatte jemand ein paar Buchstaben aufgegessen.

OMA war im letzten Klassenzimmer auf der linken Seite. Nachdem sie in den anderen Räumen lauter verstockte oder tränenüberströmte Gesichter gesehen hatte, erwartete Tess, dass OMA, wenn das überhaupt möglich war, noch niedergeschlagener wirken würde. Stattdessen war gerade eine Party in vollem Gang. Aus einem Kassettenrekorder klang Blues, und ein paar Frauen tanzten und bewegten sich dabei mit lockerer und erotischer Anmut. Andere standen um einen Kartentisch mit mehreren Schüsseln voll M&M'S, einem Teller mit Brownies, einer Dose glasierter Muffins und einer geschliffenen Glaskaraffe voll leuchtendrotem Punsch. Eine einzige Frau, eine große Rothaarige, stand missbilligend abseits, mit verschränkten Armen und strengem Mund. Tess hatte das starke Gefühl eines Déjà-vu. Ach ja, in der elften Klasse, auf einer Party zum Valentinstag. Damals stand statt irgendwelcher Lebkuchenherzen mit Zuckergussschrift eine Flasche Bourbon auf dem Tisch.

Als die Frauen sie endlich in der Tür stehen sahen, wirkten sie verlegen. Eine schaltete die Musik ab, und die anderen flohen zu ihren Klappstühlen aus Metall, als wäre Tess eine Inspektorin der Landesdienststelle der OMA. Sie falteten die Hände im Schoß, senkten den Blick und nahmen jetzt tatsächlich die Haltung an, die Tess erwartet hatte. Nur die Rothaarige, eine Amazone, die mehr als zehn Zentimeter größer war als Tess, blieb stehen. Tess, die es nicht gewöhnt war, aufzublicken, um einer Frau ins Gesicht zu schauen, konnte sie auf Anhieb nicht leiden. Sie erinnerte sie an alle Klassensprecherinnen, gegen die sie jemals gestimmt hatte. Selbstsicher, mit einem Hauch von Oberschwester, stets bereit, einem ein Klistier zu verabreichen.

»Suchen Sie die Bingers?«, fragte die große Rote. »Die sind in Zimmer 211. Wir haben 221. Viele von deren Leuten kommen aus Versehen zu uns.«

Der Gedanke an ihre Aufgabe hielt Tess davon ab, sich bei dieser Beleidigung aufzuhalten, egal, ob sie tatsächlich beabsichtigt oder nur eingebildet war.

»Nein, ich suche die Opfer männlicher Aggression.« Die Frau erwiderte ihren Blick ohne jede Reaktion. »Die sind doch hier, oder? Die OMA?«

»Oh.« Jetzt sah die Rothaarige Tess genauer an. Die anderen Frauen hielten weiter die Augen niedergeschlagen und die Hände gefaltet, als würden sie sich für den Kartentisch mit den kindischen Süßigkeiten schämen. Oder vielleicht war auch der Bourbon verfemt.

»Ich heiße Pru«, sagte die Rothaarige heiter und streckte ihr die Hand hin. »Und wenn es jetzt so aussieht, als wären wir in flagranti erwischt worden, dann nur deshalb, weil Sie uns bei einer Zusammenkunft angetroffen haben, die ziemlich … außer der Reihe ist. Eins von unseren Mitgliedern, die kleine Cece, heiratet, und wir wollten ihr zu Ehren ein kleines Fest machen.«

»Heißt das, dass Ihr nächstes reguläres Treffen erst nächste Woche ist? Soll ich lieber dann wiederkommen?«

»Na ja, das kommt darauf an. Haben Sie eine Überweisung?«

»Eine Überweisung? Nein, ich habe den Namen der

Gruppe nur im Kalender der Stadtzeitung gesehen und gedacht, ich könnte hier Hilfe bekommen. Wissen Sie, ich habe gerade erst den Gedanken zugelassen, dass ich auf dem College das Opfer einer Vergewaltigung durch einen Bekannten wurde …«

»Vergewaltigung durch einen Bekannten!«, unterbrach sie Pru. Sie sah erleichtert aus. »Ihre Therapeutin muss Sie mit einer anderen Gruppe in Verbindung bringen. Sie haben doch eine Therapeutin? Denn OMA ist nur für Frauen, die schon durch eine Gerichtsverhandlung durch sind, die zweimal Vergewaltigten, wie wir das nennen. Haben Sie ihn angezeigt? Können Sie ihn noch vor Gericht bringen, oder ist die Sache schon verjährt?«

»Also, nein, aber …«

»Dann sind wir ganz einfach nicht die Richtigen für Sie«, sagte Pru und schüttelte unnachgiebig den Kopf. »Was Sie brauchen, sind die VUB.«

»Die vereinigten unterdrückten Bräute?«

»Nein, die anonymen VUB, Vergewaltigung unter Bekannten. Ich glaube, die treffen sich immer in einer der Grundschulen.«

»Die Union Memorial hat ihnen einen Raum gegeben«, half eine sehr kleine Frau mit brünetten Haaren aus, die so kurz geschnitten waren, dass Tess sich kurz überlegte, ob sie gerade eine Chemotherapie hinter sich hatte. »Sie treffen sich jeden ersten Mittwoch im Monat. In der Telefonzentrale vom Krankenhaus müsste die Nummer zu kriegen sein.«

»Danke, Cece.« Pru wandte sich wieder Tess zu, die den deutlichen Eindruck gewann, dass die Frau ihr jetzt am liebsten die Hände auf die Brust gelegt und ihr einen kleinen Schubs nach draußen gegeben hätte. Ich fürchte, ich bin hier nicht länger gern gesehen. Andererseits hatte Tess das Gefühl, dass sie hier von Anfang an nicht gern gesehen gewesen war. Pru wollte sie los sein, und zwar vom ersten Moment an, wo sie sie erblickt hatte.

Sie sah sich noch einmal in dem Raum um und versuchte, jede Einzelheit aufzunehmen. Fünfzehn Frauen, alles Weiße. Typisch für das gespaltene Baltimore. Statistisch gesehen wurden *schwarze* Frauen viel eher Opfer einer Vergewaltigung, aber die weißen schlossen sich in Gruppen zusammen. Tess ließ ihren Blick über jedes einzelne Gesicht gleiten; ohne die Namen zu wissen, könnte sie sie nie auseinanderhalten. An Pru würde sie sich allerdings erinnern; die wäre vielleicht sogar für den einen oder anderen Albtraum gut. Und auch die Kleine, Cece, deren bevorstehende Heirat sie gerade feierten. Sie hatte einen merkwürdigen Gesichtsausdruck, der irgendwie sowohl verängstigt als auch entschlossen wirkte, aber Tess nahm an, dass die meisten zukünftigen Bräute ungefähr so aussahen. Und eine Frau, die eine Vergewaltigung und außerdem noch eine Chemotherapie hinter sich hatte, hegte wahrscheinlich mehr Ängste als der Durchschnitt.

Sie winkte zum Abschied und hätte gern ein paar Tränen vergossen. Sich unter falschen Voraussetzungen den Zugang zu einer solchen Gruppe zu erschleichen, das war zweifellos viel schlimmer, als wenn man auf der anderen Seite als Gruppenleiterin nicht jede als Mitglied aufnahm, trotzdem war Tess unerklärlicherweise wütend auf OMA, weil man sie abgewiesen hatte. Gruppen für die Opfer von Vergewaltigungen sollten eigentlich jede aufnehmen.

»Na, ich denke, dann werde ich's mal bei den Bingers probieren«, sagte sie, als sie ging. »Aber die schmeißen mich wahrscheinlich auch raus, weil ich nämlich die Erdnussriegel von Goldenberg lieber mag als Donuts.«

Tess rannte durch die Eingangshalle und genoss die lauten, knallenden Geräusche, die ihre Schuhe auf dem alten Linoleum machten. Draußen ging sie zu ihrem Auto und fuhr bis zur Straßenecke, dann schaltete sie den Motor ab und wartete, dass die Versammlung endete. Sie wollte trotz allem noch die Frau finden, die in dem Zeitungsausschnitt erwähnt worden war. Pru würde ihr natürlich nicht helfen, obwohl es sie andererseits gar nicht wundern würde, wenn die gesuchte Frau sogar Pru *wäre*. Die besorgte, mausgraue Cece – das war eine andere Sache.

Alle Gruppen machten um 21 Uhr Schluss, aber es war ein Leichtes, die Frauen von OMA zu erkennen. Sie trugen Taschenlampen und Pfeffersprays vor sich her wie Bajonette, hakten einander unter und brachten die Teilnehmerin, die am weitesten weg parkte, zu ihrem Auto, dann die nächste und die nächste, sodass sie sich allmählich wieder zu der alten Schule zurückarbeiteten. Cece fuhr in einem alten Mustang davon. Tess notierte sich schnell das Kennzeichen, damit sie sich vom Einwohnermeldeamt die Adresse besorgen könnte, falls sie ihr heute Abend nicht folgen konnte. Dann fuhr sie hinter ihr her.

Cece fuhr in Richtung Innenstadt und hielt vor einem

Café. Obwohl man von Baltimore eigentlich wusste, dass hier jeder Trend erst dann aufkam, wenn er anderswo schon in den letzten Zügen lag, hatte die Stadt den landesweiten Wahn für Kaffee ausnahmsweise vorausgeahnt. Tess sah von der Straße aus zu, wie Cece sich einen Cappuccino bestellte und ihre dampfende Tasse in eine dunkle Ecke trug, in der sie sich ganz nach hinten zwängte, als wolle sie niemanden im Rücken haben. Sie zog verschiedene Papiere aus ihrer Tasche und las sie durch. Tess wartete noch zwei Minuten, dann segelte sie hinein und bestellte sich einen koffeinfreien Milchkaffee, ohne auf Cece zu achten. Wenn sie mich zuerst sieht, überlegte Tess, sieht es mehr nach Zufall aus. Sie saß mit dem Profil zu der jungen Frau am Tresen und starrte konzentriert in die Luft, aber Cece hob kein einziges Mal die Augen. Tess hatte eigentlich gar nicht vorgehabt, beim Eintunken ihres Biscotto das Glas zu verfehlen und die ganze Bescherung umzukippen, aber es wirkte. Ceces Blick traf den ihren. Dann sah sie wieder weg, scheu und verlegen, und sammelte die Papiere zusammen, die vor ihr lagen.

»Sie sind doch das Mädchen, das heiraten wird, stimmt's? Cece?«, sagte Tess und ging zu ihr an den Tisch.

»Cecilia. Cecilia Cesnik. Cece ist ein Spitzname, den ich gerne loswerden würde, nur macht da niemand mit.« Sie errötete und senkte den Blick auf den Tisch.

Wenn Tess ihr nicht schon bei OMA begegnet wäre, hätte sie Cecilia sofort zu den Leuten gezählt, die sich nie von der pubertären Gewohnheit befreien können, alles an sich selbst beschämend zu finden. Hinter diesem zarten Gesicht ging eine Menge vor – Gereiztheit, Angst, Ärger darüber, dass sie in einem Augenblick gestört wurde, in dem sie ganz für sich allein sein wollte. In Ceces Fall – *Cecilias* Fall – kam es wahrscheinlich von ihrer Vorgeschichte als Vergewaltigungsopfer, dass sie sich in so einem Augenblick am liebsten in Luft aufgelöst hätte.

»Es tut mir leid, wenn Pru ein wenig barsch gewirkt hat«, sagte Cecilia. »Aber OMA ist tatsächlich sehr spezifiziert. Wir sind nicht für jede Frau da.«

»Ich kam mir vor, als wäre ich versehentlich in so einen Mädchenclub geraten, wie sie immer auf der Oberschule gegründet wurden.«

»Es war nur in Ihrem eigenen Interesse. Ich meine, es wäre doch noch schlimmer gewesen, wenn Sie der Gruppe beigetreten wären und dann erkannt hätten, dass sie Ihnen nicht helfen kann. Sie sind übrigens nicht die Erste, die Pru abgewiesen hat. Manchmal versuchen sogar Männer beizutreten.« Sie sprach das Wort »Männer« ganz leise aus, als wäre es an sich schon obszön. »Das geht natürlich nicht.«

»Warum sollten Männer denn beitreten wollen?«

»Sie haben vielleicht Töchter oder Ehefrauen, die vergewaltigt wurden, und suchen eine Möglichkeit, mit dem Ganzen zurechtzukommen. Aber dafür ist OMA auch nicht da.«

»Wie lange sind Sie schon dabei?«

»Seit sechs Jahren, von Anfang an«, sagte sie mit einem kleinen Seufzer. »Pru hat mich angeworben. Die Idee mit der Gruppe war von ihr, und sie verbrachte viel Zeit im Gerichtsgebäude, studierte Akten und suchte Opfer, deren Täter in Freiheit waren. Ich bin vor fast sieben Jahren vergewaltigt worden.«

»Und jetzt heiraten Sie. Ich wette, dass das vor einiger Zeit noch ganz weit weg erschienen wäre.«

»Ja. Ganz weit weg.« Sie lachte. »Ich kann es selber noch gar nicht richtig glauben.«

Sie saßen da und schwiegen unbehaglich. Tess hoffte nur, dass ihr Gesicht nicht ihre widersprüchlichen Gefühle verriet. Einerseits machte sie der Gedanke, dass jemand diesem kleinen Mädchen Leid zugefügt hatte, ganz fertig. Sie war jetzt froh, dass sie ihre einstudierte Geschichte nicht zum Besten gegeben hatte. Garantiert hätten die anderen gemerkt, dass das nicht echt war. Diese Art von Schmerz konnte man nicht vortäuschen. Auf der anderen Seite brachten sie diese OMA mit ihrer Verherrlichung der Opferrolle total auf die Palme. Sie wollte eigentlich nur schnell die Frau finden, die in diesem Artikel zitiert worden war, und sehen, ob sie gegen Abramowitz immer noch Groll hegte.

Sie schob eine ihrer Visitenkarten über den Tisch. Zum Glück verriet die nichts. »Na gut, falls OMA jemals ihre Absichten ändern sollte, können Sie mich ja anrufen.« Sie hoffte, dass ihr Angebot Cece dazu bringen würde, ihr ebenfalls ihre Nummer zu geben, aber die steckte einfach nur Tess' Karte ein. Dann griff sie sich an den Kopf, um mit ihren Haaren zu spielen, aber die waren nicht mehr da. Sie ließ die Hand sofort wieder in den Schoß fallen.

»Wissen Sie, so kurzes Haar steht Ihnen tatsächlich

sehr gut«, sagte Tess. »Und das ist bestimmt nicht bei vielen Frauen der Fall.«

»Ja, ich hatte etwas ziemlich Schlimmes.«

»Äh, Krebs?«

Cecilia lachte wieder, aber diesmal aus vollem Herzen. »Nein, obwohl Sie nicht die Erste sind, die das denkt. Ich hatte Highlandtown-Haare – gefärbt, dauergewellt, mit ein paar seitlichen Strähnchen über der Stirn und dem Rest bis auf die Schultern hinab.«

Highlandtown war ein Arbeiterviertel im Osten, mit den größten Hochfrisuren und dem schlimmsten Dialekt. Tess hatte den Ausdruck Highlandtown-Haare noch nie gehört, aber sie verstand sofort, was Cecilia meinte.

»Und warum haben Sie sie abschneiden lassen? Die Nachbarn waren bestimmt entsetzt.«

»Nicht so entsetzt wie in dem Augenblick, als ich meinen Job als Sekretärin hinschmiss und ein Stipendium für die juristische Fakultät von Baltimore bekam. Oder als ich das zweite ›r‹ in ›Warsser‹ und ›Warshington D. C.‹ nicht mehr aussprach. Da haben die Leute zu meinem Dad gesagt, ich würde langsam hochnäsig.« Cece – Cecilia – setzte sich plötzlich auf und verlor ihre scheue, tapsige Art. »Und sie hatten recht. Es stimmt auch.«

»Wodurch kamen alle diese Veränderungen?«

»Durch OMA. Dadurch kam ich mit vielen Frauen zusammen, die ich sonst wahrscheinlich nie kennengelernt hätte. Mit reichen Frauen, aus Roland Park und Guilford. Tüchtigen Frauen. Pru hat mir wirklich Mut gemacht. Aber sie denkt inzwischen auch, dass ich hochnäsig bin.«

»Warum?«

Cecilia zuckte die Schultern. »So etwas kommt öfter vor. Man hat am Anfang eine Mentorin, und auf einmal braucht man keine mehr. Ach – wie war das denn mit Ihrer?«

»Meiner Mentorin?«

»Nein, Ihrer Vergewaltigung.«

Tess fixierte ihr Glas und nuschelte: »Na ja, so die typische Vergewaltigung durch einen Bekannten. Ich half einem Typen beim Studium, und dann gingen wir zu ihm aufs Zimmer.«

»Bei mir war es ein Einbrecher. Ich fragte ihn, ob er ihn bitte rausziehen würde, bevor er kam. Ich hatte solche Angst vor, ich weiß nicht, Schwangerschaft, oder Aids. Ich dachte wahrscheinlich, es wäre erträglicher, wenn er nicht in mir käme. Er fand das Ganze natürlich spaßig.«

»Wie wurde er bestraft?«

»Sein Anwalt nutzte das mit meiner Bitte natürlich zu seinem Vorteil. Er argumentierte, ich sei so ruhig gewesen, so überlegt, ich müsse einverstanden gewesen sein. Das sei einfach meine Art von Geburtenkontrolle gewesen. Aber das war gar nicht der Grund, warum er freigesprochen wurde. Irgendwo, im Labor oder bei den Bullen oder beim Staatsanwalt, ging das Beweismaterial verloren, das Wattestäbchen mit dem Abstrich. Ohne das war der Fall zu Ende.«

»Wie hilft OMA?«

»Oh, Selbstverteidigungskurse. Unterricht. Wir haben sogar eine Zivilklage geplant.«

»Gegen das Labor, weil es Ihre Ergebnisse verloren hatte?«

»So etwas Ähnliches. OMA hat ziemlich gut gearbeitet.«

»Hat gearbeitet, früher? Treten Sie aus, weil Sie jetzt heiraten, oder wegen des Jurastudiums?«

»Stimmt. Genau. Weil ich heirate.« Cecilia sprang auf, nahm ihre Tasche und den Stapel Papiere vom Tisch. In ihrer Hast fiel alles zu Boden. Als Tess ihr helfen wollte, die verstreuten Papiere wieder einzusammeln, geriet sie in Panik.

»Fassen Sie nichts an! Lassen Sie mich das alles allein wieder in Ordnung bringen!«, schrie sie, und ihre Stimme war so schrill wie eine Trillerpfeife der Polizei. Bei einem so kleinen Körper war das ein überraschend harscher Ton. Und Tess war tatsächlich über Cecilias Stimme so verblüfft, dass sie die Papiere eher noch fester hielt und in der Faust zerknitterte. Cecilia ließ sich in eine offenbar geübte Hockstellung fallen, die Finger gekrümmt, als wolle sie jemandem die Augen auskratzen oder ihn an der Kehle packen, aber ihre Selbstverteidigung nützte ihr nicht viel, wenn niemand sie angriff. Tess stand nur da und schaute sie an, so wie alle anderen Leute im Café auch, bis auf zwei Schachspieler, die gegen die Uhr spielten. Cecilia wusste zwar, wie man sich verteidigt, aber nicht, wie man angreift. Tess wusste zwar, wie man angreift, aber sie hatte nicht die Absicht. Nach ein paar Sekunden in dieser unentschiedenen Stellung improvisierte Cecilia, indem sie sich in einem deutlich unfairen Angriff mit dem ganzen Körper gegen Tess' Knie schmiss und sie so mit einem Krach zu Boden warf.

Im Fallen griff Tess blindlings mit beiden Händen um sich und ließ dabei die zerknitterten Blätter fallen. Cecilia riss sie an sich und verschwand, wobei sie Tess in einer Pfütze von geschäumter Milch und Scherben sitzen ließ.

»Wieder mal so eine typische Prügelei im Kaffeehaus«, sagte Tess zu dem Geschäftsführer, der herbeieilte, um sich den Schaden zu besehen, nicht den ihren, sondern den an den dickwandigen Tassen und Untertassen. »Das Koffein macht manche Leute doch sehr aggressiv.«

Es tat weh, mit dem Hintern so auf einen Zementfußboden geschubst zu werden. Natürlich, dachte Tess, konnte man in einem Café nichts Warmes oder Weiches unter den Füßen erwarten. Als sie sich hochzog, sah sie unter dem Tisch ein mit Kaffee bespritztes Stück Papier liegen. Es war verschmiert und grau und schien ein Blatt aus der Akte zur amtlichen Eintragung einer Firma zu sein. Tess erinnerte sich, solche Dokumente manchmal gesehen zu haben, als sie noch Reporterin war. Dies hier war die letzte Seite der Satzung, und sie trug zwei Unterschriften: die von Prudence Henderson, der Präsidentin und Schatzmeisterin der OMA, und die des Anwalts, der die Satzung für sie erstellt hatte: Michael Abramowitz.

15

Am nächsten Morgen kam der Präsident der Vereinigten Staaten zwischen Tess und ihre Bagels, und das nicht etwa nur in einem ihrer seltsamen Träume.

Und auch nicht zum ersten Mal. Wie die meisten Baltimorer hatte Tess mit zu Besuch kommenden Präsidenten, First Ladies, Kabinettssekretären und deren Artgenossen mehr Erfahrung, als ihr lieb war. Baltimore, das nur gute 70 Autobahnkilometer von Washington entfernt lag, war in den letzten zehn Jahren zu einem beliebten Ausflugsziel geworden, einem leicht verfügbaren, fotogenen Hintergrund für diejenigen, die sich gerne unters Volk mischen oder Lokalkolorit zeigen wollen. Die echten Typen. Selbst die Königin von England hatte sich verpflichtet gefühlt, bei einem Spiel der Orioles zu erscheinen. Aber ob Monarch oder Präsident, ob Demokrat oder Republikaner, für die einheimische Bevölkerung bedeutete das immer das Gleiche – Verkehrschaos und Sicherheitskontrollen, atemlose Fernsehreportagen eine Woche vorher und eine Woche danach, insgesamt einfach eine Unterbrechung des normalen Lebens.

Verärgert, dass sie ihr übliches Frühstück nicht einnehmen konnte, verschwendete Tess ihr Geld an ein Schokocroissant und eine Tasse Kaffee mit Haselnussgeschmack an einem der Stände in der alten Markthalle am Broadway. Sie hatte vorgehabt, dieses Gebäck mit den vielen Kalorien und den Gourmetkaffee so richtig zu genießen, aber am Ende stürzte sie beides hinunter, als sie sah, dass der Bus bereits den Broadway überquerte. Einer der Gründe, warum ihr Toyota noch lebte, war der, dass sie den öffentlichen Nahverkehr benutzte, wann immer sie konnte, allerdings nur, wenn sie nicht umsteigen musste. Das war beim Bussystem von Baltimore gar nicht so einfach. Auch heute stieg sie sechs lange Blocks von ihrem eigentlichen Ziel entfernt aus, nämlich dem Gebäudekomplex von Staatseinrichtungen an der Ecke Preston Street und Martin Luther King Boulevard. Diese Bürotürme in sanftem Grau beherbergten Hunderte von Staatsangestellten in verschiedenen Ressorts. Tess nahm den Aufzug zu Raum 808, der Stelle für sämtliche Körperschaftsurkunden, die im Staat Maryland jemals ausgestellt worden waren, und zwar geschäftliche wie private. Cecilias verschmierte Fotokopien mussten von hier stammen, aus den alten Ordnern mit den Mikrofilmen, einer Technik, die heute fast genauso altertümlich wirkte wie der Telegraph oder das Morsealphabet.

Der Raum war staubig und überheizt, immer gefüllt mit Menschen und einer angespannten Atmosphäre. Als Tess noch Reporterin war und von Koffein und Terminen umgetrieben wurde, genügte für sie schon das Betreten dieses Raums, um in ihr eine Anspannung bis zum Zähneknirschen zu erzeugen. Dieser zu kleine Raum schien sich auf die Reflexe aller darin Befindlichen auszuwirken, sodass die Angestellten wie die Besucher sich bewegten, als schwämmen sie in Honig. Es gab immer

Gedrängel an den Reihen von Aktenschränken, immer eine Schlange vor dem Empfangstisch, nie genügend Angestellte, um einem weiterzuhelfen. Seltsame kleine Gnome, männliche wie weibliche, hielten die Mikrofilmgeräte und -tische rücksichtslos besetzt. Tess hatte nie begriffen – und wollte es auch gar nicht wissen –, wer diese Leute waren oder was sie da taten.

Jetzt gehörte auch sie dazu. Ein Herumstreuner, der von der Tretmühle der Vierzigstundenwoche befreit war. Tess erwartete eigentlich, dass sie jetzt in dieselbe Lethargie verfallen würde, die die anderen zeigten, dass sie ganz langsam zum Empfangstisch schlurfen würde, wo sie die Foliantennummer der von ihr gewünschten Akte bekommen würde, und dann weiter zu den Schränken, wo die Akten aufbewahrt wurden, und schließlich an das Gerät, wo sie die Seiten lesen konnte, die sie brauchte. Doch das einzige Gefühl, das sie hatte, war wie üblich der dringende Wunsch, so schnell wie möglich wieder hinauszukommen. Die Spule Mikrofilm zu bekommen, dauerte nur fünf Minuten, aber die Lesegeräte waren alle bereits von Leuten mit Beschlag belegt, die Unmengen von Mikrofilmen neben sich aufgestapelt hatten. Ein schlechtes Zeichen, dachte Tess, ein ganz schlechtes Zeichen. Sie würde sich, um schnell vorwärtszukommen, jetzt mehr auf ihre niederen Instinkte verlassen müssen, die jeden Tag schärfer wurden.

»Parkt vielleicht jemand in der Howard Street?«, fragte sie munter. »Da schreiben sie nämlich gerade Strafzettel.«

Sofort eilten drei Leute zu den Türen. Einer davon gab ein Lesegerät frei, und Tess besetzte es, ohne auf die Blicke derer zu achten, die nicht so schnell reagiert hatten. Sie ging ihren Film rasch durch, was ihr Kopfschmerzen verursachte, weil die Seiten verschwommen vorbeirasten. Das Gerät strömte einen giftigen Geruch aus, eine Mischung aus Tinte und Staub, garniert mit etwas Brandgeruch von dem alten Motor. Die Urkunde von OMA begann auf Seite 1334, ziemlich weit hinten in der Akte. Sie verlangsamte jetzt das Gerät, sodass die Seiten nur noch vorüberkrochen, aber trotzdem war sie schon zu weit vorgeschossen und musste ein paar hundert Seiten zurück, bevor sie justieren konnte.

Sie suchte nach weiteren Namen, die sie ihrer wachsenden Liste hinzufügen konnte. Tess wusste noch aus der Zeit, als sie über Wohltätigkeitsveranstaltungen schrieb, dass ein gemeinnütziger Verein grundsätzlich Vorstandsmitglieder und einen Ausschuss hatte. Ein Anwalt verfasste die Körperschaftspapiere, aber normalerweise hatte der Anwalt sonst nichts mit der Gruppe zu tun. Trotzdem wirkte es wie ein unwahrscheinlicher Zufall, dass Abramowitz diese Papiere ausgerechnet für eine Gruppe erstellt hatte, in der ihn zumindest eins der Mitglieder aus tiefster Seele hasste. Die erste Anmeldung von OMA, den Opfern männlicher Aggression, nannte nur Prudence Henderson als Präsidentin und Schatzmeisterin und den »Agenten«, Anwalt Michael Abramowitz – also dieselben Namen, die sie auch auf Cecilias losem Blatt im Café gelesen hatte. Es gab keinen Ausschuss, und es gab auch nichts Ungewöhnliches in der Satzung, die hauptsächlich den Zweck benannte (»ein gemeinnütziger Verein, der zur Abwehr sexueller Übergriffe erziehen will«) und die Versicherung abgab, keine Kandidaten, welcher politischen Partei auch immer, zu unterstützen oder zu bekämpfen. Das war das Übliche, ein Staatsgesetz, dem jede gemeinnützige Vereinigung zu folgen hatte.

Vergeblich überflog Tess die anderen Urkunden in ihrer Akte, um zu sehen, ob Michael Abramowitz vielleicht öfter mit der Ausfertigung von Anmeldepapieren beschäftigt gewesen war. Sein Name tauchte kein zweites Mal auf. Aber es gab hier Hunderttausende von Körperschaften. Abramowitz konnte jede Menge Urkunden ausgefertigt haben oder nur diese einzige hier. Auf diese Weise nach seinem Namen zu suchen, war sinnlos. Sie ging zurück zu der Urkunde der OMA und drückte auf »Ausdrucken«. Die verschmierten, fleckigen Kopien kosteten nichts, und Tess fand, dass man die Großzügigkeit der Regierung immer in Anspruch nehmen sollte. Schließlich sind das ja deine Steuergelder.

Bevor sie ging, bat sie am Empfangstisch, die neueste Bekanntmachung der Gruppe einsehen zu dürfen, einen Jahresbericht, der als das »Rosa Blatt« bekannt war, aufgrund seiner Farbe. Wenn seit der ursprünglichen Ausfertigung doch noch ein Ausschuss aufgestellt worden war, oder wenn neue Vorstandsmitglieder gewählt worden waren, veröffentlichte OMA diese Liste jeweils in einem Jahresbericht, der also eine weitere Quelle von Namen und Hinweisen darstellte. Als Tess noch Reporterin war, brachte immer eine Angestellte die ganze Akte und blieb dann dabei stehen, um sicherzugehen, dass man nur die erste Seite las, die als einzige öffentlich zugänglich gemacht werden durfte. Der Rest der Akte war vertraulich. Das war ein einfaches und schmerzloses Verfahren gewesen. Offensichtlich zu einfach und schmerzlos: Man hatte es inzwischen geändert. Jetzt erklärte die Angestellte Tess, dass sie 26 Dollar zahlen müsse, in bar oder als Scheck, um heute noch das »Rosa Blatt« zu bekommen, oder darauf warten müsse, es zugeschickt zu bekommen, was dann nichts koste, aber bis zu zwei Wochen dauern könne. Tess überlegte kurz, ob sie das Tyner in Rechnung stellen könne, ohne Tyner zu erklären, was sie damit vorhabe. Keine Chance. Sie beschloss, den billigeren Weg zu gehen. Warum sollte sie 26 Dollar in eine so vage Geschichte investieren?

Sie verließ den Bau und ging nach Süden zur großartigsten Bibliothek der freien Welt.

Na ja, heute vielleicht nicht mehr. Wahrscheinlich auch früher nicht. Aber das Zentralinstitut der Öffentlichen Bibliothek Enoch Pratt war noch immer ein Ort der Wunder für Tess, auch wenn der Buchetat drastisch gesenkt und die Öffnungszeiten verkürzt worden waren. Ihre Eltern hatten ja viele Fehler gemacht, wie Tess zwanghaft jedem neuen Bekannten sofort erzählte, aber sie gestand ihnen immer zu, dass sie eines richtig gemacht hatten: Als sie acht Jahre alt war, hatten sie ihr eine Dauerkarte für die Bibliothek gegeben und sie jeden Samstag am Pratt in der Innenstadt aussteigen lassen, während sie selber einkaufen gingen. Einundzwanzig Jahre später betrat Tess das Gebäude noch immer durch den seitlich gelegenen Eingang für Kinder, blieb stehen, um einen Penny in den algenbedeckten Fischteich zu werfen, und stieg dann die Treppe zur großen Haupthalle hinauf. Wenn sie hier heiraten könnte, würde sie es tun.

Sie suchte sich einen Platz in der Abteilung für Wirtschaft und Technologie, zwischen zwei Obdachlosen, die das Wahlrechtsgesetz durchforschten, und zog ein kleines Notizbuch mit Spiralheftung heraus sowie ihren Stapel von Listen mit all den Namen, die sie mit Abramowitz in Verbindung hatte bringen können. Sie begann mit dem neuesten Telefonbuch und arbeitete sich nach rückwärts durch, indem sie die alten Verzeichnisse auf Mikrofilm benutzte, um die Telefonnummern und Adressen von denjenigen zu finden, die im neuen Telefonbuch nicht standen. Das war langweilige Detailarbeit, die Art von Arbeit, die sie schon immer gut gemacht hatte. Zu gut vielleicht. Tess hatte ein Talent für den Kleinkram. Der große Zusammenhang entging ihr dabei oft. Zu anderer Zeit und an anderem Ort hätte sie über einen großen Quilt gebeugt gesessen und hingebungsvoll an ihrem winzigen Stück Stoff gestichelt, das Muster so dicht vor Augen, dass es verschwamm.

Heute allerdings kam wenig dabei heraus. Die meisten Namen auf der Liste standen nirgends oder waren zu verbreitet, als dass man damit eine bestimmte Person hätte finden können. Manche waren aus Baltimore weggezogen oder verschwunden oder gestorben.

Außer Prudence Henderson, nach dem heutigen Telefonbuch am University Parkway wohnhaft. Tess kannte die Gegend gut, eine Mischung aus alten Wohnungen und Siedlungsgenossenschaftshäusern, zwischen denen ein paar Backsteinhäuser lagen. Natürlich hätte sie diese Information auch gefunden, wenn sie zu Hause in ihrem Telefonbuch nachgesehen hätte, trotzdem freute sie sich über ihre Entdeckung. Seelisch gestärkt suchte sie nun auch nach einer Cecilia Cesnik in Highlandtown, fand aber zu viele Cesniks mit Nummern aus Ost-Baltimore. Hatte Cecilia nicht gesagt, dass sie noch bei ihrem Vater wohnte? Das hätte nun jeder sein können, von Anton bis Zacharias.

Sie schaute noch einmal ihre Liste durch. Wer fehlte noch? Ach ja, der geheimnisvolle Mann, der verärgerte Kläger mit dem Baseballschläger. In dieser Hinsicht konnte ihr niemand in der Bibliothek helfen, aber ihr fiel jemand ein, der das vielleicht könnte. Sie sammelte ihre Papiere zusammen und ging zu einem der alten Münztelefone, schloss die Falttür aus Glas und wählte die Nummer eines Büros, das nur ein paar Straßen entfernt lag.

»Feeney«, antwortete eine gelangweilte Stimme. Es war eine leise, raue Stimme, eine Stimme, in der alle Verbindlichkeit erstickt worden war. Kevin V. Feeney, der Gerichtsreporter vom *Beacon*, erledigte seine Arbeit von einem kleinen Pressezimmer im Gerichtsgebäude aus, um besser Abstand zu seinen Herausgebern halten zu können.

»Hallo, Feeney, hier spricht Tess Monaghan. Hab dich neulich bei Gericht gesehen, aber deine Verfasserzeile hab ich in dem Bericht vom Sonntag nicht entdeckt. Ich wette, du hast für Jonathans Geschichte ’ne Menge rumrennen müssen.«

Er grunzte. »Ja, ich hab die ganze miese Arbeit gemacht. Wie immer. Aber du kennst ja Jonathan. Wird jedenfalls behauptet.«

Tess ließ ihm das durchgehen. Feeney musste immer ein paar Spitzen anbringen.

»Okay, ich geb's zu, ich möchte dich um einen Gefallen bitten. Gab es bei den Asbestfällen vor der Sammelklage einen Richter, der die meisten bearbeitet hat? Ich versuche nämlich, einen bestimmten Kläger zu finden, aber ich weiß nicht viel über ihn, außer, wie viel Entschädigung ihm zugesprochen wurde und dass er für einen, der im Sterben liegt, noch ganz schön lebhaft und reizbar ist.«

»Diese Fälle werden immer wieder von einem anderen Richter behandelt. So ein richtiger Scheißauftrag. Und für mich gab es keinen, der da besonders herausstach. Das ist einfach eine Horde von kranken alten Männern.«

»Die Sache ist die: Dieser eine alte Mann war immerhin so gesund, dass er jemanden vor gar nicht langer Zeit mit einem Baseballschläger durch die Gegend jagte.«

Feeney lachte. »Na ja, solange er nicht den Richter jagte, wird er nicht viel Eindruck gemacht haben. Aber komm doch irgendwann mal vorbei – heute allerdings nicht, weil ich in einer Viertelstunde eine Anhörung habe –, und wir spielen ein bisschen mit dem Archiv des *Beacon* und schauen, was es uns so ausspuckt.«

»Dank dir, KVF.«

»Bis dann, Tess.«

Sie legte auf, verließ die Bibliothek auf demselben Weg, auf dem sie gekommen war, und fuhr zu Tyners Büro, wo sie den ganzen Tag mit Fotokopieren und Telefonabnehmen zu tun haben würde. Tyner halste ihr inzwischen alle möglichen Arbeiten auf, die gar nichts mit Rocks Fall zu tun hatten. Die heimlichen Aufgaben, die sie sich selbst gestellt hatte, machten aber diese langweiligen Aufgaben erträglich. Tatsächlich liebte sie es, in Tyners Büro zu sitzen und zu wissen, dass sie ihn ausgetrickst hatte.

An diesem Abend hatte Tess beim Abendessen Kitty ganz für sich, was selten vorkam. Sie liebte Kitty heiß und innig, aber auch heute noch, dreißig Jahre nach ihrem Schulabschluss, warf sich ihre Tante mit einer so einzigartigen Kraft auf neue Affären, dass sie daneben alles andere außer Acht ließ. Kitty fehlte Tess, wenn sie verliebt war, und sie war fast immer verliebt.

Kitty stieß mit ihrem Weinglas mit ihr an. »Du hast die Trinkfestigkeit der Monaghans, Tesser, trotz dieser ungesunden Besessenheit mit deinem ständigen Training. Ich weiß allerdings nicht, ob das wirklich ein Segen ist. Erstens mal ist es dadurch allein schon teurer, einen Schwips zu kriegen.«

»Ich weiß nicht. Ich glaube eigentlich, dass ich in jeglicher Hinsicht so viel vertrage, das kommt von beiden Familien. Die Weinsteins waren wahrscheinlich alle irgendwie süchtig, damals, als sie noch die Drogerie hatten. Ich wette, dass Poppa medikamentöses Kokain besaß und dass die Weinstein-Frauen Speed nahmen, um ihr Gewicht zu halten.«

»Kokain war nicht Poppa Weinsteins Laster«, sagte Kitty und schlug sich dann die Hand vor den Mund, als hätte sie etwas ausgeplaudert.

»Was? Was? Was sagst du da?«

Kitty schüttelte den Kopf, die Hand noch immer vor dem Mund, die grünen Augen ganz groß, mit kleinen Lachtränen in den Winkeln.

»Los, sag's mir. Wir haben doch nie Geheimnisse voreinander.« Das war eine Lüge, Tess hatte immer ein paar, aber die Lüge wirkte. Kitty ging aus dem Zimmer und kam mit einer Holzschachtel zurück, auf der *TUXEDO SCHUHCREME* aufgestempelt war.

»Du weißt ja, der Laden hier war sozusagen das Flaggschiff von Weinstein Drugs. Also, das hier habe ich, als ich den Laden kaufte, in dem Lager im zweiten Stock gefunden, das jetzt deine Wohnung ist«, sagte sie, schlug den Deckel auf und enthüllte einen so geballten Anblick von Busen, dass es einen geradezu blendete. Die Schachtel war voller Nacktfotozeitschriften. Blonde, Brünette, Rothaarige, in Nachthemdchen und Badeanzügen und ohne alles. Aber der überwältigende Eindruck, den das Ganze hinterließ, war eben der von Brüsten, in allen Farbtönen von Cremeweiß bis Kaffeebraun.

Bei einer näheren Betrachtung, die Kitty und Tess nur zu gern anstellten, wirkten die zwanzig Jahre alten Zeitschriften fast gesund, gemessen am heutigen Standard. Kein Sadomaso, keine einzelnen Ausgaben nur zu einem Thema wie riesigen Hintern oder abartigen Brüsten. Einfach nur eine Unmenge von nackten Frauen. Oh, Poppa Weinstein, dachte Tess, und wir dachten immer, du kümmerst dich nur um Grundbesitz und um die Konkurrenz mit Rite Aid.

»Bist du sicher, dass das ihm gehörte?«

Kitty zuckte die Schultern. »Die waren ganz gut versteckt, in der Nähe eines alten Safes. Ich glaube aber nicht, dass sie Rachel gehörten.« Das war Momma Weinstein, deren einzige bekannte Leidenschaft die für ihre geliebten Springer-Spaniel war. Wer weiß, wenn Tess mit Momma Weinstein verheiratet gewesen wäre, hätte sie vielleicht auch so ein geheimes Laster entwickelt.

»Warum hast du sie aufgehoben?«

»Ich dachte, ich könnte sie eines Tages für eine kleine Ausstellung über die Zensur benutzen. Oder über Pornografie. Sie sind so retro, dass sie fast schon unschuldig wirken. Kein Aids, keine Kondome, und die Pille war noch immer ein Geschenk des Himmels. Ich war gerade etwas über zwanzig, als diese Hefte erschienen. Ich hätte in einem *drin* sein können.«

Kitty und Tess überließen sich jede ihren geheimen Gedanken. Kitty schien an ihre glorreichen Tage zu denken, von denen Tess allerdings bezweifelte, dass sie auch nur ein Zehntel so glorreich waren wie ihr jetziges Leben als die herrschende Geschäftsfraugöttin von Fells Point. Tess dachte nach über Poppa Weinstein, ihren schmutzigen alten Großpapa. Zuerst empfand sie ganz ähnlich, wie wenn man zum ersten Mal die Verbindung zwischen seiner eigenen Zeugung und seinen Eltern herstellt. Aber nachdem die erste Anwandlung von Übelkeit vorbei war, fand Tess es eigentlich süß. Oder vielleicht nicht süß, aber doch okay. Wenigstens hat er keine kleinen Mädchen hinter den Ladentisch gelockt, sondern sich nur zurückgezogen, und zwar mit genau den Heften, die er niemals verkauft hätte.

Hoffte sie jedenfalls.

Das Telefon klingelte in Kittys Büro, einem schmalen Raum zwischen der Küche und der eigentlichen Buchhandlung. »Das ist wahrscheinlich Thaddeus.« Sie schwebte zum Telefon, immer noch das junge Mädchen, war aber ein paar Sekunden später wieder zurück.

»Bei euch ist wohl jetzt die Luft raus?«, fragte Tess.

»Nein, es ist für dich. Seit wann gibst du denn die Geschäftsnummer raus?«

»Tyner hat sie auf meine ›Visitenkarten‹ drucken lassen, weil er weiß, dass ich oben nicht immer drangehe. Entschuldige bitte – es ist mir gar nicht in den Sinn gekommen, dass die tatsächlich jemand benutzen könnte.«

Im Büro nahm Tess den schlanken, modernen Hörer von Kittys Schreibtisch. Eine tiefe Stimme, die zögernd und sanft klang, sprach ihr leise ins rechte Ohr. »Miss Monaghan? Hier ist Frank Miles, der Nachtwächter aus dem Lambrecht Building.«

»Mr. Miles.« Sie stellte ihn sich vor, wie er seinen Leibesumfang in den Schaukelstuhl gezwängt hatte und eine ganze Schachtel Kekse verdrückte. Ein schwarzhaariger Nikolaus auf seinem Thron. Allerdings ohne Bart. »Was kann ich für Sie tun?«

»Ich habe nachgedacht – ich habe so viel Zeit, ich sitze hier und denke nach –, und da ist mir etwas wieder eingefallen. Es gab da einen Mann, Miss Monaghan. Einen wütenden Mann.«

»Wo, Mr. Miles? Im Büro?«

»Ja. Er kam vor ein paar Monaten zu Mr. Abramowitz und sagte schreckliche Dinge, hässliche Dinge. Es war nach Büroschluss, deswegen hörte ich die beiden. Er wollte Geld. Er sagte, er würde Mr. Abramowitz umbringen, wenn er sein Geld nicht bekäme.«

»War es ein Mann mit einem Baseballschläger? Der Mann, über den auch die Zeitung geschrieben hatte? Wissen Sie noch, in welchem Monat das war?«

»Nein – vielleicht im Frühjahr, vielleicht auch im Sommer.«

»Mit einem Baseballschläger?«

»Einem Baseballschläger? Kann sein. Oder vielleicht habe ich davon auch erst später gehört.«

»Haben Sie seinen Namen mitgekriegt, Mr. Miles? Haben Sie ihn gesehen?«

Ein langer, trauriger Seufzer. »Nein. Nein. Tut mir leid.« Er klang gequält und zurückhaltend, als würde er bedauern, dass er sie enttäuschen musste.

Tess hätte am liebsten auch geseufzt, vor Frustration. Er hatte ihr nichts gesagt, was sie nicht schon gewusst hatte. Aber immerhin hatte er ihre Karte aufbewahrt. Und er hatte angerufen. Vielleicht würde ihm ja noch etwas Nützliches einfallen.

»Ich werde mich auf jeden Fall darum kümmern, Mr. Miles«, versicherte sie ihm. »Das war ein guter Hinweis, wirklich ein guter Hinweis. Ich wette, dass da was dahintersteckt.«

Das stimmte ihn wieder fröhlich. »Er war wirklich zornig, Miss Monaghan. Wegen des Geldes war er zornig. Ist das nicht eine Schande? Er war wütend, weil sie ihm nicht sein Geld zum Sterben gaben, wie sie es versprochen hatten. Wer braucht denn zum Sterben Geld?«

»Das ist ein guter Hinweis«, wiederholte Tess. »Und ich glaube, ich weiß auch, wer das war.« Nur seinen Namen weiß ich leider nicht.

»Sie sind gut in Ihrem Job, Miss Monaghan. Sie sind sehr gewissenhaft und arbeiten gut und fleißig. Das habe ich sofort bemerkt. Gute Nacht, Miss Monaghan.«

Gewissenhaft. Gut in ihrem Job. Wann hatte Tess das zum letzten Mal gehört? Sie konnte sich nicht erinnern. Bei diesen Worten hätte sie am liebsten geweint, Mr. Miles zutiefst gedankt, ihren Eltern Grund gegeben, stolz auf sie zu sein, ihren Magister in Volkswirtschaft gemacht oder Jura studiert.

Stattdessen sagte sie nur: »Gute Nacht, Mr. Miles.«

16

Tess wachte am nächsten Morgen mit einem ungewöhnlich angenehmen Gefühl auf. Sie setzte sich im Bett auf und versuchte herauszukriegen, woher das kam, dieses wohlige Kribbeln im Bauch. Sie freute sich darauf, ihren Tag zu beginnen, ihren richtigen Tag nach dem Training und bevor sie in Tyners Büro erscheinen musste. Das war es. So fühlte es sich also an, wenn man etwas vorhatte, eine Aufgabe, die man gerne erledigte. Nach ihrem Gespräch mit Mr. Miles gestern Abend war sie so sicher wie noch nie, dass es von zentraler Bedeutung war, den Mann mit dem Baseballschläger zu finden. Sie konnte es kaum erwarten, Feeney im Gerichtshof zu besuchen.

Aber Tyner hatte andere Pläne. Er wartete schon auf sie, als sie um halb acht am Kai anlegte.

»Ich brauche heute jemanden im Büro. Wie sieht dein Plan für heute aus?«

»Ich schulde Kitty heute Vormittag ein paar Stunden. Und am Nachmittag wollte ich etwas für mich selber erledigen.«

»Für deinen Onkel arbeiten?«

»Eigentlich nicht.«

Tess, die immer noch in ihrem Boot saß, beugte sich über ihre Schuhe und band sie langsam auf, mit größerer Konzentration, als für diese Aufgabe eigentlich nötig war. Als sie wieder aufsah, fixierte Tyner sie mit dem finsteren Blick, den er sich normalerweise für einen Neuling aufsparte, wenn der sich irgendwie durchzumogeln versuchte, oder für einen erfahrenen Ruderer, wenn der einen Krebs fing – im Jargon der Ruderer das Ansetzen des Ruders in einem falschen Winkel, sodass das ganze Boot wackelte. Ein einziger Krebs konnte dazu führen, dass man ein Rennen verlor, oder auch, dass ein Vierer kenterte.

»Ich hoffe, du spielst nicht Detektivin, Tess. Du kommst heute nachmittag zu mir ins Büro. Du hast noch nicht einmal das ganze Geld abgearbeitet, das Rock dir bezahlt hat. Vielleicht kannst du für mich ein bisschen was tippen.«

»Was Rocks Fall betrifft? Oder für einen deiner anderen Fälle?«

»Was ich dir sage, tust du einfach, wenn ich es dir sage. So lautet unsere Vereinbarung.« Und er rollte davon, während Tess verwirrt in ihrem Boot sitzen blieb.

Aus einer leichten Abwehrhaltung heraus unterließ sie es, sich für ihren Nachmittag im Anwaltsbüro besser anzuziehen, und erntete dafür einen strengen Blick von Tyner, als sie um zwei Uhr, eine Stunde zu spät, in schwarzen Jeans und weißem T-Shirt auftauchte. Sie hätte schwören können, dass die Jeans Tyner mehr ärgerten als ihre Verspätung. Tyner hatte etwas von einem Dandy und war von Kleidung geradezu besessen.

Wenigstens demütigte er Tess heute nicht dadurch, dass er sie Aufgaben erledigen ließ, die nichts mit Rocks

Fall zu tun hatten. Die blieben heute der ihn anhimmelnden Alison überlassen, wenn sie gerade nicht eine ihrer endlosen Entschuldigungen fand, aus dem Vorzimmer zu schleichen und sich im Büro zu schaffen zu machen.

»Sie ist in dich verknallt«, sagte Tess nach der dritten Unterbrechung.

»Keineswegs«, sagte Tyner. »Sie liebt einfach nur ihre Arbeit. Ich brauche sie eigentlich gar nicht, aber ihrem Vater gehört das ganze Gebäude, und wenn es bei mir mal einen Monat schlecht läuft, darf ich ihr Gehalt von der Miete abziehen, die ich zahle.«

»Du kannst mir viel erzählen, Tyner. Ich bin überzeugt, dass ein Mädchen, dessen Vater ein Stadthaus am Mount Vernon besitzt, nichts Besseres zu tun hat, als für dich zu telefonieren und dir den Kaffee zu bringen.«

Sie selbst sah gerade alle Unterlagen durch, die bisher gesammelt worden waren, einschließlich Polizeireport und vorläufiger Autopsie, und notierte sich alle Widersprüchlichkeiten. Sie benutzte Tyners Farbleitsystem und markierte jede Zeitangabe, indem sie sie in »gutes« und »schlechtes« Beweismaterial unterschied – das heißt in solches, das ihrer Version der Sache nutzte (rot), und in solches, das Rocks Verteidigung untergraben konnte (blau).

»Wie sieht denn die Autopsie für uns aus?«, fragte Tess.

»Na ja, sie widerspricht Rocks Geschichte nicht. Abramowitz ist tatsächlich gewürgt worden, und Rocks Fingerabdrücke sind überall im ganzen Büro zu finden. Aber er hat auch einen Schädelbruch, und der Gerichtsmediziner meint, die Todesursache sei ein durch einen stumpfen Gegenstand verursachtes Trauma – nämlich durch wiederholtes Aufschlagen auf der Kante seines Schreibtisches. Das war nicht schön, Tess. Derjenige, der ihn getötet hat, handelte jedenfalls in höchster Rage. Sein halbes Hirn war auf diesem Schreibtisch. Ich wette, dass sie tagelang damit zu tun hatten, den Rest davon aus dem Teppich zu pulen.«

Kein Wunder, dass Frank Miles sich um die Putzarbeiten so viel Sorgen gemacht hatte. »Was ist mit Rocks Kleidung? Haben sie auf seinem Zeug Blut von Abramowitz gefunden?«

»Also, das ist eine unserer wenigen Lücken. Rocks Kleidung scheint verschwunden zu sein.«

»Verschwunden?«

»Rock trug ein frisches T-Shirt und ein Paar Jeans, als die Polizei ihn verhaftete. Sie haben seinen Wäschekorb durchsucht und jede Menge von schmutzigen Hemden gefunden, aber kein einziges davon hatte Blut an sich.«

»Also hat Rock es nicht getan.«

»Oder er hat ganz schnell kapiert, dass er belastendes Beweismaterial sofort loswerden musste. Er könnte sein Hemd ausgezogen und in einen Mülleimer in der Howard Street gestopft haben. Aber darüber soll sich die Anklage den Kopf zerbrechen und es zu beweisen versuchen.«

Tess beugte sich über ihre Arbeit, ihr war nicht wohl bei Tyners Überlegungen.

Ihre bisherigen Notizen: Joey Dumbarton – ein »guter« Zeuge, denn Tyner würde ihn leicht verwirren können, vor allem, wenn er in der Zwischenzeit noch ein paar Interviews mehr gab. Frank Miles – er würde als Zeuge der Anklage auftreten, aber Tess machte sich eine Notiz zu der Unterhaltung von gestern Abend. Es wäre bestimmt kein Fehler, wenn Tyner ihn zu dem mysteriösen Mann befragte und so den Geschworenen den Gedanken an einen zornigen Mann in den Kopf setzte, der wütend war, weil ihm sein Geld verweigert wurde, und so voller Zorn, dass er sogar fähig wäre, dafür zu töten.

Natürlich hätte der Mord an Abramowitz die Zahlung nicht beschleunigt, ganz im Gegenteil. Wer außer Rock hatte denn ein Motiv für den Mord an Abramowitz? Tess sah aus dem Fenster auf den winzigen Park im Schatten des Washington Monument. Ava vielleicht. Ihre Behauptung der sexuellen Nötigung, der jetzt niemand mehr widersprechen konnte, mochte ihre Position bei Verhandlungen mit den Anwälten der Kanzlei immens gestärkt haben. Sie konnte Geld von ihnen verlangt haben, oder unbegrenzt viele Versuche beim Anwaltsexamen. Andererseits hatte sie ihre Geschichte erschreckend schnell widerrufen. Vielleicht hatte sie damit gerechnet, dass Abramowitz ihr Geld geben würde, damit sie seinen Partnern nichts sagte. Seine Privatkanzlei hatte als lukrativ gegolten, und seinem Vermögen würde bestimmt noch ein Teil der Gewinne zugeschlagen werden, die das Tri O in diesem Jahr bis zu seinem Tod noch erwirtschaftet hatte.

»Hey, hat er ein Testament hinterlassen?«

»Abramowitz? Nein, überraschenderweise nicht. Oder vielleicht ist das auch gar nicht so überraschend.

Manche Ärzte lassen sich selbst nicht untersuchen; manche Anwälte verschieben es immer wieder, ein Testament zu verfassen. Er hinterlässt ein beachtliches Vermögen – fast eine Million Dollar in Investmentpapieren und Immobilien –, aber er besitzt keine lebenden Verwandten. Es fällt in die Zuständigkeit des Waisengerichts, wie alle Vermögen, wenn kein Testament da ist.«

»Ist das Waisengericht dazu da? Für mich klang das immer wie etwas aus Dickens, ein Ort, wo Waisenkinder versteigert werden, um die Schulden ihrer Verwandten zu begleichen. Vielleicht sollte mir Abramowitz leidtun, der arme kleine Waisenknabe, der niemanden hatte, dem er seine Millionen vermachen konnte.«

»Wenn wir vor Gericht mit Abramowitz durch sind, dann garantiere ich dir jedenfalls eines: dass er niemandem mehr leidtun wird.«

»Was willst du damit sagen?«

»Ganz einfach. Wir versuchen ihn zu opfern. Eine hässliche Strategie, aber eine wirkungsvolle. Wenn du ein Geschworenengericht davon überzeugen kannst, dass jemand es im Grunde verdient hatte, zu sterben, dann plädieren die Geschworenen vielleicht auf Freispruch. So sollte es eigentlich nicht funktionieren, aber so funktioniert es.«

Tess senkte die Augen, und die Berichte vor ihr verschwammen. Sie war nicht naiv; sie wusste, dass eine Verteidigung vor Gericht wenig mit Unschuld zu tun hatte. Es war ein Spiel. Die Staatsanwaltschaft hatte ihre Sache zu beweisen, und wenn das misslang, dann war man »nicht schuldig«. Vor nicht allzu langer Zeit war ein Mann aus dem Todestrakt freigelassen worden, weil ein DNA-Test bewies, dass er ein kleines Mädchen, das ermordet worden war, nicht vergewaltigt hatte. »Er ist nicht schuldig«, sagte der Staatsanwalt, »aber ich bin nicht bereit, zu sagen, er sei unschuldig.« Tyner war an diese semantischen Tatsachen gewöhnt. Tess aber wollte aus vollem Herzen sagen können, dass Rock unschuldig war. Denn nur Rocks Unschuld konnte ihre eigene wiederherstellen.

Sie arbeiteten schweigend, bis Alison wieder hereingeeilt kam, erfüllt von ihrer eigenen Bedeutung, und ein Telefongespräch von Seamon P. O'Neal ankündigte.

»Von O'Neal, O'Connor & O'Neill«, fügte sie hinzu, während Tyner abnahm. Tess versuchte zu lauschen, aber Alison wollte plaudern.

»Zuerst habe ich den Zusammenhang gar nicht verstanden«, sagte sie und zog ihre perfekte, selbstbewusste Nase kraus. »Er spricht seinen Namen ›Schäjmun‹ aus. Ist das nicht komisch? Ich dachte immer, man spricht es ungefähr wie Seamon.«

»Das ist irisch. Und Schäjmun ist doch besser als Seamon, finden Sie nicht? Denken Sie nur an die Homophonie.« Alison errötete und verließ das Zimmer so schnell, dass sie praktisch rannte. Tess war sich nicht sicher, ob es die indirekte Anspielung auf Samen oder das Wort »Homophonie« war, was Alison obszön fand. Sie wandte ihre Aufmerksamkeit wieder Tyner zu, aber das Telefonat war schon zu Ende.

»Er will uns sehen – will *mich* sehen«, sagte Tyner und legte den Hörer auf. »Er sagt, es gehe um Rocks Fall.«

»Triffst du dich mit ihm in seinem Büro?«

»Nein, bei ihm zu Hause. ›So gegen sechs, auf einen Cocktail‹, hat er gesagt. Aber ich habe so das Gefühl, er erwartet uns um Punkt sechs, und die Drinks sind eher nebensächlich. Erfolgreiche Anwälte kommen normalerweise nicht schon um sechs nach Hause und trinken einen Cocktail. Nicht einmal Gründungspartner mit reichen Gattinnen.«

»Erwartet *uns*. Du hast gesagt, ›erwartet uns‹.«

Tyner seufzte. »Es wird wahrscheinlich eine langweilige kleine Sitzung werden, in der man sich nur so abtastet, weil Seamon herausfinden will, was wir wissen und was für Folgen sich für seine Firma ergeben. Das ist das Einzige, worum es ihm geht, der gute Ruf seiner Kanzlei.«

»Und ich bin diejenige, die weiß, wo und wann die glänzende junge Mitarbeiterin ihre Mittagspause mit dem neuesten Partner verbracht hat.«

Tyner zuckte die Achseln. »Wenn du mitkommen willst, dann komm mit, solange du das Auto fährst und ansonsten still bist. Ich hätte eigentlich angenommen, dass du mit deinen Abenden etwas Besseres anfangen kannst.«

Sie verließen das Büro um halb sechs, was ihnen normalerweise mehr als genug Zeit für die knapp fünf Kilometer nach Guilford ließ, einem der reichsten Viertel innerhalb des Stadtgebiets. Aber die O'Neals wohnten am Cross Place, einer versteckten Sackgasse, die weder Tess noch Tyner kannten, obwohl sie beide aus Baltimore stammten. Nach ein paar Fehlversuchen fanden sie endlich die Straße, eine Enklave mit viel Grün, die durch einen dick mit Efeu bewachsenen steinernen Bogen abgetrennt war. Ein kleines Schild wies sie darauf hin, dass sie sich auf Privatbesitz befanden, was vielleicht die Erklärung dafür war, dass die Straße nicht auf der Karte verzeichnet war, auf die sie flüchtig geschaut hatten. BETRETEN VERBOTEN warnte ein Schild mit geschwungenen schwarzen Buchstaben.

»Cross Place. Ja, natürlich«, sagte Tyner. »William Tree, Seamons Schwiegervater, heiratete Amelie Cross und kaufte ihr diesen Besitz. Es war früher mal ein riesiges Gelände, über achzig Hektar groß. Aber Tree, der im Grunde seines Herzens eigentlich ein Städteplaner war, konnte nicht anders, als seinen Grund und Boden mit der Zeit immer wieder aufzuteilen.«

»Ich dachte immer, die Philosophie sei die, seinen Grund und Boden zusammenzuhalten, denn davon gibt es ja bekanntlich keinen Nachschub mehr.«

»Das funktioniert aber nur, solange man kein Bargeld braucht. Tree hatte teure Hobbys. Das mittlere Haus gehörte ihm, und die Häuser zu beiden Seiten waren für seine beiden Kinder bestimmt, William junior und Luisa Julia – Ellie Jay. William jr. starb jung bei einer Grippeepidemie. Die O'Neals übernahmen das mittlere Haus, als die Eltern von Ellie Jay starben. Auch die O'Neals haben einen Sohn und eine Tochter, aber sie haben es offensichtlich aufgegeben, hier friedlich zusammenzuleben. Die anderen beiden Häuser sind vor ein paar Jahren verkauft worden, fast unmittelbar nachdem William Tree senior im Grab lag.«

Die Gebäude, weitläufige Landhäuser aus rotem Ziegelstein, glichen sich in fast jeder Hinsicht. Aber das mittlere hatte eine versteckte Größe, die die anderen beiden nicht erreichten. Seine Ausmaße waren ein wenig größer, sein Rasen kreuz und quer gemäht wie die Anlage im Camden Yards. Das Haus wurde umfangen von uraltem Immergrün, dessen Blüte schon vorüber war. Ein paar winzige Blüten, in verschiedenen Nuancen zwischen blassrosa und fast purpurrot, waren über die Fläche verstreut wie verblichene Konfetti nach einer Parade.

Sobald Tess in die Auffahrt einbog, kam ein Hausmädchen auf sie zu gerannt, mit einem blau-weißen Fähnchen in der Hand. Sie band es an die Antenne von Tyners Bus.

»Die Wachfirma der Nachbarschaft teilt die aus«, erklärte sie sachlich. »Das bedeutet, dass Sie eingeladen sind. Heutzutage werden die Leute gleich nervös, wenn sie ein fremdes Auto sehen.«

Diese Nervosität war neu, stellte Tess fest. Früher war Guilford ein sicheres Viertel gewesen, und seine großartigen Häuser blieben wie durch geheime Absprache von Verbrechen und Diebstahl verschont. Diesen Sommer aber hatten Leute aus den Armenvierteln im Süden und Osten angefangen, Raubzüge nach Guilford zu machen. Hier ein bewaffneter Raubüberfall, dort ein Einbruch, mindestens eine Vergewaltigung – lauter Dinge, mit denen der Rest Baltimores seit Jahren leben musste. Aber die Bewohner Guilfords waren außer sich. Eine Konvention war gebrochen worden. Die Hausbesitzer, die zum Teil 15000 Dollar Grundsteuer pro Jahr zahlten, schlossen sich zusammen und setzten im Rathaus das Recht durch, eine eigene Sicherheitstruppe aufzustellen. Zähneknirschend erlaubte ihnen das Rathaus, Wachfirmen zu bezahlen, für die es nicht selbst sorgen konnte.

Das Bedürfnis nach Sicherheit endete nicht vor der Tür. Als sie in der Eingangshalle der O'Neals warteten, warf Tess einen Blick in den Wandschrank und sah die grünen und roten Lämpchen eines komplizierten Alarmsystems. Es gab sogar einen Knopf mit der Aufschrift »Fernverriegelung«, ein Ausdruck, den Tess bisher nur in Verbindung mit Gefängnissen gekannt hatte.

»Warum müssen wir warten?«, flüsterte Tess. »Sie haben doch gesagt, wir sollten um sechs Uhr hier sein, und es ist schon nach sechs.«

»Wir warten aus dem Grund, warum man in einer solchen Situation immer wartet. Shay O'Neal muss uns vor Augen führen, dass er wichtiger ist als wir und seine Zeit kostbarer.«

Genau neun Minuten später führte das Hausmädchen sie in das Sonnenzimmer auf der Rückseite des Hauses. Das war die Version der O'Neals von einer bescheidenen Stube oder einem legeren Familienzimmer, obwohl Tess erkannte, dass das Mobiliar mehr gekostet hatte als das Wohnzimmer, das ihre Mutter unter Möbelschonern aus Plastik verbarg. Aber die Plüschmöbel des Zimmers interessierten sie nicht so sehr wie die Aussicht, die man nach der seriösen, formellen Vorderfront niemals erwartet hätte.

»Schau mal, Tyner«, sagte sie und ging zu der durchgehenden Fensterfront hinüber. »Etwas von dem Besitz haben sie am Ende doch noch behalten. Da draußen sieht es so aus, als würde der Rest von Baltimore überhaupt nicht existieren.«

Es war kein Hintergarten, sondern ein bewaldeter Hügel, durch den sich buschgesäumte Pfade wanden. Die Blätter der Bäume begannen sich gerade zu verfärben, deshalb schimmerten in all dem Grün Einsprengsel von Rot und Gold. Die Häuser auf der anderen Seite des Hügels konnte man kaum sehen, nur ihre Fenster blinkten durch die Bäume.

»Das ist ein Baumgarten«, begann die Stimme einer Frau, bevor sie von der dröhnenden Stimme eines Mannes rasch übertönt und erstickt wurde.

»Wir lieben diesen Garten *beide*. Wir haben auch wahrhaftig genug ausgegeben, damit er so natürlich und zufällig aussieht wie jetzt.«

Tess drehte sich um und sah zwei der berühmtesten Bürger Baltimores, von denen sie erwartet hatte, dass sie sie sofort erkennen würde – und merkte, dass sie sie noch nie gesehen hatte. Ihre Gesichter waren ihr gleichzeitig vertraut und fremd. So wie sie Abramowitz kurz für einen alten Freund gehalten hatte, weil er oft im Fernsehen zu sehen war, hatte sie gedacht, sie müsse die O'Neals kennen, weil ihre Namen überall standen. Am Eingang zu bestimmten Flügeln in Museen und an Suppenküchen für Arme, auf dicken Schecks für Wohlfahrtsorganisationen. Auf Programmheften der Sinfonie und auf der jährlichen Liste der großzügigsten Spender für den United Way. Seamon P. O'Neal und

Luisa J. O'Neal, im Namen der William-Tree-Stiftung. So wurde es immer ausgedrückt, vermutlich, weil Shay nicht wollte, dass sein toter Schwiegervater alle Früchte des Vermögens ernten sollte, das er verdient und das Shay vergrößert hatte.

Trotzdem sahen sie so aus, wie Tess es vorausgesagt hätte. Shay wie das Paradebeispiel des klassischen Mannes, wie er in Katalogen von Talbot und J. Crew im Hintergrund zu sehen ist, immer ein bisschen unscharf. Ein weißhaariger Herr mit rosiger Haut und hellblauen Augen, wirkte er, als ernähre er sich von fast blutigem Roastbeef, das er mit einem kräftigen Burgunder oder Cabernet hinunterspülte, gefolgt von einem hübschen Quantum Portwein. Er sah so aus, wie nach Tess' Meinung ein Vampir nach einem guten Essen aussehen sollte – nicht blass, sondern durchtränkt von Blut, von rotem, lebendigem Blut.

Im Gegensatz zu ihm hätte die Frau an seiner Seite eher das Opfer eines Vampirs sein können. Die blasse Luisa J. O'Neal hatte einen verhärmten Blick und war dünn, fast zu dünn. Tess erkannte sofort, dass sie zu den abscheulichen Leuten gehörte, die ihr Gewicht nie halten können und regelmäßig fünf Pfund verlieren wie andere Leute ihre Autoschlüssel. Luisa O'Neal sah aus, als lebte sie von schwachem Tee und Wasserbiskuits und hie und da einer Tasse Rinderbrühe, um die Verhältnisse etwas zu beleben. Kein Wunder, dass der Spitzname ihrer Kindheit, Ellie Jay, immer noch in Gebrauch war: Sie hatte etwas Vogelartiges, Zerbrechliches an sich. Sie trug einen knöchellangen, geblümten Faltenrock, eine Perlenkette und eine chanelartige Jacke in einem tiefen Grün, das genau zum Grundton des Rockes passte. Nicht chanelartig, verbesserte sich Tess. Das hier war selbstverständlich ein echtes Chanel-Stück.

Trotzdem war sie bedeutend weniger einschüchternd als ihr Ehemann, und Tess fand es einfacher, ihr zu antworten. »Wenn das mein Haus wäre, würde ich wahrscheinlich nichts anderes tun, als die ganze Zeit hier aus dem Fenster zu schauen.«

»Ich verbringe tatsächlich die meiste Zeit hier«, antwortete sie in der akzentfreien Aussprache der besten Familien Baltimores. »Die Aussicht verändert sich ständig. Und da der Blick nach Westen geht, gibt es über dem Hügel die wunderbarsten Sonnenuntergänge. Ich mag es auch deshalb, weil das Flüsschen ganz unten im Tal – Sie können es zu dieser Jahreszeit kaum sehen, die Bäume sind noch zu dicht belaubt – nach meinem Vater und meiner Mutter benannt ist. Cross-Tree Creek.«

»Cross-Tree Creek!«, unterbrach Mr. O'Neal mit einem höhnischen Lachen. »So hat ihn außer den Trees nie jemand genannt. Er heißt ›Little Wyman Falls‹ auf jedem Stadtplan, den ich je gesehen habe. Die Stadt hat ihn vor dreißig Jahren wieder umbenannt, nachdem William dieses Paket verkauft hat. Natürlich ist das jetzt den hundertfachen Preis dessen wert, wofür er es damals verkauft hat.«

Tess kannte solche hinterhältigen Angriffe aus ihrer eigenen Familie, aber hier waren sie ihr besonders unangenehm. Da sie nicht wusste, was sie sagen sollte, falls sie überhaupt etwas sagen sollte, begutachtete sie verstohlen Mr. O'Neals Zähne. Sie waren lang und ockerfarben, ihrer Meinung nach sehr vornehm. Vielleicht war es ein Zahnersatz, der absichtlich so wenig anziehend gestaltet war, um desto echter auszusehen.

Die Ehegatten hatten kaum auf zueinander passenden Ohrensesseln Platz genommen, als Mrs. O'Neal auch schon eine heruntergeleierte Litanei der Gastfreundschaft vom Stapel ließ. Kaffee, Tee, Wein, Bier, Whiskey, einen Cocktail, Wasser, Coca-Cola, Gingerale, Saft? Tee, stimmten Tyner und Tess zu, obwohl Tess insgeheim eher auf einen dieser milden, bernsteingelben Whiskeys Lust gehabt hätte, die sie in Kristallflakons auf einer Anrichte stehen sah. Doch auch der Tee war, wie sich herausstellte, keine so einfache Wahl. »Heiß oder mit Eis?«, fragte Mrs. O'Neal. Heiß, sagten sie. Kräutertee? Natürlich. Zitrone? Selbstverständlich. Oder Sahne? Nein, Zitrone. Ein Stück Zucker oder zwei? Zwei, vielleicht. Bis sie damit fertig war, sie auszufragen, war das Mädchen mit einem Servierwagen erschienen, auf dem eine Teekanne mit ihrem Teewärmer und mehrere Teller mit Petits Fours, Käsestangen und rindenlosen Sandwiches standen. Der Teewärmer sah schmuddelig aus und war mit einem ungeschickten Kreuzstichmuster bedeckt. Wahrscheinlich die Handarbeit einer Ahnfrau der Familie Tree und bereits einem Museum versprochen, allerdings nur, wenn es die passende Plakette daneben aufstellte: Gestiftet von Seamon P. und Luisa J. O'Neal, im Namen der William-Tree-Stiftung.

Tess war von der Zeremonie der Teezubereitung so überwältigt, dass sie fast vergaß, dass sie und Tyner ja hierhergerufen worden waren.

Nach ein paar Bemerkungen zum Wetter und zu den Orioles blendete O'Neal geschickt von einer humorvollen Anekdote über seinen letzten Fall zur Sache über: »Also, Sie vertreten ja jetzt diesen jungen Paxton, nicht wahr, Tyner?«

Tyner nickte.

»Ja. Tragische Sache. Und mit so viel Öffentlichkeit verbunden. Wir fragen uns – in der Firma, unter uns Partnern –, ob das nicht die Art Fall ist, bei der ein Gnadengesuch die beste Lösung wäre. Wir könnten dem jungen Mann vielleicht sogar helfen, wenn das ins Auge gefasst würde, könnten einige unserer Beziehungen zur Staatsanwaltschaft spielen lassen. Obwohl ich mich mit Strafverteidigung nie beschäftigt habe, so besitze ich doch einige Verbindungen dorthin.«

»Gnadengesuche eignen sich am besten für Schuldige«, sagte Tyner.

»Natürlich. Ja.« Mr. O'Neal fügte seinem Tee noch zwei Stück Zucker hinzu und rührte energisch um. »Soviel ich weiß, könnte das, äh, für Ihren Klienten zutreffen. Die Beweislast ist, soviel ich weiß, erdrückend.«

»Bedingt durch die Umstände.«

»Ja. Gut.« O'Neal peitschte noch einmal wie wild seinen Tee durch, dann stellte er ihn beiseite. Tess hatte das Gefühl, dass er jetzt auch seine guten Manieren beiseitelegte, dass sich die Unterhaltung ganz plötzlich verändert hatte. »Wir meinen, dass es für alle das Beste wäre, wenn es gar nicht erst zu einer Verhandlung käme. Vielleicht war ja Abramowitz ein Schwein, aber welchen Sinn hätt es, das in einem Gerichtssaal durchzuhecheln?

Das Leben verschiedener Leute könnte in Mitleidenschaft gezogen werden, und das Ergebnis wäre am Ende höchstwahrscheinlich das Gleiche, nur müsste Ihr Klient vermutlich noch ein paar Jahre mehr absitzen. Eine Verhandlung wäre einzig und allein eine Darstellung von Eitelkeit – Ihrer Eitelkeit, Tyner. Ich habe es aus zuverlässiger Quelle, dass der Staatsanwalt auf Totschlag plädieren und ein Strafmaß von zehn Jahren fordern wird. Dann kann er nach fünf Jahren wieder draußen sein. Das ist doch gar nichts.«

Tess versuchte sich Rock fünf Jahre lang im Gefängnis vorzustellen. Das würde er niemals aushalten. Oh, gegen die übelsten Mithäftlinge würde er sich wohl zu schützen wissen, aber Gewichtheben und Basketball könnten ihm niemals sein Rudertraining ersetzen. Und nichts könnte ihm das Menschengedränge erträglich machen. Das wäre für ihn bestimmt das Schlimmste.

Tyner sah O'Neal fragend an. »Als Sie die Chemiewerke Nance vertraten, haben Sie da der Geschäftsführung dieser Gesellschaft gesagt, sie solle die Strafe bezahlen und fertig? Haben Sie den Leuten von Sims-Kever je gesagt, das mit der Gerichtsverhandlung könnten sie vergessen, sie sollten nur einfach hingehen und diesen verfluchten Asbestopfern ihr Geld bezahlen?«

»Das war etwas anderes.«

»Genau. Ihre Klienten waren schuldig. Meiner ist es nicht.«

Die beiden Männer blickten einander fest an, über einen Kelim hinweg, dessen Preis Tess etwa so hoch einschätzte wie ihr Jahresgehalt. O'Neals Gesicht war einen Stich röter geworden, aber er wirkte ruhig, fast jovial. Ihr wurde plötzlich klar, dass sie dieses Gesicht *doch* schon einmal gesehen hatte. Auf einem Foto von ihrem Stapel mit den Zeitungsausschnitten? Nein, auf dem hatte er nach unten geblickt, sodass man von ihm nichts sah als den Scheitel. Nein, sie hatte ihn lachend und lächelnd gesehen, in einem Augenblick, wo er sich außerordentlich wohlfühlte. Liebenswürdig und harmlos, so wie er gewirkt hatte, als diese Teeparty begann. Ein gütiger Großvater, der seinem Lieblingsenkel beim Golf seinen Rückschwung zeigt. Nein, keinen Rückschwung – eine Rückhand – beim Squash. Und nicht einem Enkel. Einem Mädchen. Einer Frau.

»Wenn Sie angezogen sind, sehen Sie ganz anders aus«, platzte sie heraus.

Wenn O'Neal in diesem Moment gerade Tee getrunken hätte, hätte er die perfekte Wasserspeiernummer geliefert. So aber stotterte er und verhaspelte sich, während seine Frau ihren verhärmten Blick auf ihn heftete. Mrs. O'Neal sah nicht allzu überrascht aus, aber eindeutig interessiert.

»Ich habe Sie neulich abends im Fitnesscenter gesehen, wie Sie mit Ava Hill sprachen«, sagte Tess. »Es war nicht so, dass Sie *nichts* anhatten – ich meine, Sie waren nicht nackt –, aber Sie trugen Trainingskleidung. Oder Squashkleidung, glaube ich. Das habe ich gemeint.«

»Natürlich.« Er wandte sich seiner Frau zu. »Ava hielt mich im Club an, weil sie sich um die Folgen der Verhaftung ihres Verlobten zu Tode ängstigte.«

»Also das ist ja interessant«, sagte Tess, obwohl sie

wusste, dass sie still sein sollte, aber sie konnte einfach den Mund nicht halten. »Denn das war über eine Woche, bevor Abramowitz starb. Haben Sie vor *und* nach dem Mord mit ihr gesprochen? Oder haben Sie gerade eben gelogen?«

Jetzt war sie froh, dass der Raum so groß und die Decke so hoch waren, denn ein kleineres Zimmer hätte das nun folgende Schweigen gar nicht ausgehalten. O'Neal hatte jetzt die Farbe einer reifen Tomate angenommen. Mrs. O'Neal sah völlig teilnahmslos aus und blickte in die Hügellandschaft, als würde sie das alles gar nicht interessieren. Jeder Zoll eine Lady, stellte Tess fest. Tyner wirkte wütend – wahrscheinlich auf sie, weil sie geredet hatte und weil sie ihm eine wichtige Einzelheit nicht eher mitgeteilt hatte. Er konnte Überraschungen nicht leiden. Aber ihr war gar nicht klar gewesen, was sie da wusste, bis sie O'Neal sprechen sah und dieselben ruckartigen Handbewegungen an ihm beobachtete, die er gemacht hatte, als Ava ihm im Fitnessstudio über den Weg gelaufen war. Ihr selbst wurde oft erst als Letzte klar, was sie eigentlich wusste.

»Oh, jetzt geht die Sonne unter!«, rief Mrs. O'Neal und klatschte in die Hände. Das war genau die höfliche, grenzenlos fade Bemerkung einer Frau, die darauf trainiert ist, in schwierigen gesellschaftlichen Situationen abzulenken, einer Frau, die nie Schwierigkeiten damit hat, eine Sitzordnung bei Tisch zusammenzustellen, auch wenn etliche eingeschworene Feinde zur selben Dinnerparty eingeladen sind. Es funktionierte, denn ihr Mann fand die Sprache wieder und war so aalglatt wie eh und je.

»Ich spreche ständig mit Ava. Sie ist Mitarbeiterin unserer Firma und hat eine glänzende Zukunft vor sich«, sagte O'Neal. An seiner Schläfe pulsierte eine Ader, aber ansonsten war er gefasst. »Die Mordverhandlung ihres Verlobten könnte dieser Zukunft sehr schaden. Klienten schätzen Anwälte nicht, die zu eng mit Schwerverbrechen und Schwerverbrechern zu tun haben. Und auch keine Anwaltsbüros, in denen Leute ermordet werden. O'Neal, O'Connor & O'Neill hat das nicht verdient. Publicity haben wir immer vermieden, gute ebenso sehr wie schlechte.«

»Sie haben Abramowitz als Partner in die Firma geholt«, sagte Tyner. »Sie müssen doch gewusst haben, dass mit ihm Publicity auf Sie zukommen würde.«

»Das wusste ich nicht, jedenfalls anfangs nicht. Er war damit zufrieden, auf Wohltätigkeitsbälle zu gehen und sich fotografieren zu lassen. Und wenn man ehrlich ist, kann man es ja auch nicht Abramowitz anlasten, dass er in den Zeitungen auf der ersten Seite erschien, weil er eine Leiche geworden ist. Das ist das Verdienst Ihres Klienten.«

Innerhalb der letzten zehn Minuten hatte Tess ihre Meinung von Seamon P. O'Neal ungefähr zehnmal geändert. Erst war er ihr ein bisschen dumm und ganz harmlos erschienen, dann alles andere als harmlos. Er hatte gelogen: Da war sie sicher. Eine Mitarbeiterin, die zweimal durch die Examensprüfung gefallen war, hatte keine glänzende Zukunft vor sich. Aber er war kein dummer Mann, sondern nur einer mit einem völlig anderen Standpunkt. Er hatte seine ganze berufliche Laufbahn damit verbracht, große Gesellschaften vor den Klagen von Privatpersonen zu schützen. Es war nur folgerichtig, dass er bei dieser Sicht auch blieb, wenn er selber in die Schusslinie geriet.

»Meine Kanzlei ist meine ganze Welt«, sagte er. »Ihr guter Ruf ist unbezahlbar. Wenn Sie dabei bleiben, mit diesem Fall vor Gericht zu ziehen, und die Verteidigung auf dem aufbauen, wovon Ihr Klient *glaubt,* dass es zwischen Mr. Abramowitz und Ms. Hill abgelaufen sei, dann kann ich Ihnen versprechen, dass wir Ihnen keine Hilfe sein werden. Das winzigste Bisschen, was Sie von uns wollen – eine Akte, Auskünfte über den Arbeitsvertrag des Mädchens, Gespräche mit Mitarbeitern –, wird von einem Richter veranlasst sein müssen. Sie werden einen Gerichtsbescheid brauchen, um mich auch nur am Telefon zu sprechen. Und ich glaube, Sie werden auch mit Ms. Hill keinerlei Zusammenarbeit erreichen. Wäre es nicht besser, wenn wir alle am selben Strick ziehen würden?«

»Nur für Sie«, sagte Tyner. »Und ich scheiße auf das Tri O. Ich würde es mir als Verdienst anrechnen, wenn diese Verhandlung den unverdient guten Ruf von O'Neal, O'Connor & O'Neill ruinieren würde.«

O'Neal warf einen kurzen Blick auf Tyners Rollstuhlräder. Mit seinem roten Gesicht und seinem scharfen Profil erinnerte er Tess an eine Mokassinschlange.

»Ich hatte ganz vergessen, wie verbittert Sie Arschloch sind«, sagte er. »Wäre ich auch, wenn ich ein Krüppel wäre und nur eine einzige herausragende Sache gemacht hätte, und das läge mehr als vierzig Jahre zurück.«

Mrs. O'Neal wählte diesen Augenblick, um zu fragen: »Noch etwas heißes Wasser, Tyner?«

Aber ihre guten Manieren konnten das Fest kein zweites Mal retten. »Nur keine Sorge, Seamon«, sagte Tyner mit seltsam jovialer Stimme. »Sie haben ja noch ein paar Jahre. Mit ein bisschen Glück können Sie doch noch etwas schaffen, auf das Sie stolz sein können, etwas Besseres als eine Anwaltskanzlei und die Millionen Ihres Schwiegervaters.«

Tyners Satz schrie geradezu nach einem grandiosen Abgang, aber das Heim der O'Neals hielt für ihn bei aller Gastlichkeit nicht den unbehinderten Weg frei, den er gebraucht hätte, um dramatisch davonzurollen. Tess half ihm über den Kelim hinweg und über den rutschigen Läufer in der Eingangshalle, der so dünn war, dass er sich in den Rollstuhlrädern verfing. Am Eingang musste sie ihn noch einmal von der Tür wegziehen, bevor sie diese aufzerren konnte. Als sie sie endlich offen hatte, erfüllte ein Kreischen die Luft, ein entsetzliches Geräusch, das durch den ganzen Cross Place hallte. Sie hatte das Alarmsystem der O'Neals eingeschaltet, das offenbar auf Automatik gestellt worden war, als hätte man schon erwartet, dass Tyner und Tess abhauen würden.

Tyner rollte die Auffahrt hinunter und schwang sich auf den Beifahrersitz seines Vans. Die Tage wurden schon kürzer, und das schwindende Licht drang kaum mehr durch die Bäume am Cross Place. In den Eingängen der beiden Häuser links und rechts sah Tess die Silhouetten von Männern, die durch die noch immer kreischende Sirene aufgeschreckt worden waren. Als sich ihre Augen an die Dämmerung gewöhnten, sah Tess, dass der eine einen Lacrosse-Stock in Händen hielt und ein anderer so etwas wie einen altertümlichen Revolver. Die Männer bewegten sich langsam auf den Van zu. Tess warf den Rollstuhl in den Van, ohne sich erst noch die Zeit zu nehmen, ihn zusammenzufalten. Die WASP-Rächer hatten das Ende ihrer geschwungenen Auffahrten erreicht und kamen unverändert näher, schweigend und selbstsicher. Tess sprang auf den Fahrersitz, warf den Motor an und fuhr rückwärts aus der Auffahrt heraus, dann gab sie Gas, dass die Reifen qualmten, und raste aus Cross Place hinaus, wobei sie die Sirene immer noch in den Ohren hatte. Erst auf der St. Paul Street, auf dem Weg in die Stadt, bemerkte sie, dass das blau-weiße Fähnchen noch immer an der Antenne flatterte.

»Ich glaube, das lass ich dran«, sagte sie zu Tyner und zeigte auf die im Wind flatternde kleine Flagge. »Schließlich könnten wir ja bald mal wieder zum Tee eingeladen werden.«

17

Tess setzte Tyner und seinen Van vor seinem Büro ab und ging dann hinauf zum Brass Elephant, wo sie an der Bar des Restaurants, die im ersten Stock lag, einen Scotch mit Wasser bestellte. Die lange, schmale Bar war zu Recht berühmt, allein schon für ihre Martinis. Die Stammgäste jedoch waren eifersüchtig und brachten wie auf geheime Verabredung nur selten neue Kunden mit. Tess war sich in Bezug auf Wermut nie so ganz schlüssig, aber hier trank sie Martinis, weil sie fand, dass man Künstler bei der Arbeit unterstützen sollte, und Victor, der Barmann, war ohne Frage ein Künstler reinsten Wassers.

Heute Abend jedoch hatte sie immer noch all die goldenen Flüssigkeiten im Kopf, die bei den O'Neals in ihren Kristallkaraffen aufgereiht standen. Sie war überzeugt, dass der Whiskey dort feiner war als alles, was sie je trinken würde, feiner als alles, was sie je kaufen konnte, egal, wie viel Geld sie auch in der Tasche hatte. Andererseits wäre es aber auch denkbar, dass die O'Neals knickerig waren, die Art von reichen Leuten, die kostengünstige Marken von Scotch und Bourbon und Cognac kauften und sie in Karaffen füllten, damit niemand ihre Herkunft feststellen konnte. Scotch und Wasser waren jetzt eigentlich gar nicht das Richtige für sie. Düster und unzufrieden ließ sie ihren angefangenen Drink auf dem Tresen stehen und ging nach Hause.

Kitty und Leutnant Strahlemann trugen ihre Bademäntel und verschlangen eines jener postkoitalen Picknicks, die so typisch für neue Beziehungen sind, wo der Sex auch noch in anderen Lebensbereichen den Appetit weckt. An diesem Abend beschäftigten sie sich mit einem riesigen Stück Sommerwurst, Ciabattabrot mit Olivenöl, Apfelschnitzen und Camembert. Sie luden Tess mit dazu ein, aber die Erinnerung an O'Neals blutrotes Gesicht verdarb ihr die übliche Freude am Cholesterin.

»Vielleicht wenigstens ein bisschen Brot?«, fragte Thaddeus. »Olivenöl ist doch eine relativ gut verträgliche, einfach gesättigte Fettsäure.« Sie fragte sich, ob ihm das Kitty beigebracht oder ob er von ganz allein aus seinem Inneren ein tieferes Wissen zutage gefördert hatte. Aber sie schüttelte den Kopf, griff sich einen Apfel, nahm zwei dicke Scheiben Brot, goss sich einen gesunden Schluck Weißwein ein und trug das alles auf ihr Dach. Sie würde lieber ein einsames Picknick halten, als bei anderen als ungebetener Gast dabeizusitzen.

Nachdem sie ihr Abendessen beendet hatte, fühlte sich Tess in ihrem Anfall von Selbstmitleid so wohl, dass sie beschloss, einen Joint zu rauchen. Sie achtete kaum auf die Melodie der Mundharmonika, die aus der Hintergasse zu ihr heraufdrang. In Fells Point gab es jede Menge Bettler, die sich als Musiker zu verkaufen versuchten. Und das hier war ein besonders übervollendeter Straßenmusikant, der sich wohl für den Jimi Hendrix der Mundharmonika hielt, als er jetzt ohne Verbindung von

»Star-Spangled Banner« zu einem Bluessong überging. *Oh say, can you see … that my woman done left me.* Nein, das war ein Song über eine *gute* Frau, so eine, die einem Mann die Messerstichwunde auswäscht und es ihm nicht übel nimmt, wenn er am Morgen wieder verschwindet, nachdem er ihren gesamten Whiskey ausgetrunken und ihr nichts als einen Blutfleck im Bett hinterlassen hat.

»Ach du Scheiße.« Sie kannte den Song. Es war Jonathan Ross' Brunftlied.

Das hätte ich als Nummer fünf auf meine diesjährige Herbstliste schreiben sollen, dachte Tess. *Keine Treffen mehr mit Jonathan.* Das konnte sie; sie wusste, dass sie es konnte. Sie hatte die Wahl, ihn reinzulassen oder nicht. Sie schnippte den Rest ihres Joints vom Dach, stieg hinunter und drückte auf den Türöffner, um ihn zur Seitentür hereinzulassen.

Jonathan nahm immer zwei Stufen auf einmal und begann dann kräftig gegen die Tür zu treten, wobei er die Mundharmonika noch immer zwischen den Zähnen hielt. Sie erkannte am Ton seiner Cowboystiefel an ihrer Tür, dass er gekommen war, um anzugeben. Tess erlebte Jonathan immer nur in seinen Extremen – entweder, er war aufgeblasen und brauchte Bestätigung, oder er war geknickt und brauchte Bestätigung. Einmal hatte sie in einem Gespräch mit Whitney ihre Treffen mit Jonathan damit verglichen, dass man Windbeutel ohne Füllung aß.

»Tja, das hast du eben davon, wenn du dich mit Männern einlässt, die eigentlich mit jemand anderem verlobt sind«, hatte Whitney in ihrer unverblümten Art gesagt. »Leer geschleckte Windbeutel.«

An diesem Abend hatte das Gebäck ohne Füllung, von dem die Rede war, außer der Mundharmonika auch noch eine Flasche Meskal, einen Big Mac und eine große Portion Pommes frites mitgebracht. Er drückte die warme, fettfleckige Tüte gegen Tess, als er sie umarmte und ihr einen feuchten Kuss gab, der leicht nach Salz schmeckte und nach dem Stahl der Hohner Marine Band.

»Oh, das wäre aber doch nicht nötig gewesen«, zwitscherte Tess und nahm die braune Papiertüte an sich. »Lass mich nur schnell eine Vase für diese Pommes holen.«

Er riss ihr die Tüte wieder weg, mit einem Knurren tief in der Kehle, und begann sich die Pommes handvollweise in den Mund zu stopfen. Wenn er mit einer Arbeit beschäftigt war, vergaß Jonathan manchmal zu essen, bis der Nahrungsmangel ihn fast ohnmächtig werden ließ. Und wenn er dann etwas zu essen hatte, hütete er es so eifersüchtig wie ein Hund. Tess wusste, was ein solcher Hunger zu bedeuten hatte.

»Große Story?«

»Riesig«, sagte er mit vollem Mund. »Enorm. Gigantisch. Stoff für den Pulitzerpreis. Gibt's für Journalisten eigentlich auch einen Nobelpreis? Den gewinn ich auch.«

Tess spürte eine Übelkeit im Magen. Feeney, der verdammte Feeney. Wenn er Jonathan von ihrem Anruf erzählt hatte, folgte Jonathan jetzt vielleicht derselben Spur. Er würde den geheimnisvollen Mann mit dem Baseballschläger bestimmt als Erster finden. Er würde den Mord aufklären. Er würde gewinnen.

»Abramowitz?«

Jonathan hielt die Hand hoch, als wäre er Verkehrspolizist, und bedeutete ihr damit, zu schweigen, bis er seinen letzten Happen Pommes geschafft hatte. »Besser. Viel besser als irgend so ein toter Rechtsanwalt.«

Er bot Tess die Meskalflasche an, aber sie schüttelte den Kopf. Mit einem Glas Wein neben sich und einem halben Joint intus hatte sie genug Stoff am Laufen. Jonathan nahm drei Schlucke und begann dann, auf und ab zu gehen, wobei er sich vorbeugte wie eine unbewusste Parodie auf Groucho Marx.

»Rück raus damit«, schmeichelte Tess, da sie nicht ganz glauben konnte, dass Abramowitz nichts damit zu tun haben sollte. »Du weißt doch selber, dass du darauf brennst, es jemandem zu erzählen.«

»Nein. Noch nicht. Ich hab's noch nicht aufgezeichnet, aber das werde ich bald haben. Das werde ich!« Jonathan goss einen Schuss Meskal auf den Big Mac und verschlang den Burger mit dieser speziellen Soße dann in drei Bissen. So wie bei Kitty und Thaddeus, die Sommerwurst aßen, hatte Jonathans Appetit wenig mit seinem Magen zu tun.

»Gib mir einen Hinweis. Sag mir irgendwas. Sag mir, wie groß die Sache ist.«

Jonathan hörte mit dem Herumlaufen auf, allerdings nicht mit dem Kauen, und überlegte sich ihre Frage. »Diese Sache ändert … alles. Es wird wie ein großer Coup sein, aber von einem Journalisten. Killer werden durch die Straßen von Baltimore streifen. Institutionen werden unter Verdacht stehen.«

»Und der Präsident wird zurücktreten, oder? Mir gegenüber brauchst du die Story nicht aufzublasen. Ich bin nicht der Titelseitenredakteur. Und ich kaufe dir die Sache sowieso nicht ab.«

»Am Ende kaufst du sie mir ganz bestimmt ab. Dann bringst du deine fünfzig Cent Zeitungsgeld runter zum Zeitungsstand und kaufst sie, genauso wie 300 000 andere Leute. Nein, sagen wir mal, ein Dollar fünfzig und 500 000 Leute. Das ist nämlich unbedingt etwas für die Sonntagsausgabe. Die *New York Times* und die *Washington Post* werden mich umwerben. Filmproduzenten werden die Rechte erwerben wollen. Schauspieler – und zwar die dunklen, nachdenklichen, romantischen – werden sich darum raufen, mich darzustellen.« Er nahm ihre Hände und zog sie an sich. »Die Reporter werden dich interviewen wollen, weil du mich kennst.«

»Ein Traum wird wahr werden.« Tess zog sich zurück. Jonathan übertrieb alle seine Geschichten, deshalb war es schwer, zu erkennen, ob nun an dieser hier wirklich etwas dran war. Aber irgendetwas sagte ihr, dass der kleine Junge, der schrie: »Der Wolf kommt« – dieser kleine Junge hier, der rief: »Extrablatt, Extrablatt, lesen Sie alles über den Wolf!« –, diesmal damit durchkommen würde. Er hatte einen journalistischen Schatz gehoben. Und sie war die Erste, die es erfuhr, war die namenlose eingeborene Dienerin, die dem großen weißen Jäger in den verbotenen Tempel folgte und in heidnischem Schrecken zusah, wie er einen heiligen Gegenstand begutachtete, den sie nie zu berühren gewagt hätte. Wenn er erst einmal das goldene Heiligtum von seinem Podest gehoben hatte, würde nichts mehr so sein, wie es war. Die Erde würde beben, der Tempel würde erschüttert werden, und Jonathans Zukunft würde gemacht sein, und zwar in dem kurzen Augenblick, wo er sich entschied, mit dem Schatz davonzulaufen. Und er würde damit davonlaufen. Daran hatte sie nicht den geringsten Zweifel.

Trotzdem konnte sie ihm nicht die Befriedigung geben, sich beeindruckt zu zeigen. »Das glaube ich erst, wenn ich es sehe. Du hast ja selber gesagt, du hast noch nicht mal was aufgezeichnet.«

»Aber das werde ich. Du weißt selber, das werde ich«, sagte er und zog Tess mit einem neuen Hunger auf sich herunter.

Das Herannahen von Ruhm und Erfolg war ein Aphrodisiakum für Jonathan. Er war zärtlich und unersättlich, als würde Tess die Träume verkörpern, die ganz in der Nähe schwebten. Sie liebten sich einmal, zweimal, dreimal, tranken dazwischen ein paar Schluck Meskal und sprachen über alles, nur nicht über die Quelle von Jonathans Aufregung. Sie hatten noch nicht geschlafen, als um halb sechs Tess' Wecker schellte und sie zum Ruderclub rief.

»Lass doch einmal dein Training sausen«, murmelte Jonathan feucht an ihrem Hals. Dieses eine Mal tat Tess es wirklich, obwohl sie wegen Rock leichte Gewissensbisse spürte. Er war immer beunruhigt, wenn sie nicht zum Training erschien, weil er annahm, dass sie dann schwer krank sein müsse.

Sie machte eine Kanne Kaffee, und sie stiegen aufs

Dach, um dem Sonnenaufgang zuzusehen. Über Nacht war die Temperatur um über 15° C gefallen, da eine Kaltfront durchgezogen war, und Baltimore sah großartig aus. Kein Schleier von Luftverschmutzung über dem Hafen, nur ein klarer, fast weißer Himmel, der sich im Laufe des Tages zu Himmelblau vertiefen würde. Ein hellroter Streifen zog langsam über den Hafen. Die Bucht war graugrün. Sogar die Möwen sahen frisch und sauber aus. Tess fühlte sich Jonathan näher als seit Jahren, als wären sie noch das Paar, das sie zu Zeiten des *Star* gewesen waren. Sie versuchte, nicht an seine Freundin zu denken, die irgendwo in den Vororten von Washington allein aufwachen würde. Jedenfalls ging sie davon aus, dass sie allein aufwachen würde. Vielleicht war diese Beziehung ja doch komplizierter, als sie ahnte.

»Großartige Aussicht«, sagte Jonathan bewundernd. »Für so einen Blick zahlen manche Leute zweitausend Dollar im Monat, und du kriegst ihn fast umsonst.«

»Tja, ich führe ein märchenhaftes Leben.«

»Ja, tust du auch wirklich. Ich beneide dich schon immer.«

»Wegen meiner fabelhaften Karriere? Wegen meiner Reichtümer?« Tess versuchte einen leichten Ton anzuschlagen, aber Jonathans Lob klang ihr wie Mitleid in den Ohren.

»Wegen deiner Familie, wegen deiner Ortskundigkeit in dieser Stadt. In gewisser Weise bin ich immer noch dieser Schmock aus der Vorstadt. Ich kenne die Stadt nicht so wie du. Ich habe nicht deine Glaubwürdigkeit.«

»Du bist begabt, das ist viel mehr wert.«

»Aber ich komme mir manchmal so völlig unecht vor.« Na, da waren sie ja wieder auf vertrautem Terrain: die Kehrseite des Windbeutels, Jonathan, der seine Selbstsicherheit verlor, sich jedem neurotischen Zweifel hingab, von ihr erwartete, dass sie ihn wiederaufbaute.

»Ich kann mich noch gut an meinen ersten Tag bei der Zeitung erinnern, als ich die Stadt noch überhaupt nicht kannte, aber so tat, als würde ich sie kennen. ›Na klar, Mann, ich hab an der Hopkins studiert, der Alma Mater von Russell Baker. Kenn mich dort aus wie in meiner Westentasche.‹ Sie haben mich zu einem Brand geschickt, und ich fand ihn nicht. Ich habe verdammt noch mal diesen Brand Alarmstufe fünf verpasst. Ich hatte die Adresse. Ich hatte meinen kleinen Stadtplan. Ich sah den Rauch, ich hörte die Feuerwehrautos, aber dieses verdammte Feuer habe ich nicht gefunden. Es war in einer dieser kleinen Seitenstraßen, die von der Frederick Road abgehen. Kennst du ja sicher?«

Sicher kannte Tess sie. Ganz Südwest-Baltimore war ein solches Straßengewirr, wo Straßen einfach verschwanden, um ein paar Blocks später wiederaufzutauchen. Viele aus der Familie ihres Vaters hatten hier gewohnt, als die Gegend noch halbwegs respektabel war.

»Nick, der Redakteur, erfuhr am Telefon mehr als ich direkt vor Ort«, fuhr Jonathan fort. »Er erfuhr das alles einfach nur dadurch, dass er kreuz und quer telefonierte und die Nachbarn fragte. Und als ich zurückkam und absolut überhaupt nichts hatte, sah er mich an und sagte: ›Gut gemacht, du Leuchte.‹ Und alles lachte. Er nannte mich zwei Jahre lang ›Leuchte‹. Bis zu dem Augenblick, wo der *Star* einging. Da ging er zum Arbeitsamt, und ich zum *Beacon*.«

»So vage kann ich mich noch daran erinnern. Aber ich dachte immer, das sei nett gemeint gewesen. Weißt du, so ein gutmütiges Sticheln.«

»Glaub mir. Es war nicht nett. Es gibt keinen Tag, wo ich zur Arbeit gehe und nicht an die ›Leuchte‹ und Nick denke.« Er rappelte sich auf. »Tatsächlich muss ich mich jetzt der Bestie stellen, nach einer schnellen Dusche und ein paar Aspirin. Es wird wahrscheinlich das erste Mal seit Jahrzehnten sein, dass jemand mit einem Kater im *Beacon* erscheint. Die Hälfte von den Leuten dort ist bei den Anonymen Alkoholikern. Die andere Hälfte hat Familie und kann nicht die ganze Nacht unterwegs sein und trinken.«

»Na, dann biete dem die Stirn. Das mit der *Titelseite*, das ist vorbei. Die meisten Journalisten unterscheiden sich nicht sehr von den stifteschwingenden Bürohengsten, hinter denen sie her sind.«

»Pass auf, was du sagst, sonst müsste ich dir noch hier vom Dach pinkeln und so tun, als wäre die Hintergasse der Chicago River, nur um dir zu zeigen, dass der alte Boulevardblattgeist noch immer lebt.«

Jonathan boxte sie gegen die Schulter. Warum gaben ihr eigentlich alle Männer, die sie kannte, solche kameradschaftlichen Stöße?

»Das Jimmy's ist offen«, sagte sie und versuchte, nicht wehmütig zu klingen. »Wollen wir nicht schnell was frühstücken gehen?«

»Keine Zeit zum Essen. Ich hab auch gar keinen Hunger.«

Sie stiegen wieder in ihre Wohnung hinunter. Jonathan steckte seine Mundharmonika ein und rannte in Höchstgeschwindigkeit die Treppen hinunter. Er pfiff, während er rannte, unmelodiös, aber glücklich. Sie sah ihm nach und fühlte sich miserabel; außerdem fehlten ihr Ibuprofen und Schlaf. Er sollte jetzt eigentlich ins Bett kriechen, mit einem Kater und in miesester Stimmung, dachte Tess. Es sollte ihm genauso schlecht gehen wie mir.

Es ging ihr tatsächlich schlecht. Ihr Magen rebellierte, und der Kopf tat ihr weh, außerdem hatte sie einen schlechten Geschmack im Mund. Meskal und Schlafmangel erklärten wahrscheinlich die ersten beiden Symptome. Eifersucht musste das dritte verursacht haben. Sie erinnerte sich undeutlich, dass sie dieses Gefühl um drei Uhr morgens gehabt hatte. Es war ihr eigener Einfall gewesen, sie konnte sonst niemanden dafür verantwortlich machen. Und sie konnte niemand anderen dafür verantwortlich machen, dass sie Jonathan hasste, jedenfalls ein klein wenig, als er sich so Hals über Kopf in seine brillante Karriere stürzte.

18

Es war fast Mittag, ehe Tess eine aufrechte Haltung überhaupt nur ins Auge fassen konnte. Sie setzte sich in ihrer Dusche auf den Boden, ließ das heiße Wasser auf sich prasseln und versuchte herauszufinden, ob sie sich dadurch besser oder schlechter fühlte. Gleich schlecht. Schließlich kämmte sie ihr Haar zurück zu einem festen, feuchten Pferdeschwanz – die Spannung durch das Haargummi schien ihr Kopfweh ein bisschen zu lindern – und machte sich auf zum Pressezimmer des Gerichtshofs.

Feeneys Gesetz, warnte ein Schild an der Tür. *Der zweitschlechteste Herausgeber ist ein gescheiterter Reporter. Die schlechtesten Herausgeber waren alle erfolgreiche Reporter.*

Sie stieß die Tür auf und sah den Gerichtsreporter des *Beacon* zurückgelehnt in seinem ergonomischen Sessel sitzen, die Füße auf einem antiken Schreibtisch, den er mithilfe eines freundlichen Aufsehers gerettet hatte. Er hatte den Telefonhörer ans Ohr gepresst, die Tastatur eines Computers auf dem Schoß und fast eine ganze Tüte Kartoffelchips im Mund. Sour Cream und Zwiebeln. Sie roch es durch das ganze Zimmer.

»Es ist mir völlig egal, was du ihnen bei der Budgetkonferenz um elf gesagt hast«, sagte er gedehnt und knabberte zwischen den Worten. »Unglücklicherweise ist es nämlich anders gelaufen. Der Richter hat ganz einfach dein Bedürfnis nach Schlichtheit nicht kapiert, nach – wie sagst du noch gleich? –, nach einem harten, sauberen Berichtstil. Du kannst das ja vielleicht, wenn du nachher zur Budgetkonferenz um drei gehst, alles wieder richtigstellen. Wenn nicht, dann versuch's bei der Budgetkonferenz um vier. Aber das ist doch wirklich nicht dein Fehler. Du bist ein Herausgeber. Du bist ein Idiot.«

Er legte den Telefonhörer sorgfältig auf. Wenn Feeney den Hörer aufgeknallt oder die Stimme gehoben hätte, wäre er schon längst wegen Insubordination entlassen worden. Deswegen oder wegen der Morddrohungen gegen den einen oder anderen Herausgeber, die er etwa jeden zweiten Tag ausstieß. Aber er war so ruhig, fast jovial, wenn er seine Chefs beschimpfte, dass sie davon ausgingen, er mache Spaß. Sie hatten keine Ahnung, oder würden es zumindest nie zugeben, dass Feeneys Verachtung für sie absolut echt war.

Feeney war all das, was sein Büroheiligtum nicht war – ungepflegt, mit Haaren, die ihm immer über den Hemdkragen hingen, und einem Hemd, das ihm immer aus den ausgebeulten Kakihosen rutschte. Er aß nur, was in einem Umkreis von fünfzig Metern um das Gericht herum zu kriegen war, eine selbst gewählte Einschränkung, die eine ständige Abfolge von Hotdogs auf seinem Speiseplan garantierte und seinem schlaksigen Körper nun, da er in den Vierzigern war, ein kleines Bäuchlein hinzugefügt hatte. Einmal im Monat rasierte er sich, normalerweise an dem Tag, wenn er seine Spesenabrechnungen einreichte. Er war nun schon seit drei Jahren bei der Zeitung, und die meisten seiner Mitarbeiter wussten noch nicht einmal genau, wie er aussah. So war es ihm auch am liebsten.

»Tess, meine Liebe – was kann ich für dich tun? Hast du vor, wieder mal mit einem Männerjackett über dem Kopf durch die Gegend zu rennen? Ich habe das leider nicht gesehen, aber das ganze Gericht spricht davon.«

»Das nächste Mal sag ich dir vorher Bescheid. Heute möchte ich nur herauskriegen, wie ich einen bestimmten Kläger in dieser Asbestsache finden kann.«

»Was weißt du über ihn?«

»Es ist ein älterer Mann.«

»Na, damit haben wir ihn ja schon fast. Als Nächstes wirst du mir wahrscheinlich auch noch sagen, dass er auf den Werften gearbeitet hat.«

Tess, die an Feeneys Sarkasmus gewöhnt war, zog ihren Zeitungsausschnitt heraus und las nach. »Ihm wurden 850000 Dollar Entschädigung zugesprochen, in einem der letzten Urteile vor der Zusammenfassung der Klagen, was immer das auch heißt. Und Sims-Kever war der einzige Beklagte, jedenfalls in seinem Fall.«

»Das ist immerhin ein Anfang.« Auf der Tastatur, die er immer noch auf dem Schoß hatte, tippte Feeney das Passwort für das Archiv des *Beacon* ein. »Zum Glück habe ich ein Magnetplattenlaufwerk. Viele von den Büros haben keine Verbindung mit dem Archiv, aber ich habe gesagt, bei mir gibt es so viele Terminsachen, dass ich das unbedingt brauche.«

»Deswegen musst du auch nicht immer ins Pressegebäude, stimmt's?«

»Du hast es erfasst. Im Moment versuche ich sie zu überzeugen, dass sie mir ein eigenes LexisNexis-Konto einrichten. Aber sie machen immer noch Zirkus wegen einer Mikrowelle, die ich in Rechnung gestellt habe. Meine Güte, ist das System heute aber langsam.« Er schlug wie wild auf die Tasten, und schließlich erschien ein Bildschirmformular, das nach Angaben für die Suche fragte. Feeney tippte ein: »Sims-Kever« und »Asbest«.

»Ich werde noch einen Zeitraum eingeben«, erklärte er Tess, während er mit zwei Fingern die Tasten bearbeitete. »Man hat die ganzen Asbestfälle vor ein paar Jahren zu einem Verfahrenskomplex zusammengefasst, um die Gerichte zu entlasten, aber vorher gab es jedes Jahr mehrere Dutzend Fälle. Ich werde den Computer jetzt vor dieser Zusammenlegung suchen lassen.«

Er drückte auf einen Knopf. *97 Eintragungen gefunden,* antwortete der Computer.

»Mein Gott, siebenundneunzig Geschichten. Das ist viel zu viel, die alle durchzugehen. Wir müssen es stärker eingrenzen. Zeig mir mal den Ausschnitt.« Er überflog ihn. »So ein Scheiß. Wie hat der Typ bloß diese Kolumne gekriegt? Warte mal, hier steht noch ein kleines Detail.« Er tippte ein: »850000 Dollar«.

3 Eintragungen gefunden, antwortete der Computer.

»Das sagt mir, dass es innerhalb unseres Zeitrahmens drei Geschichten im System gibt, in denen Sims-Kever, Asbest und 850000 Dollar erwähnt werden.« Tess sah ihm fasziniert über die Schulter. Der angeschlagene *Star* war nie online gewesen. Tatsächlich war das Archiv des *Star* vor allem dafür berühmt, jederzeit etwa fünf Jahre hinterher zu sein. Und Fotos von Mickymaus unter »Nagetiere, berühmte« einzuordnen.

Feeney rief alle drei Geschichten auf, und die Wörter liefen unter seinen Fingern so schnell vorbei, dass Tess sie kaum überfliegen konnte. »Da hast du Pech. Hier sind drei Kläger, die 850000 Dollar bekommen haben, zwei in derselben Gerichtsverhandlung, beide im selben Gericht, unter Richter West. Wenn ich du wäre, würde ich mit diesen Namen rübergehen zu seiner Sekretärin, vielleicht löst der eine oder andere bei ihr irgendeine Erinnerung aus. Aber mach dir nicht allzu viel Hoffnung.«

»Ich könnte sie auch einfach nur anrufen, falls sie noch leben.«

»Ja, aber was sagst du dann zu ihnen? ›Hey, sind Sie vielleicht der olle Typ, der mit dem Baseballschläger hinter dem Anwalt her war?‹ Oder willst du so tun, als würdest du eine telefonische Umfrage zum Besitz von Baseballschlägern machen?«

»Gute Frage. In diesen Dingen bist du besser als ich.«

»Was sind denn nun ›diese Dinge‹ eigentlich genau? Bist du jetzt Privatdetektivin? Oder willst du Jura studieren?«

»Ich weiß nicht, Feeney. Aber falls da eine Story dahintersteckt, verspreche ich dir, dass ich sie dir als Erstem erzähle.«

»Noch vor Jonathan?«

»Der erfährt es als Letzter. Hey – du hast ihm doch nicht gesagt, dass ich neulich angerufen habe, oder?«

Feeney schüttelte den Kopf. »Ich wusste gar nicht, dass ich etwas zum Erzählen gehabt hätte. Auch jetzt noch, wo ich den Ausschnitt gesehen und begriffen habe, worauf du hinauswillst, kommt mir das alles sehr weit hergeholt vor, Tess. Was versuchst du denn zu beweisen, dass so ein kleiner alter Mann den Anwalt umgelegt hat? Es ist ein weiter Weg vom Herumrennen mit einem Baseballschläger bis dorthin, dass man jemandem den Schädel zu Brei schlägt.«

Das Telefon läutete. Er ließ es fünfmal läuten, dann nahm er ab, als habe er alle Zeit der Welt. Seine Stimme war sanft und mild, auch wenn seine Worte es nicht waren.

»Hier Feeney. Was? Also, das ist verdammt noch mal der größte Schwachsinn, den ich je gehört habe. Wie haben Sie eigentlich Ihren Job gekriegt? Mit jemandem da drüben ins Bett gegangen oder was?« Tess hörte die Herausgeberin am anderen Ende nervös lachen. Sie winkte einen wortlosen Abschiedsgruß und schlüpfte hinaus. Ein alter Politikreporter beim *Star* hatte ihr einmal die drei Regeln für journalistischen Erfolg genannt: Sei ein Star. Sei Kolumnist. Schreibe von einer anderen Stadt aus als der, in der deine Zeitung sitzt. Feeney hatte seine eigene Stadt gefunden, sie war sechs Blocks von den Büros des *Beacon* entfernt.

Es war noch immer Mittagspause, aber sie dachte, sie könnte Richter Wests Sekretärin vielleicht doch an ihrem Schreibtisch antreffen, falls sie dort nur schnell ein mitgebrachtes Essen verdrückte. Gerichtsangestellte verdienten nicht so viel, dass sie regelmäßig zu einem feineren Restaurant als Taco Bell gehen konnten. Und tatsächlich lümmelte eine junge Frau mit rundem Gesicht an ihrem Schreibtisch, wo eine Dose Cola, eine Tüte Kartoffelchips und ein Sandwich mit Eiersalat auf einem Taschentuch vor ihr ausgebreitet waren.

»Hallo, ich heiße Tess Monaghan. Ich habe früher beim *Star* gearbeitet. Ich glaube, wir haben uns schon ein paarmal gesehen, Miss … Collington.« Sie hatte die junge Frau noch nie im Leben gesehen, aber die Sekretärin war so aufmerksam gewesen, ein Namensschildchen auf ihrem Schreibtisch stehen zu haben: *D. COLLINGTON*.

»Donna. Donna Collington.« Sie war schwarz, mit einem rötlichen Unterton der Haut, nicht älter als 28 oder 29, und hatte ein süßes Kindergesicht und so lange Fingernägel, dass sie damit gut jemandem das Herz hätte herausreißen können. Sie war üppig und brachte fast die Nähte ihres engen roten Kleides zum Platzen, aber auf eine Weise, die die meisten Männer bestimmt attraktiv fanden.

»Ich arbeite jetzt für ein hiesiges Anwaltsbüro, und wir haben da so einen durchgedrehten Fall. Also, das ist echt verrückt.« Soweit alles wahr. »Mein Chef will, dass ich so einen Typen finde, der für unseren Klienten aussagen soll, aber wir wissen nur, dass er einer der beiden Kläger ist, die vor zwei Jahren hier an diesem Gericht waren, in so einem Asbestfall. Ich habe die Namen, aber ich kriege nicht heraus, welcher von beiden es ist.«

»Warum rufen Sie die beiden nicht an?«

Gute Frage. »Das habe ich auch gedacht. Aber mein Chef hat mir besonders eingeschärft, dass ich sie nicht anrufen soll. Und als ich ihn fragte, warum, sagte er, das gehe mich nichts an, ich solle es einfach so machen, wie er sagte.«

Donna Collington lachte, als wüsste sie Bescheid.

»So weit, so gut. Aber ich weiß immer noch nicht, wie ich Ihnen helfen kann. Diese Asbestfälle verschwimmen mir alle ineinander. Das ist einfach eine ewig lange Liste von alten Männern, die in ihre Taschentücher spucken und ihre Sauerstofftanks hinter sich herziehen.«

»Na ja, dieser eine Herr muss einer der letzten vor der Zusammenlegung der Fälle gewesen sein. Er muss auch sehr ungestüm gewesen sein.«

»Ungestüm?«

»Reizbar. Von heftigem Temperament. Zu Ausfällen neigend. Vielleicht hat er Drohungen ausgestoßen oder sich schlimm aufgeführt.«

Donna lachte wieder. »Sie meinen, ob vielleicht mal jemand den Wasserkrug des Richters genommen und dem Anwalt über den Kopf geschüttet hat?«

»Ja, zum Beispiel.«

»Nicht ›zum Beispiel‹. In echt. Das war so ein kleiner Kerl, sah wie ein Kobold aus, eigentlich ganz niedlich. Er sah auch gar nicht mal so krank aus, verglichen mit den anderen. Aber er wurde so wütend, als ein paar von den anderen mehr Geld bekamen, dass er den Krug des Richters packte – platsch, alles dem Anwalt über den Kopf. Seinem eigenen Anwalt. Ich möchte ja nicht wissen, was er mit dem gegnerischen Anwalt gemacht hätte, wenn ihm der Gerichtsdiener nicht einen Schlag versetzt hätte.«

Nein, das möchtest du bestimmt nicht, dachte Tess, die die Fotos des Autopsieberichts gesehen hatte. »Können Sie sich an seinen Namen erinnern?«

»Nur an seinen Vornamen. Weil seine Frau den immer wieder schrie, als sie versuchte, ihn zu beruhigen. ›Oh, Abner. Oh, Abner. Um Gottes willen, Abner.‹ Ich hätte mir fast in die Hosen gemacht. Und der Richter versuchte so angestrengt, nicht zu lachen, dass er sich seine *zerrissen* hat. ›Little Abner‹ haben wir ihn genannt.«

Tess schaute auf den Ausdruck, den Feeney ihr gegeben hatte. Abner. Abner Macauley. Das passte.

»Danke, Donna.«

»Gern geschehen. Jetzt können Sie Ihren Chef glücklich machen.« Sie lächelte süß und drohte ihr schelmisch mit einem roten Fingernagel. »Tyner Gray hat allen Grund, heute mit Ihnen zufrieden zu sein. Aber das nächste Mal kommen Sie bitte nicht hier herein und erzählen mir Lügen, mein Mädchen. Ich wusste die ganze Zeit, für wen Sie arbeiten. Jeder im ganzen Gericht kennt das langhaarige Mädchen, das hier letzte Woche das 100-Meter-Rennen gelaufen ist.«

Tess errötete. Sie hatte vergessen, was für eine kleine Welt der Gerichtshof war und wie wenig hier ein Geheimnis blieb. Donna Collington mit ihrem unschuldigen Kindergesicht hatte die ganze Zeit gewusst, wer sie war und um was für einen »durchgedrehten Fall« es sich handelte. Gedemütigt fuhr sie zurück nach Fells Point und zu ihrer Schicht im Buchladen, zu der sie schon zu spät kam.

Kitty warf ihr einen unglücklichen Blick zu, als sie an der Kasse erschien, nachdem sie von der Bushaltestelle hergerannt war. Sie ordnete gerade die Kinderabteilung neu, für eine Party am Wochenende unter dem Motto »Ein Haus an der Ecke von Pu dem Bär«. Nachdem sie in einer Zeitschrift einen Artikel über den immer größer werdenden Konkurrenzkampf bei Kindergeburtstagen gelesen hatte, hatte Kitty beschlossen, gegen die billigen Kindercomics ins Feld zu ziehen und Baltimores etwas belesenere Eltern zu themenbezogenen Geburtstagsfesten in den Laden zu locken – *Pu, Alice im Wunderland, Der Wind in den Weiden*. Alle Kinder bekamen Geschenkgutscheine im Wert von fünf Dollar für den Laden. Eine kluge Investition, gaben die Eltern doch unvermeidlich mindestens fünfzig Dollar aus, wenn sie ihre Kinder wieder abholen kamen.

»Kitty!«, sagte Tess und ging in die Offensive. »Du bist ja tatsächlich angezogen! Ist dein Leutnant Strahlemann gerade in den Straßen Baltimores unterwegs, um die Demokratie sicher zu machen?«

Statt ihres üblichen Kimonos trug Kitty Radlerhosen aus schwarzem Leinen mit kleinen Bögen an den Bündchen und einen schwarzen Leinenpullover, der für ihre Figur mehrere Nummern zu groß war. Er rutschte ständig an ihr herum, entblößte erst die eine Schulter, dann die andere. Crow, der auf einer Leiter in der Abteilung Frauenromane hockte, war schon ganz schwindelig vom Beobachten dieses rutschenden Pullovers.

»Wenigstens habe ich es heute Morgen geschafft, in meinen Yogakurs zu gehen«, sagte sie. »Ich lasse mir nicht von den Männern mein Leben durcheinanderbringen. Lieber bringe ich ihres durcheinander.«

So war also Jonathans Besuch nicht unbemerkt geblieben. Kitty hatte durchaus nichts gegen gelegentlichen Sex, aber sie hatte etwas gegen Jonathan. Sie fand, dass Tess es besser treffen könnte. Tess wusste, dass sie es auch schlechter treffen könnte.

»Hör zu – manche von uns sind einfach keine Göttinnen. Wir müssen uns begnügen.«

»Sogar Göttinnen begnügen sich nicht immer.« Das war Crow, von seinem Hochsitz aus. »Athena wollte nie einen Mann. Daphne verwandelte sich lieber in einen Lorbeerbaum, als bei Apoll zu enden. Und der *war* ein Gott.«

Tess ignorierte ihn und senkte die Stimme, sodass nur Kitty sie hören konnte. »Jonathan ist gar nicht so übel. Wenn er wegen etwas aufgeregt ist, wegen seiner Arbeit zum Beispiel, braucht er jemanden, der ihn versteht. Seine momentane Freundin tut das nicht.«

»Sie versteht nicht, dass er mit einer anderen schlafen muss? Nein, das kann ich mir denken.«

Crow schaute so intensiv zu ihnen herüber, dass Tess befürchtete, er werde von der Bücherleiter fallen. Sie flüsterte: »Es geht eigentlich gar nicht so um Sex. Der ist nebensächlich, beinahe … flüchtig.«

»Ein Grund mehr, keinen zu haben«, sagte Kitty süffisant.

Müde und reizbar, hätte Tess fast etwas gesagt, was ihre Tante verletzt hätte, etwas, was sie hinterher bereut hätte, als sie plötzlich eine farblose kleine Gestalt auf die Kasse zukommen sah. Mit gesenktem Kopf schritt die Frau resolut aus, woran die Angestellten des Ladens immer sofort erkannten, dass das jemand war, der das Kamasutra suchte oder ein Buch mit dem Wort Orgasmus im Titel.

Aber es war Cecilia, die kleine Kung-Fu-Kämpferin und zukünftige Braut von der OMA. Tess fragte sich, was für ein Buch sie wohl wollte. Kitty hatte eine ganze Abteilung über Vergewaltigung, einschließlich einiger Bücher darüber, wie man hinterher wieder ein normales Sexualleben aufbauen kann.

»Auf Ihrer Karte kommt nicht zum Ausdruck, dass es sich hier um eine Buchhandlung handelt«, sagte Cecilia. Ihre Stimme klang ein wenig vorwurfsvoll, aber auch verwirrt.

»Nein, wahrscheinlich nicht.« Tess versuchte sich verzweifelt zu erinnern, was für eine Art von Mensch sie an jenem Abend neulich dargestellt hatte. Was hatte sie zu ihr gesagt? Wer war sie gewesen?

»Wir sind Partnerinnen«, sagte Kitty, ganz die glatte und gekonnte Lügnerin. Diese Fähigkeit stammte aus der Frühzeit des Geschäfts, als sie noch mit Rechnungen und Gläubigern jonglieren musste.

»Oh.« Cecilia schaukelte sich vor dem Ladentisch auf den Absätzen vor und zurück und hielt dabei den Blick auf die breiten Holzdielen zu ihren Füßen gesenkt. »Ich hatte angerufen, um mir den Weg erklären zu lassen, aber ich war noch nie in der Gegend. Ich glaube, ich wusste nicht so genau, was mich hier erwarten würde.«

Tess warf Kitty einen Blick zu, und sie entschwand, wobei sie Crow mit einer Geste anwies, die Kasse zu besetzen. Tess führte Cecilia zu einem der alten Bibliothekstische.

»Zuerst hat mir das von neulich Abend leidgetan«, fing Cecilia an, wobei sie die Maserung des Eichentischs studierte. »Wir sollten eigentlich gar nicht im Telefonbuch stehen – wenn eine zu uns kommt, erfüllt sie fast nie unsere Kriterien, und am Ende weisen wir immer alle ab. Und manche haben dann auch nichts anderes, wo sie hinkönnen.«

»Na ja, ist ja nix passiert«, sagte Tess heiter. Entschuldigung angenommen. Das war's. Geh jetzt bitte, weil ich mich nicht erinnern kann, was ich dir neulich abends über mich erzählt habe. »Ich bin nicht wütend.«

»Ich sagte *zuerst*.« Plötzlich hatte Cecilia keine Mühe, ihr in die Augen zu schauen. Ihre Veränderung ging schnell und sicher vonstatten, viel schneller als Montagabend, als sie sich nur ganz allmählich aus der kleinen Cece in Cecilia verwandelt hatte. »Aber dann fiel mir auf, dass Sie eigentlich gar kein Interesse daran hatten, in die Gruppe aufgenommen zu werden. Sie waren nur dort, um uns auszuspionieren.«

»Was lässt Sie das glauben?« Außer der Tatsache, dass es stimmt.

»Sie machten sich all die Mühe, um OMA zu finden, und waren mordsmäßig stinkig, als Sie nicht beitreten konnten, weil Sie, wie man annehmen musste, das dringende Bedürfnis hatten, über das zu reden, was Ihnen passiert war. Aber dann in dem Café, als ich Sie nach Ihrer Vergewaltigung fragte, wollten Sie überhaupt nicht darüber sprechen. Ich konnte aus den Fragen, die Sie mir stellten, erkennen, dass Sie gar nicht wussten, wie so etwas ist. Sie waren viel zu zögernd und zu höflich.«

Tess sagte nichts.

»Ich möchte, dass Sie mir sagen, warum Sie dort waren.«

»Sagen Sie mir erst etwas anderes. Gibt es in Ihrer Gruppe eine Frau, die Mary heißt? Eine Frau, deren Vergewaltiger von Michael Abramowitz verteidigt wurde?«

Cecilia lächelte seltsam. »Nein, es gibt keine Marys. Aber wir haben eine ganze Menge Frauen, die die Arbeit von Abramowitz kennen.«

»Wie viele?«

»Sie haben mir meine Frage noch nicht beantwortet.«

»Das werde ich vielleicht auch nicht.« Tess spürte eine seltsame Macht. Sie wusste nicht, warum, aber sie ahnte, dass Cecilia vor ihr Angst hatte. Das war eine neue Erfahrung, und eine erheiternde noch dazu. »Wie viele, Cecilia?«

Cecilia sah zur Decke und zählte die Namen an den Fingern auf, wie beim Appell. »Also, da haben wir Pru, Meredith und Maria – aber keine Mary. Joan und Melody. Cynthia. Stephanie. Susan. Nancy und Hannah. Leslie, Jane, Ellen und Lisa. Ich – sind das jetzt alle? Das ist jedenfalls der harte Kern. Ein paar andere kommen manchmal dazu, aber diese fünfzehn sind immer da.«

»Ich glaube, das ist kein Zufall«, sagte Tess. »Dass die anderen kommen und gehen. Ihr scheint sehr erpicht, das Ganze privat zu halten.«

»Der Sinn wird klarer, wenn Sie den richtigen Namen wissen.« Cecilia beugte sich über den Tisch vor, als wolle sie Tess ins Vertrauen ziehen. Sie wirkte jetzt heiterer, sorgloser. Falls Tess vorhin tatsächlich über irgendwelche Macht verfügt hatte, so war das wieder verraucht. »Opfer von Michael Abramowitz. Am Montag war natürlich unser Abschlusstreffen, unsere eigene kleine Totenfeier für den verstorbenen großartigen Anwalt.«

»Das ist ein ganz netter Versuch. Aber ich habe die Satzung der Gruppe gesehen, wissen Sie das nicht mehr? Sie haben sie in dem Café liegen lassen. Der offizielle Name lautet Opfer männlicher Aggression, und Abramowitz hat die Papiere zusammengestellt. Warum sollte er einer Frauengruppe bei ihrer Gründung behilflich sein, deren Mitglieder ihn hassten?«

Cecilia warf ihr einen anerkennenden Blick zu. »Gute Frage. Die habe ich Pru vor drei Wochen auch gestellt, als ich mir die Satzung anschaute. Sie sagte, das sei ihr persönlicher kleiner Scherz gewesen. Als sie Abramowitz bat, die Satzung aufzusetzen, hatte er schon seine Privatpraxis, aber sie appellierte an seine menschlichen Instinkte aus seiner Zeit als Pflichtverteidiger, als er seine ganze Karriere darauf aufbaute, dafür zu sorgen, dass Vergewaltiger schnell wieder auf freiem Fuß waren.«

»Dann hat also Pru die Gruppe zusammengebracht und sorgt jetzt dafür, dass sonst niemand reinkommt?«

»Genau. Es reicht nicht aus, einfach ein Vergewaltigungsopfer zu sein. Man muss zusätzlich die außerordentlich unangenehme Erfahrung gemacht haben, dass man seine Steuergelder dabei am Werk sah, wie Pflichtverteidiger Abramowitz für denjenigen, der einen vergewaltigt hatte, einen Freispruch erwirkte.«

»Aber das war ja auch seine Aufgabe«, wandte Tess ein. »Was würden Sie persönlich denn vorziehen – einen

Pflichtverteidiger, der seine Klienten einfach fallen lässt, oder einen, der wirklich alles versucht? Er hat ja nicht versucht, Ihnen zu schaden. Er hat versucht, mittellosen jungen Männern zu helfen. Es war nicht persönlich. Außerdem hat er das Amt des Pflichtverteidigers schon vor Jahren niedergelegt. Wäre es nicht langsam Zeit …«

»Unser Leben normal weiterzuleben? Tatsächlich habe ich eine Zeit lang wirklich ganz normal weitergelebt. Und dann war auf einmal überall sein Gesicht zu sehen und seine Stimme zu hören. Ich hab ihn im Fernsehen gesehen, ich hab ihn im Radio gehört. Ich fuhr auf dem Weg zur Arbeit an seinen Werbeplakaten vorbei. Und da hat auch die Gruppe angefangen – als alle diese Frauen sein Gesicht wiedersahen und seine Stimme hörten. Das hat bei uns alles wieder aufgewühlt.«

»Wäre es nicht gesünder gewesen, einfach nicht mehr diese UKW-Sender zu hören? Stattdessen die Programme des National Public Radio einzuschalten? Auf einem anderen Weg zur Arbeit zu fahren?«

Cecilia ließ sich in ihrem Sessel zurückfallen, als habe das Gespräch sie erschöpft. »Sie beweisen genau Prus Argumentation. Andere verstehen das nicht. Ich hätte nie gedacht, dass ich so etwas einmal zu einer anderen Frau sagen muss, aber Sie verstehen es einfach nicht.«

Doch, sie verstand es. Sie verstand ihren Zorn und ihre Frustration. Aber sie fühlte sich beengt in der Gegenwart von Menschen, die ihre Identität auf ihrer Opferrolle aufbauten – obwohl sie selbst das hie und da auch schon getan hatte. Es war kontraproduktiv. Statt ihre Wunden heilen zu lassen, rissen diese Frauen sich jede

Woche wieder den Grind davon ab. Ihre Vorstellung von Rebellion beschränkte sich darauf, bei einer Totenfeier Muffins zu servieren und die Tatsache zu feiern, dass ein anderer ihre pathetischen Rachephantasien in die Tat umgesetzt hatte.

Falls es denn ein anderer gewesen war.

»Hat OMA jemals darüber gesprochen, ihre raison d'être zu töten?«

Cecilia rollte mit den Augen. »Wir sind Opfer von Gewalt, keine Täter. Die meisten dieser Frauen haben Angst, bei Dunkelheit allein aus dem Haus zu gehen.«

»Na schön, lassen Sie mich so fragen: Hat man in der Gruppe über den Mord gesprochen? Wissen Sie, wo jede Einzelne an diesem Abend war?«

»Ich weiß, dass Pru bei einem Ballspiel war, mit zwei Dutzend Kindern auf Krücken und noch ein paar Leuten aus der Steuerkanzlei, für die sie arbeitet. Die anderen Frauen haben wahrscheinlich das gemacht, was sie fast jeden Abend machen. Im Bett sitzen, mit allen Lichtern an, und Angst vor dem Einschlafen haben.«

»Und Sie?«

»Allein zu Hause. Das klassische Alibi, nicht wahr? Mein Vergewaltiger hatte auch vor, es zu benutzen, wenn die Verhandlung nicht fallen gelassen worden wäre. Das ist das Schöne an einer Verteidigungsstrategie – sie muss nicht folgerichtig sein. ›Ich war nicht dort.‹ ›Ich war dort, aber ich habe es nicht getan.‹ ›Ich war dort und habe es getan, aber sie wollte es.‹«

»Und wie folgerichtig ist *Ihre* Geschichte?«

Cecilia zitierte in gelangweiltem, gleichförmigem Ton:

»Ich war allein zu Hause. Ich war dort, aber ich habe es nicht getan. Ich war dort und habe es getan, aber er wollte es so.«

Tess konnte sich gut erinnern – ihr schmerzendes Hinterteil konnte sich gut erinnern –, wie Cecilia sie in dem Café angegriffen hatte. Abramowitz war kleiner als sie gewesen, und er hatte wahrscheinlich keine zwei Stunden am Tag mit Rudern und Gewichtheben verbracht. Aber das Leben ist nun einmal ungerecht. Ein kleiner, dicker, untrainierter Mann war immer noch stärker als sie. Cecilia hätte keine Chance gehabt – oder?

»Also, was ist jetzt eigentlich der Zweck Ihres Besuchs, Cecilia? Sie haben bisher nichts anderes erreicht, als mich davon zu überzeugen, dass alle Mitglieder von OMA im Mordfall Abramowitz eine eidesstattliche Erklärung abgeben sollten.«

»Ich dachte, Sie wüssten etwas. Ich dachte, Sie wollten etwas. Jetzt bin ich mir nicht mehr so sicher.«

»Über Abramowitz?«

»Nein. Tatsächlich könnte es gar nicht weniger mit ihm zu tun haben.« Sie stand auf, um zu gehen. »Ich erwarte nicht, dass Sie das verstehen, aber wir sind eigentlich gar nicht froh, dass er tot ist. Ich jedenfalls bin es nicht.«

»Vielleicht können Sie jetzt eine Selbsthilfegruppe für ihn aufstellen. OMAZUMA: Opfer von Michael Abramowitz zur Unterstützung von Michael Abramowitz.«

Für einen Augenblick tauchte in Cecilias Augen verängstigt und verletzt die kleine Cece auf. Sie hob die Hand, und Tess war froh, dass sie den schweren Eichentisch als Puffer zwischen sich hatten. Aber Cecilia griff nur nach ihren nicht mehr vorhandenen Haaren und tastete nach einer Strähne, die sie beim Nachdenken hätte um den Finger wickeln können.

»Es muss schön sein, wenn man so stark ist und denkt, das kommt deshalb, weil man gut ist, weil man richtig lebt und sich richtig ernährt, sodass man Gesundheit und Glück verdient«, sagte sie, fast so, als würde sie sich das selbst zum ersten Mal überlegen. »Aber es gibt auch so etwas wie Schicksal und Zufall, und es gibt auf dieser Welt mehr schlechte als gute Zufälle.«

Damit verließ sie den Laden. Sie war kleiner, als Tess gedacht hatte. Auch hübscher, vor allem dann, wenn Ärger über ihr Gesicht zog und sie den Mut zum Blickkontakt fand. Ein Mann war vielleicht, wenn er sie ansah, mit seinen Reaktionen ein wenig langsamer als sonst, vor allem dann, wenn ihn ein anderer gerade vorher vermöbelt hatte. In dem Moment, wo er diesen kleinen Fuß auf sein Ohr zukommen sah, wäre es schon zu spät.

19

Cecilias Besuch machte Tess zu schaffen – und das nicht nur wegen der Wahrheit, die in ihren abschließenden Worten lag. Es hatte für Cecilia doch eigentlich keinen Sinn, Tess aufzusuchen, nur um ihr über OMA mehr zu erzählen, als sie bisher gewusst hatte, und dann zu betonen, dass das alles nichts mit dem Tod von Abramowitz zu tun habe. Andererseits hatte sich Cecilia ganz offensichtlich die Grundregel zu Herzen genommen, dass Angriff die beste Verteidigung sei. Getäuscht hatte sie sich wohl lediglich in der Annahme, dass so ein Präventivschlag Tess' Neugier ersticken würde, während er sie doch nur anheizte.

Trotzdem sah Tess eigentlich keine aus der Gruppe als Mörderin. Wofür OMA auch stehen mochte, die Opferrolle war die Konstante dabei. Diese Frauen hatten ihr Leben auf Passivität und Tatenlosigkeit eingestellt.

Sie könnte die Geschichte ja an Jonathan weitergeben – Selbsthilfegruppe, die sich gegen ermordeten Rechtsanwalt formiert hatte, feiert seinen Tod mit Punsch und selbst gebackenen Muffins – und abwarten, was dann passierte. Obwohl »Gerüchte« und »Seifenblasen« die gängigen Metaphern waren, hatte Tess eigentlich immer gefunden, dass das Veröffentlichen einer Zeitungsgeschichte zum richtigen Zeitpunkt am ehesten mit dem

Prüfen eines Backblechs zu vergleichen war: Man ließ ein paar Tropfen Wasser darauf fallen und schaute, ob sie zischten. Aber sie wollte nicht, dass Jonathan seine Aufmerksamkeit wieder der Geschichte mit Abramowitz zuwandte. Außerdem würde ihn das jetzt ohnehin nicht interessieren, wo er doch zu seinem Glück einen ganz großen Fisch an der Angel hatte. Vielleicht sollte sie mit diesem Brocken lieber Feeney füttern oder einen weniger wichtigen Sterblichen beim *Beacon*.

»Sie weiß nicht, was du machst.« Jetzt mischte sich Crow wieder ein. Sie hatte ganz vergessen, dass er noch da war.

»Was meinst du damit?«

»Sie weiß nicht, dass du für Rock arbeitest oder dass du dich mit dem Mord beschäftigst. Sie weiß, dass du keine Polizistin bist, deshalb denkt sie gar nicht an irgendwas Kriminelles. Sie glaubt, dass du es wegen etwas ganz anderem auf sie abgesehen hast.«

»Woher weißt du eigentlich so viel? Woher weißt *du*, dass ich für Rock arbeite?« Er hatte aber recht. Cecilia hatte Rock oder Tyner kein einziges Mal erwähnt. Tess hatte das Gespräch in Richtung auf Abramowitz' Tod gelenkt, aber das hätte jeder tun können, der Zeitung las. Cecilia wusste nur, dass Tess nicht das Opfer war, das sie zu sein vorgab. Sie hatte nicht herausgefunden, wer sie war oder was sie wollte.

»Ich höre viel zu. Dabei nützt es mir, wenn du vergisst, dass ich da bin – so wie gerade eben. So wie die ganze Zeit.«

Er lächelte und machte Tess damit stinksauer. Es sah so

aus, als wären ihr heute alle um eine Nasenlänge voraus – Feeney mit seinem Computer, Donna Collington mit ihren langen roten Fingernägeln, Kitty mit ihren nicht ganz versteckten Vorbehalten gegen Jonathan, Cecilia mit ihrer rätselhaften Mission. Und jetzt war auch noch Crow dieser Bande beigetreten. Da nützte es gar nichts, dass er recht hatte.

Außerdem irritierte es sie auch festzustellen, wie hell Crows Gesicht war. Die Haut war bläulich weiß, wie Milch, wodurch die Dreadlocks, die sein Gesicht umrahmten, noch dunkler aussahen. Die Haut eines Menschen, der nachts lange wach blieb, der viel unterwegs war.

»Heißt du Crow wegen dieses Roboters in *Mystery Science Theatre 3000*, oder weil du aussiehst wie der Sänger bei den Counting Crows?« Tatsächlich sah er besser aus als der, mit schön ausgebildeten Jochbeinen und einer breiten Stirn. Wenn er sich nicht so hängenließe, wäre er bestimmt fünfzehn Zentimeter größer als Tess.

»Ich hieß schon Crow, bevor es einen der beiden gab. Schon zu Hause in Virginia. Wenn du nett zu mir bist, erzähle ich dir eines Tages die Geschichte.«

»Entschuldigung, aber dafür ist mir der Preis zu hoch.« Aber er hatte sie zum Lächeln gebracht.

Tess beendete ihre Schicht und verbrachte dann den Rest des Abends mit dem endlos wiederholten Versuch, Abner Macauley anzurufen, der eine Vorwahl von Dundalk hatte. Jedes Mal, wenn sie anrief, ging eine Frau an den Apparat und lehnte es ab, Mr. Macauley ans Telefon zu rufen, solange Tess nicht ihren Namen und ihr Anliegen angab. Jedes Mal lehnte Tess das ab.

Diese Pattsituation ging den ganzen Abend und bis zum nächsten Morgen weiter, nachdem sie vom Rudern zurück war. Rock war im Ruderclub gewesen und hatte verwirrt und abwesend gewirkt. Der »Head of the Ohio« war in zwei Tagen, und Tess sah ihm sofort an, dass er auch nicht annähernd darauf vorbereitet war. Er sah nicht einmal so aus, als könne er das Rennen überhaupt durchhalten.

»Wie kommst du zurecht?«, fragte sie.

»Ich weiß nicht, ob ich zurechtkomme. Ava spricht immer noch nicht mit mir.« Er sah sie schuldbewusst an. »Ich weiß, ich weiß – ich soll nicht mit ihr sprechen. Aber ich weiß nicht, warum sie ihre Geschichte geändert hat. Mir – oder vielmehr dir – erzählt sie ihre Geschichte so. Dann sagt sie zu so einem Zeitungsreporter, das sei alles nur die Einbildung meiner überhitzten Phantasie. Warum macht sie das?«

Weil sie ein Aas ist. »Ich könnte mir vorstellen, dass sie zwischen dir und der Anwaltsfirma wählen musste. Und wenn man ihre finanzielle Situation betrachtet, musste sie sich natürlich auf die Seite der Anwaltsfirma stellen, sonst könnte sie vielleicht ihren Job verlieren.«

»Vielleicht. Ich weiß nur das eine, dass ich nicht gut rudern werde, solange das nicht geklärt ist. Tyner sagt, ich habe noch Glück, wenn die Verhandlung im Januar stattfinden kann.«

Rock sah so niedergeschlagen aus, so entmutigt, dass sie ihm wenigstens ein bisschen Hoffnung machen wollte.

»Pass mal auf, eigentlich ist es noch verfrüht, darüber zu sprechen, aber ich habe eine Spur. Möglicherweise finde ich den Typen, der Abramowitz wirklich ermordet hat, oder zumindest jemanden mit einem guten Motiv.«

»Das hat Tyner aber gar nicht erwähnt.«

»Er weiß es noch nicht. Dabei wollen wir es einstweilen auch belassen, ja? Ganz unter uns, ich habe so das Gefühl, dass ich an etwas dran bin.«

»Ganz unter uns.« Sie spannte die Muskeln an und wartete auf den unvermeidlichen Klaps, auf den nächsten blauen Fleck, der zu der Sammlung von Rocks Liebesbeweisen für sie hinzukommen würde. Zu ihrer Überraschung küsste er sie stattdessen auf die Stirn.

Am Freitagvormittag war Tess noch immer nicht an dem Höllenhund vorbeigekommen, der Macauleys Telefon hütete. Sie musste wohl auf der richtigen Spur sein. Da fiel ihr ein, dass sie ja Detektivin war und nicht Reporterin. Es war wieder mal Zeit für eine Lüge. Sie legte sich den dicksten Baltimorer Dialekt zu und wählte wieder die Nummer, die sie nun schon auswendig konnte.

»Entschuldigung, Ma'am, aber könnte ich bitte mit Abner J. Macauley sprechen?«

Ihre langen Os und nasalen Töne wirkten wie ein Lockruf auf die Frau, bei der es sich vermutlich um Mrs. Macauley handelte und deren »Bawlmerer« Dialekt so war, dass der von Tess wie eine Parodie davon wirkte.

»Er ist da, meine Liebe, aber darf ich fragen, wer da anruft und warum? Es geht ihm nämlich nicht so besonders gut, wissen Sie.«

Nein, abgesehen von gelegentlichen Beutezügen in der Innenstadt, bewaffnet mit Baseballschlägern.

»Ja klar«, sagte sie. »Ich bin von O'Neal, O'Connor & O'Neill, und wir wollen mit ihm über seine Abfindung sprechen.«

Die Frau quiekte vor Aufregung. »Ach, meine Liebe, er macht gerade ein Schläfchen, aber ich weiß genau, dass er das gerne hören wird. Könnten Sie in einer halben Stunde noch einmal anrufen?«

»Eigentlich würden wir lieber jemanden von uns hinausschicken, um direkt mit ihm zu reden. Könnte er in einer Stunde jemanden empfangen?«

»Tja, da sind dann zwar gerade die Mittagsnachrichten, aber ich glaube, es geht schon. Sagen Sie ihm einfach, dass er kurz herauskommen soll. Wissen Sie den Weg? Wir sind in der Nähe der Holabird Avenue, hinter dem Squires, dem italienischen Restaurant.«

Wenn Tess nicht schon ihr Leben lang in Baltimore gewohnt hätte, hätte sie keine Ahnung gehabt, wovon die Frau sprach. »Holabird« klang wie »Hahlaburd« und »Squires« wie »Squi-yers.« Italienisch wurde natürlich mit einem langen »I« ausgesprochen.

»Klar«, antwortete sie und wäre fast in ihre normale Aussprache zurückgefallen. »Übrigens, es wird ein Mädchen rauskommen, kein Herr. Aber die ist okay.«

»Okay, meine Liebe. Bis dann!«

Trotz Tyners wiederholter Ermahnungen, sich wie eine Erwachsene zu kleiden, hatte Tess das sichere Gefühl, dass sich die Macauleys wohler fühlen würden, wenn sie so aussähe, als wäre sie mit ihrer Tochter auf die katholische Schule gegangen oder hätte mit ihrem Sohn einen Flirt gehabt. Sie kombinierte einen Faltenrock mit einer weißen Bluse und zog darüber eine Männer-Seemannsjacke. Um das katholische Mädchen ganz perfekt zu machen, dachte sie, müsste ich jetzt noch Kniestrümpfe anziehen und den Rockbund so oft umschlagen, dass der Rock gerade noch meinen Arsch bedeckt. So hatte man zu ihrer Zeit in ihrer Pfarrgemeinde ausgesehen. Stattdessen schlüpfte sie noch mit ihren nackten, braun gebrannten Füßen in billige Schlappen und flocht sich die Haare. Bezaubernd, fand sie, wie eine Hockeyspielerin auf dem Weg zur Kirche.

In ihrem Toyota fuhr sie über die Canton Street nach Osten, vorbei an den idyllischen Reihenhäusern von Greektown und Highlandtown, ließ dann die Stadtgrenze hinter sich und wandte sich in Richtung Dundalk. Auf einer Karte nahm sich das Gebiet östlich von Baltimore recht vielversprechend aus. Es lag, wie man meinen sollte, in allerbester Wohnlage, nämlich an der gewundenen Küste der Chesapeake Bay mit ihren kleinen Landzungen und Buchten. Und vielleicht war es auch einmal eine traumhafte Gegend gewesen, vor langer Zeit, nämlich vor der Zeit von Bethlehem Steel. Aber vor Beth Steel hatte es gar kein Dundalk gegeben, denn die hatten den Ort erst 1916 gebaut, um ihre Arbeiter unterzubringen. In den fünfziger Jahren, als die Stahlproduktion auf dem Höhepunkt stand, war der rote Staub aus den Werken ununterbrochen auf die Gemeinde gefallen und hatte alles durchdrungen. Autos, Wäsche auf der Leine, Dächer, Fensterbretter. Man nannte ihn damals den

»Goldstaub« und war dankbar, weil er bedeutete, dass die Werften viel zu tun hatten und es Arbeit für alle gab.

Es gab immer noch Gold in Dundalk, aber nicht mehr so sehr für die, die hier wohnten, als vielmehr für die Männer, die sie vor Gericht vertraten. Nur wenige Familien waren verschont geblieben von der Asbestose oder einer der anderen Krankheiten, die mit dem ehemaligen Wundermaterial in Verbindung gebracht wurden. Ein einzelner Anwalt hatte ein ganzes Imperium auf Asbest aufgebaut und mehr als 250 Millionen Dollar in einem einzigen exemplarischen Prozess verdient. Jetzt gehörten ihm die Orioles. Einigen der Witwen von Dundalk ging es finanziell auch ziemlich gut, aber eine Sportkonzession hatte keine, jedenfalls bisher noch nicht.

Aber genau wie Mr. Miles wunderte sich auch Tess, warum Mr. Macauley sich so auf dieses Geld versteift hatte. Genaugenommen gehörte er noch zu denen, die Glück gehabt hatten. Bei Tausenden von Männern in ganz Baltimore war Asbestose oder der dazugehörige Krebs, Mesotheliom, diagnostiziert worden. Von Asbestose – weißer Lunge – hieß es, dass sie einen besonders schrecklichen Tod nach sich ziehe. Die Lungenfunktion brach langsam immer mehr zusammen, bis man das Gefühl hatte, zu ersticken. Und es genügte nicht, zu beweisen, dass das vom Asbest kam. Man musste wissen, welche Mischung von Asbest einen vergiftete, wenn man Geld kassieren wollte.

Doch Abner Macauley hatte bei Gericht gewonnen, als einer von elf Klägern in der letzten Gerichtsverhandlung vor dem Zusammenschluss der Klagen. Er sollte 850000

Dollar bekommen, und die hatte er immerhin gewonnen, bevor er starb. Die anderen Entschädigungen gingen von 900 000 Dollar bis 2,1 Millionen Dollar und beliefen sich insgesamt auf 15 Millionen Dollar, nach dem Zeitungsausschnitt, den Feeney gefunden hatte. Wie hatten die Geschworenen die Kosten für das Leben von elf Menschen veranschlagt? Macauley hatte nur relativ kurze Zeit dort gearbeitet – nur acht Monate während des Zweiten Weltkriegs – und hatte beweisen können, dass er damit sonst nie in Berührung gekommen war. Jemand, der sich an dem Geld noch freuen konnte, fand Tess, sollte mehr bekommen, nicht weniger. Der Maßstab, den man an das Leiden anlegte, schien ihr auf den Kopf gestellt.

Das Haus der Macauleys, wie versprochen in der Nähe der Holabird Avenue, war eine abscheuliche Ranch aus den fünfziger Jahren, ein ausgedehntes Gebilde aus Ziegelsteinen und seegrünem Fachwerk, das aussah, als wäre es aus dem Wasser der Bucht herausgekrochen und dann hier verendet.

Als Tess läutete, warfen sich kleine kläffende Hunde gegen den Windfang. Sie sahen nicht besonders bösartig aus, aber trotzdem hätte sie ihnen nicht den Rücken kehren mögen. Nach fast zwei Minuten, die ihr durch das Keuchen und Knurren der Hunde besonders lang erschienen, kam eine kleine, rundliche Frau an die Tür. Sie trug kirschrote Hosen, ein rot-weiß gestreiftes Trikot und Röllchen aus Klopapier in ihrem erdbeerblond getönten Haar. Tess kannte diesen Anblick. Das war die beliebteste Methode dieser Gegend, eine Hochfrisur aus dem Friseursalon noch eine Weile zu konservieren.

»Sie müssen das Mädchen sein!«, sagte die Frau fröhlich. »Ich muss nur eben noch die letzten Papierchen aus den Haaren nehmen. Das ist mal wieder so ein Tag, na, Sie wissen bestimmt schon, was ich meine.«

»Klar«, sagte Tess und stimmte ihr gerne zu, jetzt, wo sie auf der Schwelle zu einer bedeutenden Entdeckung stand. Auf der Hinfahrt hatte sie sich endgültig überzeugt, dass Macauley mit dem Mord an Abramowitz zu tun haben müsse. Die Einzelheiten hatte sie noch nicht herausgefunden, aber ihr Gefühl summte geradezu.

Im Innern sah das Haus ein wenig aus wie die Villa von Elvis Presley, überladen und geschmacklos, dekoriert mit Äffchen und Kätzchen aus Keramik. Mrs. Macauley führte sie ins Wohnzimmer am Ende eines langen, dunklen Ganges. Hier standen zwei verstellbare Lehnsessel nebeneinander, gegenüber einer alten Fernsehtruhe, deren Farbe eindeutig einen kalkigen Ton angenommen hatte. Vor beiden Sesseln standen Beistelltische, und darauf warteten zwei Fertiggerichte aus der Mikrowelle neben zwei beschlagenen Dosen National Bohemian. So hätten vielleicht auch die O'Neals gelebt, wenn ihr Vermögen um ein Hundertfaches kleiner gewesen wäre.

»Wir essen immer hier zu Mittag«, sagte die Frau, vermutlich Mrs. Macauley, obwohl sie sich noch nicht vorgestellt hatte. »Abner liebt sein Fernsehen.«

»Wo ist denn Mr. Macauley?«

»Er kommt sofort«, sagte Mrs. Macauley, den Blick auf den Bildschirm gerichtet. Ihre Frisur, die jetzt befreit war, stellte ein bemerkenswertes turmartiges Gebilde dar, aus Haaren auftoupiert, die normalerweise so dünnflüssig wie Eiweiß waren. Was Tess da sah, schien ihr für sich selbst nicht gerade das Erstrebenswerteste, aber sie bewunderte doch, wie hier Natur und Schwerkraft besiegt worden waren.

Sie blickte unverwandt auf eine Türe am Ende des Korridors, begierig darauf, Macauley Aug in Auge gegenüberzustehen. In ihrer Vorstellung würde sich ihr alles gleich auf den ersten Blick enthüllen. Sie hatte nur Angst, dass ihr ernstes Gesicht auf der Stelle ein unzulässiges Geständnis hervorrufen könnte.

Endlich ging eine Tür auf, und Macauley kam herein, wobei er ein widerstrebendes Tier an einer dünnen, blassgelben Leine hinter sich herzog. Sie sah, wie er an der Leine riss und leise fluchte. Ein Sadist, dachte sie mit einiger Befriedigung, als er jetzt durch den Korridor ging und das arme Tier praktisch mitschleifte.

Er bewegte sich bedächtig, mit dem abgemessenen Schritt eines recht selbstsicheren Menschen, wobei er ein hässliches gelbliches Lächeln wie eingefroren im Gesicht trug. Als Tess' Augen sich an das dämmerige Licht gewöhnt hatten, bemerkte sie, dass er gar kein Haustier bei sich hatte, sondern etwas auf Rädern. Sie spähte mit zusammengekniffenen Augen den dunklen Gang hinunter und sah, dass die gelbe Leine ein Schlauch war, die zu irgendeinem Apparat zu seinen Füßen führte.

»Oh mein Gott«, flüsterte sie.

Was sie für ein groteskes Lächeln gehalten hatte, war ein Atemschlauch, der über sein Gesicht ging. Das »Haustier« war sein fahrbarer Sauerstofftank. Macauley kam den Gang so langsam entlang wie eine junge Braut, die in der Kathedrale über Rosenknospen schreitet. Und als er endlich im Wohnzimmer ankam, wäre Tess fast diejenige gewesen, die in Tränen ausbrach, Tränen der Frustration, aber auch des Mitleids.

»Ich hänge erst seit ungefähr einem Monat an diesem Tank«, sagte er zur Begrüßung. »Muss man sich erst daran gewöhnen.«

»Natürlich«, sagte Tess und nickte heftig in alberner Zustimmung. Sie hatte immer noch damit zu tun, diesen zerbrechlichen alten Mann mit dem zornigen Monster ihrer Phantasie in Einklang zu bringen.

»Vonnie sagt, dass Sie mir was Neues zu meinem Geld sagen können.« Jede Silbe kam schwer atmend und abgezirkelt, ein zischendes Keuchen. »Ich habe mich gefreut, als ich das hörte. Ich dachte schon, ich lebe nicht mehr lange genug, um mein Geld noch in Empfang zu nehmen.«

»Ja, das Geld.« Sie war wie gebannt von seinem Gesicht mit dem Schlauch und starrte ihn an wie ein kleines Kind, das es nicht besser weiß. »Natürlich. Ich fürchte – es gibt keine gute Nachricht. Wissen Sie, der Tod von Michael Abramowitz hat die Sache nur noch komplizierter gemacht.«

Mr. Macauley errötete, aber es war ein anämischer, bläulicher Schwall von Blut, der ihm da ins Gesicht stieg, sodass er eher aussah, als würde er ersticken. In seiner Enttäuschung konnte er überhaupt keine Worte mehr von sich geben, nur ein leises Zischen.

»Abner! Abner!«, schrie Mrs. Macauley und schaute vom Fernseher auf, und Tess erinnerte sich, wie sehr

Donna Collington und der Richter im Gerichtssaal über ihre Schreie gelacht hatten. »Pass auf deine Luft auf! Denk dran, der Doktor sagt, du musst immer ganz vorsichtig atmen.«

Er wedelte mit der Hand vor dem Gesicht, um zu zeigen, dass alles in Ordnung sei. Erst nach mehreren Sekunden konnte er wieder sprechen.

»Das verstehe ich nicht. Ich habe in der Zeitung gelesen, dass ein paar von den anderen, von denen aus dem zusammengefassten Verfahrenskomplex, ihre Abfindung schon bekommen haben, und die waren doch *nach* mir dran.«

»Das ist ein anderer Fall. Das Urteil aus den zusammengefassten Verhandlungen wird nicht angefochten, glaube ich. Ehrlich gesagt ist mir das alles selber ein bisschen zu hoch. Ich bin im Grunde nur das – Laufmädchen der Firma.«

»Wir haben vor zwei Jahren gewonnen. Zuerst habe ich gesagt, ich möchte mein Geld einfach nur, bevor ich nach jedem Satz durchatmen muss.« Er schwieg, um einzuatmen. »Und dann sagte ich, na schön, sagte ich, solange ich es noch kriege, bevor ich meinen Sauerstofftank mit mir herumfahren muss, soll es auch noch in Ordnung sein. Ich dachte, wir könnten vielleicht irgendwo hinfahren, eine kleine Reise machen. Jetzt ...« Er schwieg und wartete, dass sich sein Atem wieder festigte. »Jetzt kann ich nur noch sagen, vielleicht, bevor ich bettlägerig werde. Vielleicht, bevor ich sterbe.«

»Das ist eine Schweinerei«, platzte Tess heraus. »Es tut mir sehr leid.«

»Was sind denn eigentlich 850 000 Dollar? So viel Geld, das ist doch irgendwie unwirklich. Wir haben keine Kinder. Der Anwalt zieht seinen Teil ab, bleiben 600 000 Dollar. Das ist so viel Geld, mehr, als wir je hatten, und es bedeutet eigentlich gar nichts. Ist nur eine Zahl, die mir jemand angehängt hat.« Er schwieg wieder, um Atem zu schöpfen. »Das haben sie schön in ein Formular eingetragen, wissen Sie. Nett, wenn man 850 000 Dollar wert ist, auf dem Papier jedenfalls. Aber bevor ich nicht den Scheck sehe, glaube ich es nicht. Die denken bestimmt, dass sie mir nichts zahlen müssen, wissen Sie, weil sie denken, dass ich nicht wichtig bin.«

»Sind Sie deswegen mit dem Baseballschläger in das Büro gegangen? Weil Sie gesehen haben, dass andere Asbestopfer ihr Geld eher bekommen?«

Er lächelte schlau, offensichtlich war er stolz auf sich. »Das hat die Zeitung falsch dargestellt. Die hat vieles falsch dargestellt. Erstens war es ein Adirondack, ein schwarzer Schläger. Ich habe ihn hier.« Tatsächlich stand da ein schwarzer Schläger an seinen Sessel gelehnt. »Und das andere, was die Zeitung nicht erfahren hat, war das mit meiner Knarre.«

»Sie hatten eine?«

»Na klar. Hübscher kleiner Colt, .38er Kaliber. Hab ich zur Verteidigung. Diesen Revolver hab ich mir in die Tasche gesteckt und mich von Vonnie in die Stadt fahren lassen – sie zögerte eine ganze Weile, aber schließlich tat sie es doch –, und dann hab ich diesem miesen Wachmann gesagt, er soll mich rauflassen, ohne mich anzumelden.«

»Und das hat er gemacht?«

»Nachdem ich ihm zwanzig Dollar gegeben hatte, hat er es gemacht.«

»So ein blonder Junge? Mit 'ner Menge Armbanduhren?«

»Jau.« Das war eine interessante Information über Joey – es kostete nicht sehr viel, dass er vergaß, je etwas von Miltie und seiner Miliz gehört zu haben. Das würde sie Tyner erzählen müssen.

»Also ging ich rauf. Ich hatte diesen Abramowitz noch nie gesehen – bei meiner Verhandlung gehörte er ja noch nicht zu der Firma. Aber auch nachdem sie ihn dort angestellt und ihm die Asbestfälle übertragen hatten, konnte ich ihn nie am Telefon erreichen. Ich hatte immer nur so etwas ganz Junges dran.«

»Ava Hill?«

»Nein, Larry Chambers, derselbe Typ, der den Fall auch vor Gericht vertreten hat. Aalglatt. In seinem Mund würde nicht mal Butter schmelzen.«

»Sie sind also zu ihm rauf«, drängte sie, weil sie ihn wieder auf diese Spur bringen wollte.

»Ich bin also zu ihm rauf. Und der Anwalt, da sitzt er also vor seinem großen Schreibtisch und schaut zum Fenster hinaus auf das Wasser. Keine Arbeit vor sich, nichts los. Schaut nur so zum Fenster raus, die Hände gefaltet, wie ein Kind, das von der Schule fliegen soll. Ich zielte mit meiner Kanone auf ihn und sagte zu ihm, dass ihn jemand umbringen sollte für das, was er getan hat.«

»Hatte er Angst?«

»Nein. Er lächelte, also ich meine, er lächelte richtig, als wenn ich sein Kumpel wäre. Dann sagte er: ›Sie haben vollkommen recht.‹ So ’n richtig zynischer Besserwisser, und das machte mich dann erst recht wütend. Also ich auf ihn los. Aber ich kriegte nicht richtig Luft, und er – also, er umarmte mich irgendwie, hielt sich an mir fest wie ein kleiner Junge. Dann nahm er mir die Knarre weg und rief die Polizei.«

»Dann hat er alles andere also erfunden – das mit dem Baseballschläger und dass Sie um seinen Schreibtisch gerannt sind?«

»Und er hat meinen Revolver behalten. Er sagte, das ist zu meinem Besten, weil es illegal ist, einen Revolver bei sich zu haben, auch wenn der angemeldet ist. Was auch stimmt – ich hätte viel mehr Schwierigkeiten gekriegt, wenn sie das mitgekriegt hätten. Auch dass er nicht gegen mich geklagt hat, hätte da keinen großen Unterschied gemacht.«

»Ich hatte von Michael Abramowitz nicht den Eindruck, dass er irgendetwas tat, nur um nett zu sein.«

»Vielleicht wollte er meine Knarre aus einem bestimmten Grund. Vielleicht ahnte er schon, dass dieser junge Typ hinter ihm her war.«

Tess hatte keine Lust, Rock gegen Mr. Macauley zu verteidigen. Er dachte ja, sie arbeite für das Tri O. Es hätte eigenartig wirken können, wenn sie für den Mann Entschuldigungen fand, der angeklagt war, ihren Chef ermordet zu haben.

Aber von dem Gedanken an diesen Revolver war sie fasziniert. Hatte Abramowitz vielleicht wirklich jemand anderen gefürchtet? Hatte er den Verdacht gehabt, dass es nur eine Frage der Zeit sein konnte, bis dieser andere ihn finden würde? Wenn er den Revolver gut versteckt hatte, konnte der immer noch dort sein, und seine Existenz konnte als Beweis benutzt werden, dass Abramowitz sich bedroht fühlte, lange bevor Rock als Tatverdächtiger in Betracht kam.

»Also, was glauben Sie denn, wann ich meinen Scheck kriegen werde, junge Frau?«, fragte Mr. Macauley. Seine Frau sah hoffnungsvoll auf.

Tess erwog ihre Möglichkeiten. Sie konnte lügen, ihnen sagen, was sie gerne hören wollten, und sie damit am Ende nur noch tiefer in die Enttäuschung stürzen. Sie konnte Farbe bekennen und zugeben, dass sie nichts mit dem Scheck zu tun hatte. Oder sie konnte einen Mittelweg wählen – ihnen sagen, dass es unwahrscheinlich sei, ohne ihr eigenes Falschspiel aufzudecken.

»Bald«, sagte sie emphatisch. »Ich habe ein gutes Gefühl.« Und sie stand auf, um zu gehen, in der Hoffnung, ihnen wenigstens einen Nachmittag gegeben zu haben, an dem sie nicht an die 850000 Dollar denken mussten, und an die Tage, die schneller durchliefen als der Zähler im Taxi. Wenn Mr. Macauley noch ein Jahr zu leben hatte, war jeder Tag mindestens 1700 Dollar wert, rechnete sie aus, auch nach Abzug der Anwaltskosten. Es war das teuerste Geschenk, das sie jemals einem Menschen gemacht hatte.

Mrs. Macauley brachte sie zur Tür.

»Miss?«

»Monaghan. Tess Monaghan.«

»Wenn Abners Revolver gefunden wird, kriegen wir ihn dann wieder zurück?«

»Möglicherweise.« Nach der Verhandlung.

»Das ist aber vielleicht keine so gute Idee.«

»Warum nicht?«

»Weil, meine Liebe, wenn wir diesen Revolver noch hätten, dann würde ich ihn wahrscheinlich eines Abends gegen Abner benutzen und dann mich und die Hunde erledigen. Abner will das Geld nur, weil er einen Beweis braucht, dass er gewonnen hat. Es ist für ihn ein Siegeszeichen. Aber mir können sie nicht genug zahlen dafür, dass ich hier sitze und meinen Mann langsam sterben sehe.«

20

Als Tess wieder bei FRAUEN UND KINDER ZUERST eintraf, war sie zu dem Schluss gekommen, dass sie unbedingt herausfinden musste, ob sich der Revolver von Abner Macauley noch im Büro von Abramowitz befand. Das war zwar nicht viel, aber es mochte Tyner vielleicht doch etwas Zusätzliches verschaffen, womit er spielen konnte. Zu diesem Zeitpunkt brauchten sie einfach jedes Spielzeug, das sie finden konnten.

Sie wartete bis 16:55 Uhr und rief dann das Tri O an. Seamon P. O'Neal hielt Wort: Das Gesuch, das Büro von Abramowitz besichtigen zu dürfen, wurde abgelehnt – durch einen Mittelsmann natürlich. Na schön. Tess betrachtete diese Verweigerung als Aufforderung dazu, dass sie das, was sie erreichen wollte, jetzt mit allen Mitteln angehen musste, egal, ob fair oder nicht. Sie hatte ihnen natürlich nicht gesagt, warum sie sich in dem Büro umschauen wollte. Es war sowieso riskant gewesen, überhaupt anzurufen: O'Neal könnte anordnen, das Büro durchstöbern und alles Ungewöhnliche entfernen zu lassen. Deshalb hatte sie auch erst kurz vor fünf Uhr am Freitagnachmittag angerufen. Das gab ihr ein ganzes Wochenende Zeit. Aber wofür?

Kitty weigerte sich, mit ihr über Möglichkeiten nachzudenken. »Das wird dann zu kompliziert für mich«, sagte sie, »wo ich doch mit einem Bullen liiert bin.« Aber Crow spielte nur zu gerne den Mitverschwörer.

»Verkleide dich als Hausmeisterin«, schlug er vor. »Nein – als Fahrradkurier. Zieh Radlerhosen an, setz einen Helm auf, die ganze Uniform eben. Vielleicht verwirrt das den Wachmann so sehr, dass er dich rauf lässt.«

»Der kennt mich aber unglücklicherweise. Aber auch sonst würde ein Kurier ja nicht unbedingt nach oben müssen«, sagte sie und dachte an Joey Dumbarton, den ernsthaften Wachmann, der niemals jemanden durchließ, der sich nicht in seinem Besucherverzeichnis eintrug oder ihm einen 20-Dollar-Schein zusteckte. Andererseits mochte Joey sie als halboffiziell betrachten, mit einem Recht auf gewisse Privilegien. Wenn sie es richtig machte, würde er sie einfach nach oben durchwinken. Und wenn sie dann den Revolver gefunden hatte, würde sie ihn in seinem Versteck liegenlassen und Tyner anrufen, der einen gerichtlichen Durchsuchungsbefehl für das Büro erwirken konnte. Oder so etwas Ähnliches – wie diese juristischen Ausdrücke alle hießen, war ihr nicht so ganz klar. Das Schwierigste dabei würde sein, Tyner ihr Vorhaben zu erklären, nachdem sie es bereits ausgeführt hatte.

»Du brauchst jemanden, der hinter dir steht«, verkündete Crow. »Ich sollte mitkommen.«

»Es grenzt an Schwerverbrechen, was wir da vorhaben, und Tyner wird nichts tun, um deinen Arsch zu retten, wenn wir erwischt werden. Ich kann schon von Glück reden, wenn er *mich* raushaut.«

»Aber du brauchst einen Beobachtungsposten, einen,

der Schmiere steht, während du in den Sachen herumwühlst«, sagte er mit der Überzeugung eines Menschen, der zu viele Krimis gelesen hat. »Sei kühn. Das ist die einzige Möglichkeit.«

In manchen Situationen wäre das eine ganz passende, wenn auch etwas gestelzte Bemerkung gewesen. Aber irgendetwas in Crows Ton – ein spitzbübischer Ton voller Selbstironie – blieb Tess im Ohr hängen.

»Sag das noch mal.«

Er grinste. Diesmal brachte er den Satz noch gekonnter: »Sei kühn. Das ist die einzige Möglichkeit.«

»*Doppelte Abfindung*. Der Versicherungsvertreter Walter Neff sagt das zu Phyllis Nirdlinger, als sie planen, wie sie ihren Ehemann töten können …«

»Sie möchte es in der Badewanne machen, aber er sagt, das sei eine Scheißidee. Er erzählt ihr, dass zurzeit jeder glaube, die Badewanne sei das einzig Richtige – seit so ein Versicherungsfritze einen Artikel veröffentlicht hat, in dem stand, dass da die meisten Unfälle passierten. Was ganz lustig ist, weil …«

»Ein Unfall in der Badewanne war auch der erste Plan von Cora und Frank in *Der Postbote klingelt immer zweimal*.«

»Genau. Ich hätte nie gedacht, dass das sonst noch jemand bemerkt hat.«

Sie schaute Crow lange an. Ein James-M.-Cain-Fan. Und nicht nur irgendein Fan von Cain, sondern einer, der ihn zitieren konnte.

»Hast du alle Bücher von ihm gelesen? Welches magst du am liebsten?«

»Doppelte Abfindung.«

»Ich habe eine Schwäche für *Mildred Pierce*. Das Arbeitermädchen, das etwas aus sich machen möchte.«

»›In Glennwood, in Kalifornien, beschnitt ein Mann die Bäume‹«, zitierte Crow.

»Wie hast du das gemacht, hast du alle auswendig gelernt?«

»Ich habe so eine Art fotografisches Gedächtnis. Wenn ich etwas zwanzig- oder dreißigmal gelesen habe, weiß ich es. Also, kann ich mitkommen? Nie hat jemand in einem Roman von Cain etwas ganz allein zu schaffen versucht.«

»Es ist auch nie jemand in einem Roman von Cain mit irgendetwas davongekommen«, erinnerte sie ihn säuerlich. »Aber ich nehme an, du weißt, worauf du dich einlässt. Treffen wir uns also morgen Abend gegen zehn Uhr hier hinten. Wir können nur hoffen, dass sich auch die ehrgeizigsten jungen Anwälte am Samstagabend eine Pause gönnen.«

Tatsächlich hätte sie, wenn Crow nicht auf so absurde Weise »voll dabei« gewesen wäre, das Ganze wahrscheinlich abgeblasen. Vielleicht war es doch besser, zu tun, was Tyner ihr sagte, und sonst nichts. Na ja, auf jeden Fall würde das jetzt ihre letzte Eigeninitiative sein.

Am Samstagabend legte Tess ihre Art von Arbeitskleidung an: Blazer, Jeans, schlichtes weißes Hemd, Turnschuhe. Crow hingegen schien zu denken, er wirke in einem Spionagefilm mit. Er trug einen schwarzen Rollkragenpullover, schwarze Jeans, eine schwarze Mütze, die er sich tief über seine schwarzen und grünen Haare gezogen hatte, und sogar schwarze Handschuhe. Ein Wunder, dass er sich nicht auch noch das Gesicht mit Kohle geschwärzt hatte. Er hatte eine große Taschenlampe bei sich und wirkte ungeheuer zufrieden mit sich selbst.

»Ich denke eigentlich«, sagte er, »das hier ist so etwas wie unser erstes Rendezvous.«

»Du begnügst dich jetzt wohl mit mir, nachdem Kitty nicht mehr zu haben ist? Ich sollte vielleicht erwähnen, dass ich keine Vorliebe für grüne Haarsträhnen habe.«

»Ein Begnügen wäre das nicht«, sagte Crow. »Und ich kann mein Haar in jeder Farbe tragen, die du magst.«

»Großartig, wir kaufen nachher gleich eine Haartönung. Aber lass uns jetzt gehen und die Sache hinter uns bringen.«

Sie nahmen Crows Wagen, von dem Tess mit einigem Vorbehalt angenommen hatte, er sei so kunsthochschulmäßig wie seine Haare und seine Persönlichkeit. Originell. Gefährlich. Ein bisschen anstrengend.

Stattdessen handelte es sich um einen Volvo Kombi, ein neueres Modell mit Aufklebern von Privatschulen als Statussymbol und einer perfekten Stereoanlage, die sie fast auf den Rücksitz blies, als er den Zündschlüssel drehte.

»Demokassette«, erklärte Crow. »Ich hab eine eigene Band. Po' White Trash.«

»Ich glaube, das hätte ich kommen sehen müssen.« Andererseits war meine Erkenntnisfähigkeit ja in letzter Zeit nicht so ganz auf der Höhe.

»Ich nehme an, du hörst gerne Oper«, sagte Crow. »Cain war auch so.«

»Crow, ich lese Cain gerne. Ich möchte nicht so *sein* wie er. Ich bin ein Mensch, dem es um den Text geht. Ich mag die alten Songschreiber – Rodgers and Hart, Cole Porter, Jerome Kern – wegen der Texte. Ich mag Bob Dylan und diese folkartigen Outlaw-Bands auf FM. Bis zu Stephen Sondheim – näher komme ich an Oper nicht heran.«

»Der schreibt für Schwule«, sagte Crow sachlich.

»Ich dachte, dass es für eine solche Bemerkung über Schwule heutzutage Minuspunkte gibt. Wieso ist das wichtig, ob Schwule Musicals gut finden? Sie haben einen besseren Geschmack als viele anderen Leute, so weit stimmt das Klischee. Und mögen Schwule nicht auch die Oper?«

»Dazu habe ich eine eigene Theorie. Schwule mögen verschlüsselte Dinge, und das vielleicht mit gutem Grund, wenn man davon ausgeht, dass sie sich historisch gesehen immer verstecken mussten. Sie mögen Musicals, weil die süß sind. Sie mögen Sondheim, weil in seiner Poesie so viel verborgen ist. Also ist ein Musical von Sondheim genau das richtige für Leute, die versteckte Botschaften und Vielschichtigkeit lieben.«

»Worauf willst du hinaus?«

»In der Oper musst du, wenn du die Sprache nicht kannst, auf die Musik hören. Du musst die Worte und die Schläue hinter dir lassen. Schläue ist die letzte Zuflucht für kluge Leute. Und da liegt dein Problem, Tess. Du bist zu schlau. Du hörst auf die Worte statt auf die Musik.«

»Ist an Schläue etwas falsch?«, fragte Tess scharf, weil

ihr Crows Haltung unbequem wurde. Er sollte doch ihr Sancho Pansa sein, servil und ehrerbietig, und nicht ein herumkommandierender Henry Higgins. »Wir sind soeben dabei, uns auf ein mögliches Schwerverbrechen einzulassen, bei dem Schläue unser einziger Schutz sein wird.«

»Wenn du meinst.«

Sie parkten in einer Seitenstraße westlich des Lambrecht Buildings. Heute Abend gab es kein Heimspiel der Orioles, und sobald sie über den Inner Harbor hinaus waren, erweckte die Innenstadt das übliche Gefühl einer Geisterstadt. Man konnte viel tun, um ein Stadtbild zu verbessern, und im Fall von Baltimore war auch alles Erdenkliche getan worden. Aber man konnte Baltimore nicht das Herz zurückgeben. Die Innenstadt sah nachts wie ausgehöhlt aus.

Joey Dumbarton stand auf seinem Posten und klopfte auf dem Tisch den Takt zu einer ohrenbetäubenden Melodie, die ihm aus den Kopfhörern drang und so laut war, dass sie normale Ohren zum Bluten gebracht hätte. Bei Dunkelheit und unter dem fluoreszierenden Licht wirkte er außerordentlich bleich, wie einer dieser Welse, die tief unten in einer Höhle in Arkansas leben. Die Evolution und die Geschichte waren an ihm vorbeigegangen. Eine Generation früher hätte er Stahlarbeiter sein, mit seinem Oberschulabschluss ein gutes Gehalt beziehen und ein sorgloses Leben führen können. Jetzt war er ein Mietbulle mit Minimalgehalt. Zumindest brauchte er sich keine Gedanken über Asbest oder Umweltsünden zu machen. Wenn er Glück hatte, bekam er einen Schuss ins Bein, bevor er dreißig war, und konnte sich mit einer Arbeitsrente zur Ruhe setzen.

Tess zog ihren Führerschein heraus und hielt ihn ihm kurz vor Augen, als wäre es eine Dienstmarke. »Können Sie sich an mich erinnern, Joey? Ich muss hinauf und etwas im Büro von Abramowitz überprüfen. Sie können mich doch durchlassen, oder?«

»Das ist gegen die Regeln.«

»Also wirklich, Joey. Sie wissen doch, dass ich Privatdetektivin bin und für einen Anwalt arbeite. Was ist da schon dabei? Wir wollen uns nur nach etwas umschauen, was die Bullen vielleicht übersehen haben.«

»Ich könnte Schwierigkeiten bekommen«, sagte er, und über seiner Nase entstand eine Grube, ein Zeichen von tiefem Nachdenken.

»Ach was, ich trage mich doch ein. Mein Kumpel hier auch.« Crow bedachte Joey mit seinem berückendsten Grinsen. »Und wenn wir herunterkommen, unterschreiben wir wieder. Was ich allerdings *nicht* zu tun gedenke, das ist, Ihnen einen 20-Dollar-Schein zuzustecken, wie das andere Besucher ja gern tun.«

Joey war keine große Leuchte, aber eine Drohung konnte er erkennen, wenn er sie hörte.

»Das habe ich doch nur ein paarmal gemacht. Und nicht an dem Abend, um den es Ihnen geht, das kann ich Ihnen sagen.«

Sie sagte nichts, sondern sah ihn nur an.

»Okay, okay. Ich lass Sie rauf.«

Zu ihrer Überraschung verließ Joey seinen Platz an der Rezeption, um sie hinauf zu den Büros des Tri Os zu bringen. So stand das bestimmt auch nicht im Handbuch der Miliz. Auch das musste sie Tyner erzählen.

Die Büros des Tri Os waren dunkel und leer, wie Tess gehofft hatte. Joey ließ sie hinein und blieb dann noch stehen, als würde er aufpassen wollen.

»Wenn wir die Tür einfach zuziehen, wenn wir gehen, ist sie dann abgeschlossen?«, fragte Tess.

»Oh ja, klar. Ja. Ziehen Sie die Tür einfach nur zu.« Und Joey kehrte zurück zu seinem Pult und seinem Walkman.

Sobald er gegangen war, bezog Crow Posten am Empfangspult, und Tess trat in das Büro von Abramowitz. Die Polizeimarkierungen waren längst wieder entfernt worden, ebenso alle Flecken, die eventuell durch sein Hinscheiden verursacht worden waren. Doch anscheinend hatte bisher niemand große Eile, dieses Büro für sich zu beanspruchen, trotz des Panoramablicks und der luxuriösen Ausstattung. Offenbar waren die Advokaten doch ein ganz schön abergläubischer Haufen.

Sie suchte zuerst an den naheliegenden Plätzen. Nach Tess' Erfahrung waren die Menschen überhaupt nicht erfinderisch, wenn es darum ging, Dinge zu verstecken. Sie selbst jedenfalls war es nicht. Wenn die Bullen je eine Razzia in ihrer Wohnung machen würden, bräuchten sie nicht mehr als fünf Minuten, bis sie die Schachtel mit dem Marihuana unter ihrem Bett gefunden hätten. Ein Einbrecher würde noch weniger Zeit brauchen, um die Kaffeedose im Gefrierschrank zu finden, in der sie ein paar Schmuckstücke und Banknoten aufbewahrte. Sie zog Schubladen auf, suchte hinter Gesetzbüchern.

Nichts. Wenn die Polizei die Knarre gefunden hatte, hätte sie auf der Liste der Beweismittel erscheinen müssen. Wenn das Tri O selber das Büro durchsucht hatte, aus welchen Gründen auch immer, wäre ohnehin keine Knarre mehr da. Oder konnte Abramowitz sie mit nach Hause genommen haben?

Sie versuchte gerade, einen Aktenschrank mit einem Schweizer Armeemesser zu öffnen, ohne viel Erfolg, als sie Crows Stimme am Eingang hörte. »Ach, hallo, Sir. Kann ich Ihnen helfen, Sir? Sir? Sir?« Sie kroch unter den Schreibtisch und horchte auf die näherkommenden Schritte.

»Kann ich Ihnen helfen, Sir?« Crows Stimme, eindringlich und panisch.

»Ich glaube nicht, junger Mann«, sagte eine bekannte Stimme. »Ich glaube auch nicht, dass Sie überhaupt hier sein sollten.«

Tess spitzte um den Schreibtisch. Crow stand im Eingang und versuchte, den Nachtwächter, Frank Miles, am Betreten des Büros zu hindern. Der Wochenendnachtwächter. Ihr Besuch traf genau mit seiner Schicht zusammen. Mit einem Seufzer kroch Tess heraus.

»Hallo, Mr. Miles. Ich suche nur ein paar Dinge, die für den Fall wichtig sein könnten.«

Er sah sie wissend an. Nicht misstrauisch oder hinterhältig. Nur wissend. »Warum müssen Sie sich dann bei Nacht einschleichen?«

»Mr. O'Neal ist zurzeit nicht gut auf meinen Chef oder seinen Klienten zu sprechen.«

Mr. Miles sah sie immer noch an, nüchtern und gedankenvoll. So ein Gesicht würde man vor sich haben, wenn man sich im Internat nach Ende der Ausgangszeit noch hereinschleichen wollte, dachte Tess – weise, nicht zu täuschen. Er war vielleicht kein Vater gewesen, aber die Jahre als Wärter im Schulsystem hatten ihn offensichtlich alles gelehrt, was er über die Tricks junger Menschen wissen musste. Tess erkannte, dass er sich nicht für dumm verkaufen ließ, dass er überlegte, ob er sie nur hinauswerfen oder auch die Polizei rufen sollte.

»Wir brauchen nicht lange«, versprach sie. »Es ist wirklich nicht unsere Schuld, dass wir uns hier so einschleichen müssen. Ehrlich gesagt ist Mr. O'Neal ein Arschloch, wenn Sie mir diesen Ausdruck verzeihen.«

Darüber lächelte er. »Machen Sie, was Sie wollen. Aber ich weiß nicht, was Sie suchen. Ich habe den Teppich selber gereinigt, nachdem die Polizei fertig war. Wahrscheinlich mussten Sie das alles eben einfach mit eigenen Augen sehen. Sie sind wirklich gewissenhaft, Miss Monaghan.«

Er schob seinen Wagen den langen Gang hinunter zu einem Büro an der südwestlichen Ecke. Tess bemerkte, dass ihm daran lag, ihnen zu zeigen, dass er ihnen vertraute, indem er sie nicht weiter beobachtete.

»Cooler Typ.« Crow atmete tief durch. »Hat eine tolle Stimme.«

Jetzt, wo Mr. Miles sein wortloses Einverständnis gegeben hatte, half Crow Tess, das Zimmer noch einmal zu durchsuchen. Es war ein ganz unpersönlicher Raum ohne die geringste Spur von Abramowitz. Sie hatte erwartet, dass er seine Zeitungsfotos aufgezogen und gerahmt aufgehängt hatte. Oder wenn nicht das, dann irgendeinen albernen, aufdringlichen Kunstgegenstand, ein schrilles Poster oder eine obszöne Skulptur. Nichts wies darauf hin, dass Abramowitz je hier gewesen war. Sogar der Kalender auf seinem Schreibtisch war schneeweiß, ohne einen einzigen Termin. Sie bemerkte, dass die oberste Seite noch April zeigte, also sechs Monate im Verzug war. Sie strich mit der Hand über das Papier und wunderte sich über dessen jungfräulichen Zustand. Sie spürte nichts, was sich etwa von den Blättern der vorherigen Monate durchgedrückt hätte, kein Zeichen, dass die weniger rein gewesen wären. Aber irgendetwas in der Mitte fühlte sich komisch an. Erstaunt fuhr sie noch einmal darüber. Sie hatte es sich nicht nur eingebildet: In der Mitte war ein flaches Viereck zu spüren. Als sie den Kalender bis ganz nach hinten durchblätterte, fand sie eine Diskette innen auf den Karton der Rückseite geklebt.

»Hab was gefunden«, sagte sie zu Crow. »Was für einen Computer hat er hier?«

»Einen MacIntosh, einen richtig starken.«

»Gut, der ist mit meinem kompatibel, falls er dieselbe Software benutzt.« Sie steckte die Diskette ein. »Ich glaube, das war's.«

»Die Akten?«, fragte Crow.

»Abgesperrt. Ich wollte gerade den Schrank knacken, als du mit Mr. Miles kamst. Ich habe nicht viel Übung darin, ein Schloss aufzubrechen.«

Crow sah den Aktenschrank sehr konzentriert an. Dann trat er dagegen, so fest er konnte. Nichts geschah, außer, dass er rückwärts umfiel und sich den schmerzenden Fuß hielt.

»Hast du in seiner Schreibtischschublade nach einem Schlüssel geschaut?«, fragte er nach ein paar Sekunden, als er wieder normal atmen konnte.

Tess zog die mittlere Schublade auf und sah sofort einen Schlüssel zwischen den Stiften aufblitzen. Sie sperrten den ersten Schrank auf. Das war gefährliches Terrain. Anwaltsakten sind vertraulich, und wenn jemand darin schnüffelte, könnte das sogar eine Gerichtsverhandlung nach sich ziehen. Doch die Aktenfächer von Abramowitz waren genauso leer wie sein Kalender. Die bei Juristen üblichen Ordner standen leer da und warteten auf Beschriftungen und Akten. Sonst gab es nichts. In den anderen Aktenfächern standen nicht einmal Ordner. Im untersten Fach schließlich fanden sie etwas Staub.

»Ich glaube, die Diskette hier wird unser einziges Souvenir von dieser Reise sein«, sagte Tess und klopfte auf ihre Hosentasche.

»Und was ist mit dem Revolver?«, fragte Crow.

»Wenn er hier ist, dann ist er zu gut versteckt. Oder vielleicht ist er auch bei ihm zu Hause. Aber immerhin haben wir ja Macauleys eidesstattliche Aussage über das, was vorgefallen ist. Das könnte helfen.«

»Wird er nicht als Zeuge aussagen, wenn es so weit ist?«

»Wenn es so weit ist, lebt Macauley vielleicht nicht mehr.«

Mr. Miles sah, dass sie gingen. »Haben Sie gefunden, weswegen Sie gekommen sind, Miss Monaghan?«

»Nicht ganz«, sagte sie. »Wir haben etwas gefunden, aber es war nicht das, was wir gesucht haben. Ich weiß auch noch gar nicht genau, was wir da gefunden haben.«

Im Auto, als Crows Stimme wieder in Stereo über sie hereinbrach, dachte sie, sie würde sich niedergeschlagen fühlen. Sie hatten keinen Erfolg gehabt. Sie hatten den Revolver nicht gefunden. Die Rechtmäßigkeit der Diskette in ihrer Tasche war bestenfalls zweifelhaft, ihr Nutzen unklar.

Aber sie waren hineingekommen. Allein schon deswegen spürte sie einen freudigen Stich.

»Also dann«, sagte Tess. »Ich lade dich auf einen Drink ein, aber nur, wenn du etwas bestellst, was mich nicht in Verlegenheit bringt. Keinen Kleinmädchendrink.«

»Du Sexistin. Was ist denn ein Kleinmädchendrink?«

»Alles, was ein Barmixer mischt, außer einer Frozen Margarita.«

Sie führte ihn in eine ihrer Lieblingsbars, das Frigo's, ein Lokal in ihrem Viertel, das trotz aller Anstrengungen seiner fünf aufeinanderfolgenden Besitzer noch nicht ganz unangenehm und uninteressant geworden war. Nach fünf Renovierungen, die unter anderem eine klapprige Veranda und eine Verblendung mit antikisierenden Betonsteinen, dieser Spezialität von Baltimore, einschlossen, besaß das Frigo's, das an der Grenze zwischen Fells Point und Little Italy lag, doch noch immer seine Decke aus gestanzten Zinnplatten, seine glänzenden Holzböden und seine Mahagonibar.

Was noch wichtiger war, hier gab es Fassbier für einen Dollar und einen Metallständer mit Kartoffelchips, der

Crow und Tess zu einem dreigängigen Menü verhalf: mit Barbecue-Soße, mit saurer Sahne und Zwiebeln und, als Nachtisch, mit Krebsgeschmack. Dieses Mahl passte überraschend gut zu Bourbon und Wasser, dem Getränk, das Tess an diesem Abend gewählt hatte, und damit unvermeidlich auch Crow. Sie hatte den Verdacht, dass Crow ihr auch dann ohne ein Zucken seiner dichten schwarzen Wimpern gefolgt wäre, wenn sie in voller Montur ins Hafenbecken gesprungen wäre oder verkündet hätte, dass ihre nächste Tat ein kleiner Banküberfall sei.

Es war, als hätte er ihr, als sie gerade mal nicht hinschaute, sein Herz in die Tasche geschmuggelt, so vollkommen schien er plötzlich auf sie fixiert. Dadurch hatte Tess jetzt das nicht genau festzumachende, leicht panische Gefühl, das einen überkommt, wenn man auf etwas aufpassen soll, das einem anderen viel, einem selber jedoch fast gar nichts bedeutet. Sie ging davon aus, dass sie es nur für kurze Zeit würde hüten müssen. Jederzeit, jeden Moment könnte er es wieder zurückhaben wollen, um es jemand anderem auszuhändigen.

»Meinst du, dass du auf der Diskette etwas findest?«, fragte Crow. »Sollen wir zu dir gehen und gleich mal reinschauen?«

»Ich erwarte eigentlich nicht, dass ich irgendetwas darauf finde. Außerdem, nein, ich möchte dich nicht auch noch in diesen kriminellen Akt verwickeln. Es könnte ja sein, dass da irgendwelches geheime Zeug drauf ist. Ich habe mich aber über deine Hilfe heute Abend sehr gefreut.«

Crow schenkte ihr ein liebeskrankes Lächeln. Die alberne schwarze Kleidung brachte seine Erscheinung seltsamerweise sehr vorteilhaft zur Geltung. Da seine grünen Haarsträhnen im dämmerigen Licht der Bar im Augenblick nicht zu sehen waren, sah er halbwegs normal und fast attraktiv aus. Und sehr jung.

Leicht irritiert schlug sie den pedantischen, dozierenden Ton eines Lehrers gegenüber seinem Schüler an, in dem Gefühl, sie müsse zwischen sich und ihm dringend etwas Distanz schaffen. Schließlich war sie mindestens sechs Jahre älter als er. Vielleicht sogar sieben.

»Erzähl mir doch mal, wie du dazu gekommen bist, James M. Cain zu lesen.«

»Ich habe den *Postmann* gesehen – in der Originalfassung mit Lana Turner und John Garfield. Ich war begeistert, aber ich habe irgendwie gemerkt, dass da etwas fehlte. Als wenn man einen Kinofilm im Fernsehen sieht und weiß, dass sie die schmutzigen Stellen herausgeschnitten haben. Aber in dem Fall dachte ich, dass die schmutzigen Stellen im Buch sein müssten. Und ich hatte recht.«

»Ja. Cain hat einmal darüber geklagt, dass er wohl eine Macke haben müsse, weil er einfach nie etwas so schreiben könne, dass es nicht von der Zensur beschnitten werde.« Sie wusste, dass ihre Stimme widerlich und prüde klang, aber sie konnte nicht anders. »Ich weiß nicht, wie es ihm heute gehen würde, wo alles erlaubt ist. Wahrscheinlich wäre er entsetzt, dass es in dieser Welt nichts mehr zu zensieren gibt.«

»Ach, ich weiß nicht; er hat noch bis 1977 gelebt«, sagte

Crow. »Ich bin sicher, dass er das alles noch mitgekriegt hat. Und außerdem gibt es doch in dieser Welt noch sehr viel, was zensiert werden kann. Egal, wie zynisch du bist, die Welt wird immer eine Möglichkeit finden, dich zu schockieren und zu überraschen.«

Verärgert nahm Tess einen Schluck Bourbon und spülte den Geschmack der Chips hinunter. Immer, wenn sie selbst in die Fänge einer unglücklichen Verliebtheit gefallen war, hatte sie das Gefühl gehabt, sie müsse mit allem einverstanden sein, allem glückselig zustimmen und immer mit dem Kopf nicken, egal, wie dumm die Gedanken auch waren, die das Objekt ihrer Leidenschaft von sich gab. Crow hingegen blieb sich selber treu, auch wenn er völlig hin und weg war. Er war jünger als sie: Kapierte er denn nicht, dass er auch dümmer sein sollte als sie und weniger erfahren in allem?

21

Tess bat Crow, sie in der Bond Street vor dem jetzt dunklen Laden abzusetzen. Er hätte sie lieber noch bis zum Seiteneingang gebracht, aber sie wollte alles vermeiden, was nach einem Rendezvous aussehen könnte. Nebel war aufgekommen, und trotz der noch warmen und feuchten Luft war die Nacht für ihren Geschmack etwas zu romantisch. Sie hatte Angst, dass Crow versuchen würde, sie zu küssen. Sie hatte Angst, dass sie es schön finden könnte.

Als sie die Seitengasse entlangging, fühlte sie sich nicht sicher. Der Nebel verhüllte die Sterne und die Straßenlampen, sodass es dunkler war als gewöhnlich. Den Mond konnte man auch nicht sehen. Vielleicht war es doch nicht gerade ihre beste Idee gewesen, Crow wegzuscheuchen. Auf halbem Weg blieb sie stehen und überlegte, ob sie nicht zurück zur Vordertür gehen sollte, entschied sich dann aber doch dagegen. Der Laden war über Nacht versperrt, und durch Kittys Wohnbereich wollte sie nicht gehen, nicht, wenn die vielleicht gerade mit ihrem Leutnant Strahlemann beschäftigt war.

Ich bin albern, sagte sie sich. Diese ganzen Mantel- und-Degen-Geschichten aus dem Anwaltsbüro sind mir zu Kopf gestiegen.

Sie ging wieder weiter, wobei die Sohlen ihrer Turnschuhe laut über das Pflaster platschten. Ihre Schritte schienen widerzuhallen. Oder gab es da Schritte, die den ihren folgten?

Sofort hatte sie die Schlüssel in der Hand und so zwischen den Fingern festgeklemmt, dass sie wie ein improvisierter Schlagring benutzt werden konnten, eine Technik, die ihr Vater ihr beigebracht hatte, bevor sie aufs College ging. Sie hatte die schwere Metalltür erreicht, die zu ihrer Treppe führte. Doch als sie den Schlüssel ins Schloss stecken wollte, schoss ein Mann aus einem zurückgesetzten Eingang auf der anderen Seite der Gasse hervor und packte sie am rechten Handgelenk.

Zu erschrocken, um zu schreien, drehte sie sich Richtung Straße und wollte losrennen, doch der Angreifer hielt sie fest. Sie holte mit dem linken Arm aus, und obwohl sie nicht genau zielen konnte, brachte sie einen guten, kräftigen Schlag zustande und traf Backenknochen und Nase des Mannes.

»Verdammt noch mal, Tess.« Jonathan Ross ließ ihren Arm fallen und hielt sich die Hände vors Gesicht. »Seit wann bist du denn so unberechenbar?«

»Als Gerichtsreporter solltest du wissen, dass wir Stadtbewohner zurzeit beinahe alle ein bisschen nervös sind. Hier geschieht fast jeden Tag ein Mord.«

»Ich glaube, ich blute.«

»Sei nicht kindisch.« Sie sperrte die Tür auf. Ihre Hände bebten; tatsächlich zitterte sie am ganzen Körper, als hätte sie statt Bourbon Cappuccino getrunken. Sie zog Jonathan nach drinnen und begutachtete ihn im Schein der Lampe am Fuß der Treppe.

Sie war von ihrer Tat beeindruckt. Sein rechtes Auge war in dem einen Winkel verfärbt und begann anzuschwellen. Ihre Nägel, so kurz sie waren, hatten ihm zwei parallele Streifen vom Jochbein bis zur Stirn gezogen. In den schmalen Rinnen war Blut zu sehen – tatsächlich Blut.

»Ich glaube, ich habe dir die Nase gebrochen«, sagte sie feierlich.

»Die Nase? Scheiße, du hast mir die Nase gebrochen.« Jonathan hatte eine hübsche gerade Nase, eine, von der sein Vater, ein Schönheitschirurg in einem Vorort von Washington, seinen Patienten gerne erzählte, dass er sie modelliert habe. In Wirklichkeit war sie ein Geschenk der Natur, und Jonathan war stolz darauf.

»Ich habe nur Spaß gemacht. Komm jetzt mit rauf. Ich geb dir einen Waschlappen und ein bisschen Brandy. Das kannst du dann beides ganz nach Gutdünken einsetzen.«

In ihrer Wohnung untersuchte Jonathan sein Gesicht im Schlafzimmerspiegel. Tess zog ihren Blazer aus, holte die Diskette aus ihrer Tasche und ließ sie so ganz nebenbei auf den Nachttisch gleiten.

»Was ist denn das?«

»Meine Arbeit für Onkel Donald.«

»Ich dachte, du gibst immer nur die Ausdrucke ab. Ich dachte, dein Mac ist mit dem Staats-IBM nicht kompatibel.«

»Sie haben da so ein Konvertierungsprogramm. Das macht deren Computerfritze.« Typisch. Bis zu diesem Augenblick hatte Jonathan noch nie auch nur das kleinste Fünkchen Interesse für ihre Arbeit bei Onkel Donald aufgebracht.

»So etwas habe ich ja noch nie gehört«, insistierte er. »Da ist der Staat noch nicht mal fähig, seine eigenen Wohltätigkeitsangelegenheiten zu computerisieren, aber dieser Typ kann so etwas machen?«

»Bist du vorbeigekommen, um mich zu Tode zu erschrecken oder um mich über meine Teilzeitbeschäftigung auszuquetschen?« Sie riss sich das Shirt aus dem Hosenbund der Jeans. Sie hasste es, wenn Kleidung an ihrem Körper eng anlag, wenn sie sie in der Taille einschnürte. Am liebsten hätte sie die ganze Zeit einen Kaftan getragen, aber sie wollte nicht noch größer aussehen, als sie ohnehin war. Langsam und bedächtig knöpfte sie ihr Hemd auf.

»Hast du immer noch diesen Körper?«

»Komm doch her, und schau selber nach.« Tess setzte sich auf die Bettkante und begann ihre Jeans auszuziehen.

Jonathan, der von dem Waschlappen ein ganz feuchtes und warmes Gesicht bekommen hatte, kniete sich zwischen ihre Knie und beendete diese Aufgabe für sie. Sie legte die Linke mit dem Handrücken auf seine Stirn, als wolle sie spüren, ob er Fieber habe. Mit dem rechten Zeigefinger zog sie die Linien nach, die sie über sein Gesicht gezogen hatte.

»Wenn du ein Räuber gewesen wärst«, sagte sie zärtlich, »hätte ich dir ganz schön die Hölle heiß gemacht.«

»Tatsächlich?« Er stieß sie rückwärts aufs Bett und hielt sie an den Schultern nieder, wobei er die festen Muskeln zusammendrückte, die sich immer sofort verspannten, wenn sie unter Stress stand. »Du ruderst. Du rennst. Du hebst Gewichte. Ich, ich spiele vielleicht einmal die Woche Basketball, wenn ich Glück habe. Jetzt versuch dich aufzurichten.«

Sie versuchte es nicht, denn sie wusste, dass es ihr nicht gelingen würde, wusste, wie schwer es für eine Frau war, so stark zu sein wie ein Mann. Seltsamerweise hörte sie in Gedanken Cecilias Stimme. Es muss schön sein, wenn man so stark ist. Sie hasste es, schwach zu sein, hasste es, zu wissen, dass Jonathan tun konnte, was er wollte.

»In der Gasse hinten lag ich ja nicht auf dem Rücken.«

»Hättest du aber leicht können, wenn du mich nicht reingelassen hättest.«

Der Adrenalinausstoß bei ihrem Zusammentreffen vorhin, der Bourbon von Frigo's, die Erinnerung an Crows bewundernde Blicke, das eigentliche Thema dieser politisch nicht korrekten Unterhaltung – alles das zusammen bewirkte, dass Tess sich lüstern und stark fühlte. Jonathan ebenbürtig. Als er letztes Jahr in ihr Leben zurückgekehrt war, hatte er das zu seiner Bedingung gemacht. Er kam, wann er wollte, er schlief mit ihr, er schuldete ihr nichts als einen Orgasmus oder einen gut gemeinten Versuch dazu. Sie hatte so getan – anderen gegenüber, sich selbst gegenüber –, als ob sie es auch nicht anders wollte. Aber sie hatte gewusst, und Jonathan hatte es auch gewusst, dass sie es einfach nicht anders bekam.

Er saß jetzt rittlings auf ihr. Sie hob langsam das rechte Bein und strich mit dem Fuß liebkosend das seine hinauf, bis sie mit dem Knie von unten gegen seine Leistengegend drücken konnte.

»Wenn ich aufstehen wollte, würde ich nichts weiter tun müssen, als dieses Knie mit aller mir zur Verfügung stehenden Kraft ein wenig in die Höhe zu stoßen, und schon hättest du deine Eier irgendwo da oben auf Höhe der Leber. Zu deinem Glück will ich aber gar nicht aufstehen.«

»Das trifft sich ja wunderbar.« Ja. So war sie immer gewesen, hatte immer so getan, als wäre das, was sie hatte, auch das, was sie wollte.

Sie schlängelte ihre Beine an seinen vorbei nach außen, erst das rechte, dann das linke, und schlang sie ihm dann um die Taille. Er hatte recht. Gleichgültig, wie viele Gewichte sie hob, wie schnell sie rannte, wie heftig sie ruderte, in Bezug auf den Oberkörper wäre sie ihm an Kräften immer unterlegen, solange sie nicht eine tüchtige Dosis Steroide oder Wachstumshormone einnahm. Unterhalb der Gürtellinie jedoch war es etwas anderes. Sie presste ihre Schenkel fester zusammen und dachte an die hundert Kilo, die sie zusammenpresste, wenn sie ihre Adduktoren trainierte. Jonathan wog vielleicht 87 oder 90 Kilo. Aber anders als das Gerät konnte er selbst Kraft ausüben.

»Ich hab dich immer noch festgenagelt«, grinste er hämisch und genoss ihre Pythonbewegungen.

Tess aber – die darüber genauso verwundert war wie er – biss ihn ins Handgelenk, so fest, dass es durch die Haut ging. Erschrocken zog er die Rechte weg, was ihr die Chance gab, sich auf ihn zu rollen.

»Hast du immer noch diesen Körper?«, fragte sie.

Er nickte, er genoss das Spiel, die damit verbundene

Gefahr, die gerade richtig dosierte Gefahr. Sie zog seine Jeans herunter und senkte sich auf ihn. Jetzt war sie in der Position, die er vor ein paar Minuten innegehabt hatte – saß mit gespreizten Beinen auf ihm, drückte seine Schultern aufs Bett. So hielt sie ihn, vögelte ihn, interessierte sich nur für ihr eigenes Vergnügen. Wenn Kitty in dieser Nacht lauschte, hätte sie Tess' Schreie lange vor denen von Jonathan gehört.

Als sie fertig waren, schickte Tess Jonathan in die Küche, um Reste zum Essen zu holen. Sobald er weg war, versteckte sie die Diskette in ihrem Schreibtisch, den sie abschließen konnte. Sie fand, es war ein schlechtes Zeichen, einem Menschen gegenüber, mit dem man gerade noch das Bett geteilt hatte, so skeptisch zu sein. Andererseits kannte sie ihn aber einfach schrecklich gut.

»Ich habe nur weißen Burgunder und Schweizer Schokolade gefunden.«

»Was hättest du denn sonst gewollt?«

Sie knabberten zerstreut, jeder in seine Gedanken versunken. Tess hatte das dringende Bedürfnis, sich die Diskette von Abramowitz anzuschauen, und hoffte, Jonathan würde nach dem Essen gehen. Aber Jonathan wirkte jetzt, nachdem der Sex vorüber war, düster und depressiv. Sie bereitete sich innerlich auf eine lange Nacht vor, in der von ihr erwartet wurde, eine Menge zustimmender und tröstender Laute von sich zu geben. Zu ihrer eigenen Überraschung schienen ihr die langsam auszugehen.

Er seufzte gekonnt, was ihr Einsatz war. »Also, was ist denn los?«

»Diese Geschichte macht mir mehr Probleme, als ich gedacht hätte. Ich habe es bisher noch nicht geschafft, alle Einzelteile zusammenzufügen.«

»Worum geht es denn überhaupt? Das letzte Mal wolltest du mir nichts davon erzählen – außer, dass es Baltimore in seinen Grundfesten erschüttern werde.« Sie lachte ein bisschen grausam.

»Das war nicht übertrieben. Diese Story ist riesig. Aber mein Informant bekommt kalte Füße. Der ist wirklich ein kranker Wichser, Tess.«

»Das ist ja nett, so über einen Informanten zu sprechen.«

»Du, das sage nicht nur ich. Jeder nennt ihn so. Es ist praktisch sein Spitzname. Aber er hatte eine riesige Geschichte auf Lager. Jetzt will er Geld dafür, aber auf so einen Deal lässt sich der *Beacon* nicht ein. Er droht, dass er zum Fernsehen geht. Die zahlen ihm natürlich auch nichts. Nur die Privatsender.«

»Wie glaubwürdig ist er denn?«

»Er sitzt im Todestrakt, für ein Verbrechen, das er gestanden hat, also hat er nicht sehr viel zu gewinnen. Außer ein bisschen Wirbel um seine Person, bevor er stirbt. Weißt du noch, wie ich dir gesagt habe, die Hinrichtung von Thanos werde die Zustände im Todestrakt verändern? Also, es läuft nicht ganz so, wie ich mir das gedacht hatte. Die Jungs dort drin wollen alle nicht Avis spielen, wenn Thanos Hertz war. Niemand erinnert sich lange an die Nummer zwei, auch bei Hinrichtungen nicht. Also bringt jetzt dieser Typ eine Story daher über ein Verbrechen, das ein anderer begangen hat, der aber davongekommen ist, weil er reich ist und Beziehungen hat.«

»Jemand von hier? Wie reich, was für Beziehungen?«

»Das sagt er nicht. Er hat mir all diese aufreizenden Einzelheiten erzählt, aber als ich ihn gestern besuchte, kommt er plötzlich mit einer Forderung von 25 000 Dollar daher.«

»Was will denn ein Typ im Todestrakt mit 25 000 Dollar?«

»Keine Ahnung. Vielleicht seiner Mama geben, falls er nicht zufällig seine Mama hasst. Es macht ihm einfach Spaß, mit Menschen zu spielen. Das Geld ist ein Machtmittel.« Er seufzte wieder. »Er ist eben ein kranker Wichser.«

»Todestrakt, sagst du? Aber es hat nichts mit Abramowitz zu tun? Ich denke, das ist durchaus möglich – von den dreizehn Jungs dort waren nur drei seine Klienten.«

Jonathan grinste. »Okay, ich hab dich das letzte Mal ein bisschen in die Irre geführt. Allerdings hat es tatsächlich nichts damit zu tun, wer Abramowitz getötet hat. Aber dieser Typ hat sich mit mir in Verbindung gesetzt, weil er meine Storys über den Fall gesehen hatte. Ich fürchte, Tess, du wirst dich mit dem Gedanken abfinden müssen, dass dein Kumpel es wahrscheinlich doch getan hat.«

»Ich glaube, Tyner hat eine ganze Menge Fakten, mit denen er arbeiten kann.«

»Tyner könnte im Lauf der Verhandlung den Gebrauch seiner Beine wiedererlangen und den Geschworenen erklären, das komme daher, weil der Angeklagte in

Wirklichkeit Jesus Christus sei, und auch das würde vielleicht noch nicht ausreichen, um Paxton freizukriegen. Das einzige, was für eure Sache spricht, ist die tiefsitzende Feindschaft, die alle Geschworenen Baltimores für das Büro des Staatsanwalts hegen.« Er griff nach ihrem Handgelenk, und seine Stimme wurde rau. »Andererseits, vielleicht könntest du die Geschworenen auch ein bisschen auspeitschen. Du hast eine große Zukunft als Domina.«

Doch Tess, die sich erschöpft und leer fühlte, lehnte sich einfach zurück und ließ Jonathan machen. Ich werde das jetzt beenden, versprach sie sich. Sie schloss die Augen, öffnete sie aber gleich wieder, weil sie feststellen musste, dass sich Crows Gesicht in ihre Gedanken eingeschlichen hatte.

Hinterher, als Jonathan einzudösen begann, flüsterte Tess ihm ins Ohr: »Morgen hältst du mich aber nicht vom Training ab. Der Wecker klingelt um halb sechs. Du kannst mit mir zusammen aus dem Haus gehen oder liegen bleiben.«

»Krank, absolut krank, diese Zwanghaftigkeit bei dir«, murmelte er. »Aber ich glaube, ich gehe, wenn du gehst. Sorge bitte dafür, dass ich auch wirklich aufwache, ja? Wenn ich bis sieben Uhr daheim bin, kann ich noch meinen Kontrollanruf entgegennehmen. Daphne ruft gerne ganz früh am Morgen an.« Sekunden später schnarchte er, während Tess wach lag und sich klarmachte, dass sie den Namen seiner Freundin bisher noch nie gehört hatte.

Ende September, in der Stadt sind die Uhren noch auf Sommerzeit gestellt, ist es morgens noch ziemlich dunkel. Ein paar Nebelschwaden von gestern Abend hingen noch in der Luft, als Jonathan und Tess durch die Hintertür heraustraten und durch die Seitengasse nach vorn in Richtung Bond Street zu ihren Autos gingen.

Die Luft war schwer und feucht wie eine nasse Felldecke. Jonathan versuchte in einem Anfall von Höflichkeit, Tess an der Hand zu halten. Aber sie konnte es nicht ertragen, an einem so schwülen Morgen die Haut eines anderen Menschen zu spüren, und schüttelte seine Hand ab.

Sie hatten die Straße fast erreicht, als hinter ihnen der Motor eines Autos zum Leben erwachte und wie wahnsinnig auf Touren kam. Tess drehte sich um und suchte nach den Scheinwerfern, aber da waren keine, nur der Lärm der röhrenden Maschine. Der Silhouette nach sah das Auto wie so ein buckliges altes Taxi aus, ein Checker oder ein Marathon, aber der Motor klang scharf und frisiert. Einen Sekundenbruchteil lang schien das Auto zu zögern, wie ein Stier, der sich zum Angriff fertig macht, dann kam es direkt auf sie zu.

Auch Jonathan und Tess zögerten. Wie Rehe im Scheinwerferlicht, dachte Tess, nur dass hier keine Scheinwerfer an sind. Warum hat denn der keine Scheinwerfer an? Weil bei beiden die Reflexe noch verlangsamt waren und ihr räumliches Sehen durch die Dunkelheit und die frühe Stunde beeinträchtigt, bewegten sie sich mehrere Sekunden lang gar nicht, denn sie gingen davon aus, dass das Auto nach der einen oder anderen Seite hin ausweichen werde. Selbst das Auto schien bei all seinem wilden Lärm und seiner Geschwindigkeit wie durch die

Feuchtigkeit verlangsamt. Aber es kam noch immer direkt auf sie zu.

Jonathan reagierte als Erster, er setzte sich in Bewegung wie jemand, der nach langem Schwimmen unter Wasser durch die Wasseroberfläche bricht. Er stieß Tess mit aller Kraft auf die südliche Seite der Gasse und fiel dabei auf ein Knie. Sein Stoß warf sie gute drei Meter weit, und dann rollte sie gegen die raue Ziegelsteinmauer des Ladens, wobei sie sich die Knie und die Handflächen aufschürfte und die Schulter prellte. Sie presste sich gegen die Wand und schützte den Kopf mit den Armen, als wäre sie in einer Luftschutzübung. Doch dann rappelte sie sich gleich wieder auf und versuchte sich zu fassen. Wo war das Auto? Wo war Jonathan?

Jonathan sah sie zuerst. Seine Jeans waren an der Stelle zerrissen, wo er hingefallen war, aber er war wieder auf den Beinen und rannte. Er schaffte es bis zur Bond Street und war nur noch ein, zwei Meter von einer Reihe geparkter Wagen entfernt, als das Taxi ihn rammte. Es sah aus, als würde es erst noch ausholen und zielen, bevor es zustieß und ihn in Hüfthöhe traf.

Wie die meisten Reporter hatte auch Tess bisher nur die Folgen von Unfällen gesehen. Im Kino fliegen Menschen, wenn sie von einem Auto erwischt werden, mühelos und leicht wie Stoffpuppen durch die Luft. Und wenn es sich um den Helden handelt, dann steht der anschließend wieder auf. Jonathan war ein mehr bleiernes Ziel. Statt in einem anmutigen Bogen durch die Luft zu fliegen, sah er eher aus wie ein Sack Kartoffeln, der von einem Laster geworfen wird. Er landete schwer auf der Motorhaube eines BMW und dellte sie ein. Tess wartete, dass er wieder aufstand, denn sie ging davon aus, dass er wieder aufstehen würde. Schließlich war er ein Held, er hatte ihr das Leben gerettet.

Das bucklige Auto raste davon, die Bond Street hinauf in Richtung Norden. Tess stand in der Seitengasse, mit dem Rücken immer noch an Kittys Laden gepresst, mit den Fingern auf der Suche nach einem Halt an den Ziegeln. Ihre Handflächen waren aufgeschürft und bluteten, aber sie grub immer noch an den Ziegeln herum. Ein Autoalarm heulte los, wahrscheinlich der von dem BMW, auf dem Jonathan gelandet war. Lichter gingen an, Leute begannen herauszulaufen, wobei sie gerade noch ihre Bademäntel über ihren knappen, dem warmen Wetter angepassten Schlafsachen schlossen. Alle Häuser im Block schienen sich zu leeren. Die Diebstahlsicherung heulte. Immer mehr Leute kamen.

Tess verstand diese Leute nicht. So ein Alarm war doch in Fells Point ein ganz normales Geräusch, vor allem an einem Sonntagmorgen, wenn die letzten Besoffenen auf dem Heimweg hie und da gegen die parkenden Autos torkelten.

Dann war plötzlich Kitty da, von ihrem seidenen Bademantel nur notdürftig bedeckt, und schrie Tess etwas ins Gesicht. Erst als sie Kittys Stimme hörte, merkte sie, dass der durchdringende Ton des Alarms von ihrer eigenen Stimme übertönt wurde, die schneidend schrillte. Sie hatte sich noch nie zuvor so schreien hören, deshalb hörte sie auf, um sich das anzuhören. Doch da gab es plötzlich nichts mehr zu hören, und das fand sie lustig.

Tess begann zu lachen, während Kitty sie in den Armen hielt und wie ein kleines Kind wiegte.

»Ich habe aufgehört, um mich selber zu hören! Ich habe aufgehört zu schreien, damit ich mich schreien hören kann!« Sie lachte über ihren idiotischen Einfall, dann weinte sie. Schließlich gingen ihr die Töne aus, die sie von sich geben konnte, sowohl die passenden wie die unpassenden. Sie horchte auf die Sirene des Krankenwagens, aber es war ja noch so früh am Morgen. Der Alarm war inzwischen ausgeschaltet worden. Tess sah, wie sich ein Mann, wahrscheinlich der Besitzer des BMW, über Jonathan beugte und den Kopf schüttelte. Jetzt wusste sie, warum sie keine Sirene hörte, warum sich alle so langsam bewegten, als gäbe es keinen Grund zur Eile. Es gab für niemanden mehr etwas zu tun.

22

»Niemand bringt einen Reporter um.«

Tess saß an dem großen Kiefernholztisch in Kittys Küche, umgeben von so etwas wie ihrer Familie, die sich allerdings als höchst unorthodox darstellte. Kitty, die einen Unterrock trug, der weniger als die meisten Negligés bedeckte, war die Mama. Als Papa wäre dann Thaddeus anzusehen. Hin- und hergerissen zwischen der Ungehörigkeit, im Bademantel zu erscheinen, und der Unbedachtheit, seine Fahrradpolizistenuniform anzuziehen, hatte er sich für Letzteres entschieden. Abgerundet wurde die Gruppe durch den Opa – nämlich Tyner, in einem rosa Polohemd und dazu passenden Trainingshosen, streitsüchtig wie immer. Kitty hatte ihn von der Notfallstation angerufen, nachdem Tess sie angefleht hatte, auf keinen Fall ihre Eltern zu informieren. Jetzt bedauerte Tess diesen Wunsch beinahe. Ihre Eltern, die respektabler aussahen als diese Runde hier, hätten auf sie vielleicht ein wenig von der Glaubwürdigkeit übertragen, die sie gegenüber den beiden Verkehrspolizisten, die vor ihr saßen, so dringend benötigte.

»Niemand bringt einen Reporter um«, wiederholte Inspektor Nummer eins. Oder hatte das jetzt der andere gesagt, der die Eindrücke seines Kollegen wie ein Echo wiederholte? Die beiden Männer glichen sich so sehr

– mittelgroß, ungesunde Gesichtsfarbe, braune Haare und Augen –, dass Tess schon Angst hatte, sie sähe wegen ihres Sturzes doppelt. Nur ihre Namen unterschieden sich deutlich: Ferlinghetti und Rainer.

»Wie der Dichter?«, hatte Kitty Ferlinghetti gefragt, während sie auf seinen Polizeiausweis sah.

»Wenn Sie das sagen …«, hatte er geantwortet. »Können wir mit Miss Monaghan sprechen?«

Während Tess in der Notaufnahme und Jonathan in der Leichenhalle lagen, hatten die Polizisten den Morgen damit verbracht, Nachbarn zu befragen, die Entfernung zwischen dem Punkt des Zusammenstoßes und der Stelle, an der Jonathan gelandet war, abzuschreiten und kleine Unfallskizzen anzufertigen. Der Tag war für die Jahreszeit zu warm, und inzwischen hatten beide Männer verschwitzte Halbmonde unter den Achseln ihrer kurzärmeligen Hemden. Sie schwitzten und waren gereizt, und ihre Stimmung besserte sich auch nicht durch Kittys heißen, bitteren Kaffee oder Tess' beharrliches Festhalten daran, dass das alte Taxi auf sie gewartet habe, oder auf Jonathan, oder auf beide, oder auf irgendjemanden.

»Sieht so aus, als ob er beim Aufprall sofort tot gewesen wäre«, sagte der eine der beiden Polizisten, als wäre das eine gute Nachricht. Im Kopf von Tess lief die Szene ununterbrochen wieder ab: wie Jonathan auf die offene Straße zu rannte, wie er hinter die parkenden Autos auf der anderen Straßenseite zu fliehen versuchte, wie das Auto ihn erwischte, wie er unelegant durch die Luft flog. Auch wenn er wirklich sofort tot gewesen war, so dauerte dieser Augenblick doch eine Ewigkeit, sodass sein ganzes Leben noch einmal an ihm vorbeiziehen konnte. Wie sie Jonathan kannte, hatte er noch schnell seine eigene Todesanzeige aufgesetzt, bevor das Auto ihn erreichte.

»Es *sah aus,* als wäre es vorsätzlich«, riskierte sie zu sagen. Mit jedem Mal, das sie gefragt wurde, war sie unsicherer geworden.

»Was wissen denn Zeitungsleute schon?«, fragte Ferlinghetti und wollte diesmal keine Antwort hören. »Was kann ein Reporter tun? Ein Reporter ist doch nichts anderes als eine Schreibmaschine. Und man wirft ja auch nicht seine Schreibmaschine zum Fenster hinaus, wenn man eine schlechte Nachricht bekommt. Man gibt nicht dem Fußboden einen Tritt, wenn das Dach leck ist. Man richtet das Dach. Hab ich nicht recht?«

»Du hast recht«, versicherte ihm Rainer.

Darauf sahen die beiden Ermittler Tess streng an und warteten darauf, dass sie ebenfalls ihre Zustimmung gab. Das wollte sie auch, sie wünschte sich verzweifelt, kooperativ sein zu können, allein schon deswegen, damit sie sie in Ruhe ließen mit ihren aufgeschundenen Handflächen und ihren rasenden Kopfschmerzen. Aber die Ereignisse des Morgens liefen ununterbrochen in ihrem Kopf ab, wie ein endloser Film, den sie nicht beherrschen und nicht unterdrücken konnte.

»Das Auto fuhr auf uns los«, wiederholte sie beharrlich.

»Also, verstehen Sie mich nicht falsch. Ich will damit nicht sagen, dass es nicht vorsätzlich gewesen sein könnte. Ich sage nur, dass es nichts mit seiner Arbeit zu tun haben kann. Wenn jemand Mr. Ross töten wollte, dann wahrscheinlich eher wegen seiner Freizeitbeschäftigungen. Hat er eine Frau? Eine Freundin?«

Tess schüttelte den Kopf zu der ersten Frage, nickte elend zu der zweiten.

»Vielleicht ist da ja jemand auf falsche Gedanken gekommen.« Ferlinghetti nahm einen Schluck von Kittys Kaffee und schauderte ein wenig. »Oder vielleicht auf richtige.«

Er wiederholte sich, oder wiederholte, was sein Kollege gesagt hatte. Sie hatten längst die meisten Einzelheiten besprochen, die dazu geführt hatten, dass Jonathan um sechs Uhr früh bei ihr war, bis hin zu den Kratzern, die sie auf seinem Gesicht hinterlassen hatte, und der Beule auf seinem Backenknochen – allerdings ohne den Biss ins Handgelenk. Sie hatte wie bei einer Inventur jedes Glas Wein aufgezählt, das sie letzte Nacht getrunken hatten, und jedes Stück Schweizer Schokolade, das sie gegessen hatten. Sie hatte zugegeben, dass sie eine sehr lose sexuelle Beziehung hatten, die manchmal zu Ende war, manchmal wiederauflebte. Aber sie hatte darauf beharrt, dass sie letzte Nacht nicht wiederaufgelebt war. Jonathan sei vorbeigekommen, um einen starken Rausch auszuschlafen. Es ging ihr dabei nicht darum, was die Polizisten von ihr dachten, sondern sie wollte den Kummer von Jonathans Freundin wenigstens ein bisschen mildern. Schlimm genug, dass er tot war; musste er auch noch als mieser Kerl dastehen?

»Seine Freundin – Daphne – mochte es nicht, wenn er betrunken war. Jedenfalls hat er das gesagt.«

»Und als Sie ihn vor Ihrer Haustür fanden, wo kamen Sie da her?«

»Von einem Rendezvous.« Das hätte Crow gern gehört.

»Hat Ihr Rendezvous einen Namen?«

Tess, die erst jetzt bemerkte, dass sie keine Ahnung hatte, wie Crow wirklich hieß, blickte konsterniert und hilfesuchend auf Kitty, die sofort antwortete: »E. A. Ransome. Er arbeitet bei mir. Ich kann Ihnen seine Nummer geben, wenn Sie wollen.«

»Es war eigentlich kein *solches* Rendezvous«, gestand Tess.

»Was denn sonst?«, fragte Rainer.

Ach, lediglich ein Einbruch in der größten Anwaltskanzlei der Stadt, und dann noch ein paar Drinks in einer Bar hier in der Nähe. »Er ist einfach ein guter Freund. Wir sind in eine Bar gegangen und haben uns über die Bücher unterhalten, die wir mögen. Um Gottes willen, er ist sechs oder sieben Jahre jünger als ich.«

Kitty verbarg ein Lächeln hinter vorgehaltener Hand. Thaddeus nickte nüchtern, als sei das ein gutes Argument. Er hatte Kittys wirkliches Alter längst aus den Augen verloren.

»Er ist also ein Freund, und Jonathan Ross war ein Freund. Sie haben aber viele Freunde.«

Tyner hob ganz leicht die rechte Hand, zum Zeichen, dass sie nichts sagen solle. Tess übersah das.

»Ich lege nur Wert darauf, dass Sie verstehen, dass das nichts damit zu tun hatte, dass Crow etwa eifersüchtig auf Jonathan gewesen wäre, oder seine Freundin,

Daphne, eifersüchtig auf mich. Jonathan und ich waren alte Freunde. Da gab es für niemanden einen Grund zur Eifersucht.«

»Sie würden staunen, was es alles für Gründe gibt, warum Leute eifersüchtig sind. Wenn man mit dem Freund einer Frau schläft, zum Beispiel. Viele Frauen mögen das nicht.«

»Also, wenn sie es war, hätte sie dann nicht eher *mich* überfahren? Das wäre doch die bessere Lösung gewesen.«

»Na ja, Frauen am Steuer.« Ferlinghetti blickte auf seine Notizen. »Ich sage ja nur, wenn Sie meinen, dass es sich um Mord handelt, dann erzählen Sie mir bitte nicht, der Grund dafür liege darin, dass Jonathan Ross als Reporter so großartige Nachforschungen betrieb. Wenn es so wäre, was glauben Sie denn, wer es dann getan hat? Ein Herausgeber? Die Polizisten, die er verfolgte? So gut war er als Reporter nun auch wieder nicht.«

Darüber musste Rainer kichern. »So gut war er auch wieder nicht«, wiederholte er. Tess fiel ein, dass nicht alle Polizeibeamten Jonathan schätzten. Während er sich bei den Beamten der Mordkommission beliebt gemacht hatte, indem er sie als Helden auf dem Schlachtfeld der Stadt darstellte, hatte er die einfachen Polizisten weitgehend ignoriert. Die Verkehrspolizisten zum Beispiel, die sich danach sehnten, zur Mordkommission zu kommen.

»Und wie ist es dann mit mir?«, fragte Tess. »Kann es sein, dass jemand mich zu töten versucht hat und Jonathan nur dazwischenkam? Jemand anderer als Daphne?«

»Verärgern Sie viele Leute als Angestellte im Buchladen? Was machen Sie denn – geben Sie das Wechselgeld nicht richtig heraus? Weigern Sie sich, ein Buch als Geschenk einzupacken?«

Sie sah Tyner an, der wieder zwei Finger der rechten Hand hob und sie leise hin und her bewegte. Sag ihnen nichts, was sie nicht wissen. Klassische Anwaltshaltung, dachte sie. Wie gerne hätte sie jetzt vor diesen unbeeindruckten, selbstgefälligen Polizeibeamten angegeben, und vor Tyner auch. Ihnen von ihren selbstständigen Nachforschungen zu Abramowitz' Tod erzählt, oder von ihrem nächtlichen Eindringen in das Lambrecht Building. Dann hätten sie vielleicht verstanden, warum sie letzte Nacht geglaubt hatte, dass da ein anderer als Jonathan in der Hintergasse auf sie wartete. Aber wozu? Was *wusste* sie denn? Falls tatsächlich jemand glaubte, sie habe etwas entdeckt, egal was, so irrte derjenige sich leider. Sie machte den Mund auf, bereit zu Geständnissen, begierig auf Prahlereien, und schloss ihn dann wieder.

»Ich wüsste keinen Grund«, sagte sie. Tyner nickte leicht, er freute sich, dass sie zumindest dieses eine Mal seinem Rat gefolgt war.

Tyner würde am besten wissen, was zu tun war. Deshalb hatte Kitty ihn ja auch angerufen, während Tess sich in der Notaufnahme befand, wo der diensttuende Arzt ihr ein Stäbchen auf die Zunge drückte, ihr mit einem Lämpchen in Ohren und Augen leuchtete und sie zu überzeugen versuchte, dass sie sich röntgen lassen solle. Da sie nicht wusste, ob ihre Versicherung das tragen würde, lehnte sie es ab, und er reichte ihr ein etwas verblichenes Faltblatt: *Maßnahmen bei Gehirnerschütterung*. Als sie um Salbei für ihre Wunden bat, oder um ein Rezept für Schmerzmittel, oder auch nur um ein freundliches Beruhigungsmittel, damit sie schlafen konnte, zuckte er nur mit den Schultern und sagte: »Für Ihre Abschürfungen tut's jede entzündungshemmende Salbe, die Sie rezeptfrei kriegen, und für die Schmerzen Ibuprofen. Was den Schlaf angeht – versuchen Sie's einfach mal mit einem Schuss Brandy im Kaffee.« Das hatte sie auch vor, sobald die Polizeibeamten gegangen waren.

»Ich glaube trotzdem, dass das Auto versucht hat, uns zu erwischen«, sagte sie, aber diesmal kam es als Frage heraus. Sie wusste selbst nicht mehr, was sie dachte.

»An jedem anderen Wochentag würde ich Ihnen das vielleicht abnehmen«, sagte Rainer. »Aber an einem Sonntagmorgen? In Fells Point? Meine Güte, in dieser Gegend hier könnte es auch ein Junge vom College gewesen sein, der die ganze Nacht gesoffen hat, sich dann ein bisschen was reinzog und immer noch high war. Fahrerfluchten sind hier am Wochenende ziemlich häufig – normalerweise allerdings nicht mit Toten, das gebe ich zu. Glauben Sie mir, das ist bestimmt Fahrerflucht gewesen, was schlimm genug ist, und wenn wir den Täter erwischen, dann hat er – oder sie – eine harte Strafe zu erwarten. Aber ein Mord war es nicht.«

»Natürlich nicht, meine Herren. Hätten Sie gerne noch etwas Kaffee? Oder noch ein Stück Kuchen?« Das sagte Kitty in ihrem seidigsten Ton, einem weichen Alt, der eine ganze Oktave tiefer lag als ihre normale Stimme. Nur Tess, und vielleicht auch Thaddeus, kannten sie so gut, dass sie begriffen, wie wütend sie war. Übertriebene Höflichkeit war bei Kitty ein gefährliches Zeichen. Sie war auch von eiskalter Höflichkeit gewesen, bevor sie der verärgerten Mutter die Rübe an den Kopf warf. Offensichtlich hatte sie es jetzt satt, den guten Herren Polizisten Becher voll Kaffee und Teller voll Kolatschen zu servieren. Zeit, dass ihr geht, Jungs.

Die Beamten schauten in ihre Becher mit dem Kaffee, der zu bitter zum Trinken war, und auf ihre Kolatschen, die zu hart zum Essen waren, und erkannten, dass ihre Mägen weiteren Beweisen von Kittys Gastfreundschaft nicht mehr gewachsen waren. Sie gingen, wobei sie allerdings versprachen, sich wieder zu melden. Als sie den Laden verließen, konnte man noch Ferlinghetti zu Rainer sagen hören – oder auch umgekehrt: »Das kommt aber nicht in den Topf für die Wette mit rein.«

»Verflucht noch mal, nein. Das bleibt bei den Verkehrsunfällen, wo's auch hingehört. Passt mir ganz gut, weil ich hab so 'ne niedrige Nummer gezogen – 315.«

»Die haben wir bestimmt schon bis Halloween erreicht. Ich hab 366 gezogen – ein Mord pro Tag und einer extra.«

Kitty sah Thaddeus an: »Wovon sprechen die denn?«

Er senkte verlegen den Kopf. »Ein paar von denen machen bei so einer Wette mit, wie viele Morde es in diesem Jahr geben wird. Aber man muss die Zahlen aus einem Hut ziehen, denn die dreißig Nummern zwischen 335 und 365, die will natürlich jeder haben.«

»Machst du dabei auch mit?«

»Natürlich nicht«, sagte er mit gerunzelter Stirn. Aber die Ehrlichkeit veranlasste ihn, hinzuzufügen: »Man muss schon einen Dollar zahlen, um eine Zahl zu ziehen, und dann noch mal fünf Dollar, um auf diese Zahl zu setzen.«

»Arschlöcher«, sagte Kitty und holte die guten Kaffeebohnen aus dem Gefrierschrank. Sie hatte Ferlinghetti und Rainer vier Jahre alten koffeinfreien Instantkaffee serviert und steinharte Kolatschen, die ihr jemand schon nach dem Polenfest im Juni geschenkt hatte. Sie warf das Gebäck in ihren Metallabfalleimer, wo es laut aufschlug, und beauftragte Thaddeus, *huevos rancheros* für alle zu machen. Tess war von den Vorfällen des Tages so verstört, dass sie gar nicht entscheiden konnte, ob sie halb verhungert oder zum Erbrechen satt war. Ein bisschen von beidem, schien ihr.

»Glaubst du wirklich, dass das Auto einen von euch erwischen wollte?«, fragte Tyner ein wenig später, als sie gerade ihre Eier mit Vollkorntortillas auftunkte.

Sie zögerte und sah wieder Jonathans ungeschickten Flug durch die Luft vor sich. »Ich habe einen sehr geregelten Tagesablauf, weißt du. Man müsste mich nur ein, zwei Tage lang beobachten, um zu wissen, wann ich in den Ruderclub fahre.«

»Ich stimme ja äußerst ungern mit Ferlinghetti und Rainer überein, aber warum sollte dich jemand umbringen wollen, ausgenommen die Freundin von Mr. Ross?«

»Ich weiß auch nicht, außer wegen etwas, das ich weiß, ohne zu wissen, dass ich es weiß. Ich weiß nicht, ob ich es schon erwähnt habe, aber ich habe, ähm, mich so ein bisschen auf eigene Faust mit Rocks Fall beschäftigt.«

Tyner packte seine Kaffeetasse so hart, dass Tess schon

glaubte, sie würde ihm in der Hand zerspringen. Sie sah, dass er sie jetzt nur zu gerne angebrüllt hätte, als wäre sie irgend so ein undisziplinierter Anfänger beim Rudern, aber vor Kitty und Thad schien er sein Temperament doch lieber zu zügeln.

»Wie hast du denn noch Zeit gefunden, Dinge auf eigene Faust zu tun, wenn ich dich jeden Nachmittag in meine Kanzlei habe kommen lassen?«

»Der Tag hat schließlich 24 Stunden, Tyner. Ich wusste ja, dass ich dir am Ende sagen musste, was ich vorhatte, aber ich dachte eben –, ich dachte, bis dahin hätte ich herausgefunden, wer Abramowitz ermordet hat, und dann hättest du mir ja nicht so furchtbar böse sein können.«

»Und, hast du es herausgefunden?«

»Nein«, gab Tess zu und runzelte die Stirn. »Ich habe ziemlich viel herausgefunden – aber nichts davon scheint irgendetwas mit dem Mord an Abramowitz zu tun zu haben.«

Sie sprudelte ihre ganze Geschichte hervor, eine unzusammenhängende Erzählung, die in der Zeit vor und zurück sprang. Ihre Fahrt zu OMA, der seltsame Besuch von Cecilia. Ihr Gespräch mit Ava. Rocks Weigerung, sich von Ava fernzuhalten, obwohl sie seine Anrufe nicht beantwortete und ihn nicht sehen wollte. Die Jagd auf Abner Macauley. Die Suche nach Macauleys Revolver.

»Mein Gott, Tess – was hast du dir dabei bloß gedacht?«

»Ich weiß auch nicht. Ich dachte, dass das vielleicht zeigen könnte, dass er vorher schon um seine Sicherheit besorgt war. Jetzt sieht das alles ziemlich lahm aus, ich geb's zu.«

»Hast du überhaupt irgendwas gefunden?«

»So eine Diskette, die in seinen Kalender eingeklebt war. Ich wollte sie letzte Nacht noch lesen, aber da tauchte Jonathan auf …« Den Rest kannten sie ja alle. »Wahrscheinlich ist da gar nichts drauf. Das Komische dabei ist aber, dass alle seine Aktenfächer völlig leer waren. Hat das irgendetwas zu bedeuten? Kann darin irgendein Verdachtsmoment liegen?«

»Ich bin überzeugt, dass es einfach eine Routinesache war, seine Akten in andere Büros zu bringen. Der Tod darf ja die juristische Arbeit nicht unterbrechen, nicht bei einem Stundenlohn von sechshundert Dollar«, sagte Tyner. »Die Diskette, die du gefunden hast, ist völlig nutzlos. Egal, was darauf ist, der Staatsanwalt würde sie niemals als Beweismittel zulassen. Es lässt sich nicht beweisen, wem sie gehört oder wo sie herkommt. Solche Sachen kann man viel zu leicht manipulieren.«

»Daran hatte ich gar nicht gedacht.«

Thaddeus schlüpfte hinaus, aber Kitty blieb und wischte noch in Ecken, die längst sauber waren. Tess saß niedergeschlagen da, wie das verkörperte Scheitern.

»Es war einfach Fahrerflucht«, sagte Tyner. »Ein besoffener Autofahrer. Vielleicht fand er es erst lustig, euch so durch die Gasse zu jagen, und dann bekam er die Panik, als er merkte, dass er Jonathan getroffen hatte. Wie in dem Lied: Das könnte genauso dir passieren. Schließlich ist es mir auch passiert.«

Kitty hatte sich das alles mit angehört und war dabei ungewöhnlich still geblieben. Jetzt schenkte sie den frischen Kaffee ein und fragte: »Wäre es nicht möglich, dass das Auto es auf Jonathan abgesehen hatte, dass es ihm bis hierher gefolgt ist? Vielleicht hat es die ganze Nacht auf ihn gewartet.«

Tess schüttelte den Kopf. »Nein, Ferlinghetti hat schon recht gehabt. Man beseitigt nicht den Reporter, man beseitigt seinen Informanten.«

Tyner aß seine Eier. »Ich glaube, du bist ein bisschen paranoid. Das hast du davon, wenn du herumschleichst und bei anderen Leuten die Schubläden durchstöberst, im wörtlichen und im übertragenen Sinn. Wenn du meinen Anordnungen gefolgt wärst, dann würden dir jetzt nicht alle möglichen Verschwörungstheorien im Kopf herumspuken.«

Das war keine aufgesetzte Grobheit. Tyner war wirklich sauer. Andererseits war Tyner praktisch immer sauer.

»Kann ich dich mal was fragen, Tyner? Etwas Persönliches?«

»Ich habe Michael Abramowitz nicht umgebracht, Frau Inspektor Monaghan.«

»Nein, im Ernst. Bist du schon immer so gemein gewesen, oder hat dich erst dein – Unfall so bitter gemacht, wie O'Neal sagte? Nur wenn du die Ruderer trainierst, bist du nett. Obwohl du auch da ständig herumschreist.«

»Nein, Tess, von dem Auto angefahren zu werden, das hat mich nicht bitter gemacht. Tatsächlich bin ich jetzt sogar netter als früher – aber das liegt am Alter, nicht an den Umständen, das liegt an der Erkenntnis, dass man nicht ewig von einer Silbermedaille bei den Olympischen Spielen zehren kann, wie ich es vielleicht getan hätte, wenn ich weiter hätte rudern können. Du kannst es mir glauben oder nicht, aber ich teile mein Leben nicht ständig in ein Vorher und Nachher ein. Der Unfall hat mein Leben zwar verändert, aber er hat es nicht bestimmt. Ich habe einfach so einen fiesen Charakter. Und du förderst bei mir anscheinend immer das Schlimmste zutage, Tess.«

»Ich? Warum?«

»Weil du so gottverdammt faul bist!« Er knallte seinen Becher so heftig auf den Tisch, dass das Besteck hüpfte. »Du könntest eine der besten Ruderinnen von Baltimore sein, aber du arbeitest nicht daran. Du könntest eine gut aussehende Frau sein, aber du rennst in ausgebeulten Klamotten herum und lässt diesen blöden Zopf an deinem Kopf herumbaumeln. Du bist so intelligent, dass du ohne Weiteres eine neue Karriere anfangen könntest, aber du träumst lieber deinem verlorenen Reporterjob nach.

Also habe ich dich am Ende so genommen, wie du bist. Ich habe zu dir gesagt: Verausgabe dich nicht, ergreife nicht die Initiative, tu nur, was ich dir sage – und du machst genau das Gegenteil. Du verausgabst deine gesamte Energie an idiotische Fälle. Du benimmst dich wie ein Esel, Tess. Ein stures, streitsüchtiges Weibsbild, das ganz in sich selber verbohrt ist. Ich würde dir am liebsten einen Tritt in den Hintern geben, wenn ich das noch könnte.«

Tess empfand einen seltsamen, fast masochistischen Nervenkitzel bei Tyners harten Worten. Es war schrecklich und gleichzeitig faszinierend, seine eigenen Fehler so treffend aufgezählt zu bekommen.

»Heißt das, ich bin entlassen?«

»Es heißt, dass du deine vertragliche Verpflichtung Rock gegenüber jetzt erfüllt hast.« Tyners Stimme klang fast traurig. »Ich glaube, ich brauche dich nicht mehr, Tess.«

»Keine Angst. Ich finde schon etwas, womit ich mir die Zeit vertreiben kann.« Tess stieß ihren Stuhl zurück und rannte die Treppen hinauf. Seine Worte hatten sie nicht verletzt – ihre eigenen Eltern hatten ihr oft schon viel schlimmere Dinge gesagt –, aber Tyner hatte sie irgendwic so sehr getroffen, wie das die Kritik ihrer Eltern nie vermocht hatte.

Eine Vorher-Nachher-Sicht. So hatte sie tatsächlich zwei Jahre lang gelebt, seit die Zeitung eingegangen war. Nein, nicht ganz. Sie hatte sozusagen auf dem Zaun gesessen und hatte nicht mehr weggekonnt, hatte sich nach dem »Vorher« gesehnt, hatte sich geweigert, das »Nachher« beginnen zu lassen.

Sie setzte sich aufs Bett und schaute in den Spiegel über ihrem Toilettentisch, denselben Spiegel, in dem Jonathan letzte Nacht sein Gesicht begutachtet hatte, als er sich solche Sorgen um seine Nase machte. Die Erinnerung daran schmerzte nicht so heftig, wie sie erwartet hatte. Sie war immer noch ein wenig betäubt. Schließlich würde sie sich, das wusste sie, mit Tausenden von Erinnerungen auseinandersetzen müssen, die noch in jedem Winkel ihrer kleinen Wohnung lauerten. Erst würde es viel mehr wehtun, bevor es weniger wehtat.

Sie sperrte die Schublade ihres Schreibtischs auf, fischte die Diskette von Abramowitz heraus und lud sie auf ihren Computer. Ihr Mac, ein älteres Modell, schien geradezu zu erschaudern, als sie die Diskette einschob. ABRAMOWITZ: EIN LEBEN stand auf dem Etikett der Diskette, aber sie enthielt nur ein einziges Dokument. Es war am 12. September geändert worden, an dem Tag, an dem Abramowitz starb. Eilig rief sie es auf und bemerkte als Erstes die Anzahl der Anschläge in der unteren linken Ecke. Demnach war es eine riesige Datei, schätzungsweise an die tausend Seiten stark.

Doch der Bildschirm, den sie vor sich hatte, zeigte nur so etwas wie eine elektronische Tapete in einer engen Schrifttype, mit einfachem Abstand. Nada. Nada, nada, nada. Nada, nada, nada – das füllte die ganze erste Seite, und die zweite, und die dritte, und die vierte. Sie gab ein, dass der Computer auf die letzte Seite springen sollte. Noch immer geschlossenes Nada. Großgeschrieben, kleingeschrieben. Manchmal durch Kommata getrennt, manchmal durch Semikolons, manchmal unterstrichen, aber alles nada, immer nada. Und das war kein Programm, da war sie sicher. Michael Abramowitz hatte an seinem Schreibtisch gesessen, das Gehalt eines Kompagnons in der größten Anwaltskanzlei der Stadt bezogen und Wort für Wort »nada« geschrieben, immer und immer wieder, hatte mit verschiedenen Formaten und Schrifttypen und Buchstabengrößen gespielt. Es war abartig, es war gestört. Es erschien ihr völlig normal, denn sie hätte es im Moment am liebsten auch gemacht.

Nada, nada, nada.

23

Tess hatte gewusst, dass Jonathan Jude war. Aber erst, als er tot war und sie all die Köpfe mit den Jarmulkes sah, glaubte sie es wirklich. Sie saß ganz hinten in einer Leichenhalle eines Washingtoner Vororts, versuchte, möglichst unauffällig zwischen den zahlreichen Journalisten zu verschwinden, die es in den Reihen der weißen Klappstühle auch eher nach hinten zog, und überlegte, ob ihm seine Eltern wohl den Diamantstecker in seinem linken Ohr gelassen hatten und ob sie sein unbändiges Haar hatten schneiden lassen. Sie war ihnen ein paarmal begegnet, damals, als sie und Jonathan noch eine richtige Beziehung gehabt hatten, und sie hatten nicht gezögert, sie wissen zu lassen, was sie missbilligten: Journalisten, Baltimore und die Menschen aus der Unterschicht, über die Jonathan für die Zeitung schrieb. Tess billigten sie seltsamerweise, aber sie hatte den Verdacht, das sei nur wegen »Weinstein Drugs« und weil sie, ohne die geringste Veranlassung zu haben, davon ausgingen, dass sie eines Tages zu Geld kommen werde.

Was den Nachruf betraf, hatte der *Beacon* Jonathan alle Ehre erwiesen, indem er ihn einen seiner besten Journalisten nannte und seine Geschichte unten auf der Titelseite brachte, und zwar in allen Ausgaben. Die wenigsten Unfalltoten schaffen es, auf S-1 zu kommen, wie man im Zeitungsjargon für die erste Seite sagt, aber Jonathans Reportagen hatten eben immer dort gestanden, und so durfte auch die Nachricht von seinem Tod dort hin. »Die Macht der Gewohnheit«, bemerkte Feeney. Doch Tess wusste, dass es andererseits auch einfach zu den Vorteilen gehörte, die einem so ganz am Rande und unausgesprochen zuteilwerden, wenn man für eine Zeitung arbeitet: Der Tod eines Mitarbeiters wird sehr ernst genommen.

Natürlich hatte der *Beacon* den Tod von Jonathan doch nicht so ernst genommen, dass er weitergegangen wäre als der Polizeireport. Niemand hatte angerufen, um von Tess einen Augenzeugenbericht zu hören. Zu schade; sie hätte dem Verfasser sagen können, dass Jonathan ihr das Leben gerettet hatte, wodurch ein bisschen Leben in diese Geschichte gekommen wäre, die fast so tot war wie ihr Anlass. Den Text empfand Tess als zu blumig und zu unheilschwanger; er hätte besser zu dem Stil gepasst, den die *New York Times* manchem ehemaligen Botschafter angedeihen ließ, oder manchem Erfinder von etwas, wovon man noch nie gehört hatte. Andererseits hätte sie, wenn sie ein Interview gegeben hätte, sich gleich wieder der kniffligen Frage stellen müssen, warum sie um sechs Uhr morgens mit Jonathan zusammen gewesen war. Tess war es bisher überhaupt nicht klar gewesen, wie vielsagend eine bestimmte Tageszeit sein konnte, aber jetzt erkannte sie, dass es eine große Zeitspanne gab, von Mitternacht bis fast neun Uhr morgens, in der kein Anstand existierte.

»Ich hätte nie gedacht, dass ich einmal zu einer Megan

Marshak werden sollte«, flüsterte sie Whitney ins Ohr, die daraufhin lächelte, als einer der wenigen Menschen, die sofort den Namen der Frau erkannten, die mit Nelson Rockefeller zum Zeitpunkt seines vorzeitigen Todes zusammen war.

Obwohl also das mit der Heldentat nicht zur Sprache kam, hätte Jonathan doch seine Freude an diesem Nachruf gehabt. Gut gemacht, in ernstem, stillem Ton, mit ein paar guten Anekdoten. Damit hatte er eine seiner ältesten Ängste hinter sich gelassen. Zu Anfang seines Berufs, bevor er zum *Star* ging, hatte er ein Jahr lang bei einer mittelgroßen Zeitung in Peoria, Illinois, gearbeitet. Jonathan verbrachte alle Tage, die er dort war – 467 waren es im Ganzen, hatte er ihr einmal erzählt –, mit zwei Dingen: Er schrieb über Arbeiterprobleme bei Caterpillar, und er versuchte, von dort wieder wegzukommen. Er hatte Angst, dass er für die Nachwelt auf immer als der Mann dieser Stadt angesehen werde, dass er zum Beispiel in einem Flugzeug sitzen könnte, das über Chicago abstürzte, als der einzige Lokalreporter an Bord. Er sah die Überschrift schon vor sich – *Mann aus Peoria stirbt bei Flugzeugabsturz* – und wusste, dass er gehen musste, bevor er der Mann aus Peoria wurde.

Und er war gegangen, war dem allem entkommen. In seinem Nachruf war keine Rede von seinen bescheidenen Anfängen, sondern nur von seiner Laufbahn in Baltimore, von den Preisen, die er gewonnen hatte, und davon, dass alle geglaubt hatten, auf ihn warte eine große Zukunft. Jonathan starb nicht als der Mann aus Peoria oder als der Mann aus der Stadt oder mit sonst einem der verallgemeinernden Schlagworte behaftet, die Zeitungen so schnell vergeben. Er war, so stand es in der Überschrift, für die Nachwelt ein *Reporter des* Beacon, *mit verschiedenen Preisen ausgezeichnet, verstorben im Alter von achtundzwanzig Jahren*. Tess hätte nie gedacht, dass er jünger war als sie.

Whitney saß auf ihrer linken und Feeney auf ihrer rechten Seite, Gojim-Spione im Tempel. Die meisten der Trauergäste hatten nie zuvor einem jüdischen Gottesdienst beigewohnt, aber Whitney, die Verkörperung der Schickse, war diejenige, die die skeptischsten Blicke abbekam. Jonathans Verwandte schienen ihre Anwesenheit als eine Art Sakrileg aufzufassen. Vielleicht waren sie in Geheimnisse eingeweiht, die die Zeitung nicht gedruckt hatte, und dachten, sie sei diese mysteriöse Frau von jenem besagten Morgen. Whitney blickte würdig und streng und achtete nicht auf sie. Einmal reichte sie Tess ein Taschentuch, das nach Shalimar duftete. Die Tatsache, dass jemand aus ihrer Bekanntschaft ein parfümiertes Taschentuch bei sich trug, unterbrach auf der Stelle Tess' Tränenfluss.

Verletzt und betäubt, wie sie war, kam sie sich jüdischer vor als sonst und sah eine gewisse Weisheit in der Tradition, die Toten so schnell wie möglich zu begraben. Als Kind hatte sie immer geglaubt, dieser Brauch sei diktiert von einer rein praktischen Angst vor Erregern, so ähnlich wie die alten Verbote von Schweinefleisch und Schalentieren. Jüdisch zu sein, so viel hatte sie von der Familie ihrer Mutter gelernt, bedeutete, dass man sich einließ auf einen nie endenden Kampf gegen Erreger und

Bakterien. Aber jetzt bemerkte sie, dass es auch wohltat, noch so betäubt zu sein. Alles wirkte ein wenig surreal. Jonathan würde längst unter der Erde sein, bevor sie seine Abwesenheit wirklich spürte.

Er hatte ihr das Leben gerettet. Oder nicht? Was noch wichtiger war, hatte er ihr das Leben retten wollen? Jetzt, weniger als sechsunddreißig Stunden später, konnte sie sich nur noch erinnern, dass sie seine Hand losgelassen hatte, weil sie an diesem feuchtschwülen Morgen keinen Hautkontakt wollte. Seine letzte Berührung, an die sie sich immer erinnern würde, war ein harter Stoß gewesen. Deswegen lebte sie noch, und Jonathan nicht.

Sie hatte den Verdacht, dass er lieber hätte weiterleben wollen. Wenn er gewusst hätte, dass nur einer von beiden überleben konnte, hätte er vielleicht anders gehandelt. Seine Heldentat war ein reiner Reflex gewesen, sein Überlebenswille instinktiv. Er war gierig nach Leben, jetzt, wo er sicher war, dass Ehrungen und Erfolge so nahe bevorstanden. Der gierige Jonathan, er hatte gedacht, er könne Tess und sich selbst retten, so wie er gedacht hatte, er könne seine Freundin und Tess haben.

Der Rabbi, ein junger Mann, der Jonathan tatsächlich gekannt hatte, versuchte tapfer, ihn noch einmal lebendig werden zu lassen. Aber die Hitzewelle hielt immer noch an, die Klimaanlage der Leichenhalle reichte nicht aus, und die schwitzenden Trauergäste wurden ungeduldig. Tess erhaschte einen Blick auf die Frau, die sie für Daphne hielt, ganz vorn zwischen Jonathans Eltern. Unter diesem Namen hatte sie sich immer eine Zierliche, Aufreizende vorgestellt, so ähnlich wie Ava Hill. Doch

Daphne war eine freundlich aussehende Rothaarige, die unter normalen Umständen wahrscheinlich warm und fröhlich wirkte. Sie sah so ähnlich aus wie Tess, nur ein bisschen kleiner und ein bisschen rundlicher. Sie hatte sogar einen Überbiss.

»Jonathan war ein zutiefst spiritueller Mensch«, sagte der Rabbi gerade.

Feeney flüsterte: »Genau, er betete jeden Tag, dass er den Pulitzer gewinnt.«

»Und als ich heute darüber nachdachte, was zu seinem Tod wohl passend wäre, fiel mir ein Gedicht ein, ein Gedicht, das viele von uns in der Schule gelernt haben …«

Die Journalisten und Exjournalisten in dem kleinen, dumpfen Raum begannen nervös auf ihren Stühlen herumzurutschen, aus Angst, dass sie vielleicht mit einem Lachen herausplatzen könnten. Viele davon gingen berufsmäßig zu Begräbnissen und hatten einfach zu viele Gedenkfeiern abgesessen, in denen es für sie um nichts ging. Sie spürten es, wenn ein Klischee auf sie zukam.

Der Rabbi räusperte sich einmal, dann noch einmal, und begann mit ernster, jugendlicher Stimme, die fast zu brechen schien: »Als du das Rennen für die Stadt geschlagen / da haben wir auf Schultern dich zum Markt getragen …«

Whitney schob Feeney einen Zettel zu, den Tess über seine Schulter mitlas: »Du schuldest mir einen Drink. Ich hab dir gleich gesagt, es käme Housmans ›An einen Athleten, der jung starb.‹«

»Wer hätte das gedacht?«, kritzelte Feeney zurück. »Ging davon aus, dass die katholische Kirche die Rechte daran hat und es nur dann an andere Konfessionen ausleiht, wenn der Verstorbene ein Footballspieler der Uniauswahl war, der seinen Trans Am gegen einen Baum gefahren hat.«

Trotz ihres jugendlichen Timbres war die Stimme des Rabbi bezwingend und verlieh den abgegriffenen Worten echtes Gefühl. »Doch du warst klug genug, zur rechten Zeit / das Feld des Ruhms zu räumen, der nicht bleibt / denn wenn der Lorbeer auch schon früh bemüht / ist er doch schneller als die Rose dann verblüht.«

Ein paar Reihen weiter vorn sah Tess Nick, den Mann, der früher die Berichte für die Zeitung redigiert und Jonathans Leben beim *Star* so unerträglich gemacht hatte. Obwohl er noch nicht einmal fünfzig war, sah er alt und gebeugt aus. Sein Job bei der Öffentlichkeitsarbeit für ein hiesiges Krankenhaus hatte ihn schnell altern lassen. Sie sah noch ein paar andere Leute vom *Star*, aber weitaus mehr aus der Belegschaft des *Beacon*. Jonathan gehörte zu ihnen. Auch Polizeibeamte saßen unter den anderen Gästen, sogar der Polizeichef. Der Bürgermeister hatte einen Stellvertreter geschickt. Der Stadtratsvorsitzende, der den Posten des Bürgermeisters haben wollte, war persönlich erschienen. Tess war sich nicht sicher, ob sie an ein Leben nach dem Tode glauben sollte, aber wenn, dann hoffte sie, dass es einem das bittersüße Vergnügen verschaffte, die eigene Beerdigung zu beobachten. Aber nur, wenn sie erfreulich war, wie die von Jonathan für ihn sicherlich wäre. Wenn sich nur eine kleine oder gleichgültige Trauergemeinde versammelte, sollte es einem lieber erspart bleiben, sie mit anzusehen.

»Nun wirst du nicht das Häuflein mehren / von jenen, die verschlissen ihre Ehren / Athleten, deren Ruf sie übereilte / und deren Name starb, dieweil sie selbst noch lange weilten.« Der Rabbi senkte den Kopf.

»Gute Idee, hier aufzuhören«, flüsterte Feeney. »Diese ganze Bande hier wüsste ja doch nicht, was sie aus der ›Girlande, die kürzer ist als die eines Mädchens‹ machen sollte, die der Athlet in der letzten Strophe um den Kopf trägt. Die würden denken, das sei eine Anspielung auf Jonathans Ohrring. Wenn das hier vorbei ist, spendiere ich *allen* einen Drink.«

»Alle« waren dann Whitney und Tess. Die anderen Reporter und Exreporter eilten wieder an ihre Arbeit, Feeney dagegen schaltete seinen Beeper aus, und Whitney rief im Büro an, um zu sagen, dass ihr Auto einen Kolbenfresser habe.

»Ich sag dir mal eines«, sprach Feeney, als sie schon ziemlich weit mit ihrem dritten Rolling Rock waren. Whitney stand gerade an der Bar und versuchte, Spikes Koch zu erklären, dass er ihr ein Sandwich machen solle, ohne es zu rösten oder zu grillen. »Er hat das falsche Housman-Gedicht gelesen. Man hätte Jonathan niemals tretend und schreiend von diesen Feldern zerren können, egal, wie kurz sein Ruhm auch war.«

»Was hättest du denn gelesen?«

»›Terence, das ist dummes Zeug.‹ «

»Hey, ich bin doch kein Housman-Experte. Deswegen brauchst du doch nicht grob zu werden.«

»So heißt es doch nur, ›Terence, das ist dummes Zeug‹. Geplant war es für einen Band namens *Die Gedichte des*

Terence Hörensagen. Es geht dabei um einen Typen, der säuft und frisst, bis er völlig lull und lall ist.«

»Das klingt aber nicht nach Jonathan. Der aß und trank eigentlich nur, um irgendeine innere Maschine aufzutanken. Er wollte seine Sinne nicht abstumpfen.«

»Wie wär's dann damit? ›Das Glück ist möglich, doch die Sorge sicher, / dem seh ich wie ein weiser Mann ins Auge / bereite mich aufs Schlimmste vor und nicht aufs Beste.‹«

»Schon besser, aber so ganz bin ich immer noch nicht überzeugt.«

Feeney betrachtete das als Aufforderung, eine kleine Einlage zu bringen. Er stand auf, setzte einen Fuß auf den rissigen Vinylstuhl der Kneipe und legte den rechten Arm über die Brust. Er sah aus wie Washington bei der Überquerung des Delaware. Aber als er zu sprechen begann, mit einer Stimme, in der nichts mehr von seiner üblichen Grobheit zu hören war, drehten sich alle in der Bar nach ihm um und horchten. Die Worte wurden in irischer Sprachmelodie vorgetragen, so wie Tess' Vater nach dem dritten oder vierten Carling Black Label sprach.

Im schönsten Dreck lag ich und lachte
vor Glück, doch als ich dann erwachte
sah ich des Himmels Morgenröte schon
o Mann, dann war dies alles nur der Lüge Lohn
die Welt war immer noch die alte
ich war noch ich, nur die Klamotten nass und kalte
und mir blieb weiter nichts zu spinnen
als mit dem gleichen Spiel von vorne zu beginnen.

Er machte eine kleine Verbeugung und setzte sich wieder hin. Das war eine Seite, die Tess an Feeney noch nie erlebt hatte. Die Herausgeber, die er terrorisierte, hätten ihn wahrscheinlich in Stücke gerissen, wenn sie geahnt hätten, dass unter der rauen Schale ein melancholischer Poet steckte.

»Wieso kannst du so viel Housman auswendig?«

»Das verrückte Irland quälte mich in die Dichterei.«

»Das ist von Auden, als er über den Tod von Yeats schrieb.«

»Ein Schuss, ein Treffer!«, Feeney hob Zeige- und Mittelfinger für sie zum Siegeszeichen.

Whitney näherte sich mit einem riesigen Sandwich, das überquoll vor Aufschnitt, Käse, Salat und Peperoni. »Na großartig, der Anglistenkongress ist in der Stadt. Wie fändest du es denn, wenn ich jetzt auf japanisch zu quasseln anfinge, mein Herr Anglist?«

Sie nahm die obere Hälfte von ihrem Sandwich ab, zupfte mit ihren langen Fingern die Füllung heraus und leckte sich die Mayonnaise von den manikürten Nägeln.

»Wie ungezogen von dir, Whitney«, sagte Feeney.

»Fühlt sich vielleicht jemand hier bei Spike von mir brüskiert? Ein Sandwich kann man nur so essen. Das Brot ist doch nur der Puffer, der einem im Weg steht, wenn man an das Fleisch will. Das ist wie beim Vorwort und den Fußnoten. Braucht man eigentlich gar nicht. Das ist nichts. Nada.«

»Nichts«, wiederholte Tess. »Nada.«

»Nada, nada, nada«, dröhnte Feeney und lachte. »Ein

alter Mann ist etwas Scheußliches.« Er war schon ziemlich betrunken, stellte Tess fest.

»Hemingway«, sagte Whitney. »*Ein sauberer, gut beleuchteter Platz*. Ich kann auch mitspielen.«

Tess stand plötzlich auf, nahm Feeneys Autoschlüssel vom Tisch und warf sie Spike zu. »Lass sie von jemandem heimfahren, wenn sie fertig sind, okay?« Sie drehte sich wieder zu ihren Freunden um, die ganz entgeistert dasaßen. »Ihr seid beide zu betrunken, um selbst zu fahren. Sagt Spike einfach Bescheid, wenn ihr gehen wollt, und er organisiert euch jemanden. Und sagt ihm, er soll das auf meine Rechnung setzen.« Was bedeutete, dass es auf Kosten des Hauses gehen würde. Spike hatte von Tess noch nie einen Penny angenommen.

»Und was ist mit dir?«, fragte Whitney. »Kannst du überhaupt noch fahren?«

»Unglücklicherweise, ja. Ich war noch nie so nüchtern.«

Mit ihrem Toyota rasierte sie die Kurven der Franklintown Road, überfuhr jede gelbe Ampel und auch ein paar rote. Sie rannte die Treppen zu ihrer Wohnung hinauf, indem sie immer zwei Stufen auf einmal nahm, so wie das Jonathan vor noch nicht einmal einer Woche getan hatte, als er kurz vor einer Entdeckung stand. Jetzt wusste sie, wie er sich gefühlt haben musste.

Sie schaltete ihren Computer ein. Abramowitz' Diskette steckte noch drin. Und da war sie wieder, die Tapete aus ›nada‹ von Anfang bis Ende. Aber sie hatte kein einziges Mal in die Mitte des langen Textes geschaut. Das war das Problem mit Abkürzungen. Sie befahl ihrem

Computer, nach dem einen Wort zu suchen, von dem sie wusste, dass es in jedem Schriftstück vorkommen musste, nach dem Wort, ohne das man nicht schreiben konnte.

»Suche ›der‹«, gab sie ihrem alten Mac ein. Der Computer folgte ihrem Befehl. Nach zwanzig Seiten fand sie das Fleisch im Sandwich.

Montag, Montag, fing es an.

Den Anfang der Woche mag ich inzwischen tatsächlich. Diesem Tag kann *ich vertrauen. Ich komme herein und denke: ›Diesmal wird es anders sein. Ich werde etwas finden, was ich tun kann. Ich werde sie dazu zwingen, mir etwas zu geben, was ich tun kann. Ich werde einen Kriminalfall pro bono übernehmen.‹ Aber es klappt nicht. Nachdem ich mir den Zutritt hierher erzwungen habe, weiß ich nicht mehr, was ich zu gewinnen hoffte. Ich halte es nicht aus, nicht als Anwalt zu arbeiten, in irgendeiner Form, doch ich kann auch nicht weg von hier. Also komme ich jeden Tag hierher, streiche meine Prozente als Geschäftspartner ein, zähle Papierschnipsel und schließe mit mir selber Wetten ab, wie viele Möwen ich vor dem Fenster sehen werde. Ich kann den Frühling kaum erwarten. Ich wünschte, es gäbe im Camden Yards mehr Spiele am Nachmittag. Wenn ich dazu das Radio einschalte und ein gutes Fernglas benutze, dann ist das besser als auf der Ehrentribüne.*

Der Verfasser – Abramowitz, es musste Abramowitz sein – hatte dann den Text von »Take Me Out to the Ball

Game« eingefügt. Dann folgten mehrere Zeilen Lyrik, die sie nicht erkannte. Aber gegen Ende sah sie, dass es Milton war: *Wenn ich so sehe, wie mein Licht vergeht.* Diese Zeile wurde drei Seiten lang wiederholt, dann änderte sie sich leicht: *Wenn ich so sehe, wie mein* Leben *vergeht.* Und dann zwei Seiten lang, in immer größerer Schrifttype, als würde er schreien: *Mein Leben! – Mein Leben! – MEIN LEBEN!*

Das war, als würde ein kleiner Junge nach Schulschluss an die Tafel schreiben, aber dieser kleine Junge hatte sich seine Strafe selbst ausgedacht. Es war wie in *Finnegans Wake,* wenn Joyce ein kleiner, untersetzter Rechtsanwalt aus Baltimore mit wenig Sprachgefühl gewesen wäre. Es war, als ob ein Frosch sich selbst vivisezieren würde. Fasziniert arbeitete sie sich durch diesen dichten, schwierigen Text.

Er schrieb über das Nordwest-Baltimore der fünfziger Jahre, wo er die Synagoge in dem alten Stadtviertel Park Heights besucht hatte, in dem die Familie seiner Mutter heute noch wohnte. Seine Familie war offenbar orthodox, und er selbst besessen von treifen Lebensmitteln.

> *Ich bin neun Jahre alt«*, schrieb er. *»Ich muss unbedingt etwas Nichtkoscheres essen. Ich habe über diesen Verstoß viel nachgedacht. Meine Sünde muss eine gewaltige Sünde sein. Ich gehe kilometerweit, bis ich weit weg von meinem Viertel bin, bis ich irgendwo bin, wo noch niemand, den ich kenne, jemals gewesen ist. Glaube ich jedenfalls. Ich bestelle einen Cheeseburger und einen Milchshake. Es ist erstaunlich, wie*

viel Bedeutung diese beiden Nahrungsmittel für mich haben. Ich bin sicher, dass sich nach dem ersten Bissen Cheeseburger die Welt verändern wird. Und es stimmt. Ich kann mich heute noch an diesen ersten Bissen erinnern, wie der Saft aus dem Burger herausspritzte wie Gift, wie der Käse seitlich herunterlief. Ich hatte hohe Erwartungen an die Sünde, und sie trafen alle ein. Sünde ist etwas Wunderbares. Sie wird mich mein Leben lang in Bann schlagen.

Der Proust von Park Heights, dachte sie. Was für ein merkwürdiger kleiner Kerl. Dann wieder, gerade wenn der Eindruck aufkam, seine Erzählung würde zu irgendetwas führen, verwendete er die nächsten zehn Seiten dazu, das Grundgesetz mehrmals hintereinander abzuschreiben, wobei er jedes Mal andere Wörter durch Kursivdruck hervorhob. Gingen die Nerven mit ihm durch, oder versuchte er einfach nur seine Tage zu füllen, diese Tage, die so rätselhaft leer waren? Wahrscheinlich ein wenig von beidem.

Das Grundgesetz wurde abgelöst von einer Erörterung der Todesstrafe, in der es viele Zitate aus den Gesetzen gab. Jetzt schien er an einem Memorandum zu arbeiten, das dazu dienen sollte, alle Kandidaten aus dem Todestrakt von Maryland zu entlassen. Aber die juristische Erörterung hörte ganz plötzlich wieder auf.

Weil ich die schwierigen Entscheidungen, denen ich mich in meinem Privatleben gegenübergestellt sah, vermeiden wollte, entschied ich mich für ein Berufs-

leben als einzigem Leben. Jetzt, wo ich mein Berufsleben verloren habe, gibt es kein Privatleben, in das ich mich zurückziehen könnte. Nachdem ich immer asexuell gelebt habe, wie soll ich da mit 42 Jahren plötzlich anfangen, sexuell zu leben, noch dazu homosexuell? Ich habe keine Ahnung.

Homosexuell? Tess stutzte und las diesen Satz noch einmal. Michael Abramowitz war schwul. Nein, er musste bisexuell sein, schließlich hatte er Ava begrapscht. Die näheren Umstände ihrer Affäre mochten ja zweifelhaft sein, aber Tess hatte die beiden zusammen gesehen, und Abramowitz hatte die Beziehung Rock gegenüber auch zugegeben.

Oder doch nicht? Sie ging zu ihrem Schreibtisch, wo sie die Kopien der Abschriften liegen hatte, die sie für Tyner angefertigt hatte. Wie hatte Rock gesagt?

»Und er hat gesagt: ›Aber sie ist wirklich sehr schön.‹ Da habe ich ihn geschlagen.« Rock hatte das als Geständnis angesehen, so wie Mr. Macauley angenommen hatte, Abramowitz sei einfach nur ein sarkastischer Besserwisser gewesen, als er zustimmte, dass jemand ihn töten sollte. Macauley hatte auf Abramowitz einschlagen wollen, und Abramowitz hatte ihn in seinen Armen festgehalten und ihn so vor einer Verhaftung geschützt. Sowohl Rock als auch Macauley hatten einen Schurken erwartet, und so hatten sie auch einen gefunden. Aber wenn Abramowitz nun einfach nur ehrlich gewesen war? Dann wurde dieses »Aber sie ist wirklich sehr schön« zu einem Kompliment von jemandem, der höflich sein will. Und »Vielleicht haben Sie recht«, die Antwort auf Macauleys Spruch, dass jemand Abramowitz umbringen sollte, war einfach nur eine Zustimmung.

Sie ging weiter die Memoiren durch und suchte nach einem anderen Hinweis auf sein Privatleben. Sie war erst ungefähr fünfzig Seiten weit in die mehr als tausend Seiten vorgedrungen, und Abramowitz hatte wieder sein Memorandum aufgenommen und mühte sich erneut durch verschiedene Fallstudien. Dann fand sie diese Worte.

Alle Brücken hinter sich abbrechen. Diesen Ausdruck kenne ich natürlich, aber ich habe ihn immer als in eine Richtung weisend aufgefasst. Man brach die Brücken hinter sich ab und zog weiter. Vor einem tat sich immer wieder eine neue Straße auf, führte an einen Ort, zu dem man wollte. Ich brach die Brücken in meiner Stellung als Pflichtverteidiger hinter mir ab und ging. Ich brach dann weitere Brücken hinter mir ab und kam hierher. Jetzt sehe ich, dass ich eine kleine Insel bin und alle Brücken abgebrochen habe, die zu mir führen könnten. Jetzt bin ich allein, isoliert, und niemand kann mir helfen. Ich habe mich über das Gesetz erhoben und es dadurch verloren. Ich habe jetzt nichts mehr, außer Zeit.

»Wieder falsch, Abramowitz«, sagte Tess zu ihrem Computerbildschirm. »Auch die hattest du nicht mehr. Na los, gib mir einen Hinweis. Wer wollte, dass du stirbst?«

Sie befahl ihrem Computer, Macauleys Namen zu

suchen. Nichts. Wie sah es mit O'Neal aus? Wieder blieb der Bildschirm leer. Ava? Nein, es wurden überhaupt keine Namen genannt. Ein Anwalt bis zum bitteren Ende, hatte Abramowitz das Vertrauen von niemandem missbraucht, außer seinem eigenen.

Wie soll ich mit 42 Jahren plötzlich anfangen, sexuell zu leben, noch dazu homosexuell? Gute Frage. Sie kannte jemanden, der ihr darauf vielleicht eine Antwort geben konnte.

24

Als Ava Hill ihr am nächsten Abend in Eden's Landing die Tür aufmachte, sah Tess sofort, dass es in Avas Leben seit ihrer letzten Visite eine bedeutende Veränderung gegeben haben musste, zumindest, was ihr Bankkonto betraf. Die billig aussehende Ledercouch war durch eine andere, größere ersetzt worden, die besser gearbeitet war, diesmal in üppigem Dunkelgrün. Diese Farbe fand sich auch an verschiedenen Stellen in dem marineblauen Teppich wieder, tauchte an den Beinen eines niedrigen Couchtischs auf und verschwand nur, um noch einmal am Hals einer Vase zu erscheinen, die auf der Glasplatte des Tisches stand. Selbst Avas neue Aktentasche, die auf der Ablage eines antikisierenden Garderobeständers im Flur lag, zeigte genau den gleichen Ton von Dunkelgrün. Tess erkannte sie wieder, es war diejenige, die Ava so liebevoll gestreichelt hatte, bevor sie ins Renaissance Harborplace Hotel zu Michael Abramowitz geeilt war. Das musste, wie Tess vermutete, ein neuer Trend in der Innenarchitektur sein, dass man eine teure Tasche als Farbvorlage für ein ganzes Zimmer benutzte.

»Ihre Lebensumstände scheinen sich verbessert zu haben«, sagte Tess zu Ava, deren Kleid, ein burgunderrotes Mantelkleid, den perfekten Farbkontrast zum Sofa bildete. Tess wurde als Sitzplatz der alte Regiestuhl von der Terrasse mit dem zerschlissenen orangefarbenen Stoff zugewiesen. Offensichtlich war das Apartment noch in Arbeit, und einige Verbesserungen standen noch aus. Tess hätte am liebsten zu etwas Zurückhaltung gemahnt. Von ihrem Platz aus konnte sie in das einstmals leere Esszimmer blicken. Jetzt war es voll, und zwar brechend voll, mit einem Glastisch und sechs schlanken Stühlen aus hellem Holz, die mit pfirsichfarbenem Damast bezogen waren. Teuer und unpraktisch, fand Tess. Durch eine einzige Erbse in Butter, die entkam, oder eine einzige Sesamnudel, die von ihrem Essstäbchen hüpfte, wäre so ein Stuhl schon ruiniert.

»Ja. Ich bin zu etwas Geld gekommen.«

»Einen Verwandten beerbt?«

»Nein, so viel Glück habe ich nicht.« Sie lächelte darüber, was für ein Gesicht Tess machte. »Ach, beruhigen Sie sich. Ich habe nur versucht, so zu reagieren, wie Sie es von mir erwarten. Nach Ihrem dringenden Anruf heute früh nehme ich doch an, dass Sie mir gleich wieder neue Beschuldigungen entgegenschleudern werden. Sie denken ja immer nur das Schlimmste von mir. Und da möchte ich Sie nicht enttäuschen.«

»Ich hatte mich geirrt, nicht wahr?«

Ava sah sie misstrauisch an, weil sie dem versöhnlichen Ton von Tess nicht traute. »Geirrt worin? Wir haben ja eine lange Liste. Soweit ich mich erinnere, haben Sie mich beschuldigt, ein Verhältnis mit meinem Chef gehabt zu haben und dann meinen Verlobten dazu angestiftet zu haben, meinen Chef umzubringen. Sie haben sogar behauptet, dass ich meinen Chef selber umgebracht hätte. War das alles?«

»Bis jetzt. Ich habe allerdings tatsächlich ein paar neue Beschuldigungen.«

»Das wird bestimmt lustig.« Ava nahm sich ein Glas Wein, der genau zur Farbe ihres Kleides passte, und wärmte den Kelch mit den Händen. Tess bot sie keinen an. Ihre Verhältnisse hatten sich vielleicht gebessert, ihre Manieren jedoch nicht.

Tess atmete tief durch und versuchte sich an alles zu erinnern, was sie zu sagen hatte, wie sie es zu sagen hatte und in welcher Reihenfolge sie es zu sagen hatte. Sie hätte dazu gerne Notizen benutzt, aber Kitty war der Meinung gewesen, sie würde dadurch zu zögerlich und unsicher wirken, und Leutnant Strahlemann hatte dem zugestimmt.

Nach einigem Nachdenken über die einzige wirkliche Entdeckung im Tagebuch von Abramowitz hatte Tess das glückliche Paar aus dem Bett gezerrt, und zwar fast im wörtlichen Sinne, und um Mithilfe gebeten. Sie hatten sich, jeder mit einem Notizblock bewaffnet, um den Küchentisch gesetzt und versucht, die Einzelteile zusammenzufügen. Thaddeus schrieb alles auf, was bekannt, unwidersprochen und absolut sicher war. *Tatsache*, hatte er in kühner schwarzer Schrift geschrieben: *Ava hat das Examen nicht bestanden. Tatsache: Ava war mit Michael Abramowitz im Hotel.* Tess schrieb alles auf, was sie vermutete.

Kitty sammelte die Theorien, die diese beiden Listen verbinden konnten. Zur Überraschung von Tess hatte

Thaddeus echtes Talent gezeigt, die Teile des Puzzles zusammenzusetzen. Unbefangen und ohne die infrage stehenden Personen zu kennen, hatte er ja keinen festen Plan, an den er sich hätte halten können. Er würde eines Tages ein wirklich guter Kriminalbeamter werden. Er war derjenige gewesen, der den richtigen Ausgangspunkt gefunden hatte, und derjenige, der eine Ungereimtheit entdeckte, die Tess längst hätte bemerken müssen.

»Können Sie sich noch an den Abend erinnern, wo wir uns im Point getroffen haben und Sie anfangs nicht wussten, wer mein Auftraggeber war?«

»Natürlich. Damit fing ja alles an, nicht wahr? Fragen Sie sich nicht manchmal, wie anders jetzt alles sein könnte, wenn Sie mir nicht diese rücksichtslosen Vorwürfe gemacht und mich dadurch gezwungen hätten, zu Rock zu gehen, bevor Sie ihn gegen mich aufhetzen konnten? Denken Sie jemals daran?«

Jede Nacht, du Schlampe, jede Nacht. Aber sie konnte es sich jetzt nicht leisten, dieses kleine Versteckspiel mitzuspielen, das Kinder an Baltimores Schulen »Ein Pokergesicht machen« nannten. »Damals schienen Sie erleichtert, als Sie hörten, dass Rock es war. Inzwischen ist mir klar, dass Sie dachten, jemand anderes hätte Sie beschatten lassen, jemand, den Sie nicht manipulieren konnten. Jemand, der Ihnen Schwierigkeiten hätte machen können.«

Ava lächelte über den Rand ihres Glases, aber nur mit der unteren Hälfte ihres Gesichts. Ihre Augen waren schmal, und um die Schläfen herum wirkte sie verkniffen.

»Sie dachten, Luisa O'Neal hätte mich beauftragt.«

»Wollen Sie mich jetzt wohl beschuldigen, ich hätte mit Mr. O'Neal geschlafen?« Avas indignierte Reaktion war überzeugend. Wenn Tess sie nicht vorher schon in dieser Rolle erlebt hätte, wäre sie vielleicht auch zu überzeugen gewesen. »Sie haben ein entsetzlich eingleisiges Denken. Von dem Gedanken an Sex sind Sie geradezu besessen, wie eine alte Jungfer.« Tess wunderte sich, dass sie sie nicht auch noch in die Backe zwickte, wie einem das in der Unterstufe passieren konnte, wenn man so etwas hatte einstecken müssen. Poooookergesicht!

»Ich denke tatsächlich sehr eingleisig. Aber ich mache nicht zweimal denselben Fehler. Sie schlafen nicht mit O'Neal – noch nicht. Das würden Sie aber sofort tun, wenn Sie dadurch Ihren Job behalten könnten. So hatten Sie es doch auch mit Abramowitz vor, nicht? Da hatten Sie diese ganzen offenen Rechnungen, und wenn Sie kommenden Winter das Examen wieder nicht bestehen würden, wären Sie Ihren Job los und könnten sie nicht bezahlen.«

»Ich dachte, Sie würden heute mal etwas Neues bringen. Das klingt verdächtig nach dem, womit der ganze Ärger angefangen hat. Ich hatte kein Verhältnis mit Abramowitz. Und er hat mich auch nicht sexuell belästigt. Ich habe Sie angelogen, weil ich dachte, dass Sie die Wahrheit ohnehin nicht glauben würden, wenn Sie eine schmutzige Alternative hätten.«

»Und was ist die Wahrheit?«

»Das werden Sie vor Gericht erfahren.« Ava lächelte und wiederholte dann glücklich: »Ich hatte kein Verhältnis mit ihm.«

»Oh, das weiß ich. Und ich weiß auch, dass Sie dies vor Gericht nicht würden bezeugen können. Sie waren nicht sein Typ. Abramowitz war schwul. Oder wäre es gewesen, wenn er überhaupt ein Sexualleben gehabt hätte.«

Avas Gesicht schien sich einen Augenblick aufzuhellen, verschloss sich dann aber sofort wieder. Tess hätte ihren Kopf verwettet, dass Ava sich über Abramowitz' Gleichgültigkeit zu Tode geärgert hatte, dass sie Angst gehabt hatte, sie könnte allmählich ihre Anziehungskraft verlieren. Aber wie viel persönliche Bestätigung sie in Tess' Information auch finden mochte, sie war nicht bereit, ihre Story zu ändern.

»Woher wissen Sie das? Ich habe nie gehört – ich meine, in den Anwaltskanzleien wird viel geklatscht. Es stimmt, er hatte nie eine Freundin, aber schließlich war er ja auch nicht sehr anziehend.« Sie lachte über sich selbst. »Das ist ja nun wirklich ein Euphemismus. Er war stockhässlich. Er hatte vielleicht keine Freundin, aber einen Freund hatte er auch nie.«

»Wie gesagt, ich mache nicht zweimal denselben Fehler. Diesmal habe ich wirklich einen Beweis, einen langen Brief, den Abramowitz an seinem Computer geschrieben hat, als er eigentlich hätte arbeiten sollen. Einen Brief, den ich einem befreundeten Reporter geben werde, zusammen mit meiner eigenen Theorie zu dem, was wirklich zwischen Ihnen beiden passiert ist.«

»Na und? Ich habe der Polizei und der Presse gesagt, dass das Ganze nur bei Darryl im Kopf existierte. Wenn Sie jetzt enthüllen, dass Abramowitz schwul war, macht das meine Geschichte doch nur noch glaubwürdiger.

Meine Aussage«, korrigierte sie sich schnell. »Das macht meine Aussage noch glaubwürdiger.«

»Stimmt. Aber wenn da nun noch ganz andere Dinge in Abramowitz' Tagebuch stehen? Er hat mehr als tausend Seiten geschrieben, hatte also genug Platz, um über Ihre Schwierigkeiten bei den Examen zu schreiben und die Peinlichkeit, die daraus entstand, dass Sie ihn zu verführen versuchten.« Tess war jetzt von der Welt der Tatsachen, die bei Leutnant Strahlemann standen, zu ihrer eigenen Liste der Verdachtsmomente übergesprungen, aber das konnte Ava ja nicht wissen. »Wenn Sie nicht mit Abramowitz geschlafen haben, dann nicht deshalb, weil Sie es nicht versucht hätten. Das Renaissance Harborplace Hotel war dafür gut geeignet. Ihre Idee, nehme ich an?«

»Das wird wahrscheinlich bei Gericht gar nicht zugelassen werden, dieses Tagebuch von ihm. Mr. O'Neal wird dafür sorgen.«

»Gut, sehr gut, Miss Hill. Dieses Semester bekommen Sie eine Eins in Strafrecht. Aber es wird bei der Zeitung zugelassen werden.«

Ava beschäftigte sich mit dem Rock ihres Kleides, strich ihn unter sich glatt, zog den Saum gerade. Tess wartete. Langsam lernte sie jetzt auch, zu schweigen.

»Schauen Sie, was wollen Sie eigentlich?«, fragte Ava schließlich. »Sie können mir das Leben vermiesen, aber das hilft Darryl auch nicht. Ich habe Abramowitz nicht ermordet. Sein Tod hat sogar meinen Job in der Kanzlei in Gefahr gebracht. Ich wurde ihm zugewiesen, als ich zum zweiten Mal beim Examen durchgefallen war, weil sie dachten, dass ich sowieso nicht bis zum Jahresende bleiben würde. Als er starb, hätten sie mich feuern können.«

»Aber das haben sie nicht gemacht, und ich muss wissen, warum. Ich möchte auch, dass Sie mich über ein paar Dinge aufklären, die mir noch unklar sind. Bevor Abramowitz starb, stand niemand ihm so nahe wie Sie. Sie wissen vielleicht tatsächlich etwas, ohne zu wissen, was Sie wissen. Also, Sie helfen mir, und ich bringe dieses Tagebuch nicht an die Öffentlichkeit. Einverstanden?«

Ava nickte vorsichtig.

»Gut, was ich weiß, ist Folgendes: Vor einem Jahr sind Sie beim Tri O eingestiegen und hatten eine Menge Schulden im Nacken. Sie haben im Februar das Examen gemacht. Sie fielen durch. Sie machten es im Juni noch einmal, fielen wieder durch. Inzwischen haben Sie noch mehr Schulden, weil Sie nicht aufhören können, Klamotten zu kaufen – und weil Ihre Fähigkeiten als Ladendiebin sich mehr auf die leichteren Dinge beschränken, Unterwäsche und Schmuck.«

»Ich weiß wirklich nicht, wieso Sie immer wieder mit diesen Ladendiebstählen daherkommen. Ich habe noch nie …«

»Sparen Sie sich das, Ava. Bleiben wir bei der Sache. Sie waren verzweifelt. Sie kamen zu dem Schluss, die beste Möglichkeit, weiterhin monatlich Ihr Geld zu bekommen, war die, Abramowitz zu verführen. Ich weiß nicht, was Sie erst noch alles versucht haben, aber am Ende haben Sie ihn dazu gebracht, sich mit Ihnen regelmäßig in einem hiesigen Hotel zu treffen. Ich glaube, Sie sind davon ausgegangen, dass er bei einem solchen Zusammentreffen am Ende Ihrem Charme würde erliegen müssen. Wie haben Sie es denn übrigens so weit gebracht?«

Sie tat beleidigt. Zog sogar fast einen Schmollmund. »Er half mir, mich auf die Prüfung vorzubereiten. Ich hatte zu ihm gesagt, dass das einer der wenigen Orte wäre, wo wir mit Sicherheit nicht unterbrochen würden. Er hat mir das tatsächlich abgenommen.«

»Beeindruckend. Sie dachten also, es sei nur noch eine Frage der Zeit, bis der Typ über Sie herfällt. Aber dann rührt er Sie kein einziges Mal an. Tatsächlich versucht er Ihnen wirklich bei der Prüfung zu helfen, was eigentlich gar nicht das war, was Sie wollten. Er dringt sogar in Sie, dass Sie Ihren Urlaub mit Rock absagen, damit Sie intensiver lernen können. Er sagt, er kann Sie, wenn er Sie hart anfasst, doch noch durch dieses Examen durchpeitschen.«

»Ich schaffe dieses Examen einfach nicht. Ich habe eine schreckliche Panik davor. Das ist so etwas wie ein Syndrom. Ich kann nichts dafür. Ich habe sogar schon einen Arzt befragt, und ...«

»Natürlich können Sie nichts dafür. Sie sind ein Opfer. Alle sind Opfer. Aber Abramowitz, der ja sonst nichts zu tun hatte, nahm Ihnen das nicht ab. Er liebte Jura, und er wollte Sie auch dazu bringen. Tatsächlich hat er Sie vermutlich fast zum Wahnsinn getrieben, weil er von Ihnen verlangte, Sie sollten hart arbeiten. Deshalb haben Sie dann irgendwann angefangen, einen Notplan auszuarbeiten – in Bezug auf Seamon P. O'Neal. Wenn Sie mit dem Big Boss schlafen, was kümmert Sie dann noch der kleine? Und wer weiß? Vielleicht würden Sie das Examen ja doch noch schaffen. Schließlich lernten Sie mit einem der besten Anwälte des ganzen Staates.

Aber Sie sind so sehr mit Plan A und Plan B beschäftigt, dass Sie Plan C langsam etwas aus den Augen verlieren – nämlich Ihren Verlobten, einen netten Jungen, der zufällig ein ganz hübsches Sümmchen beiseitegelegt hat. Ein immerhin so großes Sümmchen, dass es Ihre ganzen Studiengebühren und den größten Teil Ihrer Schulden ausgleichen könnte, wenn es darauf ankäme.«

Ava schaute auf die Lichter der Innenstadt und des Hafens. »Darryl war kein Plan«, sagte sie mit weicher, fast bedauernder Stimme. »Er war so stark, das gefiel mir. Ich dachte, er könnte mich beschützen. Aber in dieser Sache konnte er mir nicht helfen. Ich brauchte meine Stelle, wenn wir überhaupt ein gemeinsames Leben ins Auge fassen wollten. Er verdient weniger als 50000 Dollar pro Jahr. Wie können zwei Leute davon leben?«

Es war nicht schlecht gesagt und wahrscheinlich sogar ehrlich. Aber Tess berührte das nicht.

»Sie hätten vielleicht auf ein paar Ledersofas verzichten müssen, aber es wäre zu schaffen.«

»Es ging nicht nur um's Geld. Darryl wollte überhaupt nicht, dass ich arbeite. Wir haben uns darüber oft gestritten. Ich hatte es so satt, dieses ewige Streiten, deshalb machte es mir überhaupt nichts aus, als Abramowitz zu mir sagte, ich sollte diese Woche Urlaub lieber zum Lernen benutzen. Ich war froh, dass ich eine Ausrede hatte, mich von Rock fernzuhalten.«

Sie und Rock hatten sich gestritten? Komisch, diese

Einzelheit zu erwähnen hatte er glatt vergessen. Aber sie musste sich jetzt konzentrieren. Jetzt kam der verzwickteste Teil der Sache, der Teil, wo sich zeigen würde, wie clever Ava war – oder wie dumm.

»Also taucht eines Tages eine nicht allzu kluge Frau auf.« Sie parodierte ihre eigene Stimme und trillerte im Falsett: »›Hallo, ich bin Privatdetektivin und weiß, dass Sie eine Affäre haben.‹ Natürlich stimmt das gar nicht. Aber Sie reagieren schnell. Sie erkennen sofort, dass die Umstände, die mich zu dieser Überzeugung gebracht haben – das Hotel, die heimlichen Treffen –, ausreichen, um auch andere davon zu überzeugen. Vor allem den zunehmend interessierten O'Neal. Tatsächlich könnte das sogar alle Ihre Probleme lösen. Vielleicht bekommen Sie eine hübsche Abfindung. Vielleicht wird Abramowitz entlassen, und Sie kriegen eine neue Chance. Es war ein guter Plan. Nach dem Tod von Abramowitz war es sogar ein noch besserer Plan.«

»Wie kommen Sie darauf?« Avas Stimme war jetzt wieder scharf, ohne den samtigen Ton, den sie gehabt hatte, als sie über Rock sprach.

»Wenn Abramowitz tot ist, kann Ihnen niemand mehr widersprechen, stimmt's? Und ich gehe davon aus, dass für eine Anwaltskanzlei, die Publicity hasst, die beste Version so aussieht, dass man Ihnen Geld gibt, wenn Sie umgekehrt damit einverstanden sind, der Presse eine nettere Version der Ereignisse zu erzählen.«

Tess wies auf die neuen Möbel ringsum.

Ava seufzte. »Sie haben recht, mehr oder weniger, aber was nützt Ihnen das? All das ändert nichts an dem Verfahren gegen Darryl. Er dachte, Abramowitz habe mich gezwungen, mit ihm ins Bett zu gehen. Er ging zu ihm und brachte ihn um. Verstehen Sie mich nicht falsch, ich hoffe, er wird freigesprochen, oder nur auf Totschlag verklagt, aber ich glaube trotzdem, dass er es war. Offen gestanden erschreckt es mich ein wenig, dass ich beinahe einen Mann geheiratet hätte, der so sehr zu Gewalt neigt.«

Zum ersten Mal schien Ava ohne Verstellung zu sprechen. Nichts deutete darauf hin, dass Ava sich ihrer eigenen zentralen Rolle bei der ganzen Sache bewusst war oder dass sie sich erinnerte, dass Rock nur wegen ihrer Lügen zu Abramowitz ins Büro gegangen war, dass das alles gar nicht passiert wäre, wenn sie nicht so berechnend gewesen wäre. Sie waren beide so verdammt schlau gewesen. Doch Tess konnte es sich im Moment nicht leisten, darüber nachzudenken.

»Mir fehlen trotzdem noch ein paar Einzelheiten. Warum hatte Abramowitz nichts zu tun? Wusste man in der Kanzlei, dass er nichts tat? Hatte er irgendwelches belastende Material gegen O'Neal?«

»Das habe ich Shay auch schon einmal gefragt.« Shay, stellte Tess fest. »Natürlich habe ich es nicht so beleidigend formuliert wie Sie eben. Er erzählte mir, dass Abramowitz irgendetwas vermasselt habe, einen wichtigen Fall. Er hatte nämlich in diesen Dingen nicht allzu viel Erfahrung, wissen Sie. Er kannte sich mit den Gesetzen aus, aber er besaß nicht den Stil, den die Kunden dieser Kanzlei erwarten. Er hatte einen wichtigen Klienten verärgert. Also haben sie ihm keine Arbeit mehr gegeben und gehofft, dass er kündigen würde. So macht man das bei O'Neal, O'Connor & O'Neill. Doch Abramowitz besaß nicht so viel Anstand, die Sache aufzugeben. Er war gierig.«

Tess konnte fast hören, wie Sheamon O'Neal – nein, *Shay* – mit seiner allzu herzhaften Stimme diese letzten paar Sätze herunterrasselte. Ava lernte schnell. Zumindest bestimmte Dinge.

»Wusste irgendjemand, dass er auf diese Weise kaltgestellt wurde?«

»Nein, das sollte niemand wissen. Nicht einmal ich. Sie wollten einfach nur, dass er ging; sie wollten nicht seinen Ruf schädigen. Aber nachdem er mir drei Monate lang irgendwelche Fleißaufgaben gestellt hatte, fiel ihm langsam nichts mehr ein, was ich für ihn tun könnte. Zuerst dachte ich, er traut mir nichts zu, wegen meiner Probleme mit dieser Prüfung. Dann sah ich, dass seine Aktenfächer leer waren, und eines Tages – also, eines Tages habe ich einmal seine Aktentasche aufgemacht. Sie war leer, bis auf eine Zeitung und ein Schinkensandwich.«

Also hatte Abramowitz nie seinen Sinn für Treifes verloren. Das gefiel Tess.

»Er bekam nie Post. Es rief fast niemand an, jedenfalls keine Klienten. Die Leute von Sims-Kever sprachen immer nur mit Larry Chambers, einem jungen Mitarbeiter am anderen Ende des Bürotrakts, während ich meinen Stapel Sterbeurkunden hin und her schob.«

»Überhaupt keine Post, keine Telefonate? Wie war es mit privaten Dingen?«

»Von Häftlingen bekam er tatsächlich manchmal

Briefe – ich sah auf den Umschlägen die Nummern der Vollzugsanstalten. Er sagte, viele seiner Klienten aus seiner Zeit als Pflichtverteidiger stünden noch immer mit ihm in Kontakt. Darauf war er stolz, was ich seltsam fand. Es waren nämlich die Fälle, die er verloren hatte.«

»Vielleicht war er stolz darauf, dass ihn diese Männer mochten, obwohl sie verloren hatten.«

»Vielleicht. Aber einer mochte ihn ganz bestimmt nicht. Er rief immer wieder an und beschimpfte ihn aufs Übelste, was Michael jedes Mal sehr aufbrachte.«

»Hat er je über diese Anrufe gesprochen, von wo sie kamen, zum Beispiel? Vielleicht war ein Klient, der ihn hasste, vor Kurzem entlassen worden?«

Ava schüttelte den Kopf. »Er bekam nur einen ganz roten Kopf und sagte: ›Ich hasse diesen –‹ Also, ich würde lieber nicht wiederholen, was er da immer sagte.«

»Großer Gott, Ava. Wir sind uns doch darüber einig, dass Sie nicht gerade eine Heilige sind. Erzählen Sie mir, was er gesagt hat.«

»Er sagte: ›Ich hasse diesen kranken Wichser.‹«

»Kranken Wichser? Er nannte ihn einen kranken Wichser?«

»Ja, und das war komisch, weil er solche Ausdrücke sonst nie benutzte, jedenfalls nicht, wenn ich in der Nähe war. Als ich ihm das vorhielt, sagte er, jeder nenne ihn so.«

Und als Tess zu Jonathan gesagt hatte, er solle doch seinen Informanten nicht so nennen, hatte er das Gleiche gesagt. »Das sage nicht nur ich. Es ist praktisch sein Spitzname.« Der kranke Wichser.

»Ava, das ist sehr wichtig. Dieser Typ könnte aus dem Gefängnis entlassen worden sein, er könnte hinter Abramowitz her gewesen sein.«

»Niemals. Der nicht.«

»Warum nicht?«

»Weil er in einer Todeszelle sitzt, so viel weiß ich sicher. Wenn er das Gefängnis verlässt, dann höchstens auf einer Bahre.«

In einer Todeszelle. Jonathans Informant hatte auch in einer Todeszelle gesessen. Das musste derselbe Mann sein. Er hatte mit Jonathan Kontakt aufgenommen, nachdem dieser über Abramowitz geschrieben hatte. Am letzten Abend, bevor er starb, hatte Jonathan zugegeben, dass dieser Informant mit dem Rechtsanwalt zu tun hatte, allerdings nicht mit dessen Ermordung. Aber Jonathan konnte sich auch getäuscht haben.

Tess erhob sich, um zu gehen. »Sie haben mir tatsächlich sehr geholfen, Ava, obwohl ich Ihnen nicht sagen kann, inwiefern.«

»Sie geben also diesen Brief nicht an die Zeitung weiter, nicht wahr? Darauf hatten wir uns ja geeinigt.«

»Den Brief? Oh, Sie meinen das Tagebuch von Abramowitz, in dem so viel über Sie drinsteht? Also, ich muss Ihnen zweierlei sagen, Ava. Erstens würde die Zeitung einen feuchten Kehricht für Ihre Story geben. Das ist keine interessante Neuigkeit, und nur ein Egomane kann es dafür halten. Zweitens – ich habe das alles nur erfunden. Also, Abramowitz war *tatsächlich* schwul, aber Sie oder Ihren Versuch, ihn zu verführen, hat er mit keinem Wort erwähnt, obwohl er sich für Sie ein paar juristische

Fragen zur Übung ausgedacht hatte. Ich habe Sie angelogen, um Sie zum Sprechen zu bringen, Ava. Das war ich Ihnen schuldig, finden Sie nicht auch?«

Ava ließ das Weinglas in ihren Schoß fallen und verschüttete den dunkelroten Burgunder. Tess hatte sich geirrt: Der Wein und das Kleid hatten doch nicht dieselbe Farbe. Der Wein machte zu ihrer Befriedigung einen dunklen Fleck auf dem Rock ihres Kleides und lief dann über die Couch und auf den Teppich. Ja, auf dem Grün sah diese Farbe wirklich sehr schön aus.

»Wissen Sie, meine Mama benutzt für die guten Möbel immer Plastikschoner«, sagte Tess zu Ava. »Vielleicht sollten Sie das auch mal versuchen, bei den Schwierigkeiten, die Sie immer haben, ein Weinglas in der Hand zu halten.«

25

Tess musste nicht lange in ihren Zeitungsausschnitten über Abramowitz suchen, um den »kranken Wichser« in Person zu finden. Der Spitzname war eine Verballhornung seines wirklichen Namens – Tucker Fauquier. Während seiner Gerichtsverhandlung hatte man mit seinem Namen Wortspiele gemacht. Fauquier selbst hatte, vielleicht, um witzig zu erscheinen, diesen Namen eingeführt. In einem der Zeitungsausschnitte nannte er sich »einen kranken Wichser«. Tatsächlich stand da, wie Tess sah, »einen kranken W…«, aber selbst ein Kind hätte dieses Rätsel gelöst.

»Ich hatte Glück, dass ich einen Anwalt wie Michael Abramowitz bekam«, erzählte er dem Reporter. Das war nach seiner Verurteilung für den einen Mord mit einem Zeugen und nachdem er sich der anderen Morde für schuldig erklärt und so oft »lebenslänglich« bekommen hatte, dass er älter als Methusalem mit seinen 900 Jahren hätte werden müssen, um für eine Entlassung infrage zu kommen.

Warum war seine Dankbarkeit so plötzlich in Groll umgeschlagen? Tess lehnte sich zurück und versuchte, eine Antwort zu finden. War es vielleicht einfach deswegen, weil ihm sein Tod jetzt wieder viel naheliegender erscheinen musste als noch vor zehn Jahren, als es so aussah, als würde in Maryland nie wieder jemand hingerichtet? Oder war es nur eine Folge dessen, dass er viel Zeit gehabt hatte, um sich neuen Ärger auszudenken? Sie studierte das alte Foto von Fauquier, auf dem er den Arm um seinen Anwalt gelegt hatte. Hier war Abramowitz derjenige, der unglücklich aussah, wie er so zu Boden schaute. Für Abramowitz, der doch immer froh war, wenn er Post von seinen anderen Klienten aus dem Gefängnis bekam, schien es ganz unerträglich zu sein, neben Tucker Fauquier zu stehen. War der Grund der, dass er den Fall verloren hatte? Oder dass er, der mit seiner eigenen Sexualität zu kämpfen hatte, die Berührung eines Mannes nicht ertragen konnte, der kleine Jungen vergewaltigte und dann umbrachte, damit niemand etwas davon erfuhr?

Fauquier war Jonathans Informant gewesen. Fauquier war Abramowitz' Klient gewesen. Beide waren tot. Sollte auch sie es wagen, ihn kennenzulernen? Sie hatte den Eindruck, sie habe gar keine andere Wahl. Es kam ihr so vor, als säße sie in einem Boot, das ohne ihr Zutun eine unbekannte Strecke entlangschoss, ohne Steuermann, der die Richtung hielt oder sie vor auftauchenden Hindernissen warnte. Natürlich konnte sie immer noch aufhören, sie konnte aufgeben, zur Polizei oder zu Tyner gehen und ihnen alles erzählen, was sie wusste. Oder aber sie konnte weitermachen.

Sie wählte die Büronummer ihres Onkels Donald. Wie immer nahm er erst beim dritten Läuten ab, damit es so aussah, als sei er sehr beschäftigt.

»Tesser! Wo warst du denn vorige Woche? Ich hab

dieses ganze blöde Zeug selber schreiben müssen. Wie konntest du mich nur so hängenlassen?«

»Ich konnte nicht mehr kommen, nachdem Mama mir erzählt hatte, wer mein ›Gehalt‹ in Wirklichkeit bezahlt. Ich wollte nie ein Almosen, Onkel D. So dringend brauche ich das Geld nun auch wieder nicht.«

»Ich auch nicht. Und nachdem ich diese Arbeit jetzt selber machen musste, bin ich bereit, deinen Lohn zu verdoppeln. Oder mehr als das. Nur komm zurück zu mir.« Den letzten Satz sang er und fügte dann hinzu: »*Einst kommt der Tag* … Das kam neulich abends auf Kabel. Wenn ich wie Yves Montand singe, machst du dann mit deinem Job wieder weiter?«

»Auf keinen Fall. Du musst mir einen großen Gefallen tun. Bei deinen ganzen Jobs für den Staat, hattest du da auch jemals mit der Justizvollzugsbehörde zu tun? Ich muss da so schnell wie möglich rein, um einen verurteilten Häftling zu besuchen.«

»Ich wurde vor ein paar Jahren tatsächlich zeitweise in der Justizvollzugsbehörde eingesetzt. Als stellvertretender Direktor im Amt für die Regelung der Verwandtenbesuche der Strafgefangenen. Du schreibst einen Brief, der Häftling muss sein Einverständnis erklären, und sein Anwalt muss auch noch zustimmen. Das kann allerdings dauern. Ich sag dir was: Du schreibst diesen Brief und faxt ihn gleich morgen früh zu denen ins Büro. Ich ruf dort jemanden an und sage – was sag ich denn? Ach ja, in Maryland gibt es einen Monahan, der dem Regierungschef eine Menge Geld zuschiebt. Schreibt sich allerdings ohne ›g‹, aber wer merkt das schon? Ich ruf einen Typen an, den ich kenne, und flüstere ihm, dass du Monahans Enkelin bist und für eine Dissertation in Soziologie arbeitest. Dann kannst du bestimmt schon morgen Nachmittag hinein.«

»Glaubst du, das klappt?«

»Tesser, wenn die denken, dass du die Enkelin von Ed Monahan bist, dann würden sie diesem Typen wahrscheinlich sogar einen Tag Freigang mit dir geben. Ed Monahan ist der Papa von Tausenden von rothaarigen Eskimos. Die Hälfte der Gesetze in den Staatsbüchern steht nur deshalb so da, weil sie seinem Großhandel für Fisch und Meeresfrüchte nützlich sind. Der Gouverneur würde alles für ihn tun.«

»Du bist doch der Beste, Onkel D. Ich würde auch alles für dich tun.«

»Meine Pension kann ich nicht verlieren, nur weil ich Tratsch verbreitet habe. Schlimmstenfalls können sie mich wieder einmal versetzen. Weißt du, das einzige Amt, in das sie mich bisher noch nie verbannt haben, ist das für ›Beschäftigung und Wirtschaftsentwicklung‹. Was ja dumm ist, denn ich habe nun wirklich Erfahrung darin, wie man in Beschäftigung bleibt. Und unsere Übereinkunft zeugte immer von viel Gespür für Wirtschaftsentwicklung.«

Tess dachte an das leere Büro ihres Onkels, den aufgeräumten Schreibtisch, den Notizblock, auf den er ironisch die Wettergebnisse gekritzelt hatte. Er war nie verheiratet gewesen, hatte nie andere Interessen gehabt als die Politik und seine Laufbahn. Seit sein einstiger Arbeitgeber verschwunden war, hatte er in einer Art Exil gelebt und seine Kraft verschwendet.

»Ist es schwer, Onkel Donald, wenn man die ganze Zeit nichts zu tun hat?«

»Mensch, das ist ein *Geschenk*.«

»Nein, im Ernst. Ich weiß, du bist froh über dein Gehalt und die Pension, die du einmal kriegst. Aber ist es nicht schwierig, die Tage rumzukriegen?«

Er antwortete nicht gleich. Tess wusste, dass er nicht über ihre Frage nachdachte, sondern nur darüber, wie er die Wahrheit formulieren sollte, die er so lange jedem verborgen hatte, auch sich selbst.

»Es ist das Schwierigste, was ich je in meinem Leben gemacht habe, Tess. Wenn ich noch jünger gewesen wäre, hätte ich mir einen anderen Beruf suchen können, vielleicht nicht gleich einen, den ich genauso geliebt hätte, aber immerhin einen, bei dem ich ein paar Gehirnzellen hätte benutzen können.« Er seufzte. »Verdammt noch mal, ich hatte auch immer wieder Glück, dass ich nicht verklagt worden bin. Natürlich hätte ich, wenn ich verklagt worden wäre, Lobbyist werden können. Wenn du angeklagt worden bist und die Anklage niederschlagen konntest, das verschafft dir 'ne Menge Glaubwürdigkeit.«

»Stimmt. Aber die besten Lobbyisten sind doch diejenigen, die andauernd in Gefahr sind, angeklagt zu werden. Sie haben den anderen einfach etwas voraus.«

Donald lachte anerkennend. »Du bist ganz schön schlau, Tess. Vielleicht solltest du in die Politik gehen. Mach's nicht so wie ich. Wenn dir dein erster Lieblingsjob verloren geht, dann lass dich dadurch nicht davon abhalten, dir einen zweiten zu suchen.«

Sie legte auf und wunderte sich, dass er angenommen hatte, ihre Fragen seien von ihrer eigenen Situation diktiert. Sie hatte dabei aber nur an Abramowitz gedacht. Oder etwa nicht?

Am nächsten Morgen tippte Tess den Brief, wie Onkel Donald gesagt hatte, und schickte ihn über Kittys Faxgerät an die zentrale Gefängnisverwaltung, sobald das dortige Büro um 8:30 Uhr öffnete. Sie formulierte nur einfach ihr Anliegen und überließ es Onkel Donald, dazu seine ausschmückenden Lügen zu erzählen. Wenn später irgendjemand herausfand, dass sie gar nicht die richtige Sorte Monaghan war, würde Donald einfach nur sagen: »Wer hätte denn das gedacht? Ich nehme an, hier wurden wieder mal falsche Gerüchte gestreut.« Die Zustimmung zu ihrem Besuch wurde 45 Minuten später zurückgefaxt. Theresa E. Monaghan durfte Tucker Fauquier noch am selben Nachmittag besuchen.

Crow kam zur Arbeit und brachte Gebäck mit, ganz erlesenes in einer Schachtel. Napoleons, Eclairs, gefüllte Törtchen, eine gewaltige Verschwendung für sein mageres Gehalt. In den letzten Tagen hatte er begonnen, Tess mit den Aufmerksamkeiten zu überschütten, die sonst Kitty vorbehalten gewesen waren. Er schaute Tess so an wie vorher Kitty, brachte ihr Essen mit, versuchte, mit ihr über James M. Cain zu reden, und komponierte kleine Songs. Aber sie hatte es satt, über Cain zu sprechen, und war noch immer zu betäubt, als dass sie mehr als eine gedämpfte geschwisterliche Zuneigung für Crow empfunden hätte.

Heute hatte er ihr außer dem Gebäck auch noch ein Glas frische Limonade vom Markt am Broadway mitgebracht. Herb, mit Zitronenscheiben darin. Sie setzte sich auf den alten Verkaufstisch und trank dankbar und mit Genuss. Sie sprachen beide nicht, aber es war ein kameradschaftliches Schweigen. Wie Crow schon einmal gesagt hatte, war das Morgenlicht hier bezaubernd, frisch und rein. Kitty, die Cowboystiefel und ein Fransenhemd trug, verrieb träumerisch zitronenduftende Möbelpolitur auf dem Bibliothekstisch. Aus den Lautsprechern des Ladens sangen die Everly Brothers über Hingabe. Crow nahm seine Gitarre heraus und spielte die Melodie mit, wobei er immer dann auf Tess schaute, wenn er dachte, sie würde es nicht merken.

Gerade als Tess sein ständiges Herschauen unangenehm zu werden begann, unterbrach ein scharfes Klopfen an der Glastür sein Lied.

»Sie müssen wieder gehen«, rief Kitty fröhlich. »Wir öffnen erst um zehn.«

Aber Tess erkannte die kleine Gestalt vor der Tür. Es war Cecilia, die ein Bündel Papiere an sich drückte.

»Ich brauche deine Hilfe«, sagte sie, als Tess sie einließ. Es gelang ihr inzwischen immer besser, schnellstens in ihren anmaßenden Stil zu verfallen, bei jedem Treffen mit weniger Stottern und weniger Augenniederschlagen. »Ich dachte, ich könnte es allein machen, aber das kann ich nicht. Ich muss wissen, was du weißt.«

So viele Möglichkeiten schossen Tess durch den Kopf, dass sie sie überhaupt nicht mehr überblickte. Was wusste sie denn Besonderes? Worauf bezog sich Cecilia:

auf den Tod von Abramowitz? Auf den Unfall mit Fahrerflucht von Jonathan? Warum war sie wieder zu Tess gekommen, die sie doch vorige Woche sozusagen als nutzlos stehen lassen hatte?

»Was für Hilfe brauchst du denn von mir, Cecilia?«

»Dokumente.« Sie schob Tess ihren Stapel Papiere zu. »Ich habe sechs Wochen gebraucht, um herauszufinden, wo ich die Satzung von OMA suchen muss. Und du hast mir gesagt, du hättest sie nach unserem Treffen einfach mal durchgeschaut. Also weißt du offensichtlich, wie solche Sachen funktionieren. Ich möchte, dass du mir hilfst. Ich habe es satt, so viel Zeit auf nutzlose Suchaktionen zu verschwenden.«

Tess trat einen Schritt zurück. Cecilias Energie, die für eine so kleine Person enorm konzentriert war, hatte etwas Beängstigendes, Unkontrollierbares an sich. Sie wollte für alle Fälle außer Reichweite ihrer Hände – und Füße – sein.

»Was glaubst du denn eigentlich, wer ich bin, Cecilia?«

»Na ja, zuerst dachte ich, du arbeitest als Steuerfahnderin.«

Darüber lachten alle, aber niemand so laut wie Tess. Sie lachte so sehr, dass ihr die Knie ganz weich wurden und sie sich, immer noch lachend, auf den Fußboden setzen musste. Sie lachte, bis ihr einfiel, seit wann sie nicht mehr gelacht hatte – seit Samstagnacht.

»Cecilia, mir hat man ja schon vieles nachgesagt, aber dass ich für die Steuerfahndung arbeite, das hat noch nie jemand gedacht. Wie bist du denn auf diese Idee gekommen?«

»Du weißt doch, wie das ist, wenn man etwas im Kopf hat, dann vergisst man irgendwann, dass das ja nicht jeder andere auch im Kopf haben muss, oder?« Allerdings, dachte Tess. »Na, siehst du, als du dich in unsere Versammlung einzuschmuggeln versucht hast, da wäre ich nie auf den Gedanken gekommen, dass es dir um den Tod von Abramowitz ging. Ich meine, er war ermordet worden, der Mann, der es getan hat, war verhaftet worden, aus. Für mich gibt es da kein Geheimnis, keinen Grund, sich irgendwie einzusetzen. Auch als ich begriffen hatte, worauf du aus warst, hat es mich nicht weiter interessiert. Ich wusste, dass es keine aus unserer Gruppe getan hat.«

»Aber was könnte denn ein Steuerfahnder von dir wollen, Cecilia? Hast du vielleicht vergessen, ein Stipendium anzugeben? Oder hast du ein paar zusätzliche Ausgaben in deiner Steuererklärung aufgeführt?«

Cecilia schüttelte ungeduldig den Kopf. Sie drängte voran und wollte, dass Tess mit ihr Schritt hielt. Sie bebte fast vor Anspannung. Zu viel Kaffee gehabt, die junge Frau, dachte Tess.

»Ich doch nicht. OMA.«

»Was ist mit OMA? Ich dachte, das sei ein gemeinnütziger Verein.«

»Ein gemeinnütziger Verein, der von seinen Mitgliedern verlangt, dass sie eine Menge Geld reinstecken. Wir zahlen fünfzig Dollar Mitgliedsbeitrag jährlich und versuchen ständig, Spendengelder aufzutreiben. Kuchenverkäufe, kleine Versteigerungen, Gehmarathons. Pru denkt sich ständig was Neues aus. Dann geben wir unser

Geld ab und sehen es nie wieder und bekommen auch nie etwas dafür. Das scheint sonst niemanden zu kümmern, aber als ich Pru einmal danach fragte, wurde sie richtig patzig. Sie sagte, wir würden eine Menge Geld an NARAL und NOW weiterleiten, und wir müssten schließlich auch den Raum bezahlen.«

»Deshalb hast du Verdacht geschöpft und wolltest dir die Satzung anschauen.«

Cecilia nickte diesmal so heftig, dass sie wie ein Spielzeughund hinten in einem alten Chevy aussah. »Ja, und jetzt habe ich sechs Wochen lang praktisch jeden in der ganzen Staatsverwaltung angerufen, und das zwischen Schule, Studium und der Arbeit in der Bar meines Vaters. Sie machen es einem normalen Bürger nicht gerade leicht, das kann ich dir sagen. Ich habe bei höchstens einem von zehn Anrufen den zuständigen Menschen gefunden, und der war dann normalerweise gerade in der Pause. Aber schließlich habe ich die Satzung dann doch entdeckt. Als ich nach den Steuererklärungen fragte, schickte mich das Gewerbeamt zum Büro des Justizministeriums. Aber dort hatten sie keine Akte von OMA, unter keinem Namen. Sackgasse.«

»Eher falsch abgebogen«, sagte Tess, aber Cecilia war zu sehr von ihrer eigenen atemlosen Erzählung gefangen genommen, als dass sie sie gehört hätte.

»Und dann bist du aufgetaucht. Als ich zum zweiten Mal mit dir gesprochen hatte, war mir klar, dass du keine Finanzbeamtin warst, dazu hattest du zu wenig Ahnung …«

»Danke.«

»Aber du hast erwähnt, dass du dir die Satzung angesehen hattest. Und das war nach nur zwei Tagen! Und ich habe sechs Wochen gebraucht! Findest du die Steuererklärungen vielleicht genauso schnell? Wir haben nächsten Monat unser Jahrestreffen, und ich will wissen, wo das Geld hingekommen ist, bevor wir Pru für ein weiteres Jahr wählen.«

Wie Tess deutlich sah, wäre es Cecilia nicht im Traum eingefallen, dass sie ihr vielleicht gar nicht helfen würde. Für sie war das einzig Wichtige, wie schnell Tess das Problem lösen konnte. Kostenlos, versteht sich. Offenbar hatte sie noch nie etwas von der Grundregel eines Freiberuflers gehört, nämlich, dass der seine Zeit nicht einbringen konnte, ohne Geld dafür zu verlangen. Trotzdem, es war schließlich eine ganz einfache Sache, die auf keinen Fall zur Folge haben konnte, dass jemand umgebracht wurde.

»Du warst schon auf der richtigen Spur, aber im falschen Büro. Das Amt des Justizministers ist zuständig für *Stiftungen,* also für die Leute, die ihr Geld loswerden wollen. Wenn du die Akten von Wohltätigkeitsvereinen einsehen willst, die das Geld zusammentragen, musst du ins Büro des Staatssekretärs nach Annapolis.«

»Also gut, gehen wir.« Cecilia ergriff Tess tatsächlich am Arm und schob sie zur Tür. Sie war nicht nur schnell, sondern auch kräftig.

»Moment mal.« Tess schüttelte mit Mühe ihre Hand ab. »Meine Situation erlaubt es im Augenblick ganz und gar nicht, einfach schnell nach Annapolis zu fahren. Ich habe später einen Termin. Aber vielleicht kann ich dir mit einem raschen Telefongespräch auch schon helfen.«

Dass sie früher mal einen Artikel über den United Way, die Dachorganisation aller karitativen Einrichtungen, geschrieben hatte, machte sich nun doch noch bezahlt. Tess erreichte eine alte Freundin im Büro des Staatssekretärs, die zusagte, ihr die letzte Steuererklärung von OMA zu faxen. Schon wenige Minuten später schälten sich die Formulare aus Kittys Faxgerät. Cecilia schnappte sich sofort jedes, das kam, starrte es aber dann verständnislos an.

»Hier, ich zeige dir, worauf du achten musst«, sagte Tess und nahm ihr die Kopien ab. »Im letzten Steuerjahr, 1992, erhielt OMA fast 35 000 Dollar. Das Meiste davon, ungefähr 30 000 Dollar, scheint aus einer Stiftung zu stammen. Der Rest kommt vermutlich von euren Spendensammlungen.«

»Aber wozu brauchen wir denn Spendensammlungen, wenn wir jedes Jahr so viel Geld bekommen? Pru tut immer so, als stünden wir kurz vor dem Ruin. Sie wollte letzte Woche nicht einmal diese Party machen. Jeder musste etwas beisteuern, und die Pommes kamen aus einem Billigmarkt.«

»Sieh mal einer an.« Tess blätterte die Seiten durch. »Das ist ja 'n Ding. Jetzt haben wir Pru aber erwischt.«

Sie hielt das Blatt hoch, auf dem alle Vorstandsmitglieder, die ein Gehalt bezogen, aufgelistet sein mussten. Prudence Henderson bekam dem Formular zufolge 30 000 Dollar pro Jahr für ihre Dienste als Präsidentin und Schatzmeisterin.

»Ist das legal?«

»Solange der Vorstand einverstanden ist, ja, und Pru *ist* ja der Vorstand. Nach dem Gesetz ist OMA zu nichts anderem verpflichtet, als diese Unterlagen auszufüllen. Das ist natürlich der reine Wahnsinn, dass das Geld eines Wohltätigkeitsvereins zum allergrößten Teil als Lohn für einen einzigen Menschen verwendet wird, aber OMA ist ja auch so etwas wie eine One-Woman-Show. Außerdem kann natürlich in diese Sache jeder Einblick nehmen, so wie wir Einblick genommen haben. Pru verlässt sich allerdings darauf, dass das keiner tut. Auch sieht dieses Gehalt ja nicht gerade exorbitant aus – wenn man nicht weiß, dass sie zusätzlich noch ein Gehalt für eine volle Stelle einstreicht. Das tut sie doch, oder?«

Cecilia nickte. »Bei einer Steuerkanzlei.«

»Was bedeutet, dass sie OMAs Steuererklärungen selber machen und zusätzlich noch ein paar Dollar sparen kann – für sich selber. Es ist das Schäbigste, was man sich denken kann, aber rechtlich gesehen wahrscheinlich kein Vergehen. Wenn du das einer Zeitung anbietest, könnte es sein, dass die was darüber bringen. Aber an deiner Stelle würde ich einfach nur den anderen Mitgliedern erzählen, was du weißt. Ich bin sicher, dass ihr in der Gruppe zu einer Entscheidung kommt, was ihr mit Pru tun wollt.«

Cecilia schien ihr gar nicht zuzuhören. Sie trommelte mit ihren kleinen Fäusten auf Kittys Ladentisch, dass das Faxgerät und das Telefon in alarmierender Weise zu hüpfen begannen. »Verdammich. Gottverdammte Scheiße.«

»Ärger dich nicht zu sehr. So etwas spielt sich immer im Verborgenen ab. Die wenigsten wissen, wie es funktioniert.«

»Du verstehst mich falsch. Ich wünschte, Abramowitz würde noch leben, dann könnte ich ihn fragen. Er hat die Satzung aufgestellt, er wusste vielleicht etwas. Ich bin hingefahren, um mit ihm zu sprechen ...«

»Du bist zu Abramowitz gefahren? Was hat er gesagt?«

»Nicht viel. Er war tot.«

In ihrer völligen Verblüfftheit bot Tess eine ausgezeichnete Imitation von Joey Dumbarton. »Aber dein Name stand doch nicht auf der Liste. Es kann doch niemand hinauf, ohne sich auf der Liste einzutragen.« Oder den Wachmann zu schmieren.

»Schau, wenn ich eine Antwort haben will, dann will ich sie sofort. Ich hatte das Büro von Abramowitz ausfindig gemacht, und er sagte, ich könne ruhig zu ihm kommen, obwohl er mir aus ›Rücksicht auf seine Klienten‹ eventuell nicht viel würde sagen können. Der Wachmann ließ mich hinauf, und ich gab ihm dafür meine Telefonnummer. Natürlich nicht meine richtige. Aber als ich ankam, lag Abramowitz da auf dem Boden, mit lauter Blut überall, also ging ich wieder. Zu Hause rief ich gleich die 911 an, aber die waren schon verständigt worden. Wenn die Bullen diesen Typen nicht schon am nächsten Tag geschnappt hätten, hätte ich vielleicht jemandem erzählt, was ich gesehen habe. Aber sie hatten ihn ja, deswegen bin ich davon ausgegangen, dass es nicht mehr so wichtig sei. Und ich wollte eigentlich auch keinem erklären müssen, was ich dort gesucht hatte. Ich möchte nie mehr vor Gericht aussagen. Und außerdem wollte ich auch OMA raushalten. Auch wenn Pru so ein Aas ist, dann geht das doch nur uns etwas an. Ich möchte der Gruppe nicht schaden.«

Tess drückte ihren Nasenrücken mit Daumen und Zeigefinger zusammen. Sie hatte das Gefühl, vor lauter Verspannung gleich Kopfschmerzen zu bekommen. »Weißt du noch, wann du in sein Büro hinaufkamst? Ich meine, ungefähr.«

»20 oder 25 Minuten nach zehn.«

Na großartig, jetzt waren noch mal fünfzehn Minuten weg. Rock sagte, er sei um zehn nach zehn wieder draußen gewesen, wie ihm ein Blick auf den Bromo-Seltzer-Turm gezeigt habe. Frank Miles hatte den Wachmann um 10:35 Uhr gerufen. Das hatte ihnen fünfundzwanzig Minuten gegeben. Der Besuch von Cecilia bedeutete, dass jemand in weniger als fünfzehn, vielleicht sogar in weniger als zehn Minuten das Büro betreten, Abramowitz getötet und das Büro wieder verlassen haben musste.

»Weißt du, ich arbeite für den – Verdächtigen. Er ist ein Freund von mir.«

»Das habe ich mir schon gedacht. Richte ihm meinen Dank aus.«

Sie stand auf und sammelte die Faxpapiere ein.

»Wirst du Pru jetzt zur Rede stellen? Oder der übrigen Gruppe sagen, was los ist?«

»Ich glaube, ich werde Pru erst noch eine Chance geben, alles zu erklären. Sie war schließlich mal eine enge Freundin von mir. Und die Gruppe hat sie ja tatsächlich geleitet; vielleicht hat sie dafür auch ein bisschen Geld verdient. Außerdem ist Geldgier nicht das größte Übel der Welt. Bei Weitem nicht.«

Als Cecilia durch den Laden ging, sah Tess, dass Crows Blick ihr beifällig folgte. Sie hatte das Gefühl, dass sich eine neue Verliebtheit in ihm anbahnte, und wünschte sich augenblicklich, er würde wieder *sie* so ansehen. Sie hatte nicht viel von Crow erwartet, aber eben doch seine Bewunderung, aus gebührendem Abstand, sodass sie sich noch ein Weilchen darin hätte sonnen können.

Die Tür des Buchladens schlug hinter Cecilia mit einem lauten Knall zu, so, als hätte sie sie mit ihrer überströmenden Energie verhext. Tess fuhr bei diesem unerwarteten Geräusch zusammen und wandte sich dann Crow zu.

»Was du jetzt eben gehört hast«, sagte sie zu ihm, »das war das Geräusch, wie Rock geradewegs zur Hölle gefahren ist.«

26

Tess war erst ein einziges Mal im Staatsgefängnis gewesen, und zwar unter ungewöhnlichen Umständen. Was hätte es auch sonst für Umstände dafür geben können, dass ein vierzehnjähriges Mädchen die Männerstrafanstalt von Maryland besucht? Für Tess fing alles damit an, dass sie beschloss, zum Ballett zu gehen. Ihr Entschluss kam nicht etwa aus dem Wunsch, Tänzerin zu werden, sie wollte lediglich wie eine aussehen: mager, so eine kleine, flache Heranwachsende, die nur aus Rippen, Augen und Beckenknochen bestand. Tess wusste zwar, dass die meisten Tänzerinnen von Anfang an mager waren und ihren Körper dann durch ständiges Hungern in einer ewigen Vorpubertät hielten, aber sie dachte, sie selbst könne es vielleicht auch in der umgekehrten Richtung schaffen.

Nachdem sie zwölf Wochen lang zur Ballettstunde gegangen war, wobei sich ihr Bäuchlein immer noch vorwölbte, forderte ihre Lehrerin Tess auf, sich ihrer Tanztruppe anzuschließen, die überall in der Stadt auftrat. Geschmeichelt ergriff Tess sofort diese Gelegenheit, weil sie dachte, die Trainerin habe etwas an ihr entdeckt, was Tess nicht einmal selber sah. Das hatte sie auch tatsächlich – einen vielversprechenden Bizeps. Tess war angeworben worden, um einen einzigen Part zu tanzen, nämlich eine Konservendose in einer von eben dieser Lehrerin stammenden modernen Adaption des *Zauberlehrlings*. »Es ist eine ganz große Rolle«, hatte die Trainerin versprochen. Das stimmte auch, und zwar wortwörtlich. Die Konservendose, die in voller Länge fast zwei Meter hoch war, bestand aus schwerer, bemalter Leinwand, die an drei Hula-Hoop-Reifen so befestigt war, dass Tess sich während ihres zwölfminütigen Auftritts tief zusammenkauern und wieder hoch ausstrecken konnte. Ziemlich lange musste sie die Arme mit durchgedrückten Ellenbogen kerzengerade über dem Kopf halten, damit die Dose in voller Größe zu sehen war. Nur ein dralles Mädchen mit viel Kraft im Oberkörper konnte in diesem Kostüm überleben.

Die erste Aufführung fand im Gefängnis statt. Die mageren Mädchen, die Putzmittelflaschen und Geschirrschwämmchen und das Spülmittel »Zitronenfrische« darstellten, streckten zierlich die Füße in ihre passend eingefärbten Ballettschuhe oder wirbelten leichtfüßig über das fleckige Linoleum. Tess dehnte sich nach oben und sank wieder in sich zusammen, dehnte sich und sank in sich zusammen und kroch dabei vorwärts, auf bloßen Füßen, die hinterher kohlrabenschwarz waren. Dennoch lag es nicht an dem schmutzigen Fußboden, nicht an einer etwaigen Eifersucht auf die zierlicheren Mädchen oder an der Angst vor dem Gefängnis, und auch nicht an der Anonymität ihrer Rolle, dass Tess nach ihrer ersten Aufführung beschloss, mit dem Ballett wieder aufzuhören. Es lag an dem geilen Pfeifen der Häftlinge, das plötzlich ertönte, als sie am Ende aus ihrem

Kostüm auftauchte, eine üppige Botticelli-Figur unter den weniger stämmigen anderen Tänzerinnen, in einem Trikot, auf dem der Schweiß eine genaue Durchzeichnung der erogenen Zonen ihres vorpubertären Körpers hinterlassen hatte. Da ihr die Vergeblichkeit ihres Plans schlagartig klar wurde, hängte die vierzehnjährige Tess ihre Konservendose an den Nagel.

All das fiel ihr jetzt wieder ein, während sie um den weitläufigen Gefängniskomplex im Osten der Innenstadt herum radelte und den richtigen Eingang suchte. Bis sie das »Super Max« erreicht hatte, in dem sich die gefährlichsten Häftlinge des Staates befanden, war sie schon in Schweiß gebadet.

»Zum Todestrakt?«, fragte sie den Wachmann, wie sie es auch schon bei den anderen beiden Eingängen getan hatte, wo sie wortlos weitergeschickt worden war.

»Gibt keinen Todestrakt mehr in Maryland, Fräulein. Ein paar von denen sind hier, ein paar da drüben im Zuchthaus. Wen wollen Sie denn besuchen? Wie heißen Sie?«

Er sah auf seinem Plan nach und schickte sie wieder zu einem anderen Tor, wo ein Staatsbeamter schon eifrig darauf wartete, Tess zu Tucker Fauquier zu führen.

»Der Wachmann an dem anderen Eingang hat zu mir gesagt, es gebe keinen Todestrakt mehr«, sagte Tess völlig konsterniert.

»Nein, gibt es auch nicht. Nicht wie in den anderen Staaten«, bestätigte der Beamte. »Die Typen sind überall verteilt. Wenn sie eine Gefahr für sich selber darstellen oder – was öfter zutrifft – die Mitgefangenen eine Gefahr für sie sind, dann kommen sie ins Super Max. Sonst sind sie hier im Block A. Tucker war am Anfang immer im Super Max. Aber inzwischen ist er ein richtiger Musterhäftling. Außerdem wissen ohnehin nur noch wenige andere Gefangene, warum er hier ist. In Gefängniszeit gerechnet ist das jetzt schon eine ganze Generation her.«

Der Beamte – Garfield Lardner, wie dem Namenschildchen mit Foto zu entnehmen war, das er an sein Polyesterjackett angeknipst hatte – war ein kurzatmiger kleiner Mann mit rosa Wangen und einem glänzenden Kahlkopf, in dem Tess sich fast hätte spiegeln können. Er durchsuchte ihre Tasche, wobei er sich für diese Unannehmlichkeit entschuldigte, und strich mit dem Metalldetektor nur gerade so über sie hin, wobei er sich wieder entschuldigte. Sie war ganz gerührt über seine Sorge und seine dienstbeflissene Aufmerksamkeit – bis ihr wieder einfiel, dass die ja jemand ganz anderem galten, der Enkelin des Meeresfrüchte-Moguls mit den politischen Verbindungen.

Die Sorge um die Sicherheit schien vergessen, sobald sie verschiedene Kontrollstellen und eine Reihe von Vorzimmern hinter sich hatten. Lardner brachte sie in einen Raum mit einem langen Konferenztisch, der von Lederstühlen umgeben war. Kein kugelsicheres Glas, kein Telefon – nichts von alledem, was sie nach den Filmen, die im Gefängnis spielen, erwartet hätte. Einfach ein ganz normaler, wenn auch leicht schäbiger Versammlungsraum.

»Hier trifft sich immer die Kommission für vorzeitige Haftentlassungen«, sagte Lardner. »Jeden ersten und dritten Mittwoch im Monat. Aber heute sollten Sie eigentlich Ruhe haben. Tucker kann allerdings kaum länger als 45 Minuten bei Ihnen bleiben. Er hat einen Termin.«

»Einen Termin? Mit noch jemandem von draußen?«

»Oh nein, es findet ein Treffen der Gefängnisleitung statt. Ganz intern. Er ist der Sekretär. Also, ich gehe jetzt und hole ihn.«

Als er hinaustrippelte, rief Tess ihm nach: »Wird der Wärter hier drin bei uns bleiben? Oder stellen Sie ihn vor die Tür?«

Lardner blieb stehen, als sei das ein völlig neuer Gedanke für ihn. »Normalerweise haben wir gar keinen Wärter. Möchten Sie denn jemanden? Das könnte ich bestimmt arrangieren.«

»Nein, nein, das ist schon in Ordnung.« Wenigstens kann dann niemand mein »soziologisches Projekt« belauschen.

Sie setzte sich auf den Stuhl am Kopfende des Tischs, fand aber, dass das ein wenig autoritär aussehen könnte. Also ging sie an die Rückseite des Tischs und setzte sich auf einen Stuhl in der Mitte. Sollte sie aufstehen, wenn er eintrat? Sollte sie ihm die Hand geben? Tess war so vertieft in die Etikette dieses Augenblicks, dass sie gar nicht bemerkte, dass er schon vorüber war. Tucker Fauquier stand schon in der Tür und wartete darauf, von ihr angesprochen zu werden.

Er war klein und sauber rasiert und trug die Haare feucht zurückgekämmt. Tess hatte noch das Bild eines jüngeren Mannes im Kopf, des Mannes auf dem Foto mit Abramowitz. Der Mann von damals hatte, obwohl er für die Verhandlung saubergeschrubbt worden war, mit seinen längeren Haaren und seiner narbigen Haut viel eher den Vorstellungen eines perversen Massenmörders entsprochen. Dieser hier hatte das blasse Aussehen und die bläulichen Adern eines Menschen, der seit Langem kein Sonnenlicht mehr gesehen hat. Aber das sah keineswegs unheimlich oder ungesund aus. Tatsächlich wirkte seine Haut sogar sehr hübsch, fast sahnig, geradezu wie eine Werbung für Sonnencreme und breitrandige Hüte. Er musste jetzt fast vierzig sein, sah aber jünger aus. Unwillkürlich strich sich Tess mit der Hand über ihre von der Sonne raue Wange.

Er lächelte, und sie versuchte vergeblich, in seinem Gesicht etwas besonders Schreckliches zu entdecken. Seine Hasenzähne, die sehr scharf wirkten und ihn ein wenig barbarisch aussehen ließen, waren aber doch gerade und weiß. Vor über zehn Jahren hatten die Zeitungen viel über sein Lächeln geschrieben, und man hatte sich in Vermutungen ergangen, dass er deswegen seine Opfer so leicht bezirzen konnte. Er besaß, wie Tess feststellte, tatsächlich ein angenehmes Lächeln, aber keinesfalls ein hypnotisches. Damit hätte man keinen Goldfink vom Baum locken können und auch keinen Knaben ins Auto. Im Gegenteil, Tess konnte sich eher vorstellen, dass unter normalen Umständen niemals jemand auf Tucker Fauquier geachtet hätte. Und genau das war vielleicht das Problem gewesen.

»Mr. Fauquier, mein Name ist Tess Monaghan.«

»Ja, man hat mir gesagt, dass Sie kommen würden. Es

hieß, dass Sie an einem Studienprojekt arbeiten.« Seine Stimme war sanft und flüsternd, was das leichte Lispeln eher unterstrich, das er unauffällig zu halten versuchte.

»Da muss ein Irrtum passiert sein, Mr. Fauquier. Ich weiß nicht, warum man Ihnen das gesagt hat.« Den Klatsch von Onkel Donald am Telefon lassen wir mal beiseite. »Ich arbeite für einen Anwalt, der glaubt, dass Sie vielleicht etwas über Michael Abramowitz wissen. Würden Sie mir ein paar Fragen beantworten?«

»Zu seiner Ermordung.« Das war keine Frage. Er wirkte belustigt – über ihre Umgangsformen oder über ihr Täuschungsmanöver, das er sofort zu durchschauen schien.

»Zu etwas, was vielleicht etwas mehr Licht auf diesen Mord wirft. Obwohl, wenn Sie lieber gestehen wollen, dass Sie das Ganze arrangiert haben, würden Sie mir die Arbeit sehr erleichtern, das muss ich zugeben.«

Fauquier lächelte wieder. »Ich glaube, ich habe in meinem Leben genügend Geständnisse gemacht. Diesen Fall müssen die jetzt schon alleine lösen.«

Er setzte sich auf den Stuhl ihr gegenüber, fast unnatürlich gelassen, und schaukelte leicht. Er hatte den einen Fuß unter sich gezogen, was seltsam und unbequem aussah, aber dadurch wirkte er größer. Tess sah deutlich, dass er die Situation genoss, die Aufmerksamkeit genoss.

»Ich dachte, Sie wollten über etwas sprechen, Mr. Fauquier. Über etwas, was Sie Jonathan Ross erzählen wollten, wie Sie ihm versprochen hatten. Nur haben Sie Ihr Versprechen dann nicht gehalten.«

Jetzt hatte sie ihn überrascht. Er lehnte sich auf seinem Stuhl zurück, stützte die Handballen auf den Tisch und zeigte die Unterarme. Sie waren schlank, aber die Adern sprangen hervor wie hellblaue Basreliefs. Gewichtheber, urteilte Tess, und zwar wegen der Kraft und des Muskeltonus, nicht wegen der Muskelmassen.

»Na, dann hat aber Jonathan sein Versprechen auch nicht gehalten, oder? Er hat zu mir gesagt, dass unser Interview unter uns bleiben würde. Und dann geht er hin und erzählt Ihnen das alles. Das finde ich viel schlimmer, was er da gemacht hat.«

Er kam ihr vor wie ein kleiner Junge, der sich aus einer kleinen Schandtat herausredet, indem er erzählt, dass sein älterer Bruder etwas viel Schlimmeres gemacht hat.

»Das stimmt so nicht ganz, Mr. Fauquier. Jonathan hatte mir erzählt, dass er sich manchmal mit jemandem traf, der zum Tode verurteilt war, jemand ›Krankem‹, der sich nach Abramowitz' Tod mit ihm in Verbindung gesetzt hatte. Also hatte ich eine Chance von eins zu dreizehn, den Richtigen zu finden. Und jemand anderes, eine Frau, die für Abramowitz arbeitete, sagte, er habe über einen seiner Klienten geklagt, ebenfalls ein ›kranker‹ Herr, der eines Schwerverbrechens angeklagt war. Jetzt standen meine Chancen bereits eins zu drei. Beide Männer nannten Sie einen kranken Wichser. Sie selbst nannten sich auch gerne einen kranken Wichser. Mr. Ross und Mr. Abramowitz sind tot. Ist das alles Zufall?«

»Sind schon merkwürdigere Dinge vorgekommen.« Er grinste. »Ich zum Beispiel, oder nicht?«

»Erzählen Sie mir die Geschichte, die Sie Jonathan fast

erzählt hätten, die Geschichte, die Sie erzählen wollten, bevor Sie an der Reihe sind. Wenn Sie tot sind, nützt sie niemandem mehr, oder? Die Geschichte muss raus, solange Sie noch leben. Sie wollen ja schließlich etwas dafür, Aufmerksamkeit oder Zeit. Vielleicht auch beides. Ich kann Ihnen eins davon geben.«

»Mir liegt nicht gar so viel an Aufmerksamkeit, und im Moment habe ich auch keine allzu große Angst, zu sterben.«

»Sollten Sie aber. Maryland wird langsam ungeduldig. Die Leute wollen euch Typen hingerichtet sehen – vor allem Sie. Seit Thanos hinüber ist, hat die Sache viel mehr Drive bekommen. Sie könnten bis nächsten Sommer schon tot sein.«

»Dieser Scheiß-Thanos«, sagte Fauquier, als würde er über das Wetter oder über den Spielstand der Orioles sprechen. »Dieser gottverdammte, durchgeknallte, griechische Motherfucker. Dass er sterben wollte, das heißt doch noch lange nicht, dass wir anderen auch sterben wollen.«

Sie versuchte es auf einem anderen Weg. Vielleicht konnte sie, wenn sie ihre Fragen mehr vermischte und von einem Thema zum anderen sprang, Fauquier so weit überrumpeln, dass er ihr etwas erzählte. Egal was.

»Warum waren Sie so wütend auf Abramowitz?«

»Na ja, weil er Scheiße gebaut hat. Schließlich sitze ich ja hier, oder? Und dann ließ er mich fallen, drückte mir irgend so einen anderen Pflichtverteidiger rein, der sich um meine Berufungen kümmern sollte. Er hat mich verarscht. Ich bedaure keine Spur, dass er tot ist, aber von hier aus kann ich sowieso niemanden umbringen. Und auch wenn ich es könnte, glaube ich nicht, dass Abramowitz für mich die erste Wahl wäre.«

»Wirklich nicht? Wen würden Sie denn umbringen?«

»Ben.« Das war der Name des Jungen, der ihm beim Töten zugesehen hatte, des einzigen, der entkommen war. »Ich habe ihn geliebt, und er hat mich verpfiffen.«

»Tatsächlich? Ich dachte, den wollten Sie auch töten.«

»Oh, natürlich. Aber zuerst wollte ich ihn lieben. Ich habe alle meine Jungen geliebt, aber Ben war der hübscheste. Wissen Sie, Jonathan sah ein bisschen wie mein Ben aus. Als ich ihn zum ersten Mal sah, hätte ich fast gedacht, dass das Ben ist. Natürlich wird mir immer erzählt, dass Ben irgendwo in einer Nervenheilanstalt sitzt, aber wo, das wollen sie mir nicht sagen. Das ist eine Schande. Ich würde ihm gerne einen Brief schreiben.«

Fauquier lächelte und wartete auf Tess' Reaktion. Sie versuchte zu verbergen, wie sehr ihr das Übelkeit erregte, was vermutlich auch genau die Absicht seiner verträumten Erzählung gewesen war. In einem kleinen Wäldchen fast in Sichtweite des Governor Ritchie Highway hatte Fauquier sein letztes Opfer mit einem Stück rot-weißem Flaggentuch von einem Gemüsestand am Straßenrand erwürgt, dann den Körper zerteilt und eingegraben. Tess erinnerte sich plötzlich an ein einzelnes seltsames Detail aus der Verhandlung: Ben hatte bezeugt, dass Fauquier sang, während er die Grube schaufelte. Cole Porters »You'd be so nice to come home to«.

Sie schüttelte diese abscheuliche Erinnerung ab. Hier und jetzt hatte sie ihre einzige Chance. Irgendjemand würde bestimmt herausfinden, dass Ed Monahan, der Seefischkönig, gar keine Enkelin hatte. »Es gab einmal eine Zeit, in der Sie dachten, Abramowitz sei Ihr bester Kumpel. Sie haben zu den Reportern gesagt, dass Sie froh sind, ihn zu haben. Was hat sich denn geändert?«

Fauquier, der die Arme immer noch gegen den Tisch gestemmt hatte, schaute auf seine Fingernägel. Er hatte, wie Tess bemerkte, eine französische Maniküre, und es gab keine Nikotinflecken an seinen Fingern.

»Stellen Sie sich mal vor, Sie hätten etwas getan«, sagte er mit immer noch verträumter Stimme. »Etwas Wunderbares. Die Tat Ihres Lebens. Und niemand würdigte es, niemand wüsste es?«

Sie unterdrückte einen Seufzer. »Glauben Sie wirklich, Sie haben etwas Wunderbares getan?«

»Es war genial.« Er beugte sich ihr über den Tisch entgegen, und seine Augen leuchteten vor Glück. »'ne Menge Leute glaubt, ich habe wegen John Wayne Gacy angefangen, aber ich war längst vorher an der Sache dran. Ich habe meinen ersten umgebracht, bevor irgendjemand etwas von diesem Affen gehört hat. Ich war sehr vorsichtig. Ich hatte vor, in jedem Landkreis einen Jungen zu ermorden. Doch dann hab ich erkannt, dass ich eine Bestätigung brauchen würde, denn wie sollte sonst jemand davon erfahren? Ich beschloss also, dass Ben zuschauen und anschließend ein kleines Protokoll unterschreiben sollte, über das, was er gesehen hatte. Das wollte ich wiederholen, von einem Landkreis zum anderen, von den Bergen bis zum Meer. In dem elfenbeinfarbenen Wogen des Korns. God bless America.«

»›America the Beautiful‹ ist das mit dem elfenbeinfarbenen Wogen und mit der Majestät der purpurnen Berge über der fruchtbaren Ebene. Ein recht schwülstiges Lied. Sie bringen da die beiden Lieder durcheinander.«

Es flackerte in seinem Blick. »Was meinen Sie mit ›schwülstig‹? Wollen Sie vielleicht sagen, dass ich schwul bin?«

»Natürlich nicht.«

»Weil, bin ich nämlich nicht, dass Sie's wissen. Ich war Künstler. Hätt ins Guinnessbuch kommen sollen, jedenfalls hatte ich das vor. Und da muss man Beweise haben, wenn man ins Guinnessbuch kommen will.«

»Ich glaube nicht, dass das Guinnessbuch die Rekorde von Massenmördern aufnimmt. Außerdem sind Sie ja aufgeflogen bei, ich weiß nicht wie viel, zwölf oder dreizehn? Und Sie können es auch nicht noch einmal versuchen.«

»Na ja, zumindest hatte ich angenommen, dass ein paar Filmproduzenten hier bei mir auftauchen würden, oder jemand, der darüber ein Buch schreiben will. Kam aber nie jemand. Das hat mir jedenfalls mein jüdischer Rechtsanwalt bei der Gerichtsverhandlung gesagt. Wobei, ich überleg mir inzwischen … Wissen Sie, Ihr Anwalt kann nämlich bestimmen, wer zu Ihnen rein darf. Mein neuer Anwalt, der mischt sich nicht ein. Der macht keinen Scheiß. Aber Abramowitz, könnte ja gut sein, dass der diese ganzen Leute einfach nicht zu mir gelassen hat, und davon würde ich nie etwas hören.«

Vor zehn Jahren wollte niemand die Einzelheiten seiner Geschichte so genau wissen. Heutzutage würde es natürlich ein paar Wochen nach Fauquiers Verhaftung schon zwei Taschenbücher in den Buchhandlungen geben, einen Fernsehfilm und eine Horde von Reportern für das Boulevardfernsehen, die jeden für die winzigste Kleinigkeit zu dieser Story bezahlen würden. Vielleicht war Fauquiers Frustration ja gerechtfertigt. Er war einfach seiner Zeit voraus gewesen.

»Was würden Sie denn mit dem Geld anfangen wollen, falls Ihnen das Gesetz überhaupt erlauben würde, es zu behalten? Hier kommen Sie ja nie wieder raus.« Noch während sie sprach, hörte sie Jonathans Stimme, die ihr auf diese Frage Antwort gab und ihrem Gedächtnis nachhalf: *Das Geld ist ein Machtmittel.*

»Wie soll man denn wissen, was eine Sache wert ist, wenn einem nie jemand Geld dafür gibt? Ich habe zu Abramowitz gesagt, er soll für meine Geschichte einen Käufer finden. Aber das Einzige, was er gefunden hat, war jemand, der mir 50000 Dollar pro Jahr gezahlt hat, damit ich *nicht* rede.«

»Warum sollte Ihnen jemand Geld dafür geben, dass Sie den Mund halten?«

»Sie haben mir Geld dafür gegeben, dass ich rede, aber nur einmal. Danach haben sie mir jedes Jahr Geld gegeben, damit ich über etwas nicht rede, was ich nicht getan habe. Nicht schlecht, was? Das ist wie eine doppelte Verneinung. Wenn ich nicht über etwas rede, was ich nicht getan habe, dann muss ich es wohl getan haben.«

Also bringt jetzt dieser Typ eine Story daher über ein Verbrechen, das ein anderer begangen hat, der aber davongekommen ist, weil er reich ist und Beziehungen hat.

Wieder Jonathan, der sie antrieb, der ihr in den Ohren lag. So reich, dass er jemanden dafür bezahlen konnte, ein Verbrechen zu gestehen, das er gar nicht begangen hatte? Was bedeutete schon ein Mord mehr oder weniger für jemanden, der ohnehin zum Tode verurteilt war und eine ganze Menge Geständnisse in seinen Akten hatte?

»Aber dann haben Sie ja doch den Mund nicht gehalten. Sie haben mit Jonathan gesprochen. Im Einhalten von Versprechen sind Sie nicht gerade ein Meister, was?«

»Versprechen!« Er spuckte ihr das Wort geradezu entgegen. »Fragen Sie mal Abramowitz zu irgendwelchen Versprechen. Dieser Saujude hatte den Deal ja eingefädelt, und dann hat er sich mein ganzes Geld geschnappt. Vor einem Jahr habe ich gesagt, ich würde gerne mal meinen Kontoauszug einsehen. Ich wusste, dass das Geld über ihn gehen musste – die Leute, die mich bezahlt haben, wollten nicht, dass ich rauskriege, wer sie sind. Er sagte, er hätte es angelegt. Aber als ich dann verlangt habe, dass ich die Anlagepapiere sehen kann, dass ich meine Ersparnisse sehen kann, da druckst er auf einmal so rum und sagt dann: ›Ach, das habe ich für wohltätige Zwecke gestiftet.‹ Würden Sie ihm so einen Scheiß vielleicht abnehmen? Er hat es nicht für wohltätige Zwecke gestiftet. Er hat es geklaut. Wie glauben Sie denn, wie er diese private Kanzlei gestartet hat? Er selber war der wohltätige Zweck. Er hat sich mein ganzes Geld geschnappt. Mein Geld!«

Wenn Fauquier sich aufregte, wurde seine Stimme nicht lauter, sondern rauer, und sein Lispeln auffälliger. Er zischte jetzt feucht, und der Speichel spritzte ihm bei jedem nassen Wort von den Lippen. Tess musste ihre ganze Selbstbeherrschung aufbieten, um nicht zurückzufahren oder sich zu ducken.

»Und das haben Sie alles Jonathan erzählt.«

»Am Schluss schon. Ich habe es ein bisschen hinausgezogen. Ich habe mich gern mit Jonathan unterhalten. Er war sehr hübsch.« Fauquier sah sie verschlagen an. »Fanden Sie nicht auch, dass er sehr hübsch war?«

»Haben Sie ihm auch gesagt, welches das falsche Geständnis war?«

»Hätte ich, wenn er mir dafür Geld gegeben hätte. Aber er sagte, er würde mir kein Geld geben. Und Sie wissen ja, was mit ihm passiert ist.«

Ja, ich war nämlich dabei, du Schmock.

»Denken Sie denn, dass Jonathan aufgrund dessen ermordet wurde, was Sie ihm gesagt haben?«

»Das weiß ich nicht, und es ist mir auch egal. Mich kriegen sie sowieso nicht. Das ist doch lustig. Der Mensch, den man in ganz Maryland am schwierigsten ermorden kann, ist einer, der zum Tode verurteilt ist. Ich warte hier einfach auf das beste Angebot. Wie viel Geld haben Sie denn?«

Fauquier beugte sich so weit nach vorn, dass sein Gesicht nur noch ein paar Zentimeter Abstand zu ihrem hatte. Tess schob ihren Stuhl zurück, um Distanz zu halten. Irgendetwas stimmte nicht an Fauquiers Geschichte. Irgendetwas fehlte. Selbst wenn Jonathan herausbekommen hätte, welches das falsche Geständnis war, hätte er doch noch zudem herausfinden müssen, wer da gedeckt wurde. Das war der Kitzel an der Sache. Irgendwo da draußen im Lande hatten die Eltern eines kleinen Jungen den schwachen Trost, dass der Mörder ihres Sohnes im Gefängnis saß und dem Tod entgegensah, auch wenn es für den Mord eines anderen Jungen war. Diesen Trost würde man ihnen nicht nehmen wollen, solange man die Geschichte nicht weiterführen und ihnen sagen konnte, wer es wirklich getan hatte und warum. Fauquier hatte gelogen, und wenn schon – er war trotzdem ein Mörder. Wer könnte der Nutznießer sein?

»Ich würde Ihnen keinen Cent bezahlen«, sagte sie zu Fauquier. »Sie wissen ja das Wichtigste gar nicht. Sie wissen nicht, für wen Sie die Schuld auf sich genommen haben. Ohne das ist Ihre Geschichte doch einfach nur ein Ammenmärchen.«

Diesen Satz hatte sie ganz unabsichtlich gesagt, er versetzte Fauquier aber in Wut. »Was heißt denn da Amme, du blöde Kuh? Du *Nutte*. Du denkst wohl, du bist so eine besonders Schlaue. Na, dann finde doch heraus, welcher Mord nicht auf meine Kappe geht, und vor allem, wer ihn wirklich begangen hat. Jonathan dachte, er schafft das. Vielleicht ist er deswegen jetzt tot. Ich hoffe es jedenfalls.«

Er war aufgestanden und schrie mit rauer Stimme, wobei ihr sein Speichel entgegenflog. Auch Tess stand auf und war froh, zu sehen, dass sie mindestens zehn Zentimeter größer als er war.

»Ich rufe jetzt Mr. Lardner. Ich möchte, dass Sie auf Ihrer Seite des Tisches bleiben.«

Es war geradezu unheimlich, wie schnell sich Fauquier beruhigte. Er hatte keine Angst vor dem Beamten, stellte

Tess fest, oder vor ihr. Er wollte sich unter Kontrolle halten. Der »Musterhäftling« versuchte seinen Zorn wahrscheinlich immer so gut wie möglich zu beherrschen. Als Lardner eintrat, sah er aus wie ein Engel.

»Na, hattet ihr eine schöne Zeit?«, fragte er Tess und Fauquier.

»Aber sicher«, sagte Fauquier strahlend. »Sie ist doch sehr hübsch, finden Sie nicht auch, Mr. Lardner? Ich würde zu gerne mal mit ihr ausgehen.«

Der Beamte nickte, als fände er das ganz vernünftig.

»Ich bin eigentlich nicht Ihr Typ«, sagte Tess. »Und nicht nur, weil ich eine Frau bin. Wissen Sie, Mr. Fauquier, ich glaube, Sie fänden niemanden anziehend, den Sie nicht töten oder zumindest quälen können. Und ich wäre da ganz anders als Ihre kleinen Jungen, ich würde Ihnen garantiert in den Arsch treten. Sie sind einfach ein kranker Wichser.«

Fauquier sah sie finster an. Garfield Lardner stand mit offenem Mund da und war schockiert, dass die Enkelin von Ed Monahan, dem Seefischkönig, so ausfallend sein konnte.

27

Als Tess wieder zu Hause war, versuchte sie sich in einen Zeitungsherausgeber zu versetzen, in Jonathans Chef zum Beispiel. Sie nahm an ihrem Computer Platz und verwandelte sich in einen Pedanten und kleinlichen Erbsenzähler, so einen, der stundenlang über »Ursache« und »Anlass« dozieren konnte, ohne zu bemerken, dass auf der anderen Straßenseite ein Großfeuer ausgebrochen war.

Durch welche Reifen hätte Jonathan erst noch springen müssen, ehe er seine Story in der Zeitung unterbringen konnte? Als Allererstes hätte er ohne Fauquiers Mithilfe darauf kommen müssen, welches das falsche Geständnis war. Es gab unzählige Möglichkeiten, wie er das hätte anstellen können. Jeden Mordkommissar befragen, der damals tätig war. Jeden Polizeireport und jeden Gerichtsbescheid der damaligen Zeit durchgehen.

Aber das würde trotz allem noch nicht ausreichen. Jetzt, wo Abramowitz tot war und Fauquier, der auch sterben sollte, einen äußerst unglaubwürdigen Informanten abgab, hätte Jonathan vor allem das Geld ausfindig machen müssen: woher es kam und wohin es ging. Wie ein Vogel beim Nestbau hätte er jedes Stückchen verfügbares Material zusammentragen müssen. Zweige, Schnur, Papier. Hauptsächlich Papier.

Folgen Sie dem Geld, hatte Deep Throat in einem Parkhaus in Washington geflüstert. Oder nicht? Das spielte keine Rolle. Journalisten aus Jonathans Generation und mit seinem Ehrgeiz führten diesen Spruch seither ständig auf den Lippen, er war ihr berufliches Mantra geworden. Michael Abramowitz hatte ein Vermögen von fast einer Million Dollar hinterlassen. Das war immerhin ein Punkt, von dem sie ausgehen konnte. Jetzt wäre eine Abkürzung über Jonathans Hirn schön. Da sein Hirn nicht zur Verfügung stand, musste sich Tess mit der zweitbesten Lösung begnügen.

Tess griff nach dem Telefon und rief Whitney in ihrem Büro an.

»Ist Jonathans Schreibtisch schon leer geräumt?«

»Noch nicht, aber ich bin sicher, dass das jetzt bald passiert. Es gibt hier nicht so viele Schreibtische, dass man längere Trauerzeiten einhalten könnte. Und Jonathans Schreibtisch stand am Fenster, also sind eine Menge Leute scharf darauf.«

»Und seine Computerdateien? Sind die noch da?«

»Mhmm – tatsächlich ist der Obercomputerfreak zurzeit auf Fortbildung und lernt, wie er das System noch komplizierter und noch umständlicher für die Benutzer machen kann, das heißt, er ist nicht da und konnte bis jetzt noch nicht diese ganze Speicherkapazität für seinen kostbaren Zentralcomputer verlangen. Aber ohne Jonathans Passwort könntest du ohnehin nicht rein, und das weiß eben nur dieser Typ.«

»Ich würde sowieso niemals die Erlaubnis bekommen, auf einen Computer des *Beacon* zuzugreifen. Selbst wenn

Tyner damit vor Gericht ginge, würde die Zeitung verlangen müssen, dass sie vorrangig behandelt wird, schon aus Prinzip. Und selbst wenn der Richter dann zugunsten von Rock entscheiden würde, würde garantiert der Computerfreak vorher alles ›versehentlich‹ löschen.«

Whitney lachte. »Du hast das alles schon gründlich durchdacht, was? Ich wette, du hast auch bereits eine Alternative in petto.«

»Die kommt noch, sobald du mir das Computersystem des *Beacon* erklärt hast. Aber Whitney – ich möchte es heute Nacht machen.«

Ein paar Stunden später fuhren Tess und Whitney in Whitneys Jeep Cherokee von Fells Point los. Wie Crow schien auch Whitney dies als großes Abenteuer zu betrachten, aber sie war besser angezogen, in schwarzen Leggins und einem durchscheinenden schwarzen Pullover über einem weißen T-Shirt. Dazu trug sie weiße Söckchen und schwarze Stiefel, die beim Gehen dröhnten, sowie goldene Ohrringe mit Onyxsteinen und Zuchtperlen.

»Keine weißen Handschuhe?«, fragte Tess spöttisch, mit dem Erfolg, dass Whitney ihr ein Paar zuwarf, das wahrscheinlich noch aus der Tanzstunde stammte.

»Ich kann es mir leisten, Fingerabdrücke in dem Gebäude zu hinterlassen. Du nicht, meine Liebe.«

»Weiße Handschuhe zusammen mit Bluejeans, und das nach dem ersten September? Na meinetwegen, aber ich fürchte, das ist ein ganz gewaltiger modischer Fauxpas.«

Der *Beacon,* der rein technisch gesehen ein Rund-umdie-Uhr-Betrieb war, gefiel sich in der prahlerischen Behauptung, dass vierundzwanzig Stunden am Tag Reporter an der Arbeit seien. Von Mitternacht bis vier Uhr früh jedoch bestand die ganze Belegschaft aus einem einzigen Polizeireporter. Jung und verschüchtert saß er vor einem Scanner, und schon bei dem Gedanken, er könne das Gebäude verlassen müssen, schauderte er vor Angst. Das musste er auch nur selten, aber Tess und Whitney konnten ihn ohnehin umgehen, indem sie einfach die Hintertreppe benutzten. Die elektronischen Fallen waren da schon schwieriger zu umgehen.

Zunächst einmal mussten sie in das Gebäude hineinkommen, ohne Spuren zu hinterlassen. Whitney besaß zwar eine Schlüsselkarte, die alle Türen aufsperrte, aber sie wollte auf keinen Fall in den Aufzeichnungen des Sicherheitssystems vermerkt haben, dass sie um ein Uhr morgens hereingekommen sei, weil so eine Aufzeichnung für sie leicht zum Albtraum werden konnte, falls jemand feststellte, dass der Computer geöffnet worden war. Whitney hatte dieses Problem mit Leichtigkeit gelöst. Nach Tess' Anruf hatte sie gewartet, bis der Leitartikler in dem Abteil neben ihrem auf die Toilette musste, dann hatte sie seine Karte aus seiner Jackentasche stibitzt und stattdessen ihre eigene hineingeschoben.

»Morgen tausche ich sie wieder zurück«, sagte sie zu Tess, während sie die Karte durch das Schloss am Seiteneingang des Gebäudes führte. »Ted wird überhaupt nicht mitkriegen, dass er vierundzwanzig Stunden als Nummer 1375 zugebracht hat und nicht als Nummer 926. Und wenn ihn jemand fragt, was er mitten in der Nacht hier gewollt habe, ist er bestimmt sehr überzeugend in seinen Unschuldsbeteuerungen.«

Nachdem sie die Treppe bis zum dritten Stock hinaufgegangen waren, führte Whitney Tess in den Redaktionsraum. Die Redakteure hatten alle eine eigene Nische, waren aber gezwungen, einen gemeinsamen Raum zu benutzen, wenn es darum ging, die Früchte ihrer Arbeit auf den Computerbildschirm zu bringen.

»Die dachten, daraus würde sich ein kollegialeres Verhalten entwickeln«, sagte Whitney. »Stattdessen haben sich einzig und allein Wettkämpfe um die verschiedenen Computer entwickelt, da angeblich beträchtliche Unterschiede bestehen. Sämtliche Redakteure kriegen einen Anfall, wenn sie nicht an ihren bevorzugten Computer können.«

Whitney loggte sich in den Computer ein. »Ich benutze nicht meinen normalen Zugang, sondern den allgemeinen, den alle Angestellten noch zusätzlich haben«, erklärte sie. »Okay, jetzt schau mal – die Reporter verfassen ihre Beiträge in allgemein zugänglichen Baskets, aber speichern können sie sie in persönlichen Baskets, auf die nur noch der Systemmanager Zugriff hat. Jonathan war paranoider als die meisten anderen und benutzte immer seinen persönlichen Basket. Aber es könnte sein, dass ihm die Speicherkapazität ausging und er für seine Sicherheitskopie auf so einen obskuren allgemein zugänglichen Basket zurückgreifen musste. In diesem Computer sind Hunderte von Baskets versteckt, von denen niemand weiß.«

Sie tippte »Ross« ein und wies den Computer an, alle

Dateien aufzuführen, die dieser Benutzer eingegeben hatte. Er gab ihr nur zwei Dateien, die Whitney schnell scannte.

»Eine Anfrage vom letzten Winter an das chronisch korrupte Wohnungsamt. Daran ist nichts merkwürdig – so etwas machen wir jede Woche. Und die Kopie einer Rundfunksendung über diese Stiftung in Chicago, die Stipendien ›für Genies‹ vergibt. Die Adresse von Chicago steht auch mit dabei. Ich nehme an, Jonathan wollte sich dafür bewerben.« Whitney wandte sich Tess zu. »Ende der Fahnenstange. Wenn du mehr willst, musst du dich als Jonathan einloggen.«

Um sich als Jonathan einzuloggen, brauchte Tess nur die Taste »Return« zu drücken, dann »Ross« einzugeben und anschließend sein Passwort einzutippen. Der Computer würde ihr drei Versuche gestatten, sein Passwort richtig zu treffen. Wenn sie es nicht schaffte, richtig zu raten, würde der Computer blockieren und eine Nachricht an das zeitungsinterne Sicherheitssystem schicken, mit der Warnung, dass jemand ihn zu knacken versucht habe – eine Nachricht, die wahrscheinlich bis zum nächsten Morgen unbeachtet bleiben würde, nämlich bis jemand die Berichte durchsah. Niemand würde Whitney mit diesem Verstoß in Verbindung bringen können – dank der gestohlenen Schlüsselkarte und des benutzten allgemeinen Zugangs für alle Angestellten konnte man ihr keinesfalls nachweisen, dass sie hier gewesen war –, außerdem war es auch gut möglich, dass niemand diese Nachricht überhaupt bemerkte, da sie nur eine von Tausenden war, die jeden Tag aufgezeichnet wurden. Aber irgendwo verzeichnet würde sie eben doch sein.

»Also, weißt du sein Passwort?«, fragte Whitney Tess.

»Nein, aber ich glaube, ich kenne Jonathan so gut, dass ich es erraten kann. Und ich habe ja fünfzehn Versuche, stimmt's? Drei pro Gerät.«

»Stimmt. Zu gefährlich. Wenn man versucht, das Passwort von jemand anderem zu benutzen, ist das bereits Grund genug, entlassen zu werden. Ein einzelner komischer kleiner Zwischenfall macht vielleicht noch niemanden stutzig. Aber wenn jemand fünfzehnmal falsch rät, um ein Uhr früh, an allen fünf Redaktionscomputern, dann wird bestimmt ganz genau hingeschaut. Das kann ich nicht riskieren. Deshalb heißt es also: ein Gerät oder gar keins, Tess.«

Mit fünfzehn Versuchen wäre Tess geradezu übermütig gewesen. Mit zehn – ein Kinderspiel. Sogar fünf wären noch eine sportliche Chance gewesen. Mit drei wurde es eng und willkürlich, wie in einem Grimmschen Märchen. Klug zu sein würde jetzt nicht genügen. Sie brauchte auch noch Glück dazu.

Sie beugte sich über den Bildschirm und kam sich wieder wie eine Reporterin vor. Gleich wäre ihr Abgabetermin, und sie brauchte nur das erste Wort, ihren Aufhänger. Sobald sie das hatte, würden alle anderen Wörter folgen.

P-u-l-i-t-z-e-r, schrieb sie und dachte an Jonathans ungezügelten Ehrgeiz.

Erster Versuch!, antwortete der Computer.

»Versuch's mit dem Namen seiner Freundin«, flüsterte

ihr Whitney ins Ohr. »Oder mit seinem zweiten Vornamen. Den benutzen viele Leute.«

»Ich hätte gedacht, dass er vielleicht eins von seinen journalistischen Idolen benutzt«, sagte sie, tippte aber trotzdem *D-a-p-h-n-e* ein.

Zweiter Versuch!, sagte der Computer, ein wenig süffisant, wie ihr schien. Noch ein letzter Versuch.

Tess schloss die Augen. Sie kannte Jonathan. Sie hatte ihn im Blut. Sie musste nur das Richtige herausfinden, das belastende Haar oder Fädchen. Ihre letzte Nacht, die sie zusammen verbracht hatten – aber da hatte er ja nichts rausgelassen. In dieser Nacht hatte er sie angelogen, hatte zu ihr gesagt, dass Abramowitz für die Geschichte, hinter der er her war, bedeutungslos sei. Während sie die Diskette in ihrer Schublade versteckt hatte, hatte er vor ihr noch viel mehr versteckt.

An diese Nacht wollte sie sich auch gar nicht erinnern. Eher an die Zeit davor, an die Zeit, als er nicht gleich darauf starb. Sogar da, das erkannte Tess jetzt, hatte er sich ein wenig selbstgefällig und überlegen gefühlt – auch da hatte er schon gewusst, dass Abramowitz Fauquiers Anwalt gewesen war und dass diese Verbindung keinen Zufall darstellte. Warum hielt er mit einer solchen Information hinter dem Berg, wenn sie doch Tyner vielleicht hätte helfen können? Weil er, was auch immer er wissen mochte, doch unumstößlich überzeugt war, dass Rock Abramowitz getötet hatte.

Trotzdem, in jener Nacht war er so nett gewesen, so nett wie nur je. Vielleicht so nett, wie er überhaupt sein konnte. Sie hatten dem Sonnenaufgang zugeschaut.

Worüber hatten sie dort auf dem Dach gesprochen? Dass er sie beneidete, weil sie aus der Stadt kam, während er nur so eine Vorstadtratte war. Über ihre Familie, ihre Wurzeln hier in der Stadt. Ihre gemeinsame Zeit beim *Star*. Eine Geschichte über einen Brand, einen Brand, den er nicht finden konnte. Dass der Redakteur Jonathan für den Rest seiner Zeit beim *Star* lächerlich gemacht hatte, indem er ihn Leuchte nannte. Wie Jonathan triumphiert hatte, als er einen Job bekam, während der Redakteur arbeitslos wurde.

»Glaub mir«, hatte er gesagt, »es vergeht kein Tag, wo ich nicht, wenn ich zur Arbeit gehe, an ›Leuchte‹ und Nick denke.«

Kein Tag. Hier hatte sie zwei Wörter zur Wahl, aber nur eine Chance. Sie tippte den alten Spitznamen ein, ganz vorsichtig. Der Computer blinkte, wurde leer, dann, nach etwa einer Million Jahre, blinkte er wieder. *Eingabe erfolgreich, bitte warten Sie einen Augenblick.* Jetzt war Tess Jonathan Ross.

Sogar in seinem persönlichen Basket hatte Jonathan in seinem Verfolgungswahn noch Maßnahmen ergriffen, um unbefugte Blicke von seinen Notizen und Geschichten fernzuhalten. Er hatte seine Geschichten mit den denkbar ödesten Namen versehen, um Suchende abzuschrecken. *Steuern. Städtische Verordnungen. Versorgungsgebühren. Rede des Bürgermeisters. Versicherungsgebühren. Abwassergebühren.* Tess versuchte dies letztere und fand eine Liste von Informanten aus dem Gefängnis und ihre Nummern.

Bezirke – Stadt. Hier war Jonathans erstes Interview

mit Fauquier, offensichtlich von einem Kassettenrekorder übertragen. *Bezirke – außerhalb.* Wieder Fauquier. Aber nichts, was ihr Fauquier nicht schon selber gesagt hätte, und zwar mit weniger Worten und in kürzerer Zeit.

»Probier mal sein Passwort«, riet ihr Whitney. »Vielleicht hat er sein Passwort für alle seine Notizen verwendet, die diese Sache betreffen.«

Zugangsthemen. Whitney zeigte Tess, wie man den Computer dazu bringen konnte, alle Geschichten mit dieser Überschrift auszusortieren. In Sekundenschnelle hatten sie eine Liste von elf Dateien.

»Keine Ausdrucke, bitte«, zischte Whitney. »Die werden nämlich auch verzeichnet.« Tess nickte und begann die verschiedenen Eintragungen zu lesen, sodass sie Jonathans Schritte chronologisch nachvollziehen konnte.

Offensichtlich hatte er Fauquier zum ersten Mal im Juli getroffen, als er Nachforschungen zu einer Serie betrieb, die davon handelte, wie das Leben im Todestrakt von dieser ersten Hinrichtung beeinflusst würde. Fauquier sollte aber gar nicht die zentrale Figur dieser Geschichte sein. Jonathan konzentrierte sich auf einen anderen Häftling, einen Polizistenmörder, der neben Fauquier absolut gutartig schien. Er hatte ihn nur interviewt, um seine Meinung über diesen Kollegen zu erfahren. Verschnupft hatte Fauquier daraufhin mit aller Macht versucht, als etwas ganz Ungewöhnliches dazustehen, und mehrmals verlangt, *er* müsse der Star von Jonathans Serie werden, weil er ein so viel größerer »Könner« sei.

Fauquier: Da bringt der so einen kleinen Bullen um, während er high ist, und Sie wollen über ihn schreiben? Etwa weil er sagt, dass er jetzt ganz christlich geworden ist und der Familie von diesem Typen Briefe schreibt? Ich habe mehr Menschen umgebracht als sonst irgendjemand hier drin. Wenn Sie etwas über uns schreiben wollen, dann müssen Sie über mich schreiben! Dieser Typ ist doch sowieso nur ein Nigger. Für einen Nigger ist es total einfach, zum Tode verurteilt zu werden. Aber ein Weißer, der muss schon richtig übel sein. Wenn ich so einen Bullen umgelegt hätte, während ich auf Dope war, wäre ich jetzt nicht mal mehr hier. Das ist wie überall – Quotenregelung. Da sind die Kriterien doch viel niedriger.«

»JR: Wissen Sie, mein Ziel ist es, den Lesern die menschlichen Züge der Leute hier drin nahezubringen. Und wenn ich Sie in den Mittelpunkt stelle, gelingt mir das ja nicht. Es wäre eher wie in Frankenstein *– die Dorfbewohner würden mit Fackeln in der Hand das Gefängnis stürmen, um Sie hinzurichten.*

Gute Antwort, Jonathan. Viel besser als meine Drohung, ihm in den Arsch zu treten.

Die Interviews begannen nach dem Tod von Abramowitz wieder. Ursprünglich hatte Fauquier Jonathan dadurch angelockt, dass er mit seinem falschen Geständnis und dem dazugehörigen Versteckspiel prahlte. Dann tat er plötzlich uninteressiert und genoss die Aufmerksamkeit und vielleicht auch eine leichte erotische Ausstrahlung des jungenhaften Jonathan.

Zu blöde, dass ich Abramowitz nicht aufsuchen kann, hatte Jonathan am Ende einer Datei getippt, nach einer Zusammenfassung von Fauquiers Strafregister. *Dieser Freund von Tess hat mir wirklich keinen Gefallen getan, als er ihn umbrachte.* Tess lächelte. Diese egozentrische Sicht war echt Jonathan, sie hörte ihn förmlich reden.

Die anderen Dateien enthielten Listen von verschiedenen Fakten aus Fauquiers Geständnissen, nach Kategorien geordnet. Daten. Hier war nichts Ungewöhnliches erkennbar. Tötungsmethoden. Alle Opfer waren erwürgt oder erschlagen und dann in gut verborgenen Gräbern beerdigt worden. Namen der Opfer. Adressen der Opfer. Namen der Kommissare in jedem Fall. Wo die Leichen gefunden worden waren.

»Er hat die Leichen an ein paar hübschen Stellen vergraben«, bemerkte Whitney, die Tess über die Schulter schaute. »Nationalparks und Tierreservate auf dem Land, kleine verwilderte Gebiete in der Stadt. Schau nur – Damon Jackson starb an einer sehr viel hübscheren Stelle, als er je gewohnt hat. Ich denke, beim Mord ist es wie im Immobiliengeschäft. Die Lage, die Lage und nochmals die Lage.«

»Die Lage, die Lage und nochmals die Lage«, wiederholte Tess. Sie schaltete den Computer aus.

»Hast du gefunden, was du suchtest?«

»Ich habe etwas gefunden. Ob ich es suchte oder ob ich etwas damit anfangen kann, das wird sich zeigen.«

Es war noch nicht ganz zwei Uhr, als sie nach Hause kam. Whitney, die von ihrer mitternächtlichen Mission ganz aufgedreht war, wäre gerne noch in eine Bar gegangen, oder in einen Diner, der die ganze Nacht offen hatte, aber Tess' Körper reagierte immer noch allergisch auf Alkohol und Essen. Sie wollte nichts als ihr Bett, ihre Ruhe und vielleicht einen Joint.

Kitty hatte ihr ein paar Briefe unter der Tür durchgeschoben. So wie die Anrufe für Tess manchmal im Buchladen landeten, so wurde auch ihre Post immer wieder falsch sortiert und an der Vordertür eingeworfen statt an der Seitentür. Das war selten ein Grund zu Verzweiflung. Bisher waren weder Liebesbriefe falsch zugestellt worden noch Millionen-Dollar-Schecks von einem Verleger. Die Ausbeute dieses Abends war wieder typisch. Eine Broschüre an die »liebe Bewohnerin«, von einem Heiratsinstitut in der Nähe. Große Erwartungen. Sie fragte sich, ob Miss Havisham eine zufriedene Kundin war. Ein Katalog von Victoria's Secret – sie hatte vor drei Jahren bei diesem Versand vier Teile Unterwäsche bestellt, und seitdem bekam sie alle zwei Wochen einen Katalog geschickt. Ein maschineller Brief von einer Behörde, was nichts Gutes verhieß. Musste sie schon wieder einen neuen Führerschein beantragen?

Eine dünne Fotokopie flatterte heraus. Ach ja – die Kopie von OMAS »Rosa Blatt«. Sie hatte ganz vergessen, dass sie die angefordert hatte, und so, wie sie die Staatsregierung kannte, hatte sie das Schreiben auch nicht früher als zum angegebenen Zeitpunkt erwartet. Außerdem hatte Cecilia sie mehr oder weniger davon überzeugt, dass OMA eine Sackgasse war.

Sie studierte die verschmierte Kopie. Ja, es waren tatsächlich zwei neue Vorstandsmitglieder bei OMA aufgetaucht, als der gemeinnützige Verein in diesem Frühjahr zum letzten Mal seine Satzung geändert hatte. Seamon P. und Luisa J. O'Neal. Abramowitz war immer noch als Schriftführer aufgeführt und hatte diesen Anhang an die alljährliche Steuererklärung angefügt. Hatte Pru nicht Cecilia erzählt, dass seine Beteiligung rein zufällig gewesen sei, eine einzigartige Ironie? Tess hatte ein Gefühl, als ob Abramowitz sie gerade am Ärmel zupfte und ihr die Richtung zeigen wollte, ganz so, wie Jonathan sie heute durch das Interview mit Fauquier und durch seine Computerdateien geführt zu haben schien.

Beide führten sie in dieselbe Richtung, an dieselbe Stelle.

Die Lage, die Lage und nochmals die Lage. Nach Jonathans Dateien war eines von Fauquiers frühen Opfern, Damon Jackson, hinter dem Haus der O'Neals gefunden worden, am Cross-Tree Creek. So hatte Fauquier die Stelle in seinem Geständnis genannt, obwohl im Polizeireport »Little Wymans Falls« stand. Cross-Tree Creek. Little Wymans Falls. Wenn es bei den O'Neals nicht dieses alberne Gezänk um den Namen gegeben hätte, hätte Tess sich niemals daran erinnert.

28

Tess wollte eigentlich nur schlafen. Wenn sie sich dazu hätte bringen können, hätte sie aus dem, was von der Nacht noch übrig war, vier, fünf Stunden Vergessen herausgequetscht und wäre dann zum Ruderclub gefahren, um ein gutes, selbstverachtendes Training zu absolvieren. Sie wäre zu Jimmy's gegangen, hätte ihre Bagels gegessen und sich wieder mal gefreut, dass der Koch sie in dem Moment auf den Grill warf, wo sie zur Tür hereinkam. Sie hätte ihre ganze Routine durchgezogen, bei der sie sich stark und leistungsfähig fühlte. Sie wünschte sich ihre tägliche Routine zurück.

Stattdessen blieb sie die ganze Nacht wach, sah auf die Uhr, machte sich Listen und wartete, zum zweiten Mal innerhalb von zwei Tagen, darauf, dass die staatlichen Behörden aufmachten. Um halb neun nistete sie sich in Kittys Büro ein, einen Becher starken Kaffee in der Hand, und benutzte das Faxgerät, das Telefon und eine alte Beziehung zu einer Sekretärin im Büro des Justizministeriums. Sie musste ein bisschen schleimen, aber um zehn Uhr hatte sie die Unterlagen, die sie wollte, vor sich auf dem Tisch liegen. Da rief sie mit leicht zitternder Hand bei den O'Neals an.

Das Hausmädchen nahm ab, wie Tess erwartet hatte. Sie war entschlossen, zu insistieren. Zu ihrer Überraschung kam Luisa O'Neal jedoch gleich an den Apparat, als sie hörte, wer anrief.

»Oh, meine Liebe«, sagte sie, wohlwollend wie immer. »Ich weiß, dass Shay heute einen sehr vollen Terminkalender hat. Und nach der Arbeit wollen wir ans Meer fahren. Wir möchten ein langes Wochenende auf unserem kleinen Anwesen in Bethany verbringen.«

Ein kleines Anwesen an der Küste mit sechs Schlafzimmern, fünf Stockwerken und zwei Whirlpools. Tess hatte voriges Jahr Fotos davon in der Sonntagsbeilage des *Beacon* gesehen.

»Eigentlich wollte ich aber mit Ihnen sprechen, Mrs. O'Neal.«

»Oh, meine Liebe«, sagte sie noch einmal, als hätte sie sich schon lange danach gesehnt, einen Besuch von Tess zu bekommen. »Ich spiele heute Vormittag Tennis. Aber wir könnten uns um halb zwei treffen. Die Mädchen essen am liebsten danach.«

»Also gut, bis dann.«

Um Viertel nach eins fuhr Tess Richtung Norden, und diesmal wusste sie, wo sie hin musste. Die Luft war frisch, als hätte der Herbst etwas halbherzig beschlossen, sich gerade noch rechtzeitig am letzten Tag des Septembers sehen zu lassen. So zeigte sich Baltimore von seiner besten Seite – klarer blauer Himmel, ein gleichmäßiges Lüftchen, in der Sonne warm und im Schatten kühl. Wie jedes Jahr zu diesem Zeitpunkt – und es schien manchmal wirklich nicht mehr als ein Zeit*punkt* zu sein – verzieh Tess der Stadt ihre abscheulichen Sommer und vergaß, dass der Winter bald vor der Tür stehen würde. Ständige

Nachsicht und ein Talent für Gedächtnisschwund. Beides absolut notwendig, um hier zu leben.

Sie bog von der Charles Street in den Cross Place ab. *PRIVATEIGENTUM*, erinnerte sie ein Schild. *DURCHGANG VERBOTEN*. Zum Glück flatterte das blau-weiße Fähnchen, das sie vom letzten Besuch her aufbewahrt hatte, an ihrer Antenne. In den Wochen, seit Tyner und Tess durch diese Straße geflohen waren, hatte der Herbst auch hier Einzug gehalten. Die Bäume entlang der Sackgasse waren purpurrot und golden. Blut und Geld, dachte Tess.

Diesmal kam kein Hausmädchen herausgeeilt. Und als Tess klopfte, ließ Mrs. O'Neal sie selbst ein und führte sie in das Sonnenzimmer.

»Tee?«, fing sie an, doch Tess hob abwehrend die Hand.

»Sie brauchen mir wirklich nichts anzubieten«, sagte sie. »Ich komme ja eigentlich nicht so richtig zu Besuch.«

In Abwesenheit ihres Ehemanns sah Mrs. O'Neal längst nicht so verhärmt und zerbrechlich aus. Ihr Gesicht war zwar immer noch erschreckend blass – sie muss beim Tennisspielen eine Kappe tragen, dachte Tess –, aber Arme und Beine, die von dem reinweißen Tennisdress und der Jacke, die sie um die Schultern gehängt hatte, nicht bedeckt wurden, waren tiefbraun. Sie hatte lange, deutlich sichtbare Schienbeine und knotige Handgelenke. Tess war vorher gar nicht aufgefallen, wie groß Mrs. O'Neal war, fast einen Meter achtzig, oder wie muskulös.

»Ja, das ist mir schon klar. Ich staune nur, Miss Monaghan, dass Sie meinen Mann nicht dabeihaben wollen.

Wir haben keine Geheimnisse voreinander, wissen Sie. Wir sind in allem Partner.«

Ich wollte nicht gegen ein Doppel antreten. Zwei gegen eine, das schaff ich nicht. »Jeder Mensch hat Geheimnisse, Mrs. O'Neal. Wenn mich nicht alles täuscht, wussten Sie bis zu meinem letzten Besuch nichts von dem Interesse Ihres Mannes an Ava Hill.«

»Ich sollte wohl sagen, wir haben keine Geheimnisse in wichtigen Dingen.« Sie ging zum Fenster und sah hinaus, wobei sie seufzte und die Arme um sich schlang. Das Laub hinter dem Haus war bereits spärlicher geworden. Baltimores grausamer, kurzer Herbst. Die Aussicht jedoch wurde dadurch nur noch schöner. Man sah bis hinunter zum Bach und auf die Wiese dahinter. Die Häuser auf dem gegenüberliegenden Hügel waren jetzt fast ganz sichtbar, statt dass man nur die Fenster durch die Bäume blitzen sah.

»Sie haben so eine hübsche Aussicht«, sagte Tess.

»Das hat früher einmal alles uns gehört, wissen Sie. Bis vor zehn Jahren besaßen wir die Häuser auf beiden Seiten und das ganze Land bis zum Bach hinunter.«

»Ist denn vor zehn Jahren etwas passiert?« Trotz aller Bemühungen zitterte Tess doch ein wenig die Stimme.

»Sagen *Sie* es mir, Miss Monaghan.«

Sie ging zurück zu ihrem Ohrensessel, schlug die Knöchel übereinander und faltete die Hände im Schoß. Tess, die sich vorkam wie Scheherazade, holte tief Luft. Nachdem sie jetzt wochenlang mehr oder weniger erfolgreich geblufft und Lügen erzählt hatte, war es ein seltsames Gefühl, die Wahrheit zu sagen, nur das zu sagen, was sie wirklich wusste, und sonst nichts. Es war auch bestimmt gefährlich. Wenn sie Mrs. O'Neal richtig einschätzte, würde diese Frau absolut alles tun, um ihre Familie zu schützen.

»Vor zehn Jahren endete die Mordtour von Tucker Fauquier. Er hat seit den späten Siebzigern, seit er achtzehn war, landauf, landab kleine Jungen vergewaltigt und ermordet. Aber als er verhaftet wurde, konnte ihm nur ein einziger Mord zur Last gelegt werden, weil nur dieser eine vor einem Zeugen geschah. Es war ein Schwerverbrechen, und er bekam dafür die Todesstrafe. Aber da Fauquier seine Opfer an sorgfältig verborgenen Stellen begraben hatte, konnte nur sein Geständnis die anderen Morde aufklären. Nachdem ihn sein Anwalt dazu ermutigt hatte, da er ja ohnehin schon zum Tode verurteilt war, erzählte er der Polizei eifrig alle Einzelheiten. Im ganzen Land wurden Leichen gefunden – zwölf im Ganzen. Eine davon wurde unten am Rand Ihres Anwesens gefunden, neben den Little Wymans Falls. Ein elfjähriger Junge namens Damon Jackson. Er wohnte in der Nähe des alten Stadions, hinter der Greenmount Avenue, und verschwand ziemlich früh in Fauquiers ›Karriere‹, wie er selber es gerne nennt.«

»Ja, das weiß ich alles. An dem Tag, als die Polizei kam, war ich zu Hause. Ich sah von hier aus, wie sie die Leiche ausgruben. Tatsächlich haben wir den Boden erst danach verkauft, also ist das wahrscheinlich noch keine zehn Jahre her.«

»Konnten Sie den Boden denn erst verkaufen, nachdem der Leichnam gefunden war?«

Mrs. O'Neal sah Tess abschätzig an. Tess warf einen Blick den langen Gang hinunter bis zur Haustür, bereit, notfalls schleunigst abzuhauen.

»Was glauben Sie denn eigentlich zu wissen, Miss Monaghan? Warum sagen Sie es mir nicht einfach?«

»Sie und Ihr Gatte zahlten Tucker Fauquier eine Menge Geld – na ja, für Sie ist es natürlich gar keine Menge Geld –, damit er diesen Mord gestand. Die Einzelheiten wurden ihm durch Abramowitz vermittelt. Zum Beispiel, wie der Junge aussah, wo er begraben lag. Fauquier konnte nicht genau sagen, wo er den Jungen gefunden hatte, aber schließlich war es auch schon lange her, und Fauquier kannte sich in Baltimore ja nicht aus. Aber er konnte sich gut erinnern, dass er die Leiche am Cross-Tree Creek vergraben hatte, wie er ihn in seinem Geständnis nannte. Wie Ihr Mann neulich sagte, nennt den Bach aber kein Mensch so. Außer Ihre Familie.«

Tess blickte nervös auf, als wäre Mrs. O'Neil eine strenge Professorin, bei der sie die mündliche Prüfung ablegen musste. Aber die nickte nur, was Tess als Aufforderung nahm, weiterzusprechen.

»Wenn Sie Fauquier also Geld gegeben haben, wo ist es hingekommen?« An dieser Stelle vergaß Tess fast Mrs. O'Neil. Sie überlegte sich diesen Teil selbst erst noch, während sie weitersprach. »Er sagt, Abramowitz habe es gestohlen, und Abramowitz hat tatsächlich ein beträchtliches Vermögen hinterlassen. Aber Abramowitz war ein sehr guter Anwalt, er hätte einen großen Teil davon auch in seiner eigenen Kanzlei verdienen können. Aber vielleicht wurde auch er von irgendjemandem für etwas bezahlt. Schließlich hat er die Justiz behindert, zu Meineiden verleitet – der Entzug der Arbeitserlaubnis war das geringste Übel, das ihm blühte, wenn er erwischt würde. Natürlich war er zu schlau, und Sie waren zu vorsichtig, um ihm persönlich Schecks auszuschreiben. Sie mussten einen unverfänglicheren Weg finden. Zu Ihrem Glück vergibt die William-Tree-Stiftung, die Ihre Familie unterhält, jährlich mehr als fünf Millionen Dollar. Was waren da schon 50 000 Dollar mehr?«

Tess zog die Faxpapiere heraus, die sie heute Morgen zusammengestellt hatte, und packte sie dabei so fest, dass sie nur deswegen nicht zerrissen, weil ihre Handflächen so schweißnass waren. »Ich habe heute Morgen eine Freundin im Büro des Justizministers gebeten, mir eine Aufstellung aller Zuwendungen der William-Tree-Stiftung während der letzten drei Jahre zu schicken. Als regelmäßige Zuwendungen werden darin Jahr für Jahr nur zwei Stipendien aufgeführt, die zusammen zufälligerweise genau 50 000 Dollar ausmachen – an OMA und an die ›Gemeinschaft von Überlebenden in Maryland‹, deren Satzungen beide von Michael Abramowitz stammen. Es sind auch die einzigen beiden Gruppen auf Ihrer Liste, die etwas mit Verbrechen zu tun haben. Alles andere Geld geht an die Kunst, an die Armen, an Einrichtungen für Geistesgestörte und an religiöse Wohltätigkeitsvereine.«

»Katholische, protestantische und jüdische«, sagte Mrs. O'Neal. »So hat mein Vater es bestimmt.«

Tess hörte ihr gar nicht zu. »Jetzt muss ich raten. Das gebe ich zu. Die Stiftung vergab diese Zuwendungen an die beiden Gruppen, die Abramowitz ins Leben gerufen hatte. Aber statt das Geld an Fauquier weiterzuleiten, ließ er es diese gemeinnützigen Vereine behalten. Im Fall von OMA, die 30000 Dollar jährlich bekommt, wurde ihm das Geld von einer gierigen Buchhalterin unterschlagen, aber das ist eine andere Geschichte. Er dachte, er tue etwas Gutes. Was die ›Gemeinschaft von Überlebenden in Maryland‹ betrifft, so bekommt die nur 20000 Dollar, muss also keine Steuererklärung ausfüllen. Allerdings hat sie tatsächlich eine Postanschrift, und zwar in Friendsville, Maryland: zu Händen von Delores F. Compson. Fauquiers Mutter. Sie hat wieder geheiratet.«

Mrs. O'Neal zog ihre weiße Strickjacke fester um die Schultern, als sei ihr plötzlich kalt. Als sie sprach, war auch ihre Stimme kalt.

»Mr. Abramowitz kommt in Ihrem theoretischen Bericht ein bisschen wie ein Held heraus. Das Geld geht an eine Selbsthilfegruppe für Vergewaltigungsopfer und an die arme Mutter seines bekannten Klienten. Natürlich hat er tatsächlich mehrere Gesetze gebrochen und sich bei dem Prozess bereichert. Ansonsten ein bewundrungswürdiger Mann.«

»Ich glaube wirklich, dass er, auf seine konfuse Weise, das Richtige tun wollte. Manche Menschen sind sowohl gut als auch schlecht.«

»Ja. Also in diesem Fall haben Mr. Abramowitz und ich viel gemein.« Mrs. O'Neal stand auf, und Tess wäre fast zurückgefahren. Fürchtete sie etwa wirklich, Mrs. O'Neal würde ihr etwas antun? Oh nein, sie würde jemanden dafür bezahlen, dass der ihr etwas antat.

Mrs. O'Neal ging wieder zum Fenster und blickte den Hügel hinunter.

»Meine Eltern hatten zwei Kinder, einen Sohn und eine Tochter. Es war der Wunsch meines Vaters, dass wir hier aufwuchsen, zu beiden Seiten von ihm. Aber mein Bruder starb bei einer Grippeepidemie, als wir noch klein waren. Meine Eltern starben ein knappes Jahr nach meiner Heirat. Shay und ich zogen in dieses Haus hier. Wir hatten einen Sohn und eine Tochter. Mary Julia und William Tree O'Neal. Ich dachte genau wie mein Vater, dass meine Kinder zu beiden Seiten von mir wohnen würden. Aber Mary hat einen Jungen aus Chicago geheiratet. Sie wohnt in Lake Bluff.«

»Und William?«

»William wohnt nicht in Maryland. Schon seit Jahren nicht mehr.«

»Seit er Damon Jackson ermordet hat? Haben Sie das auch gesehen, von Ihrem Fenster aus? Oder haben Sie nur gesehen, wie er die Leiche vergrub?«

Luisa O'Neal gab keine Antwort. Ihre Augen, die in dem verschatteten Licht dunkelgrau aussahen, blickten den Hügel hinunter. Was immer sie auch gesehen hatte, sie sah es jetzt noch einmal. Tess hatte fast Mitleid mit ihr, aber sie war nun schon zu weit gegangen, um mit ihren Fragen aufzuhören, nur weil sie schmerzlich waren.

»Warum haben Sie Fauquier gebeten, ein Geständnis abzulegen? Die Leiche von Damon Jackson wäre doch wahrscheinlich niemals gefunden worden. Sie lag ja schon fast fünf Jahre lang da, als Fauquier geschnappt wurde. Und noch dazu auf Ihrem eigenen Grund. Und selbst wenn die Leiche entdeckt worden wäre: Sie waren doch die einzige Augenzeugin.«

»Man kann auch zu ordentlich sein«, sagte sie und blickte immer noch unverwandt nach draußen. »Die Menschen, die ein Vermögen machen, Männer wie mein Vater, zum Beispiel, sind rücksichtslos und kühn. Die Menschen, die sie beerben oder sie heiraten, neigen dazu, ängstlicher zu sein. Shay mag keine ungelösten Sachen. Und mir machte der Gedanke Schwierigkeiten, dass sich da irgendwo eine Frau immer und immer wieder fragte, wo ihr Sohn sein mochte. Außerdem hätten wir auf dem Grundstück niemals bauen können, solange die Leiche dort lag. Wie sich dann herausstellte, war Miss Jackson eine drogenabhängige Prostituierte, die, auch als ihr Sohn noch lebte, selten wusste, wo er war. Aber das wusste ich nicht, als mir Shay seinen Plan unterbreitete. Ich dachte, es sei eine gute Idee.«

»Also wandten Sie sich an Abramowitz.«

»Shay tat das, ja. Er sagte, er komme im Auftrag eines Freundes, aber Mr. Abramowitz glaubte ihm nicht. Das war auch gleichgültig. Mr. Abramowitz war ausgebrannt. Und so schrecklich arm. Er bekam genauso viel wie Fauquier, auf dieselbe Weise wie Fauquier. Sie haben Ihre Sache sehr gut gemacht, Miss Monaghan, aber es gab noch drei weitere ›vorgetäuschte‹ Gruppen auf der Liste: die Suppenküche von Park Heights, die Hank-Greenberg-Stiftung für Knaben und die Frauenhilfe des Tempels Beth-El Gonif. Alle steuerfrei. Dafür hat Mr. Abramowitz gesorgt. Und damit natürlich noch ein Gesetz gebrochen.«

»Sie haben Schecks für den Tempel Beth-El Gonif ausgestellt? Wissen Sie nicht, dass das Wort ›Dieb‹ bedeutet? Und die Hank-Greenberg-Stiftung? Sogar ich weiß, dass der für Detroit spielte und nicht für die Orioles. Abramowitz hat überall Hinweise verborgen. Er hat voriges Jahr sogar Sie und Mr. O'Neal in den Vorstand von OMA gesteckt. Er wollte, dass jemand darauf kommt.«

»Das mit dem Tempel konnte ich nicht wissen. Ich verstehe kein Hebräisch. Aber Sie haben recht, Abramowitz sehnte sich danach, gefasst zu werden. Er hatte ein schlechtes Gewissen, und er wollte, dass auch alle anderen ein schlechtes Gewissen haben. Deshalb hat er auch darauf bestanden, in die Kanzlei aufgenommen zu werden, damit Shay ihn immer sehen und – wie er sich ausdrückte – ›so wie ich jeden Tag daran denken‹ müsse. Aber das Einzige, woran Shay jeden Tag denkt, ist, ob seine Verdauung gut funktioniert und wo er die nächste Frau aufreißen wird, unter den Mitarbeiterinnen oder den Sekretärinnen.«

Tess amüsierte sich über die Vorstellung des rotgesichtigen Shay auf der Toilette, der von seinen Sekretärinnen träumte. Aber sie konnte es sich nicht leisten, sich ablenken zu lassen.

»Also erpresst sich Abramowitz den Zugang zur Kanzlei, und man gibt ihm ein wunderhübsches Büro mit Blick auf den Hafen und keine Arbeit. Das war glänzend ausgedacht. Die beste Methode, einen Workaholic in den Wahnsinn zu treiben. Und das war auch das Ziel, nicht wahr? Ihn wahnsinnig zu machen? Ihn dazu zu bringen, zu kündigen oder Selbstmord zu begehen?«

Mrs. O'Neals Augen schienen dunkler zu werden. »Nein«, sagte sie. »Wahnsinn würde ich niemandem wünschen.«

»Ihr Sohn ist geisteskrank, nicht wahr? Deshalb spenden Sie auch so viel Geld an Einrichtungen für Geisteskranke.«

»Wir bestimmen etwa die Hälfte unserer Schenkungen für Geisteskranke.« Sehr vorsichtig, stellte Tess fest. Falls sie die Unterhaltung mitgeschnitten hätte, hätte Mrs. O'Neal mit vollem Recht behaupten können, dass sie kein einziges Mal irgendetwas zugegeben habe. Aber Tess schnitt gar nicht mit. Aus irgendeinem unbegreiflichen Grund hatte sie geglaubt, sie sei sicherer, wenn sie nichts aufzeichnete.

»Wiegt Ihre Philanthropie auf, dass Ihr Sohn jemanden ermordet hat?«

Diesmal schaute Mrs. O'Neal ihr in die Augen. »Ja, Miss Monaghan, allerdings. Sogar mehr als das.«

»Wieso denken Sie das?«

»Wenn William verhaftet worden wäre, hätte man ihn niemals für so weit zurechnungsfähig gehalten, dass er vor Gericht hätte gestellt werden können. Er wäre in irgendein staatliches Asyl eingewiesen worden, auf Kosten des Staates, bis er irgendwann einmal doch so weit gewesen wäre. Stattdessen lebt er jetzt in einem reizenden Heim in Connecticut, das mich jährlich 80 000 Dollar kostet – ungefähr viermal so viel wie ein Gefängnisplatz in Maryland übrigens. Und meine Familie wohnt noch hier und leistet ihren Beitrag für die Gemeinde. Wenn das Verbrechen meines Sohnes an die Öffentlichkeit gelangt wäre, wären wir weggezogen und hätten die Stiftung mitgenommen. Es gibt keine Auflage, dass die Stiftungsgelder in Maryland ausgezahlt werden müssen. Die Stadt wäre der Verlierer gewesen, nicht wir.«

»Aha – es war also nur im Interesse der Steuerzahler. Aber wenn die Steuerzahler jetzt gar nicht wollen, dass unser Gesetzsystem gebeugt wird?«

»Die Anwälte beugen das Gesetzsystem«, antwortete sie. »Die Geschworenen beugen es. Wir haben es nur umgangen.«

»Und Jonathan Ross?«

»Der Reporter? Was ist mit ihm?«

»Er wurde ermordet.«

»Tatsächlich? Ich habe gelesen, dass sein Tod als Unfall mit Fahrerflucht gilt.«

»Er war gerade dabei, alles das auch herauszufinden. Er hatte damit angefangen, die ganzen Stiftungen zu überprüfen. Er hatte mit Fauquier gesprochen. Er hätte sich am Ende alles genauso zusammengereimt wie ich jetzt.«

Mrs. O'Neal lächelte nur.

»Werde ich jetzt auch bald in einem Polizeireport erscheinen, Mrs. O'Neal? Werde ich auch ein Unfall sein?«

»Seamon neigt zu … Panik. Sie haben ja selber gesehen, wie rot er wird und wie seine Stimme sich überschlägt. Ebenfalls ein Merkmal der leidenschaftlich Ordnungsliebenden. Aber wenn man ihm Zeit lässt, nachzudenken – Zeit, einen Rat anzunehmen –, dann ist er ganz vernünftig.«

»Fauquier wird auch noch an andere Reporter Briefe

schreiben. Er will seine Geschichte loswerden. Er will Aufmerksamkeit.«

»Ja, das stimmt. Soviel ich weiß, haben Sie ihn gestern aufgesucht. Ihr Name war auf der Besucherliste. Wir schauen uns immer an, wer ihn besucht, seit Mr. Abramowitz tot ist. Heute …« Sie warf einen Blick auf die Uhr, die sie trug – die pure Schlichtheit in Gold, aber bestimmt ein Vermögen wert. »Jetzt ist es schon gelaufen. Shay hat um ein Uhr dreißig eine Pressekonferenz abgehalten und angekündigt, seine Kanzlei werde von jetzt an die Bearbeitung von Fauquiers Berufungen übernehmen, zum Gedenken an den ermordeten Kollegen Mr. Abramowitz. Larry Chambers, ein ganz fähiger junger Mann, wird den Fall übernehmen. Und wenn Mr. Fauquier ihm irgendwelche Geschichten über falsche Geständnisse erzählen möchte, wird Larry ihm versichern, dass das nur seiner Berufung schaden würde. Er wird auch die Gefängnisleitung darüber informieren, dass Sie Mr. Fauquier nicht mehr besuchen werden, und auch kein Reporter. Sie brauchen das Einverständnis des Rechtsanwalts, wissen Sie.«

»Ich weiß.«

Jetzt war Tess diejenige, die Mrs. O'Neal nicht in die Augen schauen konnte. Wenn Luisa vor ihrem Fenster die Vergangenheit sah, so sah Tess die Zukunft. Fauquiers Berufungen würden irgendwann enden. Sein Anwalt würde ihm zuflüstern: »Sagen Sie jetzt noch nichts über dieses falsche Geständnis. Wir haben einen Plan. Wir werden das aufdecken, kurz bevor Sie die Todesspritze kriegen sollen. Das bringt Ihnen mehr Publicity als jedem anderen Todeskandidaten im ganzen Land.« Also würde Fauquier gehorsam schweigen und weggehen, in seinem Zimmer sitzen und warten, dass die Tür aufflog, warten, dass sein Rechtsanwalt ihn rettete. Die Spritze würde kommen, und Fauquier würde sterben. Der letzte noch lebende Zeuge.

»Nur eines verstehe ich nicht, Mrs. O'Neal. Warum haben Sie Abramowitz ermorden lassen? Ging es ihm so miserabel, dass er kurz davor war, ein Geständnis abzulegen?«

»Ich fürchte, meine Liebe, dass Sie uns dafür nicht die Schuld zuweisen können. Wir haben keine Ahnung, wer Abramowitz getötet hat, obwohl wir dem, der es getan hat, vermutlich Dank schulden. Er wurde in letzter Zeit ganz schön lästig.«

»Haben Sie keine Angst, dass ich das alles erzählen könnte?«

»Nein, ich glaube, bis zu einem gewissen Grad können Sie sich durchaus in meine Sicht der Dinge hineinversetzen, Miss Monaghan. Es ist Gerechtigkeit geschehen. Ein Junge wurde ermordet, ein Mann hat gestanden. Mein Sohn ist für den Rest seines Lebens in einem Krankenhaus, und das ist länger, als er im Gefängnis hätte zubringen müssen. Was wollen Sie mehr?«

»Ich kann mich überhaupt nicht in Sie hineinversetzen. Ich könnte nie so denken wie Sie.« Tess schrie das beinahe und klammerte sich verzweifelt an die Hoffnung, dass das auch stimmte.

»Na schön, dann sage ich Ihnen auch noch den zweiten Grund, warum ich keine Angst habe. Sie sind niemand, und niemand wird Ihnen je glauben. Aber wenn Sie vielleicht gerne ein wenig Geld hätten, als Belohnung für Ihre Klugheit, dann könnte das arrangiert werden.«

»Eigentlich«, sagte Tess und überraschte damit sogar sich selbst, »wäre das gar nicht schlecht.«

29

Tess verließ das Haus der O'Neals und fuhr zu einem Kopierladen draußen in einem Vorort, einem hellen, belebten Raum mit einer Espressobar und vielen Menschen. Trotz Mrs. O'Neals freundlichen Beteuerungen, dass sie nicht konsequent genug dazu sei, jemanden umzubringen, fühlte sie sich in der Öffentlichkeit sicherer. Sie zahlte für die Benutzung eines Computers und tippte die Geschichte ein, die sie Mrs. O'Neal erzählt hatte, angereichert mit den Einzelheiten, die Mrs. O'Neal beigesteuert hatte. Am Ende führte sie alle ihre Quellen auf, in einer Art Bibliographie. Sie glättete die zerknitterten, feuchten Faxpapiere und kopierte sie, bezahlte die Diskette, mit der sie gearbeitet hatte, und steckte dann alles zusammen in einen Briefumschlag aus festem maisgelbem Papier, den sie eingeschrieben an Kitty schickte. Sie schrieb auf die Rückseite: *Nur im Fall meines Todes zu öffnen.* Kitty war einer der wenigen Menschen, die so einer Anweisung ohne zu fragen Folge leisten würden. Sie würde das Ganze nicht einmal besonders seltsam finden. Tyner, den man in mancher Hinsicht aus logischen Gründen bevorzugen mochte, hätte den Umschlag sofort geöffnet.

Seltsamerweise hatte Tess Mrs. O'Neal beinahe geglaubt, als sie gesagt hatte, dass sie und ihr Mann den

Tod von Abramowitz nicht angeordnet hatten. Vor allem aber glaubte sie, dass sie es, wenn sie es doch getan hatten, niemals würde beweisen können. Die ganze Arbeit, die ganze Anstrengung, und nun hatte sie die falschen Fälle aufgeklärt – den Tod von Jonathan und den eines kleinen Jungen, dessen Namen sie vor zwei Tagen noch nicht einmal gekannt hatte.

Deswegen habe ich es auch gehasst, Reporterin zu sein. Man bekam immer die falschen Antworten auf seine Fragen.

Der Gedanke schoss ihr durch den Kopf wie eine Küchenschabe, die in der Küche vor dem Licht davonläuft und sich in einer dunklen Spalte zu verstecken versucht. Aber Tess erwischte ihn, bevor er verschwunden war. Gehasst, Reporterin zu sein? Oh nein, sie hatte es geliebt. Sie hatte dabei mit Hingabe gearbeitet. Es war die einzige Karriere, die sie sich vorstellen konnte. Sie war Reporterin, weil … weil …

Weil Whitney Journalistin werden wollte und du immer diesen Konkurrenzkampf mit Whitney gebraucht hast. Weil Jonathan ein großartiger Reporter war und du ihn einmal geliebt hast und wolltest, dass er dich auch liebt. Weil James M. Cain Reporter gewesen war, auch aufs Washington College ging, später wunderbare Bücher schrieb und ein interessantes Leben führte. Du wolltest Autorin mit einem regelmäßigen Monatseinkommen werden. Das hat dich aber noch lange nicht zu einer Reporterin gemacht. Erst recht nicht zu einer Autorin. Es hat dich zu einem Feigling und einer Simulantin gemacht. Zu einer Imitation.

Nachdem sie ihr Päckchen abgeschickt hatte, fuhr sie nach Hause und warf sich aufs Bett. Sie hatte seit fünf Tagen nicht mehr trainiert, seit Jonathans Tod, und hatte auch wenig gegessen. Ihr Körper kam ihr kraftlos und schwächlich vor, ihr Magen war flach, aber auf eine Weise flach, die von Muskelschwund herrührt. Die Wirkungen eines Trainings sind nach 72 Stunden wieder verloren, schalt sie sich und versuchte sich dann zu erinnern, wann sie das letzte Mal drei Tage ohne zu rennen und zu rudern verbracht hatte. Vor ungefähr fünf Jahren, als sie sich den Knöchel verstaucht hatte. Aber sogar da hatte sie noch mit Tomatendosen wie mit Hanteln geübt und Klimmzüge an ihrem Türrahmen versucht.

Sie stand auf und beschloss zu rennen, aber ihre Beine fühlten sich an wie Gummi. Stattdessen verließ sie die Wohnung und begann zu gehen. Erst nach Norden, dann nach Osten. Die Viertel, durch die sie ging, waren die Meilensteine des Baltimore-Mythos, die Gegenden, die in jeder Reisebeschreibung von jedem hier versackten Journalisten, der nur je bei Obrycki's die Hummerzange geschwungen hat, als eine Art Heiligtümer erscheinen. Hier gab es die berühmten Marmorstufen, den gefeierten ethnischen Mix, die ausgedehnten Grünanlagen von Patterson Park. Das sah alles gut aus, zumindest aus einiger Entfernung. Doch Tess wusste, dass in den Hintergassen Teenager Crack und Angel Dust rauchten und dass in Patterson Park aus Angst vor Verbrechen niemand zu Fuß ging. Sie wusste, dass immer weniger Frauen jeden Tag Marmorstufen scheuerten. Sogar das Wandgemälde von Elvis war verschandelt worden, sodass man es übermalen musste. Und wenn die Baltimorer schon über Elvis herfielen, dann waren schlimme Zeiten angebrochen.

Sie ging an dem alten Francis-Scott-Key-Krankenhaus vorbei und durch das griechische Viertel. Hier war die Luft erfüllt von Gerüchen nach Weinblättern, gebratenem Lamm, Kartoffelpuffern und, in der Nähe des brasilianischen Restaurants, einem Duft von versengtem Schweinefleisch, den ihre Nase als »Nationalgericht von Brasilien« identifizierte. Sie ging an Cesniks Taverne vorbei. Vielleicht war das ja das Lokal von Cecilias Vater. Sie ging weiter bis hinaus nach Dundalk, die Holabird Avenue entlang, bis zu der scheußlichen kleinen Ranch, die Abner Macauley gehörte.

Mrs. Macauley, deren Haare seit Tess' letztem Besuch noch ein paar Zentimeter höher aufgetürmt worden waren, öffnete die Tür.

»Ach, hallo, meine Süße«, sagte sie. »Es geht ihm leider nicht so gut, dass er mit Ihnen sprechen könnte.«

»Das braucht er auch nicht.« Fast grob drängte sie sich an der Frau vorbei und ins Wohnzimmer.

Mr. Macauley sah noch schlechter als vorher aus, wenn das überhaupt möglich war. Grauer, dünner, zerbrechlicher, nur noch eine Hülse von einem Mann. Tess hatte, als sie ihn sacht berührte, das Gefühl, sein Arm könnte in sich zusammenfallen, so staubtrocken fühlte er sich an.

»Mr. Macauley?«

Er hatte geschlummert und wachte jetzt erschrocken auf, zunächst ohne sie zu erkennen. Er blickte suchend an ihr vorbei, sah seine Frau und entspannte sich. Also war er noch nicht tot und sah jetzt eine Amazone als Engel vor dem Himmelstor.

»Sie bekommen jetzt Ihr Geld, Mr. Macauley. Das ganze. Ich habe mit jemandem aus der Anwaltskanzlei geredet, und man hat es mir versprochen. Schon nächste Woche.«

Er lächelte. Tess nahm eine seiner Hände. Die Handflächen fühlten sich immer noch rau an, nach so langer Zeit, aber seine Handrücken waren papierdünn. Sie streichelte ihm die Hand und horchte, wie er durch den Plastikschlauch atmete und wie sein Lehnsessel quietschte. Im Fernsehen gab es einen alten Perry-Mason-Krimi. Tess hatte ganz vergessen, dass Raymond Burr einst einen dunklen, bedrohlichen Charme besessen hatte. Sie hatte auch vergessen, was für ein Würstchen Hamilton Burger war.

»Hab schon alle gesehen«, raspelte Mr. Macauley. »Vergess aber immer, wer's war.«

Sie sahen sich zusammen schweigend den Film an. Als kleines Mädchen hatte Tess die Serie zusammen mit Poppa Weinstein angeschaut, und auch er hatte, ganz wie Mr. Macauley, jede Fortsetzung gesehen. Sie selbst hatte immer geglaubt, dass das alles in Wirklichkeit auch so vor sich gehen würde – dass alle zusammen im Gerichtssaal saßen, dass Anwälte häufig überrascht wurden von den Antworten, die sie hörten, dass der Fall immer dann gelöst war, wenn ein Zeuge sich in Tränen auflöste, oder auch in Schreie. In einem ganz geheimen Winkel ihres Kopfes hatte sie gedacht, dass es auch bei Rock so vor sich gehen würde.

»Scheiß Jude«, sagte Mr. Macauley plötzlich.

»Perry Mason?« Raymond Burr? Hamilton Burger?

»Abramowitz«, sagte er. »Scheiß Jude.« Er fiel wieder in Schlaf. Sie hielt weiter seine Hand. Jeder dachte anscheinend, dass sie auf seiner Seite sei, sich zu ihm gehörig fühle.

»Sie müssen jetzt gehen«, flüsterte Mrs. Macauley ein bisschen nervös. Befürchtete sie, dass ihr Mann wieder aufwachte, oder hatte sie einfach nur ein wenig Angst vor dieser seltsamen Frau in ihrem Wohnzimmer, die ihren Mann vor dem alten Emerson-Fernseher an der Hand hielt?

»Natürlich.« Sie ging zur Tür, und Mrs. Macauley folgte ihr. »Das wollte ich ihm eigentlich noch sagen. Sie kriegen nicht das ganze Geld auf einmal. Sie bekommen in den nächsten paar Jahren jeweils vierteljährliche Zahlungen. Und der Scheck kommt immer von einer städtischen Stiftung, die mit der Kanzlei in Verbindung steht. Dadurch geht es schneller.« Der Gedanke war ihr bei Mrs. O'Neal blitzschnell gekommen. Wenn die William-Tree-Stiftung so großzügig mit ihren Geldern war, warum sollte dann nicht auch Abner Macauley seinen Anteil bekommen? Mrs. O'Neal fand das ein bisschen amüsant, hatte sich aber doch gefreut, helfen zu können. Tess würde so lange den Mund halten, wie Macauley seine Schecks bekam.

»Was haben Sie vor?«, fragte sie Mrs. Macauley. »Mit dem Geld?«

»Ach – nichts.« Sie zuckte die Schultern, als wären 850000 Dollar nicht mehr als ein Lottogewinn. »Er ist schon fast hinüber. Früher dachten wir mal, vielleicht

Florida. Oder so etwas, wo man gleich neben dem Haus einen Golfplatz hat. Jetzt geht es mir nur noch darum, dass er so wenig Schmerzen wie möglich hat.«

Tess wanderte bis zur Eastern Avenue und nahm einen Bus in westlicher Richtung nach Hause.

»Ach du großer Gott«, verkündete sie Crow, als sie durch die vordere Tür in den Laden platzte, der bis auf ihn leer war. »Wir sollten eigentlich Geld dafür bekommen, dass wir so schön zum Lokalkolorit beitragen. Gerade hat jemand ein Foto von mir gemacht, wie ich meine Einkäufe nach Hause trage, als wäre ich eine Pariserin mit Einkaufsnetz. Willkommen in Charm City.«

»Wie steht's in dem Fall?«, fragte Crow, sah von seinem Buch auf und lächelte sie mit aller Kraft an, offensichtlich, um sie aufzuheitern. »Hast du was Neues rausgekriegt?«

»Es gibt keinen Fall«, sagte sie harsch. Verletzt wandte sich Crow wieder seiner Lektüre zu.

»Tut mir leid. Hab heute keinen besonders guten Tag.« Keine Antwort von Crow, der die Augen immer noch auf dem Buch ruhen ließ. *Besessen,* von A.S. Byatt. Interessante Wahl, dachte sie. Ein literarischer Krimi, in dem sich ein Mann und eine Frau zusammentun, um ein Rätsel zu lösen, und sich dann ineinander verlieben. »Hör zu, ich war dir eine Entschuldigung schuldig, und die habe ich dir gegeben. Und jetzt schuldest du mir eine Erklärung.«

»Wofür?« Die Augen immer noch gesenkt. Er hatte Talent zum Schmollen.

»Du hast mir immer noch nicht erzählt, woher du deinen Spitznamen hast.«

Da sah er doch auf. »Meinen Spitznamen? Na, dazu hast du doch inzwischen schon ein paar Hinweise bekommen. Zuallererst: meine Heimatstadt, Charlottesville, Virginia.«

»Ist die Krähe vielleicht das Wappentier der UVA?«

»Zweiter Hinweis: der Name meiner Band.«

»Po' White Trash. Na und?«

»Dritter Hinweis: meine Initialen.«

Da musste sie erst mal nachdenken. Sie hatte sie nur ein einziges Mal gehört, als Kitty Ferlinghetti seinen vollen Namen gesagt hatte. »E. A.?«

»Genau. Mein Papa konnte der Versuchung nicht widerstehen, seinen einzigen Sohn Edgar Allan zu nennen, nach Virginias großem Schriftsteller.«

»Entschuldige bitte, aber Edgar Allan Poe ist ein Baltimorer Schriftsteller.«

»Er wurde in Virginia geboren. Er starb in Baltimore. Jetzt kann man sich darüber streiten, wer ihn mit größerem Recht für sich beanspruchen kann. Egal, mein Vater hat mir jedenfalls, schon als ich noch ganz klein war, Poe vorgelesen – die Gedichte, nicht die ganz düsteren Sachen. Und als er den ›Raben‹ las, wusste ich nicht, was damit gemeint war. Mein Papa erklärte mir, dass das ein großer schwarzer Vogel sei. Und ich, mit der ganzen Weisheit eines Sechsjährigen: ›Warum nennt er denn 'ne Krähe nicht einfach 'ne Krähe?‹ Seitdem ist das mein Name. Gefällt mir besser als Edgar oder Ed.« Er schloss das Buch. »Na also – jetzt hast du endlich dieses Geheimnis gelöst.«

»Dann heißt deine Band also in Wirklichkeit *Poe* White Trash?«

»Stimmt. Und das ist ein großartiger Name, weil er sich nicht in eine bestimmte Musikrichtung einordnen lässt. Die konservativen Südstaatler aus Hampden und Remington kommen, weil sie glauben, es sei eine Heavy-Metal-Band von Südstaatlern. Und die Studenten der Literaturwissenschaft kommen auch.«

»Nicht gerade sehr politisch korrekt, oder?«, sagte sie mit der seltsam schulmeisterlichen Stimme, zu der Crow sie offenbar immer animierte. »Wenn du dir das mal überlegst, ›weißes Pack‹ ist doch ein Ausdruck mit rassistischen Untertönen.«

»Scheiße, du musst nicht den Mörder von Abramowitz finden. Du musst deinen Sinn für Humor finden.«

Tess, die eigentlich fand, dass sie guten Grund für ihre wiedererlangte Miesepetrigkeit hatte, erschrak jetzt selbst, als sie bei Crows sanftem Tadel in Tränen ausbrach. Sie weinte und weinte, mit den Einkäufen immer noch in den Händen, unansehnlich und mit heftigen Schluchzern, die ihren ganzen Körper schüttelten. Bald lief ihr auch die Nase, und die Augenlider schwollen an, aber sie blieb stehen, wo sie stand, und hielt ihre Einkäufe fest. Sie weinte um Jonathan, sie weinte um Abramowitz. Sie weinte um Damon Jackson. Sie weinte, weil sie zwei Wochen lang nichts anderes getan hatte, als einem guten Freund die Schlinge immer enger um den Hals zu ziehen, indem sie systematisch jeden anderen Verdächtigen ausschloss. Sie bemerkte es kaum, dass Crow die Arme um sie legte und sie festhielt, bis ihre Tränen versiegten.

Crow war natürlich nicht der Mann, der ein Taschentuch bei sich gehabt hätte, nicht einmal ein verschrumpeltes Tempo. Unelegant wischte sie sich die Nase an ihrem Ärmel ab.

»Na, das war ja eine schöne Bescherung«, sagte sie. »Tut mir leid.«

»Du brauchst dich nicht zu entschuldigen.«

»Doch. Ich bin so müde und fertig. Einer meiner Freunde ist tot, und ein anderer ist wahrscheinlich ein Mörder. Aber falls er das ist, macht es mir überhaupt nichts aus. Ich kann dir sagen, verglichen mit ein paar von den Leuten, mit denen ich in letzter Zeit zu tun hatte, kommt mir Rock wie ein absolut guter Mensch vor. Er ist einfach durchgedreht und hat es getan – kurzzeitige Unzurechnungsfähigkeit. Wahrscheinlich kann er sich nicht mal daran erinnern. Vielleicht sollte Tyner es damit probieren: Möglichst viele männliche Geschworene kriegen, dann Ava in den Zeugenstand rufen, und die kaufen ihm das glatt alles ab. Sie ist genau die Sorte Frau, für die ein Mann morden würde.«

»Ich nehme an, dass das ein Kompliment sein soll. Aber eins steht fest: Wenn ein Mann *für dich* töten würde, kann es auch sein, dass er *dich* töten würde.«

»Du bist ganz schön klug für einen – wie alt bist du überhaupt?«

»Dreiundzwanzig. Nur sechs Jahre jünger als du.« Er nahm ihr die Einkaufstüte aus den Armen und stellte sie hinter sich auf dem Ladentisch ab, dann zog er sie an sich. Tess hob ihm ihr Gesicht entgegen, änderte dann aber ihre Meinung und senkte das Kinn, sodass sein Kuss an ihrer Stirn abprallte. Sie versuchte sich gerade eine Lösung zu überlegen, wie sie jeden weiteren Versuch abwehren konnte, als Kitty in den Laden kam, wobei ihre Stöckelschuhe wie Kastagnetten über den Boden klapperten. Das war seltsam, denn normalerweise bewegte sich Kitty völlig lautlos, egal, was für Schuhe sie trug.

»Entschuldigt, wenn ich unterbreche«, sagte sie und wedelte mit einem Blatt Papier. »Aber ich wollte sichergehen, dass Tess die Nachricht bekommt, die heute Nachmittag über das Bürotelefon hereinkam. Dein Ruderfreund hat angerufen und gesagt, dass er mit dir sprechen muss. Hat gesagt, er will dich morgen ganz früh im Bootshaus treffen, bevor jemand anderer dort ist.«

»Wie früh?«

Kitty versuchte, ihre eigene Handschrift zu entziffern. »Viertel nach fünf.«

»Typisch Rock. Er will mich sehen, aber er will keine Sekunde Morgenlicht von seiner Ruderzeit verschwenden. Er denkt so effizient, dass er wahrscheinlich Fitnessübungen machen wird, während wir reden.«

Sie nahm ihre Einkäufe und ging auf die Hintertreppe zu. Aber sie konnte nicht anders, sie musste einen Blick über die Schulter zurück auf Crow werfen. Er lächelte, als wäre er sicher, dass er es beim zweiten Versuch geschafft hätte. Das war eine komische Woche gewesen. Besser gesagt, ein komischer Monat.

Rein technisch gesehen beträgt der Unterschied, ob man um fünf oder um Viertel nach fünf aufsteht, nur fünfzehn Minuten. Aber für Tess war diese frühere Zeit viel unangenehmer, vor allem nach einer Woche, in der sie gar nicht gerudert war. Sie zog in Erwägung, einfach im

Bett liegen zu bleiben und so zu tun, als hätte sie Rocks Nachricht gar nicht gekriegt. Aber das war ja der Grund, warum die Leute im Laden anriefen. Sie wussten, dass Kitty zuverlässiger war als Tess' Anrufbeantworter.

Sie nahm den Umweg über den Buchladen und sperrte sorgfältig hinter sich zu. Durch die Seitengasse traute sie sich noch immer nicht, jedenfalls nicht im Dunkeln. Sie fuhr im Stillen durch die Innenstadt, denn sie war noch nicht wach genug, um das Radio zu ertragen oder sonst ein Geräusch.

Das Bootshaus lag im Dunkeln, ohne Autos auf dem Parkplatz und ohne ein Anzeichen von Rocks Fahrrad. Natürlich wusste er, dass sie einen Schlüssel hatte – er war von dem kopiert, den er selbst geklaut hatte. Sie schloss ihre Tasche in den Kofferraum, sperrte die Tür auf, warf ihren Schlüsselring in ein leeres Schließfach und streckte sich auf einer Matte in dem kleinen Übungsraum aus, der die beiden Umkleidekabinen verband. Eine Gewichthebestange mit einer Last von ungefähr zwanzig Kilo lag in der Nähe. Gedankenverloren nahm sie sie und begann zu stemmen. Sie hatte tatsächlich nur fünfundzwanzig Kilo, viel zu wenig für sie. Was war aus ihrem Vorsatz mit den sechzig Kilo geworden, was aus den tausend Metern in viereinhalb Minuten? Was war aus allen ihren Vorsätzen für den Herbst geworden? Sie waren verschluckt worden von etwas, was sie anfangs für den einfachsten Job ihres Lebens gehalten hatte.

Sie hörte Schritte in der Umkleidekabine der Männer und sah hinüber, in der Erwartung, Rocks stämmige Beine durch die Schwingtür kommen zu sehen. Stattdessen sah sie die untere Hälfte eines Krebsfischers, der einen 35-Liter-Eimer in der behandschuhten Hand hielt und schwere schwarze Gummistiefel trug. Musste wahrscheinlich mal aufs Klo und nahm die Abkürzung hier durch das Gebäude – das war zwar verboten, aber was ging es sie an? Sie arbeitete gleichgültig weiter mit ihren Gewichten, bis sie zufällig aufsah und etwas Seltsames bemerkte. Der Krebsfischer trug eine heruntergezogene Skimütze.

»Hören Sie mal …«, begann sie, als der Krebsfischer in seinem Eimer wühlte und einen Revolver herauszog.

»Tut mir leid«, sagte er und richtete den Lauf auf sie.

Tess schlug ihm die Stange über den Kopf. Sie traf ihn an der Brust und warf ihn mit einem lauten Krach um, wobei ihm die Waffe aus der Hand flog. Nur fünfundzwanzig Kilo, aber die Stange hatte ihre Sache gut gemacht. Doch als Tess jetzt versuchte, an ihm vorbei in den Umkleideraum zu rennen, packte er sie am Knöchel und zog sie zu Boden. Jetzt kroch er auf den Revolver zu und versuchte, sie gleichzeitig am Knöchel festzuhalten. Sie trat sich frei, sprang auf, floh die Wendeltreppe hinunter und rannte in den Lagerraum, wo die Boote lagen.

Hier war es dunkel, und sie konnte nur hoffen, dass er nicht wusste, wo der Lichtschalter lag, nämlich hinter einer kleinen Schranktür am unteren Ende der Treppe. Wenn er stehen blieb, um danach zu suchen, hatte sie vielleicht genug Zeit, um durch die Tore zum Dock zu entkommen. Hinter sich hörte sie seine schweren Schritte auf den Metallstufen. Sie wagte nicht, sich aufzurichten, sondern kroch über den Boden und duckte sich unter den Reihen der aufgehängten Boote durch. *Oh say, can't you see* … Warum lief denn nur die Hymne in ihrem Kopf ab?

Der Zementboden fühlte sich kalt unter ihren Händen und Knien an. *In the dawn's early light* … Natürlich, das war es, sie hatte Angst vor der Dämmerung. Als sie diese gedankliche Verbindung erkannte, hätte sie fast gelacht. Bald würde die blasse Morgensonne durch die schmalen Fenster der Tore zum Dock hereinscheinen. Aber dann wäre sie, wenn sie versuchte, eins der Tore zu heben, genau von hinten beleuchtet und gäbe die perfekte Zielscheibe ab.

Sie versuchte sich den Grundriss des Bootshauses vorzustellen. Die Tore zum Dock waren an die zwanzig Meter von ihr entfernt, und es gab drei, jedes am Ende eines langen schmalen Ganges. Ein Schuss könnte eines der wunderschönen Boote des Ruderclubs von Baltimore zerstören. Es war zwar dumm von ihr, aber das hätte sie gar nicht gern, wenn eine solche Schuld sie in Ewigkeit verfolgte.

Tess kroch weiter, bis es nicht mehr ging, und drückte sich dann in die südöstliche Mauerecke. Vielleicht konnte sie sich ja verstecken, bis allmählich die anderen Ruderer kamen. Sie schaute auf die Uhr – 5:20 Uhr. Nein, zehn Minuten lang konnte sie dieses Versteckspiel bestimmt nicht spielen, falls überhaupt schon jemand so früh kommen würde. Die meisten Ruderer kamen erst gegen sechs. Bald würde Licht hereinfallen, oder seine Augen würden sich an das Dunkel gewöhnen und er würde sie finden. Sie hörte den einen seiner Gummistiefel quietschen, während er auf und ab ging und geduldig seufzte. Er behielt die westliche Wand im Auge und wartete darauf, dass sie zur Treppe lief.

Würde sie in die Zeitung kommen? Zu dieser Stunde hatte sie gute Chancen, auf der Titelseite zu erscheinen. Die Spätausgabe suchte immer ein billiges Verbrechen, das spät nachts hereinkam, um die Illusion zu schaffen, dass es auch in den späteren Ausgaben noch Neuigkeiten gab. Sie versuchte, in Gedanken ihre Geschichte zu schreiben. *Neunundzwanzigjährige dieser Stadt heute Morgen tot aufgefunden* … Frau dieser Stadt war sehr beliebt, fast so beliebt wie Mann dieser Stadt. Sie starb, sie fiel, sie wurde gerettet. Aber wie würde wohl der Satz zwischen den zwei Kommata lauten, der das Leben von Tess für die Nachwelt zusammenfasste? Apposition nannte man das. Aus Baltimore stammende? Frühere Reporterin? Angestellte in einer Buchhandlung? Schlaksige Brünette mit Überbiss? Sie stellte sich vor, wie der Mann, der den Text redigierte, sich über seine Tastatur beugte und froh war, dass er die Einzelheiten zu ihrem Tod kannte, diesen winzig kleinen, durchschaubaren Krimi, den das alles ergab. Ausführlich, aber auch nicht zu ausführlich, kriegt man das mit etwa 400 Worten in circa fünfzehn Minuten hin. So würde dieser Tod in der einen Ausgabe abgehandelt – in der nächsten dann nur noch eine Kurzmeldung.

Die Neunundzwanzigjährige aus Baltimore wird von der Polizei als Arbeitslose beschrieben, die Detektivin spielte … Ja, das war's dann.

Der Stiefel quietschte, als er jetzt näher kam. Nur der

eine quietschte. Den einen Gang hinauf, den anderen hinunter. Die Morgendämmerung sickerte langsam in das Bootshaus, schlich sich um die Ecken der schweren Metalltüren herein. Und wenn Tess sich das jetzt so überlegte, war nicht eigentlich der Ausdruck »in the dawn's early light« gänzlich redundant? Wie sollte denn das Licht der Morgendämmerung sonst sein? Der Stiefel quietschte die misstönende Begleitmusik zu dem Lied in ihrem Kopf. *And the rockets' red glare / The bombs bursting in air.* Mein Gott, wie sie dieses Lied hasste.

Sie versuchte sich so tief wie möglich in ihre Ecke zu drücken und musste einen unwillkürlichen Schrei unterdrücken, als sie ein Holzsplitter in den Rücken stach. Ein zerbrochenes Ruder. Zunächst verfluchte sie den faulen Ruderer, der es hier hatte stehen lassen. Dann packte sie es und hielt es mit aller Kraft fest, während sie auf das Geräusch seiner Stiefel lauschte. Abgesehen davon war er still, nervenaufreibend still. Er war nicht blöde, nicht der Typ Mensch, der das Bedürfnis hatte, eine Erklärung abzugeben, warum er jemanden umlegte. Hatte er Abramowitz getötet? Oder Jonathan? Wen auch immer, für ihn machte es keinen Unterschied, ob Tess die Zusammenhänge kannte oder nicht, wenn sie in die Grube fuhr. Das einzig Wichtige für ihn war, dass sie in die Grube fuhr.

Sie hörte den Stiefel wieder quietschen, als er auf den letzten Gang zukam. Ihren Gang. Quietsch, quietsch, quietsch. Genau auf Tess' Versteck zu. *Oh, say does that star-spangled banner yet wave?*

Sie überlegte. Sie konnte versteckt bleiben, falls sie denn versteckt war. Sie konnte um ihr Leben flehen und

Zeit zu schinden versuchen. Beides war feige, führte zu nichts und wäre für sie nicht so ganz untypisch gewesen. Sie wartete, horchte auf seine Schritte, sah seine Füße in dem dämmerigen Licht näher kommen. Wenn sie seine Füße sah, konnte es nur noch ein paar Augenblicke dauern, bis er sie auch sah. Sie dachte daran, wie ein Rennen begann, ein Kurzstreckenrennen, das sich schon mit den ersten paar Ruderschlägen entscheidet. *»Etes-vous prêts? Partez!«* Seid ihr fertig? Los! Und dann knallte der Startschuss.

Nur – hier gab es keine Strafen für einen Fehlstart. Sie hatte sich mit dem Ruder in der Hand so tief geduckt, dass ihre Wange den Zementboden berührte. Seine Gummistiefel waren jetzt keinen halben Meter mehr von ihrer Nase entfernt. Ein Ave-Maria schoss ihr durch den Kopf, gefolgt von dem einzigen rudimentären Stück Hebräisch, das sie vom Passahfest her kannte. Warum ist dieser Morgen anders als alle anderen? Weil dich gerade jemand umbringt.

Sie starrte auf seine Stiefel und dachte an ihr nicht zu Ende gebrachtes Leben, fragte sich, ob sie außer dem Zeitungsbericht auch noch einen Nachruf bekommen würde. Wahrscheinlich nicht. Es ärgerte sie maßlos, wenn sie sich vorstellte, wie ihr Tod behandelt werden würde. Wieder mal so ein kleiner Tod, der nicht einmal dazu taugt, als das ausgegeben zu werden, was die Nachrufschreiber den *mort du jour* nennen. Sie hätte etwas Besseres verdient. Aber wenn sie etwas Besseres wollte, sollte sie ein bisschen länger leben und ein bisschen anders sterben.

Noch immer ganz tief unten, zielte sie und schlug dem Mann das Ruder gegen die Schienbeine, so fest sie konnte, dicht über den Gummistiefeln, dann sprang sie mit einem entsetzlichen Gebrüll auf, das anders war als jeder Ton, den sie je ausgestoßen hatte oder je wieder ausstoßen würde. Mit ihrem zweiten Schlag traf sie ihn voll ins Gesicht und wurde selber davon nach vorn gerissen. So viel zum Thema Kraftakt. Falls sie jemals fähig gewesen wäre, so viel Adrenalin in einem Rennen freizusetzen, hätte das Washington College garantiert den besten Frauenachter des ganzen Landes gehabt. Sie holte noch einmal aus und warf ihn auf den Rücken. Diesmal hielt er den Revolver mit beiden Händen fest, als er stürzte. Gut – so hatte er keine Hand frei, um nach ihr zu greifen.

Sie sprang über ihn hinweg und rannte auf das nächstgelegene Tor zu, wo sie nur so stark an der Leine zog, dass das Tor etwa dreißig Zentimeter hoch ging und sie sich darunter durchrollen konnte. Ihr Verfolger war breiter; wenn er ihr nachlaufen wollte, musste er erst stehen bleiben und das Tor weiter hochziehen. Jetzt war sie draußen und sah den Berg hinauf zur Waterview Avenue, die zu dieser Tageszeit noch völlig leer war. Ihre Autoschlüssel lagen in der Umkleidekabine. Das Tor knarrte, als es sich jetzt weiter öffnete, weil an seiner Leine mit rauen, ungeduldigen Händen gerissen wurde. Wie schnell konnte er rennen? Wie gut konnte er schießen? Wie weit trug eine Kugel?

Der Satz »Zwischen dem Teufel und dem tiefen blauen Meer« schoss Tess durch den Kopf, und sie blickte auf den nicht so tiefen, nicht so blauen Patapsco. Das war früher einmal ihr schlimmster Albtraum gewesen. Aber der war soeben von einem schlimmeren ersetzt worden. Sie rannte über das Pflaster, so schnell sie konnte, die Rampe hinunter und über die splitterigen Planken, und warf sich in das gefürchtete Wasser. Mit ganz fest verschlossenem Mund schwamm sie unter der Oberfläche, bis ihr die Haut brannte und die Lunge fast zerplatzte.

Sie kam nicht ganz dreißig Meter vom Kai entfernt an die Oberfläche. War das weit genug? Sie kannte sich nicht aus mit Revolvern und wie sie funktionieren. Sie hörte zwei Schüsse und tauchte wieder unter, wobei sie nach Westen hielt, auf den Jachthafen und die Glasfabrik zu, unter Wasser dahinglitt und etwa alle zwanzig Meter zum Atemholen nach oben kam. Sie hörte noch zwei Schüsse, war aber jetzt schon fast am Jachthafen. Sie hielt beim ersten Schiff an, einem Bostoner Walfänger, und hielt sich an seiner Seite fest. Vorsichtig spähte sie um die Ecke und schaute zurück zum Bootshaus, wobei sie das schmutzige Wasser aushustete.

Der Mann stand am Pier und sah sich um. Hinter ihm erwachte das Bootshaus zum Leben. Im Lagerraum gingen die Lichter an, Autos fuhren auf den Parkplatz. Ein einsamer Ruderer ging mit seinen Riemen zum Wasser. Der Mann blickte noch einmal auf das Bootshaus hinter sich und auf das Wasser hinaus, dann hob er den Revolver an seinen Kopf und schoss. Gerade als er den Abzug betätigte, hatte der Ruderer seine Riemen fallen gelassen und rannte auf ihn zu, wobei er etwas rief, vielleicht, um ihn aufzuhalten.

Tess hielt sich weiter an dem Bostoner Walfänger fest. An seinem Bug war ein Name aufgemalt, einer dieser witzigen Namen, die so viele Schiffsbesitzer gerne haben. *Paddys Wagon,* stand da in fröhlichen grünen Buchstaben. Sie hielt sich immer noch an dem Schiff fest und schaute auf diese Buchstaben, als sie endlich von jemandem am Ufer bemerkt wurde, der daraufhin ein Boot ins Wasser ließ. Es war Rock. Ohne ein Wort zu sagen, schälte er ihre Finger von dem Bostoner Walfänger ab, hob sie in das kleine Motorboot und brachte sie ans Ufer.

Er versuchte, sie von dem Toten fernzuhalten, doch Tess wollte ihn sehen. Es war ein überraschend sauberer Selbstmord. Man sah nur ein kleines schwarzes Loch an seiner rechten Schläfe und eine kleine Blutlache unter dem Kopf. Sie roch die verbrannte Wolle, wo das Pulver mit der Skimütze in Berührung gekommen war. Ohne auf Rock zu achten, schüttelte Tess seinen Arm ab, als wäre er ein gebrechlicher alter Mann, ließ sich auf die Knie fallen und zog die Mütze hoch.

Der Mund war leicht geöffnet und zeigte makellose weiße Zähne. Die Backen waren rund wie bei einem Putto, ebenso der Bauch unter der Windjacke. Das war, sogar im Tode, sogar nach einem Mordversuch, noch immer ein anziehendes Gesicht. Der Körper zeigte immer noch die gemütliche Fülle, die einen an einen bartlosen Nikolaus denken ließ.

»Sie sind gewissenhaft, Miss Monaghan«, hatte Frank Miles mehr als einmal zu ihr gesagt. Sie hatte immer gedacht, er meine es als Kompliment.

30

Nach einer Tetanusspritze und dem Besuch von zwei Inspektoren der Mordkommission, die die Ereignisse des Morgens aufnehmen wollten, ging Tess ins Bett – genau genommen in Kittys Bett – und empfand eine schreckliche Paranoia. Zweimal sauste sie in Kittys türkis gekacheltes Bad und erbrach kleine Portionen Patapsco. Alle Muskeln und Gelenke waren steif und schmerzten, wie man es manchmal bei Fieber erlebt. Erschöpft versuchte sie zu schlafen. Aber jedes Mal, wenn sie am Eindösen war, fuhr sie in Panik wieder auf.

Frank Miles war also O'Neals Killer gewesen. Das hatte sie den Bullen nicht erzählt, sie hatte ihnen nichts als die nackten Tatsachen des Morgens mitgeteilt, aus Angst, dass man sie nach Spring Grove schaffen würde und sie auf einer Station zusammen mit ein paar armen William O'Neals aufwachen würde, deren Mütter sich ein gebeugtes Rechtssystem nicht leisten konnten. Miles hatte Abramowitz ermordet und wahrscheinlich auch Jonathan. Ohne Frage hatte er auch sie ermorden wollen. Sie hätte schwören können, dass die Waffe, die er heute Morgen geschwungen hatte, Macauleys Waffe war, die er aus dem Büro von Abramowitz gestohlen hatte. Vielleicht hatte er ursprünglich den alten Mann mit in den

Fall verwickeln wollen, aber dann hatte ihm Rock eine bessere Gelegenheit gegeben.

Nein, nein, so lief es nicht, nicht einmal in ihrem müden und wirren Kopf. Ein professioneller Killer hätte nicht im Lambrecht Building als Nachtwächter auf seine Chance warten und die Zeit totschlagen müssen. Er hätte nicht erst jemandem die Waffe klauen müssen. Und er hätte sich mit Sicherheit nicht selbst erschossen, als er in der Falle saß. Von allen tödlichen und fast tödlichen Unfällen war nur der von Jonathan professionell ausgeführt. Miles war Amateur gewesen. Genau wie sie. Seine einzige Verbindung zu Seamon O'Neal war seine zwanghafte Ordnungsliebe. Als generöser Mann, der er war, hatte er ihr zugetraut, dass sie den Mord an Abramowitz löste, und zwar, als sie von einer Lösung weiter entfernt war denn je. Wahrscheinlich gab es irgendwelche Beweisspuren, die ihn mit dem Mord an Abramowitz in Verbindung brachten, aber darauf hatte kein Mensch geachtet. Schließlich war er der Nachtwächter, der Mann, der die Leiche gefunden hatte, der Mann, der den Blutfleck aus dem Teppich schrubbte.

Endlich schlief sie ein, und ihr Körper tauchte in den Schlaf, wie er heute Morgen in den Fluss getaucht war. Sie wollte eigentlich nicht, aber sie musste. Als sie erwachte, war es fast sechs Uhr, und das Zimmer lag im Halbdunkel. Durch die duftigen Vorhänge, die Kittys Himmelbett umhüllten, sah sie, dass jemand auf sie wartete.

»Kitty?« Ihre Stimme klang belegt und wie eingerostet. Sie hatte vorhin schon zweimal geduscht, aber ein paar

Stellen an ihr wurden einfach nicht sauber. Der Fluss schien ihr noch immer das Innere von Ohren, Mund und Kehle zu bedecken. Er klebte auch noch dick und steif in ihren Haaren. »Crow?«

Die kleine Cecilia näherte sich dem Bett. Sie trug eine zusammengerollte Zeitung unter dem Arm und sah so ungeduldig aus wie nur je. Sie schob die Vorhänge zur Seite.

»Deine Tante hat gesagt, ich könne hier warten, bis du aufwachst, aber sie würde mir ein Wörterbuch an den Kopf werfen, wenn ich dich nicht ausschlafen ließe. Ich bin schon seit fast einer Stunde hier.«

Tess rutschte tief ins Bett und zog sich die Decke bis zum Kinn. »Tut mir leid, Cecilia. Mir ist heute gar nicht danach, dir bei irgendeiner Suche zu helfen. Kannst du nicht später wiederkommen?«

»Wer sagt denn, dass ich deine Hilfe brauche? Bist du noch nie auf die Idee gekommen, dass vielmehr ich dir helfen könnte?«

Cecilia schlug die Zeitung auf. Es war die Abendausgabe, aber Tess hatte es doch nicht bis auf die Titelseite geschafft. Tatsächlich stand sie am Ende von »Aus aller Welt«, in der Nähe der Wetterkarte. Wenn sie gestorben wäre, hätte sie vielleicht bessere Karten gehabt.

»*Ehemaliger Stellvertretender Direktor der Mittelschule (62) erschießt sich vor Baltimores Wasserwirtschaftsamt, nachdem er dort eine Frau angegriffen hat*«, las Cecilia langsam vor.

Stellvertretender Direktor? Sie hatte gedacht, dass Miles auch bei den städtischen Schulen Nachtwächter gewesen sei. Aber das war lediglich ihre Vermutung aufgrund seines jetzigen Jobs gewesen. Miles hatte nur gesagt: »Ich war im Schulwesen tätig.«

Cecilia fuhr fort und wurde dabei immer schneller, und gelegentlich schlich sich ein zufälliges Baltimorer »O« in ihre Aussprache ein. Ansonsten hatte ihre Stimme praktisch keine Dialektfärbung, ein Zauberkunststück an Veränderung, das eine weitaus größere Anstrengung verlangt hatte als der Haarschnitt und die Rückkehr zur natürlichen Haarfarbe. »›Die Polizei untersucht nun, ob Frank Miles vielleicht auch mit dem Unfall mit Fahrerflucht in Verbindung steht, der Jonathan Ross das Leben gekostet hat, denn auch dort war dieselbe Frau als Zeugin anwesend, Theresa Esther Monaghan, wohnhaft Bond Street. Theresa Monaghan, die für den Anwalt Tyner Gray arbeitet, lernte Frank Miles kennen, als sie eine Routineuntersuchung zum Mordfall Michael Abramowitz durchführte.‹« Sie warf die Zeitung aufs Bett.

»Abgesehen von der Tatsache, dass das so ziemlich der am schlechtesten geschriebene Zeitungsartikel ist, den ich je gesehen habe, weiß ich eigentlich nicht, was dich dazu gebracht hat, herzukommen und ihn mir heute noch vorzulesen. Aber vielen Dank für deine Anteilnahme.«

»Es geht ja gar nicht um den Artikel. Es geht um das Foto.«

Tess nahm die Zeitung und sah Frank Miles an, der sein liebes Lächeln auf einem Foto aus der Lehrerkartei lächelte, das mindestens fünfzehn Jahre alt sein musste. Wie nett vom Schulamt, es der Zeitung zu geben, dachte sie. Wären sie genauso hilfsbereit gewesen, wenn er noch bei ihnen angestellt gewesen wäre?

»Typisches amtliches Foto. Wahrscheinlich wird von jedem Schuldirektor der Stadt und seinem Stellvertreter so eins in den Akten aufbewahrt. Was ist daran so interessant?«

»Weil, wenn nicht das Foto gewesen wäre, hätte ich mich an seinen Namen gar nicht erinnert. Ich kenne Frank Miles. Er wollte OMA beitreten. Abramowitz hat zwei Männer verteidigt, die seine Tochter vergewaltigt hatten.«

»Wusste er, wie die Gruppe wirklich hieß, oder war es nur ein glücklicher Zufall, dass ein echtes OMA zu OMA stieß?«

»Das werden wir nie erfahren.« Cecilia setzte sich aufs Bett. »Pru wies ihn natürlich ab, so wie sie das immer macht. Mir ist jetzt klar, dass sie, als sie die Gründungsmitglieder der Gruppe anwarb, ein Auge darauf hatte, nur Frauen zu finden, die sich die Finanzen der Gruppe nicht zu genau anschauen würden. Sie wollte schwache Frauen, passive Frauen. Sie wollte niemanden dabei haben, den sie nicht beherrschen konnte.«

»Ärgerte es ihn, dass ihr ihn abgewiesen habt?«

»Nein. Er war ganz reizend und verständnisvoll. Er hatte Kekse zu dem Treffen mitgebracht, also ließ Pru ihn dieses eine Mal bleiben. Seine Tochter war von hinten und von vorne durch zwei Nachbarjungen vergewaltigt worden, die mit ihr in eine Klasse gingen. Die behaupteten dann, sie sei eine Hure, die es schon mit jedem in dem Viertel getrieben habe. Einen Monat, nachdem die beiden freigesprochen worden waren, beging sie Selbstmord. Pru erklärte Mr. Miles, dass er sich lieber einer Gruppe anschließen solle, deren Mitglieder ihre Kinder durch Selbstmord verloren haben.«

Tess erinnerte sich an sein dämmeriges Wohnzimmer, an die verstaubten Fotografien. »Ich habe keine Kinder«, hatte er zu ihr gesagt. »Nur Nichten und Neffen.« Aber da war ein schönes Mädchen gewesen, in der Robe, die man zur Abschlussfeier trägt.

»Kannst du das beweisen? Erinnern sich die anderen auch daran?«

»Ich bin dir bereits ein paar Schritte voraus – wieder einmal.« Cecilia lächelte. »Er hat ein Mitgliedsformular ausgefüllt, damit er in unseren Verteiler kam. Nicht, dass Pru ihm jemals etwas geschickt hätte, außer Spendenaufrufen. Ich habe sie dazu gebracht, mir dieses Formular zu geben, nachdem ich heute Nachmittag die Zeitung gelesen hatte. Sie wollte zwar Ärger machen, aber da hab ich zu ihr gesagt, sie sei ja wohl nicht gerade in einer Position, wo sie noch irgendetwas zu sagen hätte.«

Sie faltete ein altes Papier auf. Frank Miles' Handschrift war sauber und nüchtern. Tess erkannte seine Anschrift in West-Baltimore.

»Gehst du damit zur Polizei?«

»Gleich. Nicht, dass es mir um deinen Freund ginge, obwohl ich finde, niemand sollte für ein Verbrechen sitzen, das er gar nicht begangen hat. Mir geht es vielmehr darum, den Leuten zu zeigen, wie ein reizender, sanfter Mann durch das, was seiner Tochter passierte, zum Wahnsinn getrieben wurde. Wenn Abramowitz mich in den Tod getrieben hätte, würde ich gerne glauben, dass mein Paps ihn auch umgebracht hätte.«

Tess streckte die Hand aus und legte sie Cecilia auf den Arm. »Ich weiß, dass du Abramowitz gehasst hast, aber er hatte doch auch ein Gewissen. Er hat sich zu Tode darüber gequält, dass er im Leben so oft die falsche Wahl getroffen hat, und für das meiste hat er auch bitter bezahlt. Ich habe einen Teil des Tagebuchs gelesen, das er hinterlassen hat. Er war sehr … klarsichtig sich selbst gegenüber. Als ich es las, wurde er mir langsam immer sympathischer.«

Cecilias Mundwinkel bewegten sich seltsam und formten so etwas wie ein Lächeln. Sie gingen nach oben, und in der rechten Wange erschien ein angedeutetes Grübchen, aber es war dennoch das traurigste Gesicht, das Tess je gesehen hatte. »Hat er die Vergewaltigungsfälle in seinem Tagebuch auch erwähnt?«

»Weißt du, ich habe es noch gar nicht ganz gelesen«, sagte Tess. Das klang lahm, sogar für sie selbst. Sie erkannte, worauf Cecilia hinauswollte. Michael Abramowitz hatte sich vielleicht wegen seiner Fälle von Kapitalverbrechen gequält, oder deswegen, weil er von seinem Beruf ferngehalten wurde, oder wegen seines vergeblichen Feldzugs gegen Seamon O'Neal. Aber die Vergewaltigungsfälle waren ihm offenbar nicht so wichtig.

»Tja. Das dachte ich mir nämlich. Hast du jemals *Don Quijote* gelesen?«

»Nein, ich hatte es zwar immer vor, aber – tatsächlich habe ich als Kind *Der Mann von La Mancha* in der Painters Mill gesehen.«

»Bei den Nonnen liest man das in den Leistungskursen für Begabte. Ich denke immer wieder an diese eine Zeile: ›Welchen Dank verdient ein fahrender Ritter dafür, dass er verrückt wird, wenn er guten Grund dazu hat?‹ Frank Miles hatte guten Grund, Tess. Seine Familie hielt sich an die Regeln, und genau dadurch wurde sie zerstört.«

»Er hatte keinen Grund, jedenfalls nicht gegen Abramowitz. Wenn er den Tod seiner Tochter rächen wollte, hätte er die beiden Vergewaltiger töten sollen.«

Cecilia zuckte die Schultern. »Soviel wir wissen, hat er das auch getan. Ich kann da aber auch noch nachforschen. Die beiden Typen, die seine Tochter vergewaltigt hatten, starben voriges Jahr, sie wurden von einem Auto aus erschossen. Beide zusammen, aber auch nur diese beiden. Vielleicht war das ja nur Zufall.«

Damit ging sie zur Tür, drehte sich aber noch einmal um. »Es tut mir leid, dass Frank Miles versucht hat, dich umzubringen. Ich glaube, das war unnötig.«

Gegen ihren Willen musste Tess lachen. Cecilia besaß ein Talent dafür, sie durch die seltsamsten Dinge zum Lachen zu bringen, immer wenn sie glaubte, dass ihr nie wieder etwas lustig vorkommen könnte. Sie kicherte noch, als sie auch schon wieder in Schlaf sank, in einen friedlichen Schlummer diesmal. Als sie das nächste Mal aufwachte, war es Samstagmorgen, und Kitty kniete neben dem Bett, rüttelte sie wach und sagte zu ihr, Tyner sei am Telefon. Die Polizei hatte sich bereit erklärt, die Beweismittel des Falles noch einmal durchzugehen. Cecilia war nicht die einzige neue Zeugin, die sich gemeldet hatte. Ava Hill, begleitet von ihrem Anwalt und Mentor

Seamon O'Neal, erinnerte sich plötzlich an alle möglichen verdächtigen Verhaltensweisen von Frank Miles.

Die Anklage gegen Darryl »Rock« Paxton wurde Mitte Oktober fallen gelassen, eine Woche vor Baltimores großem »Charm City Classic«.

Epilog

Tess, Whitney, Crow und Cecilia standen auf der westlichen Seite der Hanover Street Bridge, lehnten sich über das Geländer und warteten darauf, dass Rocks Rennen begann.

»Man muss jetzt eigentlich ›Brücke zum Andenken an die Veteranen von Vietnam‹ sagen«, informierte Whitney sie. »Sagt aber keiner. Deswegen wollen die Veteranen von Vietnam jetzt, dass wir dazu nächsten Monat am Tag der Veteranen einen Leitartikel bringen.«

»Na, großartig, taucht da schon wieder so eine Gruppe von Opfern auf und verlangt ihr Recht«, sagte Tess, sah dann aber Cecilia an. »Entschuldige, so habe ich es nicht gemeint …«

Cecilia zuckte die Schultern. »Kein Problem«, sagte OMAS neue Direktorin, die in nur drei Wochen die Gruppe für sämtliche Opfer sexueller Übergriffe sowie für deren Angehörige und Ehepartner geöffnet hatte. Sie war auch plötzlich überall in den Medien vertreten. Überraschenderweise konnte sie vor den Fernsehkameras taktvoll und rücksichtsvoll sein und Frank Miles' Gewalttätigkeit bedauern, trotzdem aber daran festhalten, dass er dazu getrieben worden sei.

Sie hörten in der Menschenmenge Geschrei aufbrausen: Das 2000-Meter-Rennen hatte endlich begonnen.

Crow und Cecilia, die nicht einmal genau wussten, welcher der fünf Ruderer Rock war, schrien und klatschten einfach für alle. Whitney, die durch ein Fernglas schaute, schüttelte den Kopf und reichte das Glas an Tess weiter. Rock lag vorne, aber sein Rhythmus war schlecht, sein Schlag unausgeglichen. Tess erkannte, dass er sich völlig verausgabte, dass er beim Endspurt zusammenbrechen würde. Kurze Rennen und Kopf-an-Kopf-Rennen mit anderen Booten waren für ihn härter als lange Rennen gegen die Uhr und gegen sich selbst.

Die fünf Boote glitten unter der Brücke durch und schossen auf der anderen Seite wieder heraus, noch bevor Tess sich durch den Verkehr auf der Hanover Street schlängeln und einen guten Platz erwischen konnte, um dem Finale zuzusehen. Rock lag noch immer in Führung, aber seine Energie ließ nach. Das nächste Boot holte Zentimeter um Zentimeter zu ihm auf. Tess stemmte die Füße gegen den Gehsteig, als könnte sie Rock dadurch zusätzlichen Antrieb geben. Er hielt durch und überquerte die Ziellinie doch noch vor seinem Herausforderer, aber weit unter seiner Bestzeit.

»Ich glaube, wenn man des Mordes angeklagt ist und seine Verlobung auflöst, das trägt nicht gerade dazu bei, dass man beim Training Bäume ausreißt«, sagte Tess.

»Nicht so toll«, stimmte Whitney zu, »aber es hat gelangt.«

Sie verließen die Brücke und gingen auf die Docks zu, um Rocks Boot aus dem Wasser zu heben und damit ihre Verbundenheit zu zeigen. Entlang der Ufer des Patapsco sah es so aus, als habe sich Whitneys gesamte weitere

Verwandtschaft ein Stelldichein gegeben. Unmengen von Männern ohne Socken in karierten Hosen und Pullovern mit V-Ausschnitt und Frauen in Hellgrün, mit so viel blondem Haar, dass es einen schier blendete.

Als sie sich dem Bootshaus näherten, stellte Tess bei sich fest, dass sie am liebsten etwas Abstand dazu gehalten hätte. Aber bald würde sie ja doch zurück müssen, vor allem, wenn sie ihren eigenen Alden dort drinnen hängen hatte, für den Tyner und Rock sich die Kosten geteilt hatten. Die beiden hätten ihr lieber etwas Eleganteres geschenkt, einen Vespoli oder einen Pocock, aber Tess war stur geblieben. Der Alden war strapazierfähig, passte zu ihrer Art des Trainings und kippte weniger leicht. Sie hatte keinesfalls vor, in nächster Zeit noch einmal im Patapsco zu baden.

Tyner wartete in der Nähe des Docks auf sie und zwinkerte unglücklich mit den Augen. Sogar von diesem Blickpunkt aus, weit weg von der Ziellinie, hatte er erkannt, wie schlecht Rock gerudert war. Doch als Rock dann auftauchte, niedergeschlagen und schweißgebadet, lächelte Tyner und reichte ihm eine Banane, um Kalium abzubauen. Die Kritik konnte warten. Whitney legte Rock eine Decke um die Schultern, während Tess Crow zeigte, wie man das Boot aufheben und auf Tischböcke setzen musste, damit es vor dem Wegräumen abgewaschen werden konnte. Inmitten all dieser Aktivitäten hielt sich Cecilia etwas zurück, überwältigt von Rocks Muskelmasse.

Auf einmal war Tess so glücklich wie schon seit Monaten nicht mehr. Heute war ein wunderschöner Herbsttag, sie selbst lebte noch, Rock ruderte wieder und würde bestimmt rechtzeitig für die Frostbite-Regatta in Philadelphia wieder in Form sein, die das letzte Rennen der Saison war. Sie war umgeben von Freunden, von alten und neuen. Und sie würde bald einen Job haben: Tyner hatte ihr versprochen, sie für einen Anwalt anzulernen, den er kannte und der einen Ganztagsjob für eine Spürnase anzubieten hatte. Eine Vierzigstundenwoche komplett mit allen Sozialleistungen rückte in greifbare Nähe. Das reichte fast aus, um sie ihrem ungebundenen Leben nachtrauern zu lassen.

Schnipp, schnipp, schnipp. Überall wurden lose Fäden abgeschnitten. Diesen Klang hörte sie noch in ihren Träumen, sie las ihn zwischen den Zeilen in den kurzen Artikeln im *Beacon*. Zuerst war da ein Artikel erschienen, dass die Mordanklage gegen Rock fallen gelassen worden sei, weil die Polizei inzwischen überzeugt sei, dass Miles Abramowitz und Jonathan ermordet habe. Ein paar Tage später ein Artikel über ein altes Checker-Taxi, das verlassen draußen auf dem Land gefunden worden war, mit etwas Blut von Jonathan an der Stoßstange. Natürlich gestohlen, vor dem Unfall mit Fahrerflucht. Von Miles, sagte die Polizei jetzt und ging davon aus, dass das sein erster Versuch gewesen war, Tess zu töten. Komisch, dass niemand das Auto gefunden hat, bevor Miles starb, dachte Tess. Was für eine glückliche Fügung für das Tri O, dass es nun doch keine Verhandlung zu dem Mord an Abramowitz geben wird, und auch keine Nachforschungen zu Jonathans Tod. Tess fragte sich, ob Jonathans Unfall mit Fahrerflucht bei der Polizistenwette jetzt doch als Mord gelten gelassen wurde. Schnipp, schnipp, schnipp.

Noch eine Kurzmeldung, auf den Wirtschaftsseiten. Ava Hill verließ die Anwaltskanzlei, um eine Stelle bei der William-Tree-Stiftung anzutreten. Eine innerbetriebliche Rechnungsprüfung hatte »finanzielle Unregelmäßigkeiten« aufgedeckt, und das hatte den Vorstand dazu veranlasst, die Stelle neu zu besetzen. Wenn Tess aber an Avas Hobby, Ladendiebstahl, dachte, hatte sie den Verdacht, dass die finanziellen Unregelmäßigkeiten jetzt erst richtig anfangen würden. Aber immerhin war es kein Problem mehr für Ava, dass sie das Juraexamen nicht schaffte. Und Ava war auch kein Problem mehr für Luisa J. O'Neal, da sie ihr ja das Gehalt zahlte.

Tess hatte ihr Puzzle jetzt zusammengesetzt. Shay O'Neal, der wegen Jonathans Besuch bei Fauquier in Panik geraten war, hatte dafür gesorgt, dass ihn jemand umlegte, so ein netter anonymer Jemand in einem Checker-Taxi, der ohne Zweifel auch danach noch durch die Straßen von Baltimore tigerte und weiterhin zu O'Neals Verfügung stand. Als Frank Miles sich in so passender Weise verdächtig gemacht hatte, benutzte O'Neal ihn mit Avas Hilfe sofort für seine eigenen Zwecke. Doch das wusste nur Tess, oder konnte es erraten, und sie würde es niemals beweisen können, weshalb sie sich auch mit der Auszahlung an Macauley zufriedengegeben hatte. Ihre Abmachung mit Mrs. O'Neal und der versiegelte Umschlag, den Kitty im Safe des Ladens aufbewahrte, sollten genügen, um sie zu schützen. Es war nichts als ein Geschäft, in Luisa O'Neals Augen einfach eine weitere, schnell arrangierte Abmachung, ganz ähnlich wie die, die sie zum Schutz ihres Sohnes getroffen hatte. Tess würde das keine Probleme machen. Jedenfalls nicht, solange Seamon O'Neal nicht wieder in Panik geriet.

Und dann war da ja auch noch Frank Miles, noch so ein Mensch, der sich seine eigene Gerechtigkeit schaffen wollte. Anders als O'Neal war er ein geduldiger Mann, der sich Zeit lassen konnte. Er hatte auf die Gelegenheit gewartet, Michael Abramowitz zu töten. Und er hatte Tess immer wieder in die Irre zu führen versucht, in der Hoffnung, sie nicht auch noch töten zu müssen. Der arme Mann. Schließlich war er der einzige Mensch in dem ganzen Schlamassel gewesen, der an sie geglaubt hatte.

Im schönsten Dreck, wie es in dem von Feeney zitierten Gedicht hieß. *Die Welt war immer noch die alte / ich war noch ich, nur die Klamotten nass und kalte.*

Whitney und Rock waren losgezogen, um noch etwas zu essen zu besorgen, egal, ob mit oder ohne Kalium. Cecilia, die ihre Scheu überwunden hatte, unterhielt sich angeregt mit Tyner über etwas, was sie im Jurastudium gelernt hatte. Das plötzliche Auftauchen einer Dudelsackkapelle, die durch »Maryland, mein Maryland« keuchte, erstickte das Gespräch der beiden.

Hieß es Carrolls heiliges Vertrauen und Howards kriegerischer Vorstoß oder umgekehrt? Das wusste immer keiner, und nur wenige sangen mit. Nachdem die Hymne von Maryland zu Ende war, begann die Kapelle, die Schottenröcke trug, mit der Nationalhymne, und diesmal wurde sie von der Menge pflichtschuldigst mit tremolierenden Stimmen begleitet. Die Baltimorer beklagten sich nur selten über dieses Lied, da es ja von hier stammte, aber sie sangen es genauso falsch wie alle anderen.

»Das ist falsch, weißt du das?« Das kam von Crow, der dicht neben Tess stand.

»Aber ich singe es überhaupt nicht.«

»Die Leute singen es falsch, meine ich. Die Marylander. Alle. Wir singen die erste Strophe, die nur aus Fragen besteht. Francis Scott Key *fragt,* ob die Fahne noch weht, ob die Vereinigten Staaten über die Engländer gesiegt haben. Wir sollten lieber die letzte Strophe singen, wo er dann weiß, dass sie gesiegt haben, und jubelt.«

»Das wusste ich nicht.« Und es ist mir im Grunde auch schnuppe.

»Ich sage dir noch etwas, was du nicht weißt. Cecilia hat eigentlich gar keinen Verlobten. Das war auch nur eine von Prus Lügen, als du bei OMA hereingeplatzt bist und sie gerade den Tod von Abramowitz feierten. Whitney meint, ich sollte doch mal mit Cecilia ausgehen.«

»Und, machst du's?« Sie stellte fest, dass ihr die Antwort wichtiger war, als sie eigentlich wollte.

»Nö, denn Whitney hat eine entscheidende Einzelheit übersehen: Cecilia ist lesbisch. Außerdem mag ich große Frauen. Muskulöse Frauen.« Er kniff sie leicht in den Bizeps.

Tess schaute zur Seite, schob aber seine Hand nicht von ihrem Arm weg. »Crow, du weißt doch überhaupt nicht, was du magst. Vor ein paar Wochen warst du noch rasend in Kitty verliebt, und die ist ja nun nicht gerade groß.«

»Jeder verliebt sich in Kitty. Das ist ein Ritual und vergeht schnell wieder. Dann kommt etwas Neues. Ich mag dich, Tess. Ich mag dich wirklich.«

Wenn er gesagt hätte, er liebe sie, oder er könne nicht ohne sie leben, hätte sie das nicht berührt. Wenn er ein Gedicht zitiert oder sie in die Arme genommen hätte, hätte sie ihn weggestoßen. Crows zurückhaltende Erklärung war schwieriger zu ignorieren. Er *mochte* sie.

»Hast du eine Verlobte? Eine Ehefrau?«

Als Antwort küsste Crow sie – mit einem einfachen Kuss, wie er für die Öffentlichkeit passte, einem Kuss, der viel versprach, aber nicht zu viel. Er sagte nicht für immer. Er sagte nicht einmal nächste Woche. Nur jetzt, diesen Nachmittag. Sie erwiderte seinen Kuss und wandte sich dann ab, da ihr bewusst war, dass sie mitten unter Leuten standen. Man sah ihnen zu.

Der Patapsco sah heute fast blau aus und glänzte an einigen Stellen. Öl, dachte Tess und schüttelte sich ein wenig. Gift. Reizender Dreck. Sie wandte dem Fluss den Rücken zu und sah das Bootshaus an. Ein schöner Bau, fand sie, und völlig harmlos. Ein Gebäude kann dir nichts tun.

Auf der Veranda im ersten Stock drängten sich die Offiziellen und die VIPs des Bootsclubs am Geländer und schenkten sich gegenseitig mehr Aufmerksamkeit als dem Rennen da unten. Das Licht blitzte und tanzte auf glänzenden Oberflächen – winzige Prismen funkelten auf Diamantringen, goldenen Ohrringen, silbernen Thermoskannen. Tess sah einen Regenbogen auf einem Glas, das zur Hälfte mit einer bernsteinfarbenen Flüssigkeit gefüllt war und von einer großen Hand gehalten wurde. Die Hand gehörte Seamon O'Neal, der gerade lachte und noch röter aussah als sonst, mit Ava auf der einen und Luisa auf der anderen Seite. Tess war die Ähnlichkeit der beiden Frauen noch nie aufgefallen – die dunklen Haare, das herzförmige Gesicht, der schöne Körperbau. Nur sah Ava wie eine Billigversion aus, die feinen Linien waren durch die Kopie etwas vergröbert worden, wie bei einem nachgemachten Designerkleid.

Tess sah das Trio unverwandt an. Weder Seamon noch Ava schauten herunter, aber Luisas leidgeprüfte Augen trafen die ihren, hielten sie einen Augenblick fest und schlossen sich dann, während sie ihr Glas zum Mund hob.

Sie können sich in meine Sicht der Dinge hineinversetzen, Miss Monaghan. Es ist Gerechtigkeit geschehen … Sie sind niemand, und niemand wird Ihnen je glauben.

Sie hatte es niemandem erzählt – Tyner nicht, Kitty nicht, Whitney nicht –, dieser vor allem nicht, denn ihre Loyalität wäre damit einer zu harten Prüfung unterzogen worden. Ihre Mutter war Auswechselspielerin in Luisas Doppel beim Tennis.

Tess drehte sich wieder zu Crow um. »Magst du James M. Cain wirklich?«

»Mein Gott, Tess.« Er verdrehte die Augen. »Ich habe Besseres zu tun, als deine Lieblingsbücher zu studieren, in der Hoffnung, dich zu beeindrucken. Ich habe mich auf meinen Charme verlassen, um dich zu gewinnen. James M. Cain war da nur ein glücklicher Zufall.«

»Die letzte Zeile aus *Mildred Pierce.* Was sagt Mildred zu Bert?«

»Bert sagt es als Erster zu Mildred: ›Lass uns verduften.‹«

»Lass uns verduften, Crow. Und dann – dann werde ich dir etwas erzählen.«

Die Dudelsackkapelle mit ihrer schrecklichen Herzergriffenheit kam zu den letzten Zeilen der Nationalhymne. Die war ursprünglich ein Gedicht gewesen, und ein schlechtes noch dazu. Das brauchte Crow Tess nicht erst zu sagen. Sie wusste auch, dass das Gedicht dann mit der Melodie eines Trinkliedes verbunden worden war, eines hässlichen und schwerfälligen, das aus Großbritannien kam. Aber die Nationalhymne gehörte trotzdem zu Baltimore.

Danksagung

Dank schulde ich einem ganz besonderen Trio – Michele B. Slung; Vicky Bijur, meiner Agentin; und Carrie Ferron, meiner Lektorin. Großzügige Kollegen der Zeitung *The Sun* brachten mir Dinge bei, die ich längst hätte wissen müssen: Joan Jacobson, Jay Apperson, Arthur Hirsch, Michael James, Jacques Kelly, Joe Mathews, Patrick A. McGuire, Jon Morgan, Michael Ollove, Scott Shane, Melody Simmons. Dank auch an Melinda Henneberger, Jim MacAlister und Susan Seegar. Schließlich möchte ich auch meinem Mann, John Roll, dafür danken, dass er mich gezwungen hat, Farbe zu bekennen.